COLLECTION FOLIO

Jean-Marie Rouart
de l'Académie française

Une jeunesse à l'ombre de la lumière

Gallimard

© Éditions Gallimard, 2000.

Jean-Marie Rouart, né en 1943, est l'auteur de plusieurs romans, dont *Les feux du pouvoir* (prix Interallié) et *Avant-guerre* (prix Renaudot), d'un essai sur le suicide : *Ils ont choisi la nuit* et d'essais biographiques sur Morny (Folio n° 2952) et sur le cardinal de Bernis (Folio n° 3411).

Il vient de publier chez Gallimard *Nous ne savons pas aimer*.

Il a été élu à l'Académie française en 1997 au fauteuil de Georges Duby.

La peinture, c'est l'écriture de la vie.
ÉDOUARD MANET

Et mon ombre se déshabille dans les bras semblables des filles où j'ai cru trouver un pays.
ARAGON

L'art, c'est une blessure qui devient lumière.
GEORGES BRAQUE

PREMIÈRE PARTIE

VENISE

Le palais qui porte malheur

J'ai cherché Léopold Robert à Venise. C'est là, au palais Pisani, qu'il s'est ouvert la gorge, après avoir lutté pour achever sa grande toile, peut-être la plus fameuse, *Le Départ des pêcheurs de Chioggia pour l'Adriatique*. Il était tombé amoureux de la princesse Charlotte Bonaparte, une exilée de l'histoire et de la légende, qui ne voulait plus de lui. Sensible à son charme, elle l'avait encouragé, protégé, puis elle s'était lassée de lui comme se lassent les princesses et d'autres qui ne le sont pas. Elle lui préférait un aristocrate polonais, exilé comme elle, qui ne devait pas lui porter bonheur. Elle aussi avait voulu avoir son peintre — lubie qui s'harmonise bien avec les couleurs de l'Italie —, un peintre avec une gueule intéressante, des bras vigoureux, et dans les yeux cette flamme noire qui signale le génie ou la névrose, parfois les deux. Je crois que ce qui lui avait plu, c'était cette passion prête à se déchaîner qu'elle pressentait en lui : cela doit donner de drôles de frissons d'étreindre un tonneau de poudre. Cette belle histoire se terminait la gorge ouverte devant la plus belle ville du monde.

Évoquer la passion à Venise, c'est banal. Elle court les rues, les *rii*, les *fondamenta*, les *campi*. Partout on devine sa présence. Elle souffle son haleine lascive sur le Grand Canal, sur la lagune. Même sur les *pali*, ces pieux bariolés où s'amarrent les gondoles. Et que dire des palais ! Le Danieli, le Mocenigo, le Venier, le Vendramin, et le plus fascinant de tous, le palais Dario, celui qui porte malheur.

Ce palais Dario, je l'ai visité, plein de curiosité et de superstition, guidé par sa propriétaire, une belle jeune femme brune aux yeux noirs qui semblait porter un deuil secret. Était-ce la solennité du palais cerné par les ombres, un pressentiment du malheur qui allait foudroyer cette pompeuse prospérité, l'hôtesse m'attirait tout en m'inspirant un malaise. Sous son air indomptable, sa façon d'être de plain-pied, quoi qu'il arrive, avec les circonstances, je soupçonnai une blessure dont je ne compris l'origine que plus tard. Noire sur fond noir devant un abîme plus noir encore, elle figurait une princesse tout à fait convenable qui aurait certainement ébranlé la tête fragile de Léopold Robert. Leonora Gardini me faisait donc les honneurs de ce palais célèbre, qui flotte avec indolence non loin de l'embouchure du Grand Canal, au début de ce joli mouvement de coude qui se termine au Rialto.

Il ne faut pas trop s'approcher des légendes, c'est courir un danger mortel. Et là, je me trouvais à un carrefour de tant de mythes. D'abord Leonora : elle appartenait à l'une des plus anciennes et des plus prestigieuses familles industrielles de l'Italie, les Ferruzzi, un empire d'usines, de banques, un trust, un cartel, qui avait résisté à tout, à la guerre de 14, à Mussolini, à Hitler, au communisme, aux Brigades rouges. Son père, Raul Gardini, *Il Contadino*, fascinait l'Italie par un mélange de séduction physique et de désinvolture : il avait la maestria du joueur chanceux et le sourire carnassier du jouisseur qui trousse de la même main heureuse une OPA et une jolie femme. Non content d'avoir épousé une héritière Ferruzzi, il pilotait avec intrépidité l'empire industriel et financier, et tenait Rome, Venise, Milan en haleine par les risques qu'il prenait au polo, à ski. Ne venait-il pas de faire construire dans les chantiers de Venise un superbe voilier à la coque noire comme celle d'une gondole et aux voiles ocre, baptisé, avec un zeste de morbidité vénitienne, *Il Moro di Venezia*, qui devait porter sa gloire et celle de la Sérénissime dans la course Transamerica ?

Quant au palais Dario, que de légendes emplissaient ses murs ! Des légendes surannées comme Venise, comme les écrivains qui l'ont aimée. Je venais chercher la trace évanouie d'Henri de Régnier qui l'avait souvent habité lorsque ses belles amies, la comtesse de la Baume et Mme Bulteau, dite Toche, l'y conviaient pour de longs séjours. Le poète désargenté s'enrichissait de la beauté de Venise et trouvait dans l'irréalité de ces lieux des consolations à l'amertume et à l'injustice de la vie. Leonora Gardini ne connaissait ni la pauvreté ni Henri de Régnier. Et cela ne la troublait d'aucune manière d'apprendre qu'il avait logé dans la chambre à la loggia qui était celle où son jeune fils accumulait un arsenal de mitraillettes et de fusils en matière plastique en prévision d'un conflit avec les puissances extraterrestres.

Elle ne connaissait pas mieux l'*altana* de son palais, cette fameuse terrasse construite sur le toit qui donne son titre au livre de Régnier, *L'Altana ou la vie vénitienne*. Elle n'avait pas même eu la curiosité de s'y rendre. Décidément Scott Fitzgerald a raison : les riches sont différents de vous ou de moi. Je la convainquis d'y monter. Un escalier abrupt aux marches assassines nous y conduisit. À nos pieds le Grand Canal s'étirait paresseusement comme un gros serpent vert ; le soleil de septembre qui déclinait sur la lagune jetait des braises sur la multitude des toits de tuiles brûlées ; nous aurions pu trinquer avec les pigeons qui déambulaient sur le dôme de la Salute. Je croisai le regard sombre de Leonora. Je crois que c'est à cet instant que j'en devins amoureux ; d'elle et non plus seulement de sa légende, dont j'étais épris bien avant de la rencontrer. Et cette passion naissante loin de m'exalter me faisait froid dans le dos. Peut-être remarqua-t-elle mon trouble. Elle éprouva le besoin de briser le charme.

— C'est très bien, c'est Venise, dit-elle de sa voix légèrement cassée, d'un ton qui signifiait que la visite était terminée et qu'il fallait ranger ses émotions au vestiaire.

J'avais réservé une table dans un restaurant de la Giudecca, l'Altanella, que l'on appelle Chez Dieu depuis que François Mitterrand en a fait sa cantine. Elle m'y emmena à bord de son élégant *motoscafo*, un bateau à moteur en acajou verni, aux banquettes et aux rideaux de velours vert, qui me fit penser, je ne sais pourquoi, à ces coffrets dans lesquels les duellistes conservaient leur pistolet. Nous embarquâmes devant le palais et elle donna ses ordres au pilote, Fabrizio.

— Il s'appelle en réalité Lucien, me dit-elle sur un ton de confidence alors que déjà l'embarcation affrontait la houle de la lagune, mais l'ancien propriétaire du palais, un Allemand, trouvait que ce nom ne faisait pas assez couleur locale. C'est lui qui l'a baptisé Fabrizio.

Puis, après un temps, comme si elle commentait pour elle-même le caprice de la Fortune — ce qui était d'autant plus à propos que nous doublions la Douane de Mer où un enfant, le pied posé sur un globe terrestre, la symbolise :

— Cet Allemand, je l'ai vu s'enfuir, désemparé, avec seulement une mallette en cuir qui contenait tout ce qu'il possédait. Il avait tout perdu. Où est-il maintenant ? Peut-être en Suisse. Peut-être est-il mort.

Elle se tut, songeuse, et reprit :

— De toute façon il aura eu un sort plus heureux que son prédécesseur, un Américain très raffiné. Son majordome, qui devait être plus ou moins son amant, lui a fracassé le crâne avec un chandelier. C'est du moins la version enjolivée des Vénitiens. En réalité il l'a achevé à coups de bouteille de whisky.

Des lumières s'allumaient dans l'obscurité. La mer sombre, la nuit déjà et cette embarcation qui nous emportait comme une étoile filante.

Nous arrivâmes Chez Dieu. On nous installa sur la terrasse. La fraîcheur du serein et de la mer se faisait sentir sous les effluves tièdes de la fin d'été. Leonora s'enveloppa dans un châle vert. Elle se comportait avec simplicité, s'extasiant devant les mets qu'on lui proposait, usant de superlatifs à la moindre suggestion, comme si elle avait à cœur de prévenir une réputation d'enfant gâtée. Nous parlions avec plus d'abandon. Un vin de Venise venu des plaines de la Brenta diffusait une légère griserie. Un verre de grappa nous hissa dans une délicieuse torpeur. Pourquoi résister ? Et ma main chercha la sienne, qui se déroba lentement mais avec fermeté.

Sortant du restaurant, nous nous retrouvâmes dans une *calle* étroite, sombre comme un puits, qui dégageait les odeurs *sui generis* de la Giudecca : poisson, huile d'olive, pipi de chat et une pointe de jasmin. C'était un endroit idéal pour prendre une femme dans ses bras et accessoirement pour la violer et l'égorger. Je me contentai de prendre le bras de Leonora et de ralentir sa marche afin de susciter une situation propice. En excellente tacticienne, elle l'accéléra. Je tentai de la prendre par la taille, elle se déroba avec prestesse. Le *motoscafo* nous attendait devant le quai, prévenu par un signal mystérieux. Il nous emmena au cœur de la nuit. Les églises illuminées, la Salute, San Giorgio Maggiore, Saint-Marc, le Redentore m'inspiraient des pensées peu catholiques. Comme j'aurais aimé étreindre Leonora dans ce paysage nocturne, la bousculer sur la banquette de velours vert du *motoscafo* ! Mais, prudente, elle se tenait assise, à bonne distance de mes entreprises, les genoux serrés comme une chaisière.

Le *motoscafo* aborda l'embarcadère du palais Dario et s'immobilisa entre les *pali* armoriés. « Fabrizio » nous aida à descendre les marches glissantes. Le palais illuminé resplendissait. Maintenant il m'inspirait un invincible cafard. Je sentais Leonora aussi pressée de sortir de cette situation ambiguë que j'étais, moi, désireux de la prolonger.

— Il doit être très tard, dit-elle.

Cette phrase fit s'évanouir mes derniers rêves dorlotés par la grappa : je ne connaîtrais pas une nuit voluptueuse dans un lit à baldaquin, sous les fresques de Tiepolo ; ce palais de marbre ne s'humaniserait pas plus que son hôtesse de glace.

Je me retrouvai seul à la porte du palais comme un homme à qui on vient de voler ses rêves : dépossédé, amoindri, humilié. Je butais sur les pavés dans les *calle* désertes du Dorsoduro. J'atteignis les Fondamenta Bragadin — nom d'un général vénitien étripé et écorché par les Turcs, dont la peau, rapportée par des marchands comme

19

une relique, repose dans un mausolée des Frari. Barrès a habité ici. Lui aussi aimait les princesses, surtout les orientales comme Anna de Noailles. Il évoque avec sympathie le destin malheureux de Léopold Robert et il n'a pas moins de compassion pour Christomanos, le jeune répétiteur de grec d'Elisabeth d'Autriche, qu'elle emmenait, la nuit, en bateau, pour dissimuler dans des grottes sous-marines de l'île de Corfou ses colliers de perles atteintes d'une maladie aussi étrange que la *morbidezza*, la langueur qui affligeait l'impératrice de la solitude.

Je rejoignis La Calcina, sur les Zattere, adossée à la Pensione Seguso. C'était un hôtel propret et attachant, fréquenté par des séminaristes, des professeurs, des pasteurs anglicans, de vieilles filles disgracieuses, bref, toutes sortes de gens modestes et chastes à qui ne vient pas l'idée saugrenue de coucher avec des princesses.

J'ouvris ma fenêtre qui donnait sur l'arche d'un petit pont. Le canal de la Giudecca luisait comme un fleuve noir ; un *vaporetto* s'enfuyait à pleins gaz vers la Stazione Terminale. Le Redentore illuminé trouait la nuit.

Je m'endormis sur ma couche étroite. Je fis des rêves. Qu'avais-je fait d'autre ?

Le lendemain matin en prenant un café sur les Zattere, je lus le journal. Un gros titre barrait la une de *La Repubblica* : il annonçait la déconfiture de l'empire Ferruzzi. Je téléphonai à Leonora. Elle parut étrangement sereine. Le soir, elle m'entraîna à bord d'une Lamborghini décapotable dans une escapade à travers la campagne vénitienne, un paysage ingrat, déjeté, hérissé de constructions en béton; cette route menait pourtant à une belle maison ancienne, qui avait l'air d'une honorable douairière menacée par les loubards. Une fête battait son plein, dans un jardin éclairé par des lanternes multicolores. Nous dansâmes toute la nuit.

Deux mois plus tard, la faillite de la maison Ferruzzi était consommée. L'empire industriel s'écroulait dans les scandales. Dans son appartement de Milan, Raul Gardini se tirait deux balles dans la tête à l'heure du petit déjeuner. Il me semblait le voir en rêve, voguant dans la nuit à la barre du *Moro di Venezia* pour une ultime croisière vers l'abîme. Comme avant lui, à Venise, Léopold Robert.

La belle Italienne
de Torcello

Léopold Robert n'était pas fait pour vivre. Nerfs trop sensibles, trop d'idéal, aucun sens du compromis, ce compromis qui est la vie. Il devait être cassant avec tout le monde y compris avec lui-même : d'ailleurs il s'est cassé au moindre choc comme un de ces verres de cristal coloré de Venise qu'on soufflait à Murano et qui dessinaient des irisations roses et bleues sur les nappes blanches dans les soupers fins de Casanova et de Bernis.

Comme Géricault auquel il ressemble — même exaltation pour la lumière romaine, même attirance morbide —, il est né à une mauvaise époque. Son adolescence n'a eu comme pâture que les ruines de l'Empire. Et Napoléon ne peut pas être un modèle à suivre, trop d'énergie, trop de gloire rendent mélancolique. C'est pourquoi il a cherché quelque chose de plus ruiné encore, Rome. Ce n'est pas étonnant que les Bonaparte se soient donné rendez-vous dans cette ville : partout ailleurs ils auraient fait figure de déclassés. Pas à

Rome : dans cette ville qui n'en finit pas de sombrer somptueusement depuis vingt siècles, leur petite misère, un trône qui s'effondre, cela ne fait ni chaud ni froid. C'est le mausolée des grandeurs évanouies. Et puis les Bonaparte ne se sont jamais sentis à l'aise avec les Français.

Robert venait de Suisse. Du Jura. Il était né non loin de Neuchâtel. Oui, là où Berthier, le maréchal, prince de Wagram et prince de Neuchâtel, a vécu quelques années, dans ces paysages indolents, d'une vie de convalescent, convalescent de deux maladies qu'il ne faut pas traiter à la légère, la gloire et la passion. Peut-être l'adolescence de Robert a-t-elle été bercée par la légende du maréchal. Sa mort mystérieuse a dû le troubler. Et sa passion inguérissable pour la marquise Visconti, qu'il ne pouvait épouser. Pauvre Berthier. Tandis qu'il guerroyait à travers l'Europe, se rongeant les ongles devant ses cartes, toujours sur le qui-vive avec Napoléon qui ne lui laissait aucun repos, qui le réveillait jusqu'à quinze fois en pleine nuit pour une peccadille, il pensait toujours à cet amour qu'il avait dans le cœur depuis sa jeunesse. Peut-être s'est-il tué volontairement en se jetant d'une fenêtre de son château de Bamberg, en Bavière. Regrettait-il de n'avoir pas rallié son grand homme ? Quand on a vécu dans l'intimité d'un ouragan comme Napoléon, la vie doit paraître fade, surtout en Bavière, quand on a épousé une riche Teutonne. Il avait gouverné l'Europe, autant dire le monde, et il ne régnait plus que sur quelques vaches, des prés.

Pourquoi voulais-je écrire un livre sur Léopold Robert ? Parce que je voulais parler de mon père, qui était peintre, et lui non plus pas très doué pour la vie. Un moyen détourné. Une façon de ne pas aborder directement un sujet douloureux. Surtout de ne pas s'attendrir. Il faut diluer. En peinture on dilue les couleurs avec de l'essence de térébenthine, qui a été l'odeur de ma jeunesse. Je voulais profiter de Léopold Robert pour évoquer ce qui me faisait mal en le mêlant à des paysages du bonheur, à ce que j'aimais, l'Italie, Florence, Venise, et aussi Corot, cette lumière dans des ruines et un pays qui s'enthousiasmait pour la liberté, les carbonari.

Léopold Robert est donc né à La Chaux-de-Fonds en 1794. Sa vocation de peintre s'est éveillée très tôt, comme sa neurasthénie. Il devait y avoir une source de dépression dans cette famille en apparence très convenable, un secret douloureux, car un de ses frères s'est suicidé ; l'autre, Aurèle, sera peintre lui aussi. Léopold rêvait de Rome et de l'Italie, il se voyait à la villa Médicis. La chute de l'Empire contraria ce projet. Finalement un mécène qui avait confiance en son talent lui offrit le séjour. Il arrive à Rome au moment où Géricault vient d'en partir. Quand tombe-t-il amoureux de la fille de la duchesse de Plaisance ? Déjà il doit être malheureux. Il a des passions au-dessus de ses moyens. Elle aussi appartenait à la légende napoléonienne. Son père est un haut dignitaire de l'Empire.

Voici Léopold Robert qui récidive avec la princesse Charlotte Bonaparte, la fille de Joseph, le malchanceux roi d'Espagne. Elle est mariée avec son cousin Napoléon Louis, le frère du futur Napoléon III. Ce n'est pas précisément une beauté, cette princesse, à ce qu'on en a dit. Elle est même assez disgracieuse, un peu revêche. Un titre, un nom, un palais, cela agit déjà assez sur l'imagination ; pourquoi faudrait-il qu'en plus une princesse soit belle ?

Elle devait avoir du charme. Du tempérament, le sang chaud des Bonaparte. Léopold Robert en est fou. Cet homme qui trouve son inspiration dans les sujets populaires, comme Millet, comme plus tard Courbet, qui ne peint que des pêcheurs, des paysans, des mendiants, n'aime que les grandes aristocrates, les légendes dorées sur tranche. Il a dû souffrir de la pauvreté. C'est là que l'on fait des rêves de princesse. En réalité il aime l'impossible. Il veut à tout prix être malheureux.

Ces Bonaparte exilés qui vivent en Italie sont l'objet d'une grande curiosité. Laetitia vit à Rome, comme Jérôme, comme Pauline installée à la villa Borghèse. Elle est encore belle. Elle a beaucoup appris et n'a rien oublié : elle n'accepte chez elle ni Russes, ni Autrichiens, ni Anglais, aucun ressortissant des pays qui ont été les ennemis de son fils. Son frère, le cardinal Fesch, continue d'enrichir sa collection de tableaux. Lucien est à Viterbe ; Louis aussi vit à Rome ; Joseph y est passé avant de s'installer à Florence ; Caroline, toujours très séduisante, a choisi de vivre à Trieste, non loin de sa sœur Elisa, avec son amant, un général Macdonald.

Une autre belle aristocrate rôde dans ces lieux, une Polonaise nostalgique, la comtesse Potocka. Sous prétexte d'un voyage touristique — elle veut montrer l'Italie à sa fille et à son fils —, cette belle quadragénaire entreprend en réalité une escapade sentimentale : elle a des rendez-vous secrets avec son passé. Elle rend visite à Caroline à Trieste. Elle l'observe du coin de l'œil, elle jauge sa beauté avec ce regard acéré des femmes devant une ancienne rivale. Puis c'est au tour de la duchesse de Saint-Leu, la reine Hortense, qui vit alors à Rome. La fille de Joséphine ignore en recevant cette Polonaise la cause de sa curiosité.

La comtesse Potocka, vingt ans plus tôt, s'est éprise d'un jeune officier de hussards qui faisait partie de l'état-major de Murat. Dès qu'elle le voit pénétrer dans le palais qu'elle habite avec son mari à Varsovie — c'est aujourd'hui le siège du ministère de la Culture —, dès qu'elle entend sa voix chaude, elle en tombe amoureuse. Il s'appelle Charles de Flahaut. C'est le fils adultérin de Talleyrand, alors abbé de Périgord, et d'une future romancière, Mme de Souza. Quand il arrive à Varsovie, il est l'amant de Caroline Murat qui le protège. Mais le bel officier s'éprend de la Polonaise. Il habite chez elle, ce qui facilite les choses. Elle se défend contre son penchant. Il part pour la bataille d'Eylau, dont il réchappe par miracle. Nouvelle demande, nouveau refus. Mais Flahaut reparti, cet amour fait son chemin dans le cœur de la belle comtesse Potocka, peu à peu il la dévaste ; elle prend le premier prétexte et la voilà partie pour Paris, haletante, prête à se donner. Elle s'installe dans un appartement du Crillon. Elle y invite Flahaut. Il vient, mais c'est pour lui avouer que son cœur est pris : il est amoureux de la reine Hortense. De leur liaison naîtra Morny. C'est une douche glacée.

Comme elle a dû les examiner, ces deux femmes, Caroline, Hortense, encore plus attentivement, j'en suis certain, que les Michel-Ange, les Botticelli, les Caravage, les Primatice et les Piombo. La jalousie survit à tout, à l'amour, on appelle cela l'hystérésis, un nom un peu barbare. Souffrir même quand on a cessé d'aimer !

Mon père ne devait pas trouver fameuse la peinture de Léopold Robert. Beaucoup trop littéraire. Assurément il lui préférait Géricault, Ingres ou Corot, pour lesquels il avait une passion. Ces grandes compositions emphatiques vieillissent mal, je le reconnais. D'ailleurs Corot et Robert ne s'étaient pas entendus à Rome. Ils étaient comme chien et chat. Robert avait une conception précieuse de l'art qui l'éloignait de la simplicité de Corot. Chez mon grand-père, avenue Charles-Floquet, dans cet appartement à la fois grand-bourgeois et artiste, il y avait deux toiles de Corot au-dessus de la cheminée du salon : *Le Pont de l'île San Bartolomeo* et la *Dame en rose*, aujourd'hui au musée d'Orsay. Mon grand-père adorait ces toiles qui lui venaient de la collection de son père, parce qu'elles lui rappelaient l'Italie, et aussi parce que c'étaient des pièges à femmes. Ce vieux séducteur les montrait avec complaisance. Il devait les promettre, ainsi que quelques autres pièces de sa collection naufragée, aux créatures naïves et vénales qui rôdaient autour de lui. Comme quoi la peinture peut avoir des usages fort différents : à mon grand-père elle fournissait des femmes, à Léopold Robert elle a apporté la mort.

Léopold Robert était sujet à la neurasthénie. Ni l'art ni l'amour ne sont de bons remèdes au cafard. Au contraire ils vous entretiennent dans les illusions, les chimères, l'exagération. Et Robert souffrait d'un manque que rien ni personne ne pouvaient combler, ni la duchesse de Plaisance, ni la princesse Bonaparte, qui n'étaient pour lui que des prétextes pour exiger de la vie l'impossible. Lucide, il l'avoue : « Je me sens malade du mal de ceux qui désirent trop. » Il a souffert d'être méconnu comme artiste, mais lorsque le succès le frappe de plein fouet, à Paris, en 1831, où le tableau qu'il expose, *Halte des moissonneurs dans les marais pontins*, recueille les éloges des critiques, cela ne calme pas sa souffrance. Le public a beau s'extasier, fêter le peintre devenu la coqueluche de Paris, le roi Louis-Philippe épingler la croix de la Légion d'honneur sur sa redingote, rien ne parvient à l'arracher à sa mélancolie. Il repart pour l'Italie. Il y retrouve sa blessure, la princesse, devenue veuve. Napoléon Louis pourchassé par les sbires du pape est mort comme un héros de

Stendhal au milieu des partisans. Mais elle ne lui laisse aucun espoir. Peut-être comprend-il qu'il y a un autre homme dans sa vie, un comte polonais paré de toutes les séductions de l'exil.

Aller à Venise : drôle d'idée pour se remonter le moral. Il s'installe à Chioggia, un petit port populeux de la côte Adriatique. L'idée du suicide l'obsède. Il l'écrit à un ami : « Je ne pense qu'à la mort. »

Cette dépression, la solitude l'amplifie. Je me souviens d'un séjour dans l'île de Torcello, à la Locanda Cipriani, un petit hôtel de quatre chambres où Hemingway a séjourné après la dernière guerre. Il était amoureux de cette jeune et belle comtesse italienne, Adriana Ivancich : elle aussi possédait un *palazzo* qui ne lui a pas porté bonheur puisqu'elle s'est suicidée. Elle devait lui inspirer son dernier livre, *De l'autre côté du fleuve sous les arbres*, traduit chez Gallimard par Paule de Beaumont.

Torcello possède une vieille cathédrale construite au Ve siècle, décorée de pavements de mosaïque dans le style byzantin ; sur le parvis, se trouve un vieux siège épiscopal en pierre où se serait assis Attila lors de son incursion dans les parages. Ces vestiges attirent les touristes dans la journée. Le soir, il n'y a plus personne. Surtout hors saison, ce qui était le cas. C'était un mois d'avril aigre, avec quelques belles journées de soleil très vite saccagées par des pluies froides. J'avais choisi ce lieu déserté et légendaire pour écrire. Mais je ne savais pas quel livre. Je voulais coller sur le papier un peu de mon tumulte intérieur. Je ne savais comment m'y prendre. Mon premier roman, quelques années plus tôt, avait été refusé par les éditeurs. Ce n'était pas un grand encouragement à poursuivre. Mais je m'acharnais. Je piochais en moi-même comme un chercheur d'or malchanceux, je ne trouvais pas de pépites mais de la boue, beaucoup de boue.

Je me revois installé dans cette chambre qui donnait sur une petite place ombragée de tilleuls, un canal, un joli petit pont en pierre. Assis à ma table, un stylo à la main, je fixais l'horizon. J'attendais une idée, un signe. Des nuages passaient, puis le soleil, puis la pluie, ils n'avaient rien à me dire. Encore si j'avais été chasseur, j'aurais pu singer Hemingway qui partait à l'aube dans un bateau plat se mettre à l'affût derrière les roseaux de la lagune et massacrer quelques canards. Je me contentais de massacrer des feuilles blanches ; elles gisaient froissées dans la corbeille à papier comme le témoignage de mon impuissance. Le soir, je dînais dans la salle commune, lugubre, en compagnie d'une Italienne entre deux âges et de son gigolo, qui parlaient trop fort. Par-dessus mon plat de lasagnes, ma salade de rucola au parmesan, je rêvais : comme ce serait délicieux de rencontrer une belle Italienne venue passer quelques jours seule dans cet hôtel, d'aller me promener main dans la main avec elle le long du canal jusqu'à la station du *vaporetto*. Je la voyais, cette Italienne : gaie, sympathique, passionnée. La porte du restaurant s'ouvrait, je retenais mon souffle.

Ce n'étaient que quelques Américains venus de Venise en *motoscafo*. Déjà éméchés, ils emplissaient le restaurant de leurs exclamations bruyantes.

Je regagnais ma chambre comme j'aurais regagné la cellule d'un pénitencier. J'ouvrais la fenêtre : tout était obscur. Torcello s'enfonçait dans la nuit. Je regardais les étoiles où, dit-on, s'inscrit notre destinée, et je les suppliais de me venir en aide. Je leur mettais le marché en main : pas d'Italienne, mais alors au moins le roman. Je sais bien qu'on ne peut pas tout obtenir. Tout de même ni roman, ni Italienne, cela faisait beaucoup. Peut-être étais-je voué à la malchance ? Les étoiles, ces idiotes, restaient muettes. Alors il y avait un moment terrible, un de ces instants d'accablement où l'on a l'impression que le malheur va vous asphyxier. La tentation de Léopold Robert me prenait. Allais-je finir comme lui ?

Après une semaine de ce régime, je regagnai Venise. J'avais plus de chances d'y rencontrer l'Italienne qui devait me dédommager de mes déboires littéraires, ce roman qui n'était même pas mauvais, il était mort-né. Je m'installai dans une petite pension près de l'Accademia. Je pris contact avec de vieux amis de ma famille, des antiquaires, les Rossi. C'était bien le diable s'ils n'avaient pas une Italienne en magasin. Ils habitaient un vieux palais un peu délabré, près du Rialto ; ils en occupaient les combles, le rez-de-chaussée était abandonné aux statues, aux frises, aux lions en pierre et aux colonnes de porphyre ;

les étages nobles, fermés, fantomatiques, se délitaient, rongés par l'humidité. Logeaient là une vieille dame, Teresa, la femme de l'antiquaire ami de mon grand-père, sa fille Ida, ainsi que son fils. Ils vivaient chichement, avec dignité, au milieu des grandeurs passées. Je n'étais pas dépaysé : ces revers de fortune me rappelaient ma famille.

Ida avait été amoureuse d'un de mes oncles, Philippe, qui était peintre lui aussi. Très beau, avec une figure mâle à la Gabin, des yeux bleus pleins de candeur, un costaud aux yeux tendres, le genre qui plaît aux femmes. Il avait passé un an à Venise pour apprendre la peinture, copier les maîtres. Ida me regardait avec une curiosité qui me gênait : je la prenais en pitié. Elle s'était mariée, elle avait eu des enfants, mais je sentais qu'à travers moi elle revivait sa jeunesse, l'amour qu'elle avait éprouvé pour ce beau Français, qui était peintre. Tous ces regrets. Je partageais avec Ida et sa mère une sorte de dîner dans une belle vaisselle dépareillée dont le véritable plat de résistance — hormis la nourriture qui, comme toujours à Venise, est insipide — fut la nostalgie. Là encore je n'étais pas dépaysé. C'était pareil dans ma famille. À la lumière des chandelles les charmantes dames faisaient revivre un temps qui était mort, qui apparaissait entre les plats comme un vieux spectre moisi.

— Vous m'avez dit que vous aviez une fille, dis-je à Ida, poursuivant toujours ma marotte.

— Oui, elle vit à Milan. Elle est très jolie, mais elle est mariée, dit-elle avec je ne sais quelle nuance de regret dans la voix. Tout à l'heure je vous montrerai des photos d'elle.

Ce fut à nouveau une plongée dans le passé. J'écoutais distraitement. Un *vaporetto* passa sur le Grand Canal, faisant vibrer les vitres. Quelques bibelots tintèrent. La nostalgie devenait si poignante que les deux dames avaient des yeux liquides. Parfois elles toussaient pour s'éclaircir la voix, et souriaient d'un sourire forcé pour ne pas fondre en larmes. Après les morts à qui étaient advenues toutes sortes de malchances, dont la principale était la ruine, avec ses affluents, l'inflation, les mauvaises affaires, les escrocs, les projets mirifiques qui sombrent dans le Grand Canal, on en venait aux vivants. Ils n'étaient pas en très bon état, eux non plus. Quand on a reçu sur la tête tout le passé d'une famille autrefois prestigieuse, on reste un peu groggy. J'avais réussi à m'abstraire de ce climat pesant, mais dans cette ambiance débilitante peu à peu la mélancolie me gagnait. Ces vieilles dames m'attendrissaient : pouvaient-elles seulement imaginer à quel point leur destin m'était fraternel, familier. J'avais envie de les embrasser. Mais elles voulaient m'entraîner dans leur noyade collective — merci, la mienne me suffisait — avec la même gentillesse que si elles me proposaient un tour en gondole.

Mon oncle Philippe a peint plusieurs aquarelles qui représentent Venise. Plus tard il a habité quai Bourbon, dans l'île Saint-Louis. Ses fenêtres ouvraient sur la Seine : sans doute lui non plus en pensée n'avait-il jamais tout à fait quitté Venise.

À cause de la belle Ida ? Peut-être plus encore à cause des Tiepolo, des Tintoret, des Carpaccio de l'Accademia et de San Giorgio degli Schiavoni.

Soudain mon hôtesse s'exclama avec un ton d'enjouement forcé :

— Et votre famille ? Vous devez avoir beaucoup d'histoires passionnantes à raconter sur elle.

J'aurais pu me lancer moi aussi avantageusement dans l'histoire des dépressions familiales, tirer une sombre gloire des dépossessions, des tableaux décrochés vendus à des Américains, les taches blanches qu'ils laissaient sur les murs et le malaise dans le cœur. J'aurais pu parler toute la nuit du mal mystérieux qui avait atteint cette famille bourgeoise et artiste, raconter l'histoire de mon oncle fou, de mes tantes hystériques, de toutes ces avanies qui sont le lot de tant de familles, grandes ou petites, mais le cœur me manquait. Il aurait fallu leur expliquer mon chemin un peu compliqué : que je voulais me protéger contre ces poisons. J'avais trouvé le remède : le roman. Je voulais réécrire la réalité, échapper à la peinture, cette monomanie familiale, éclose à l'ombre despotique de Degas. Je voulais fuir.

— Montrez-moi les photos de votre fille, demandai-je.

Quelle mère peut résister à pareille demande ? Elle ouvrit l'album. La fille était jolie. Que m'importait. Elle ne viendrait pas avant deux mois, et j'aurais depuis longtemps quitté Venise. Je poussai quelques exclamations admiratives et pris congé.

J'attendis longtemps le *vaporetto* à la station San Stae. Quand il arriva, il était comble. Malgré la fraîcheur du soir, je m'installai à l'extérieur, le dos appuyé à la cabine de pilotage. Le *vaporetto* filait sur le Grand Canal, abordant sans ménagement les plates-formes flottantes. Il passa sous le pont du Rialto. À quoi pensais-je ? J'étais loin, quelque part dans ma vie future. Si loin de Venise que je fermai les yeux. Soudain je sentis sur ma cuisse une pression câline qui n'offrait aucune ambiguïté. La folle idée qu'il s'agissait peut-être de l'Italienne de mes rêves me traversa. Un dédommagement du destin à la soirée que je venais de passer ne me paraissait pas injuste. J'ouvris les yeux et fus immédiatement dégrisé. La main posée sur ma cuisse appartenait à un moustachu qui me regardait avec un sourire torve où se lisait ce qu'il attendait avec délice : le bonheur ou un coup de poing dans la figure. Je ne lui donnai ni l'un ni l'autre. Je profitai de la bousculade pour descendre à la station. J'en fus quitte pour poireauter encore un long moment. À mon hôtel, je me jetai sur mon lit en maudissant Venise.

On me montre
des femmes nues

Cette dépression de Léopold Robert, celle de mon père, la mienne, ces moments où l'âme hisse au grand mât un pavillon noir à tête de mort, sans l'idée roborative d'aller à l'assaut de qui que ce soit ou de se livrer à une bacchanale sanglante, mais au contraire avec celle de se saborder, de se laisser couler au fond du fond, cela fait partie de nos mystères personnels; de cette nuit qui nous entoure et qui alimente nos rêves, nos actions, nos amours. La psychanalyse, Léopold Robert aurait été un bon gibier pour elle. La première fois que je fus mis en présence de cette science des ténèbres, c'est lorsque, adolescent, on me demanda d'interpréter le test de Rorschach. J'étais à l'institut Claparède, un de ces hauts lieux de la psychopathologie qu'un autre oncle, psychanalyste celui-là, avait patronné. On me demandait de m'exprimer sans crainte, de dire tout ce qui me passait par la tête. Cela me paraissait assez idiot. Je ne trouvais pas très convenable que des adultes jouent à ce genre de jeu en y associant des enfants, même si j'avais quatorze ans. Docile, je m'y soumis de bonne grâce : que voyais-je dans ces taches noires qui dégoulinaient ? Le jeu des associations d'idées ne m'exaltait pas alors. Je ne savais pas que cette activité deviendrait plus tard mon mode de fonctionnement mental le plus fréquent. Écrire, qu'est-ce d'autre ? On passe d'une sensation à une autre, d'une idée à un souvenir qui lui-même suscite un visage, qui vous entraîne à son tour. Que fais-je d'autre aujourd'hui en évoquant l'institut Claparède à propos de Léopold Robert, ma famille à propos de Venise ?

Après le test de Rorschach, on me montra des photos de femmes, puis d'hommes, qui avaient la particularité d'être nus, oui, nus comme des vers ; et on s'enquit avec intérêt de mes réflexions. Là encore ce n'était pas, à mon sens, des manières de faire très convenables pour des adultes qui au surplus étaient des médecins en blouse blanche. Sans manifester un empressement qui aurait pu paraître de mauvais aloi, je marquai ma préférence pour les femmes nues. Cette remarque parut beaucoup intéresser le psychologue, au point qu'il appela deux de ses collègues et eut avec eux un long conciliabule dont je faisais manifestement les frais. Ils revinrent vers moi avec un grand sourire. Ils me posèrent deux ou trois questions assez intimes, qui avaient trait à la masturbation et à d'autres activités qui semblaient beaucoup les préoccuper. Puis, avec une affectueuse tape dans le dos, ils me dirent que tout allait bien.

Comment étais-je arrivé à l'institut Claparède ?

À la suite d'une affaire rocambolesque et tragique, qui m'a longtemps hanté. J'avais été inscrit dans un cours privé du septième arrondissement. Le directeur de ce collège, féru de littérature, professeur de français, m'avait pris en sympathie. Je lisais beaucoup pour mon âge même si mes études laissaient à désirer. Le directeur insensiblement m'accordait une préférence, il s'adressait à moi pendant son cours, ou me gardait un long moment pour parler de Stendhal ou de Flaubert. Cette partialité me convenait. Elle agaçait mes condisciples, et je la trouvais légitime, comme tout ce qui m'est arrivé d'agréable dans la vie. Je me souviens de la classe désertée et son odeur de fauve, le professeur essuyant ses lunettes tout en m'interrogeant sur mes dernières lectures. C'était l'automne, le soir tombait sur cette grande bâtisse d'allure victorienne où l'on aurait bien vu se consommer quelque crime à la Agatha Christie.

J'avais un ami, un Tunisien, un de ces Séfarades enjoués et sympathiques qui, toujours bronzés, semblent revenir de la plage ou d'une partie de tennis. Il était expansif autant que j'étais renfermé, décontracté et audacieux autant que j'étais timide et empêtré dans mes complexes; nous avions mis nos talents en commun pour séduire, nous qui étions en troisième, une jeune fille qui était en première. Elle nous invitait chez elle, à Auteuil, rue Nungesser-et-Coli, où, devant un jus d'orange, nous lui faisions notre cour.

L'orage se levait à mon insu au collège. Le directeur paraissait avec moi mal à l'aise et tourmenté, alternant chaudes manifestations de sympathie et reproches glacés, compliments et petites phrases humiliantes. Puis un jour il m'entretint, toujours après la classe, me tenant des propos sibyllins, cherchant à connaître la nature exacte de mon amitié pour le jeune Tunisien. Personne n'a plus l'air d'un coupable qu'un innocent, parce que, ignorant ce dont on l'accuse, il semble vouloir s'écarter toujours de ce point connu seulement de celui qui le suspecte. Je répondis de manière confuse. Le directeur me regarda en serrant les maxillaires, de l'air d'un épervier qui a immobilisé une proie entre ses serres.

Un devoir de français amena ma chute. Je ne l'avais pas terminé à l'heure. Le directeur me proposa, comme s'il s'agissait de la chose la plus naturelle du monde, de le lui apporter le lendemain chez lui. Ce que je fis. Je me retrouvai dans le seizième arrondissement, une rue sombre, un rez-de-chaussée qui l'était plus encore. Je sonnai. J'entendis un bruit de pas de l'autre côté de la porte, mais celle-ci ne s'ouvrit pas. Je sonnai une nouvelle fois. En vain. Je glissai alors le devoir sous la porte et m'en allai. Il faisait beau. C'était déjà le printemps. Je gonflai mes poumons de l'air vif et je savourai la vue magnifique de l'esplanade du Trocadéro.

Deux jours plus tard, un appariteur vint me chercher au milieu d'un cours et me conduisit dans le bureau du directeur, la propriétaire du collège était présente ainsi qu'un membre assez terne du personnel administratif.

Je m'avançai. J'ignorais que je passais devant un tribunal. On me reprocha d'abord d'avoir prêté un roman, *Le repos du guerrier*, à un garçon dont le père s'était plaint. Puis de ce reproche on passa à des accusations plus graves qu'il n'était pas facile de formuler.

Le directeur, plus pâle, plus nerveux qu'à l'ordinaire, tortillait ses lunettes à montures d'or.

— Ce qu'on vous reproche, ce n'est pas tant cette affaire de roman prêté, c'est, comment dirais-je, c'est...

La propriétaire, l'agent administratif baissaient les yeux, comme si d'avance ce qui allait être dit blessait leur pudeur.

— C'est... c'est votre homosexualité.

J'entendis cette accusation avec un sentiment d'irréalité. D'abord je ne savais pas très précisément ce que signifiait le terme baroque dont on m'affublait, mais j'étais certain qu'il ne me convenait pas.

J'étais si abasourdi que je ne protestai pas. On considéra mon silence comme un aveu.

La voix du directeur s'éleva :

— En conséquence, nous devons nous séparer de vous. Vous devez quitter le collège. Le plus tôt sera le mieux.

— Je suis renvoyé, dis-je crûment.

Le tribunal se récria. J'entendis des euphémismes, des litotes. Et puis la voix positive de la propriétaire qui lâcha, fatiguée de cette discussion oiseuse :

— Après tout, oui, il faut appeler les choses par leur nom, il est renvoyé.

Je marchai avenue de La Bourdonnais. J'étais un peu assommé. Il me semblait qu'il m'était arrivé un événement extraordinaire, mais un peu grand pour moi. Une énigme me turlupinait : comment ce directeur qui m'avait manifesté tant d'affection et d'encouragements avait-il pu se muer si subitement en procureur, en ennemi impitoyable ? Lorsque six mois plus tard j'appris son suicide, je compris mieux. Je ne lui en voulais plus. Comme il avait dû souffrir de ce mal secret que j'avais avivé en lui. Comme il l'avait payé cher.

Mon oncle psychanalyste confirma le diagnostic de l'institut Claparède : j'étais désespérément normal. Il me regardait avec un sourire amusé comme si lui-même n'était qu'à demi convaincu de la science qu'il professait. Il ne prenait pas cette affaire au tragique; pas plus que moi d'ailleurs. Cela scella entre nous une complicité qui dura longtemps.

Une oasis dans un hôpital psychiatrique

Je n'en avais pas fini avec la psychanalyse. Quelques années plus tard je me retrouvai dans le cabinet d'une éminence mondiale de la psychopathologie. C'est peu dire qu'il m'impressionnait. Il m'avait pris dans le phare de ses yeux bleus et me scrutait avec l'intensité d'un hypnotiseur.

— Peut-être pas une psychanalyse, même s'il faudra y songer un jour. Mais une bonne psychothérapie ne vous fera certainement pas de mal.

Il martelait ce diagnostic avec la force d'une évidence. C'était dit d'un ton ferme comme un bon conseil d'ami qu'on ne vous répétera pas deux fois. Dans la pièce, le fameux divan en skaï noir, qui semblait avoir absorbé la noirceur de tous les inconscients, me tendait des bras menaçants. Je restai muet. Un silence plein de gêne planait. Je sentis que le professeur l'appréciait, comme un homme habitué à faire son miel des silences pesants, des attitudes emberlificotées. J'attendais un mot de sa part, une de ces formules en usage dans le corps médical; évidemment il lui était difficile de me dire « Rhabillez-vous ! » Quant à moi je cherchais une phrase polie pour me tirer d'embarras. Un « non » franc eût été discourtois. Un « peut-être », hypocrite. Je ne voulais pas décevoir le grand professeur, président de la Société mondiale de psychanalyse, qui avait eu la gentillesse de se pencher sur mon cas, bénin, banal, qui n'était assurément pas susceptible d'être l'objet d'une communication dans un colloque international.

— Je vais réfléchir, dis-je d'une voix altérée. Le professeur me reprit dans le phare de ses impitoyables yeux bleus. Il me semblait qu'il lisait à livre ouvert dans mon débat intérieur.

— Ne réfléchissez pas trop, me dit-il comme si je ne me rendais pas compte de la gravité de mon cas et que déjà on préparait ma chambre capitonnée à l'asile d'aliénés du docteur Blanche.

Je le remerciai chaleureusement, avec des effusions d'autant plus vives que je ne comptais pas m'allonger sur son divan. Je me retrouvai encore une fois près du Trocadéro. Il pleuvait, ou alors il y avait du soleil, je ne me souviens plus, mais il me semble que c'était un beau jour ; je me sentais joyeux, heureux de vivre, et tant pis si j'étais atteint d'une névrose ou d'une psychose.

La seule ombre au tableau, c'était que j'allais décevoir, je le sentais, le professeur S., psychiatre, psychanalyste, directeur de l'hôpital psychiatrique d'Auxerre, qui m'avait obtenu cette consultation de faveur auprès de son éminent confrère. Il attendait beaucoup de cette visite. Parce qu'il me trouvait sympathique, parce que j'étais le petit ami de sa fille, Anne-Marie, donc d'une certaine façon presque de la famille, il voulait me faire pénétrer dans ce délicieux labyrinthe où il évoluait lui-même avec beaucoup d'aisance. C'est un penchant commun : les catholiques veulent vous convertir, les francs-maçons vous initier, les écrivains vous persuader de l'intérêt de la lecture, et les psychanalystes, qui sont eux-mêmes passés par une psychanalyse didactique, sont convaincus qu'il n'y a pas de bonheur hors de la psychanalyse.

Je me rendis donc à Auxerre, un peu anxieux, me demandant comment j'allais présenter ma lâche reculade. Dans le train, je polissais des arguments propres à ne pas blesser la susceptibilité professionnelle du professeur S. C'était un homme qui sous des allures délicieuses, une courtoisie sans faille se révélait un implacable despote. Sa famille, sa femme, ses enfants, ses internes, ses fous tremblaient sous sa férule souriante. Je n'ai jamais vu personne d'aussi ouvert et d'aussi conciliant dans ses analyses, ni d'aussi résolu dans ses décisions. Cela tenait sans doute à ses deux passions : la vie militaire — il était colonel de réserve — et la psychanalyse.

À peine étais-je descendu du train que deux infirmiers baraqués, vêtus de blouses blanches où se lisait « Hôpital psychiatrique » se présentèrent à moi. Ils m'encadrèrent et me conduisirent jusqu'à une ambulance qui attendait sur le trottoir. Les voyageurs m'observaient avec un regard apitoyé. Ils imaginaient pour moi un bien triste destin et leur compassion n'était pas loin de m'émouvoir sur mon propre sort. L'ambulance grillant quelques inopportuns feux rouges franchit à une allure record la distance qui nous séparait de l'hôpital. J'aurais dû être interné d'urgence qu'elle n'aurait pas été plus rapide. Elle s'immobilisa devant une porte gigantesque, qui s'ouvrait dans des murs qui ne l'étaient pas moins. Il ne fallut pas moins de deux infirmiers pour la mouvoir et nous pénétrâmes à l'intérieur de l'hôpital.

Rien ne laissait présager le décor que je découvris : les hauts murs et la porte patibulaire franchis, je me trouvai dans le jardin de Marie-Antoinette ; une maison couverte de vigne vierge, des allées de gravillons, des massifs de fleurs, des roses. Je croyais arriver dans l'antre du cyclope et j'étais dans la grotte de Calypso. Il régnait une atmosphère surannée de province, de vieilles tantes célibataires, de broderie anglaise, de canasta, de whist, d'ombrelles, de vieux cognac. Tout ce qui aurait pu risquer d'assombrir cet endroit champêtre et idyllique, murs d'enceinte, miradors, etc., était artistiquement dissimulé par de la verdure.

Le professeur m'accueillit avec un sourire gourmand. Sa moustache en brosse d'avance frémissait de plaisir. Sa poignée de main était vigoureuse. En voilà un qui n'avait jamais dû connaître les états d'âme de Léopold Robert. Tandis qu'une jeune femme d'une extrême nervosité, dévorée de tics, et qui se grattait le visage d'un geste compulsif, me conduisait à ma chambre, au deuxième étage, je croisai un homme allongé de tout son long dans l'escalier qu'il avait entrepris de cirer minutieusement, le nez à quelques centimètres des marches : il avait le visage torturé de Quasimodo. À mon approche, il se pelotonna contre le mur avec une expression de terreur comme si j'allais le frapper. Je déposai ma valise et descendis à la salle à manger, où le déjeuner était servi.

Le professeur S., avec sa bonhomie en béton armé, plastronnait au milieu de sa famille. Il évoquait une cathédrale gothique des environs qu'il me conseillait de visiter. Soudain la porte qui donnait sur l'office s'ouvrit avec fracas : une femme entre deux âges apparut ; en tout autre endroit, à son visage lourdement grimé, à son regard animé d'une exaltation hallucinée, j'aurais pu croire qu'elle répétait un rôle pour une tragédie, mais le plat qu'elle portait loin devant elle, les bras tendus, ne laissait planer aucun doute sur son emploi. Cette entrée extravagante ne troubla pas le professeur qui poursuivit son monologue. Et lorsque la malheureuse, s'approchant de lui pour lui tendre le plat, lui déclara assez distinctement : « Monsieur, je préfère vous prévenir, il y a un hippopotame dans votre baignoire », il accueillit la chose avec le plus grand naturel.

— Aucune importance, Madeleine, je m'en charge. N'ayez aucune inquiétude.

Puis lorsqu'elle eut tourné les talons, il s'adressa à moi avec un large sourire :

— Ne soyez pas surpris si vous découvrez ici

des comportements un peu bizarres : le personnel qui me sert est composé d'anciens internés de l'hôpital ; en général ils sont guéris, et s'ils ne le sont pas tout à fait ils sont inoffensifs. Ainsi, le garçon charmant que vous avez sans doute vu dans l'escalier a commis quatre crimes plus atroces les uns que les autres ; maintenant il ne ferait pas de mal à une mouche. La femme qui vient de nous servir voulait éplucher le cadavre de son mari avec un presse-purée. Bien sûr elle n'y est pas parvenue. Ce n'était pas l'instrument adéquat. C'était d'ailleurs symptomatique de sa folie. Quant à la cuisinière, s'exclama-t-il en ménageant ses effets, c'est une ancienne empoisonneuse. Elle a envoyé *ad patres* toute la famille d'un honorable président de la cour d'appel de Dijon.

Je contemplai avec terreur, dans mon assiette, la tranche de gigot aux flageolets largement entamée.

Après le café, mon hôte s'empara d'un gros cigare et me proposa une promenade dans le jardin.

Nous suivîmes une allée de gravier qui serpentait au milieu des massifs de bégonias et presque sans nous en apercevoir nous avions franchi une insignifiante barrière blanche : c'était la clôture, quasiment symbolique, qui séparait le domaine privé du professeur et de sa famille de l'asile psychiatrique proprement dit, où nous nous trouvions maintenant ; les dehors en étaient bucoliques, des vignes, des vergers, des potagers, où s'affairaient des hommes et des femmes en habits de toile bleu clair. D'un pas nonchalant, il m'entraîna vers une grande bâtisse en briques, d'aspect peu avenant.

Toujours souriant, il me dit :

— Vous qui voulez écrire, je vais vous montrer quelque chose qui va vous intéresser.

Il n'attendit pas ma réponse. Déjà nous étions dans le vestibule où deux internes obséquieux l'aidaient à enfiler une blouse blanche.

Il m'entraîna de salle en salle tout en développant des généralités sur l'internement psychiatrique, ses limites, ses erreurs, le nombre de patients qui entraient chaque année, le pourcentage de guérisons, la difficulté de délimiter parfois ce qui ressortissait au crime de droit commun et à la maladie mentale.

Un spectacle d'épouvante s'offrait à moi : des hommes et des femmes déambulaient avec le regard vide, un même teint cireux, et sous les yeux ces cernes bleu foncé des profonds insomniaques ; certains tenaient des poupées dans leurs bras, d'autres paraissaient simplement hébétés, accablés par le poids de leur existence. La visite du médecin suscitait une petite excitation. On s'approchait de lui pour lui faire part de lubies, de cauchemars, d'obsessions ; il écoutait gravement, en hochant la tête, comme un hobereau accueille avec un air pénétré mais une totale indifférence les doléances de ses métayers et de ses gardes-chasses.

C'était comme un encens qui lui chatouillait délicieusement les narines. Il semblait prendre un réel plaisir à se promener dans ce capharnaüm de psychotiques, où s'exposaient toutes les variétés de la détresse humaine. Moi, je suffoquais. Je retrouvai l'air libre avec bonheur.

Il me prit le bras.

— Voulez-vous que nous visitions maintenant le pavillon des grands agités ? C'est plus intéressant encore.

— Une autre fois, balbutiai-je, au bord de la nausée.

Il parut déçu.

— Bon, dit-il, alors venez dans mon bureau, il faut que nous ayons une petite conversation entre hommes.

C'était ce que je redoutais, mais après ce que je venais de subir plus rien ne pouvait m'émouvoir.

Il me conduisit dans le cabinet de consultation qu'il avait aménagé à son domicile privé. Il s'installa derrière un énorme bureau dans le style Boulle, sur ce qui me parut être un trône, une sorte de fauteuil d'apparat en bois doré qui avait dû servir de siège épiscopal dans une église byzantine. Il me pria de prendre place sur un tabouret aux pieds minuscules, manifestement sciés, qui aurait pu être celui d'un bambin. Il me dominait ainsi de toute sa hauteur.

— Alors, me dit-il d'un ton jovial, cette psychothérapie, vous la commencez quand ?

Il me montrait ainsi que le téléphone avait rapidement fonctionné avec son éminent confrère et aussi, accessoirement, qu'à un certain stade, à un certain degré d'initiation, le secret médical n'était qu'une formalité ridicule, une pudeur mal placée, un obstacle à cette vérité tranchante, douloureuse, dont il se délectait.

Je fis une moue qui ne lui parut pas de bon augure. Il chercha à me prendre par mon point faible :

— Savez-vous que de grands écrivains, des génies ont eu recours à la psychanalyse pour leur plus grand profit : Hermann Hesse, Pierre Jean Jouve, Jean Rostand, Gide, Rilke, Gustav Mahler...

— Je n'en ressens pas la nécessité, m'exclamai-je dans un élan de courage qui m'étonna moi-même.

— Vous, non, mais les autres ?

— Les autres !

— Oui, ma fille par exemple. Vous ne la rendez pas heureuse. Sexuellement, j'entends, car pour le bonheur, c'est une autre histoire.

Il leva les bras au ciel avec une expression désabusée.

Qu'un père me parlât sans la moindre vergogne de questions aussi intimes touchant sa fille me plaçait au-delà des convenances, dans ce pays aux mœurs bizarres que peuplent les psychanalystes et les psychanalysés. Je hasardai :

— Peut-être votre fille a-t-elle un problème ?

— Son problème, c'est vous, dit-il en pointant vers moi un doigt accusateur.

Rentré à Paris, j'allai voir mon oncle psychanalyste, que cette mésaventure réjouit beaucoup. Il en connaissait les protagonistes.

— Cela ne me paraît pas très grave, conclut-il. Et cette jeune fille, me demanda-t-il, est-elle jolie ?
— Ravissante !
Je ne mentais pas.
— Où l'as-tu rencontrée ?
— À Noirmoutier.
— À Noirmoutier, comme c'est intéressant. Renoir y a séjourné en venant de Bretagne.

Il se mit à me parler de Renoir, qu'il avait connu dans son enfance, puis de Degas, dont il possédait un pastel, de son grand-oncle Édouard Manet, puis de sa grand-mère Berthe Morisot, dont les pastels d'une grâce aérienne couvraient les murs.

La nuit tombait dans cet appartement de la rue Spontini. Il me parlait maintenant de Paul Valéry, qui, s'il l'avait encouragé dans la voie de la médecine, non de la psychanalyse, s'en était montré si curieux, de Lacan, dont il avait été l'ami et le condisciple à Sainte-Anne, de Sartre dont il avait surveillé, lorsqu'il était interne, les expériences à la mescaline qui s'étaient révélées si néfastes. Il me parlait de Marie Bonaparte et soudain je voyais surgir cette association inattendue de l'épopée solaire de Napoléon et de la ténébreuse exploration freudienne.

Bien des années plus tard, dans ce même bureau qui avait entendu tant de confessions, devait se dérouler une scène étrange : mon oncle était à demi renversé dans un fauteuil club, dans une position pas très éloignée de celle d'un patient sur le divan, tandis que moi je l'interrogeais, le poussant dans ses retranchements, lui demandant de raconter sa vie, de s'abandonner à la magie des souvenirs et des associations d'idées. N'avions-nous pas en commun d'avoir l'un et l'autre fui cet univers merveilleux mais asphyxiant de la peinture, pour une odyssée dans les territoires de l'inconscient ?

Ma nuit avec la fille du général

J'ai dit Noirmoutier. Aussitôt je sens le goût du sel sur mes lèvres. Je ne connais pas Chioggia, je n'y suis jamais allé, peut-être irai-je un jour. J'imagine qu'à Chioggia, sur le port, comme à Noirmoutier, il y a cette bonne odeur de saumure, de poisson ; les vieux cordages qui sèchent, les filets à sardines que les marins ravaudent au soleil ; les petits bistrots bruyants où les pêcheurs, au bar, se hurlent des histoires de marins — c'est la fréquentation de la mer, du vent, qui donne l'habitude de parler fort. Dans tous les pays du monde les marins se ressemblent : qu'ils soient en Grèce devant un verre d'ouzo ou de résiné, à Macassar franchissant la barrière de corail à bord de leur *prao*, à Rio de Janeiro tirant à l'aube une seine sur la plage, ils sont frères par les mains calées, les embruns, le vent qui ravine leur peau, le roulis que la terre ferme continue de donner à leur démarche déhanchée.

Noirmoutier, je n'y retourne jamais sans en souffrir, sans en retirer quelque amertume. J'y ai été si heureux. Et puis ce paradis terrestre a été dévasté, comme l'autre, celui où nous habitons, que nous avons saccagé. C'est une île maudite, mais elle n'en a pas l'air. Elle est blonde comme son sable, douce, lumineuse, mais tant de sang, de larmes ont coulé ici, tant de femmes violées, éventrées, d'enfants jetés dans des puits, que leurs ombres murmurent à la nuit tombante, dans les bosquets de tamaris ou de rouge de mer.

Les noms, l'Anse Rouge, la Croix Rouge, rappellent le sang. Les chouans ont vendu chèrement leur peau. Les colonnes infernales de Turreau et de Carrier, le boucher de Nantes, les ont massacrés, eux et leurs familles. Seul le général d'Elbée a eu droit à un traitement de faveur : il a été fusillé devant le vieux château — dans un fauteuil, ne pouvant se tenir debout à cause de ses blessures.

Mes parents, avant la guerre, avaient acheté aux enchères, à la bougie, une maison de pêcheurs blottie derrière une dune, avec son puits, sa vigne, son massif de buis, un gigantesque figuier, un mûrier. Ils l'avaient acquise avec ce qui leur revenait de la vente d'un Renoir que mon grand-père avait bradé pour pouvoir partir pour l'Italie, pays qui avec les femmes était sa folie. Elle avait été construite avec des matériaux de la mer, l'huisserie, la charpente provenaient des épaves qui jonchaient la plage après les tempêtes. Mes parents n'en profitèrent pas longtemps. Les Allemands l'occupèrent pour en faire un lieu d'orgie et de beuverie. Puis, pour s'amuser une dernière fois, ils la firent sauter à la dynamite, la veille de leur départ, en 1944. Ce sont les amusements de la guerre. Il ne restait qu'un tas de pierres où, enfant, j'allais jouer. Quelques lièvres y avaient trouvé refuge. Ne subsistaient que la margelle du puits et le pavement de la maison qui permettait d'imaginer la disposition des pièces. Depuis le figuier a pour moi un parfum entêtant de nostalgie, de bonheur perdu.

Noirmoutier a connu une autre sorte d'envahisseur, le béton, les bicoques, les ronds-points, les supermarchés. La seule chose qui n'a pas changé, qu'on n'a pu abîmer, c'est le ciel : on n'a rien pu y construire. Seul un poète, Cendrars, a imaginé des Lotissements du Ciel. Il est intact, avec sa lumière changeante, intense ou délicate. C'est cette lumière si particulière qui fascinait mon père. Que de mal il s'est donné pour en saisir les nuances ! Je le vois avec son chevalet planté devant les marais, abrité par une ombrelle qui attirait les libellules, le visage crispé par la concentration, tourmenté par le désir de percer le secret de cette lumière.

Noirmoutier me plaisait à l'époque d'avant les fils de fer barbelés, lorsqu'on s'éclairait à la bougie ou à la lampe à pétrole, qui sculptaient les visages et les rendaient semblables à des portraits de Le Nain ou de La Tour.

Cette île, c'est l'île mère qui a enfanté tous mes désirs d'îles. Ce que j'espérais trouver à Skyros, à Samos, à Folégandros, à Koufonissia, à Lombok, à Gilli Air, à Formentera, c'était une émotion perdue, la sensation d'un monde épargné par le temps qui autrefois détruisait sans rien dénaturer et qui aujourd'hui détruit en construisant. Ce que Don Juan cherchait avec les femmes, je le cherchais, moi, dans les îles. Je voulais les palper, les étreindre, en jouir, mais aucune ne me retenait. Il me semblait que la plus belle, celle qui me comblerait, m'attendait ailleurs.

Noirmoutier pour d'autres raisons avait mauvaise réputation : c'était l'île des adultères. C'est vrai, il y a quelque chose dans l'air qui incite sans qu'on s'en aperçoive à la lascivité. Les femmes surtout y sont sensibles ; c'est peut-être cette surcharge d'iode que diffusent les marais salants qui agit sur leur hypothalamus comme l'encens. En tout cas les propriétaires des belles maisons tarabiscotées, dans le style anglo-normand, construites sur le front de mer des Souzeaux, ou celles, un peu fantomatiques, du bois de la Chaise, alimentaient la chronique des scandales, des scandales désamorcés comme des pétards mouillés, dont les pires se terminaient par une gifle, rarement par un divorce. On n'a pas idée de faire tant de cas de ce frottement d'épidermes sous le clair de lune qui ne vole rien à personne.

Les femmes étaient très belles. Je me souviens, j'avais dix-huit ans, c'était l'aube, l'été. Je revenais en Vélosolex par une route qui serpentait à travers les marais. Le jour allait se lever. Les eaux dormantes luisaient dans la demi-obscurité comme des yeux de monstre. La brise de mer poussait un remugle de varech qui se mêlait à l'odeur du foin coupé. Des oiseaux cinglaient le ciel avec des cris rauques. Le cœur me battait. Les souvenirs de la nuit m'enfiévraient. Je savourais mon triomphe. N'était-ce pas une princesse avec qui je venais de passer la nuit ? Tout se mêlait : les éclairs de la volupté, la mémoire des baisers, le sentiment orgueilleux de la conquête. Que de brûlants secrets j'avais dérobés ; ceux d'un corps bien sûr, ses redoutes soyeuses, les arcanes de ses réflexes intimes, cette vie souterraine, tempétueuse, qui s'anime sous les caresses.

J'avais étreint un corps mais aussi des lieux qui me laissaient leur saveur, leur odeur. Il me semblait que je les avais possédés. J'avais percé l'intimité de cette majestueuse bâtisse en granit qui m'apparaissait comme une forteresse imprenable. Maintenant ce n'était plus qu'une villa du bord de mer comme les autres, avec le salon qui sent les épines de pin, le grand escalier aux marches craquantes, une chambre d'enfant aux odeurs de savon et de bonbon, une salle à manger irréelle avec sa grande table prête pour le petit déjeuner, les bols retournés.

Belle, grande, avec un très beau port de tête, Sarah avait vingt-huit ans. Lorsqu'elle se déplaçait, sa grâce faisait penser aux évolutions d'une goélette. Des cheveux coupés court, d'un blond cendré, un long corps mince lui donnaient parfois un faux air de garçon manqué ; pourtant rien n'était plus féminin que son visage bien dessiné, ses hautes pommettes, ses yeux d'un bleu foncé qui jetaient des étoiles de malice, tandis que la pupille noire luisait, dangereuse, comme une pierre de jais ou un grain de folie.

Folle, elle l'était un peu, mais cela faisait partie de son charme. Elle était l'indiscipline même. Elle ne pouvait se résoudre à ce que la vie ne fût pas un jeu, un jeu toujours différent, avec des partenaires qui changent, qu'on trouve indifféremment dans une paillote sous les cocotiers, au bal de Ferrières, dans les bas-fonds de New York. Disponible pour enfiler la robe du soir la plus raffinée ou s'habiller d'un pantalon et d'une vareuse de marin, elle se mettait nue avec une aisance que je n'ai vue qu'à elle, comme si c'était là, au fond, le jeu auquel allait sa préférence. Elle ne prenait rien au sérieux, ni le mariage, ni la fidélité, ni même la maternité, qui la rebutaient comme des liens. Tout ce qu'elle possédait, elle le donnait ou elle le perdait.

Parce qu'elle ne voulait pas vieillir, elle aimait la jeunesse avec un appétit féroce. Elle s'ébrouait dans les rêves adolescents, savourait le goût des fruits verts, la fougue mal disciplinée, toute cette vague anarchique, incohérente, avant qu'elle ne se brise sur la digue de l'âge adulte. Elle était mariée bien que peu faite pour l'être, elle avait un enfant, un fils de huit ans, qu'elle traitait comme un jouet.

Je revoyais le dos nu de Sarah, cette longue courbe presque infinie qui la faisait ressembler à une odalisque d'Ingres. Je me revoyais monter avec précaution l'escalier en bois de la véranda qui conduisait à sa chambre tendue de toile de Jouy où flottait une odeur de citron.

Au fond je ne savais ce que j'avais préféré dans cette nuit : les prémices, la chambre feutrée, le lit qui s'anime tandis qu'un rai de lumière filtre par la porte de la salle de bains projetant des ombres dansantes sur le plafond ; ce moment où elle suffoque, comme suspendue au-dessus d'un abîme mystérieux avant de pousser une plainte d'enfant malade ; son corps dans la demi-pénombre, le crin doux de son sexe à l'odeur de tabac blond.

Non, le moment que j'avais savouré avec le plus de délice, c'était plus tard, quand j'avais quitté la grande bâtisse avant qu'elle ne s'éveille ; avant que son père, le vieux général au nez de cuir — un uhlan le lui avait coupé d'un coup de sabre — ne sonne le clairon pour mettre au bas de leurs lits une smala d'enfants.

Comme je l'aimais, cet instant où, après avoir descendu l'escalier de la véranda, fait crisser le gravier, déverrouillé la barrière blanche, je retrouvais mon Vélosolex couché le long de la haie de lauriers, humide de rosée. J'essuyais la selle avec la manche de mon caban. Comme c'était bon de s'enfuir avec le souvenir de cette nuit. Il m'appartenait ; je pouvais le revivre, le parfaire, le modifier, le sculpter à ma guise, en repasser indéfiniment les épisodes dans ma mémoire. Aucun risque ne pesait plus sur moi. Ni le vieux général en pyjama, ni la cuisinière, ni les petits enfants ne pouvaient plus m'atteindre.

Maintenant les marais s'animaient. Des nuées d'oiseaux balayaient le ciel ; de lourds nuages blancs comme une formidable literie céleste se déployaient en gros oreillers et en édredons neigeux. La population des marais s'égaillait ; un grand duc décollait lourdement avec un froissement d'ailes ; la route goudronnée prenait une teinte ardoise ; une grange avec sa meule de foin se reflétait dans le miroitement des eaux dormantes. Les marais salants se transformaient en palettes multicolores.

Où était passée la nuit ? Aucune trace n'en subsistait. Et le petit nuage rose qui fuyait au-dessus de la ligne d'horizon ? Disparu lui aussi. La fatigue commençait à poindre. Un engourdissement alourdissait ma nuque. Je ne voulais pas m'abandonner au sommeil. Je voulais garder intactes le plus longtemps possible les sensations de cette nuit, son goût pimenté d'adultère, de sexe, de tendresse, de romanesque. Tout cela avait existé mais les preuves que j'en détenais étaient si fragiles. Je me jurais de m'imprégner de cette nuit, d'en graver le souvenir en moi pour ne jamais la perdre.

Toutes les femmes sont infidèles

J'étais fier d'avoir une maîtresse plus âgée que moi, surtout belle, convoitée. Ce qui me grisait plus encore, c'étaient les circonstances romanesques de cet amour. Rien ne m'a jamais paru plus fade que de tomber amoureux de sa cousine. Comme André Gide. Mais lui n'aimait pas les femmes. Il les aimait à sa façon, laides, disgracieuses, dépourvues de magie, pour ne pas être tenté de les désirer. Sarah m'offrait un dépaysement complet : son âme vagabonde, sa fantaisie, sa famille même, d'un genre inclassable, composée de militaires, de diplomates, de mannequins, était très représentative des évolutions de l'oligarchie bourgeoise qui s'est constituée entre la Restauration et le Second Empire. Les Leroy-Beaulieu, les Raphael-Leygues, les François-Poncet. Elles avaient en commun l'ambition, un goût pour le service de l'État qui ne contrarierait en rien une fringale non moins vive pour l'argent. Ces familles, comme les autres, dégringolaient. Elles avaient encore de beaux restes, et une belle énergie pour se caser dans les conseils d'administration. En cela aussi Sarah m'éblouissait ; quand je caressais ses seins, j'avais une pensée pour un de ses ancêtres, austère régent de la Banque de France, binoclé et décoré, et son corps me paraissait aussi chaud et mystérieux que la ville de Damas, la perle noire de l'Orient, où son aïeul avait signé un fameux accord de protectorat.

Les journées que je passais avec Sarah semblaient se répéter : des après-midi innocentes, sportives, à bicyclette, bouche à bouche avec l'air du grand large. Son fils nous suivait sur un vélo rouge. Il avait un air triste et résigné. Par-dessus son cornet de glace à la vanille, il me jetait des regards qui n'avaient rien d'amical. À je ne sais quel geste trop tendre de sa mère, il avait compris qu'il devait me détester. Ces promenades nous conduisaient toujours aux mêmes endroits : plages de Luzeronde, des Eloux. Nous empruntions les chemins de terre défoncés qui traversaient les bois de l'abbaye de la Blanche, des Sableaux, avant de revenir au bois de la Chaise par l'allée des Soupirs, plantée de mimosas et de lauriers, qui exhalait une odeur aigrelette de pin maritime. Le sable était brûlant et l'eau glacée. Pour le fils de Sarah, la journée se passait à décrypter nos conversations comme si c'était un langage de conspirateurs. Pour moi, la journée se passait à attendre le soir : l'enfant couché, les lumières qui s'éteignent, le général qui ronfle avec des sifflements d'obus de 45, la villa, protégée par ses grands pins maritimes, qui largue les amarres et commence sa croisière nocturne. L'heure du voleur, l'heure de la volupté.

Je retrouvais l'escalier en bois de la véranda, la chambre tendue de toile de Jouy, le dos de Sarah, immense comme une plage, le rai de lumière, les ombres qui dansent sur le plafond, la plainte d'enfant malade. Elle me racontait sa vie, ses rêves. Puis elle évoquait son mari, dont elle était à demi séparée ; elle vivait, depuis un an, dans une quasi-conjugalité, avec un amant, un metteur en scène de cinéma, dont il fallait aussi qu'elle me parle. J'écoutais ses confidences avec politesse. Je me disais que c'était peut-être une coutume chez les femmes mariées et je ne voulais pas avoir l'air idiot en m'en offusquant. Plus tard, j'ai compris que le mari était un personnage essentiel de l'adultère, aussi important que le père dans la sexualité des femmes. Mais le père n'apparaît qu'en creux, le mari doit être présent, ou du moins son ombre, pour absoudre les femmes de leur culpabilité. Plus tard j'aurais l'occasion de m'étonner de l'attitude de ces femmes qui veulent à tout prix faire l'amour avec leur amant dans le lit conjugal. Ce n'est pas par perversité, c'est pour rester dans le périmètre protecteur et rassurant du mari.

Un soir, après avoir fait danser beaucoup d'ombres sur le plafond, Sarah prit un air grave. Elle me dit : « Il faut que je te parle. »

À ces mots, je frémis. Le danger m'apparut, ce danger dont j'avais conscience depuis le premier soir, dont la menace me glaçait. Elle voulait me quitter. Je m'y étais préparé, comme on se prépare à ce genre de catastrophe : sans y croire. J'avais prévu que l'échéance tomberait avec la fin des vacances. Puis je n'y avais plus pensé. Dans l'irréalité du futur, être quitté me paraissait une solution raisonnable, dans l'ordre des choses ; maintenant que le couperet allait tomber, c'était différent : douloureux, insupportable. J'attendais le coup qu'elle allait m'asséner.

— Tu vas m'en vouloir... J'ai un ami qui doit venir... Non, pas le cinéaste, un autre... Je comprends que tu ne sois pas content... Il ne restera que deux jours.

Puis pour désamorcer ce qu'il pouvait y avoir de choquant dans sa conduite, elle ajouta :

— Ne t'inquiète pas : je ne l'aime pas.

Jamais l'annonce d'une trahison ne m'a paru plus suave. Ainsi elle ne me quittait pas. Elle ne me formulait qu'une brève interruption, une éclipse, quand j'attendais la rupture définitive, la nuit totale, le néant. Quant à ses explications, je n'y comprenais pas grand-chose. J'avais l'excuse d'être jeune, inexpérimenté. Je mettrais beaucoup de temps pour parvenir à la sagesse qui est, dans ce domaine incompréhensible, de ne pas chercher à comprendre.

Même si j'avais échappé au pire, ce n'était pas une nouvelle agréable à entendre. Mais les bornes de l'inacceptable en amour sont très mobiles. Ce n'est qu'une question d'habitude. Ce doit être la même sensation lorsque, pour la première fois, on avale un sabre, avant que cela ne devienne un geste banal à la millième représentation; on doit s'étonner de sentir que cette lame longue, froide, pénètre si facilement au fond de la gorge, que cet exercice qui paraissait non seulement au-dessus de ses forces mais de la capacité humaine soit en réalité tout à fait possible. En amour, c'est pareil. Cette situation inacceptable, je l'acceptai.

— Quand arrive-t-il ? demandai-je d'une voix altérée.

— Demain !

J'avais accepté l'idée d'être trahi. Que ce fût si proche m'abasourdit.

Je décidai de profiter de mes derniers instants de bonheur. Je la pris dans mes bras. Quelle fougue je plaçai dans cette étreinte; je voulais épuiser à jamais le désir que j'avais d'elle; je voulais mettre dans cet acte mon amour, mon espoir, mon pardon. Tant que je lui faisais l'amour, j'avais l'impression de conjurer la trahison future. Mais après. Tout cela avait quand même un goût de défaite. Il y eut un long silence.

Elle le rompit la première.

— Il doit être tard.

Cette phrase banale signifiait que je devais partir. Elle eut pour effet de détruire tout l'édifice de résignation que j'avais construit. Plus rien ne me protégeait de l'atroce vérité.

Lorsque je repris mon Vélosolex dans la haie de lauriers, j'eus de la peine à le redresser : mes forces m'abandonnaient. Je réussis à me hisser sur la selle et je me laissai emporter, insensible à la bruine qui tombait et couvrait les marais salants d'un voile gris. Par le col de mon caban, la pluie dégoulinait dans mon cou. Cette sensation désagréable ne parvenait pas à me sortir de mon anéantissement. Je n'existais plus. Je tombai sur mon lit comme une loque.

Le lendemain mon calvaire commença : du réveil jusqu'à la nuit, puis chaque seconde de la nuit, je souffrais. Une douleur me sciait les nerfs. Si encore j'avais pu dormir, anesthésier ma souffrance dans le sommeil, mais le sommeil m'avait quitté lui aussi. Je me prenais la tête dans les mains et j'essayais de comprendre. C'était la méthode la moins appropriée : aucune explication de texte n'a jamais calmé une rage de dents, ni une équation mathématique apaisé la faim quand elle vous tord le ventre.

J'essayais de comprendre en quoi j'étais coupable. Quelle faute avais-je commise ? Quel mauvais karma devais-je expier ? Cette trahison remettait en cause mon incertaine confiance en moi-même. Je me regardais dans la glace. Je me jetais des regards haineux. Quel intérêt avait-elle pu trouver en moi ? Mais alors pourquoi ces nuits, les caresses, les mots d'amour ? Par bonté, par désœuvrement, par négligence ? Fallait-il n'attacher à ces témoignages aucune importance ? N'étaient-ils que la musique d'ambiance de la coucherie ?

Je pensais à la mort. Quand on souffre de ses premiers tourments amoureux, on a tendance à la considérer comme un cachet d'aspirine. On pense à se tirer un coup de revolver dans la tempe comme s'il s'agissait de prendre un calmant. Je passai une nouvelle nuit affreuse.

Le lendemain, je me levai dans de nouvelles dispositions. J'avais bien fait de ne pas me tuer. À la torpeur avait succédé la fureur, au délire masochiste, l'agressivité. J'enfourchai mon vélomoteur, décidé à agir. Le temps était beau ; le vent des marées d'équinoxe soufflait comme un bœuf. Je me dirigeai vers le bois de la Chaise. Je traversai le port de Noirmoutier encombré de bateaux de pêche multicolores ; les gréements tintaient sous les rafales. J'empruntai la longue jetée Jacobsen qui longe le cimetière des bateaux : les carcasses fantomatiques des vieux navires offraient leurs entrailles aux mouettes et aux crabes. La marée basse faisait remonter des odeurs d'algue et de vase. Je filai sans très bien savoir ce que j'allais faire, avec l'audace folle des gens malheureux lorsqu'il s'agit de réclamer des comptes.

J'arrivai aux abords de la grande bâtisse. À nouveau, dans le plein jour, elle m'impressionnait. Elle me faisait peur. Aussi peur que si le vieux général au nez de cuir, son aïeul le régent de la Banque de France, et quelques ambassadeurs m'attendaient pour me morigéner. La villa plastronnait, l'air féodal ; les parterres d'hortensias bleus étaient gonflés de satisfaction. La maison respirait la quiétude, l'opulence, la dignité des corps constitués. Je me poignardai en lançant des regards vers la fenêtre de Sarah et la balustrade peinte en vert. Que pouvais-je faire ? Attendre ? La perspective de tomber sur le général ne m'enchantait guère. Et puis on se lasse de tout : même des poisons de la jalousie. J'étais dégrisé. Lâchement, j'abandonnai le siège.

Ne sachant où aller, je repris d'instinct le chemin des jours heureux. Je suivis les routes ensablées que nous avions empruntées, je retrouvai les plages où nous avions pris des bains de soleil et mangé des biscuits Paille d'Or craquant de sable : les Souzeaux, Luzeronde, les Eloux. Je m'allongeai au sommet de la dune, au milieu des chardons et des plantes piquantes. Pourquoi Sarah agissait-elle ainsi ? Pourquoi le temps passait-il si lentement ? Les femmes mariées sont-elles toutes des menteuses ? Pourquoi étais-je devenu soudain si passionnément amoureux ? Je lançai des cailloux dans la mer. J'enfourchai mon vélomoteur et j'allai porter mes interrogations et mes plaintes sur d'autres rivages.

Où était-elle ? Plutôt où étaient-ils ? De la jetée de la pointe du Devin où avait vécu un fameux haruspice, je regardais le soleil se jeter dans la mer. Verrais-je le rayon vert ? Cela aussi devait être une blague, comme l'amour.

Sur un chemin qui conduisait à la plage des Eloux, mon vélomoteur s'ensabla. Je le poussai. Une voiture décapotable passa près de moi. Je levai les yeux : Sarah, souriante, me fit un geste de la main tandis que l'homme qui conduisait tournait dans ma direction un regard protégé par des lunettes de soleil. La voiture me gratifia d'un nuage de poussière mêlée de sable.

Cette rencontre me fit moins souffrir que je ne l'aurais imaginé. Elle m'agaça. Et cette nuit-là, qui aurait dû en bonne logique être hantée de fantômes, d'obsessions et de souffrances, fut parfaitement calme. Je m'endormis lourdement comme un ivrogne. Au matin, je m'éveillai, guilleret, avec un délicieux sentiment de délivrance : il était parti.

La vie avec Sarah reprit comme avant. Tout était pareil, les promenades, les nuits, et tout était différent. Quelque chose était fêlé. Je prêtais ma peau, je ne me donnais plus. Un étrange sentiment de prudence se glissait dans l'amour : je ne voulais plus m'abandonner puisque je craignais d'être quitté ; il y a chez les amoureux les plus éthérés un créancier vigilant qui craint de ne pas rentrer dans ses fonds et qui ne fait que du crédit sur gage. Maintenant je savais qu'elle partirait à la cloche de bois. Nos abandons s'en ressentaient : je la regardais et je cherchais sur son visage des traces de sa perfidie.

Noirmoutier se vidait de ses vacanciers. Les plages redevenaient désertes ; les rues et les cafés perdaient leur agitation ; une nonchalance de ville d'eaux tombait sur les grandes villas du bois de la Chaise. On avait cadenassé les cabines de bain. Les voiliers quittaient leur mouillage. Nous nous faisions l'impression d'être les survivants d'un été englouti.

Souvent Sarah me demandait : « À quoi penses-tu ? » Que pouvais-je lui répondre ? J'étais déjà à Paris. Je sentais cette impression glacée que l'on éprouve à chaque rupture. Cette vie dont plus aucune illusion ne vous protège. Et dieu sait que j'avais besoin d'illusions !

Un moment de pessimisme amoureux

Ne quittons pas Noirmoutier tout de suite. Cette île a beau être maudite son charme m'attache toujours. Sa lumière m'enchante. Une île n'est jamais tout à fait néfaste quand elle favorise les amours. Je l'ai dit : la cause est dans l'air qu'on y respire, un véritable aphrodisiaque. Avant Sarah, j'avais eu une aventure avec une jeune fille, elle aussi plus âgée que moi. Où l'avais-je rencontrée ? Sur la plage, dans une crêperie, qu'importe ? Elle était jolie, piquante à souhait, assez délurée. Je l'avais finalement embrassée, puis, main dans la main, nos pas nous avaient conduits jusqu'à la plage, qui est la providence de tous les amoureux du monde, particulièrement de ceux de Noirmoutier, car non seulement les plages sont grandes, nombreuses, facilement accessibles, mais elles sont confortables : le sable y est doux, des dénivellations et des dunes protègent des regards indiscrets. Ajoutez une belle lune, des étoiles comme s'il en pleuvait, une brise légère et tiède, des phares qui, dans le lointain, semblent avec leurs faisceaux sibyllins vous indiquer qu'il n'y a aucun danger en vue, et vous comprendrez pourquoi les belles ont la folie en tête.

Une barque de pêche, providentielle, avait été tirée sur le sable. Son ombre nous attendait comme un lit. Ma compagne n'était pas farouche. Après quelques baisers brûlants, elle se mit nue avec un grand naturel. Je la rejoignis. Comme c'était délicieux d'aimer cette jeune femme près de la barque qui sentait l'algue et le poisson, de respirer cette odeur d'iode, de sentir à nos pieds le souffle de l'océan, d'être accompagné dans ce geste par des milliers d'étoiles, par la lune et aussi par des souvenirs d'enfance. J'étreignais tout cela avec feu, avec la tristesse qui accompagne toujours un acte grave. Des ombres passèrent près de nous, sans doute des pêcheurs venus inspecter leurs casiers. Nous nous interrompîmes, le cœur battant. Les ombres disparurent. Ce fut un amour redoublé, profond et doux, un peu amer cependant, comme tout ce qui se termine.

Comme j'étais reconnaissant à cette femme des risques qu'elle prenait pour moi. Ma tendresse parviendrait-elle à contrebalancer la gratitude que je lui devais ? Tout cela me rendait amoureux. Nous parlâmes longtemps sous la barque. Vers minuit elle dit qu'elle devait rentrer. Elle commençait à avoir froid. Je lui donnai mon chandail rouge et lui proposai de la raccompagner. Elle m'en dissuada. Ses parents risquaient d'en prendre ombrage.

Je la quittai à regret. Elle remonta le chemin de

la dune et disparut. Je restai seul un moment au milieu des étoiles. Soudain j'eus le désir incoercible de lui redire ma reconnaissance, mon amour. Il me semblait que je n'avais pas été assez chaleureux. Avec un peu de chance je pouvais la rejoindre avant qu'elle ne fût chez elle. Je courus sur ses traces, éperdu de joie à l'idée de la surprise qui allait être la sienne. À cent mètres de chez elle, comme je ralentissais ma course, j'aperçus un couple tendrement enlacé. Je ne me serais probablement pas attardé à l'observer si la jeune femme, qui embrassait si goulûment la bouche de son amant, n'avait attiré mon attention par un détail : elle portait autour du cou un chandail rouge. Et ce chandail rouge, c'était le mien.

Chandail ou pas, ce n'était pas loyal. Je m'approchai. Toute à son étreinte voluptueuse, elle ne m'entendit pas. À deux mètres d'elle, dans l'éclairage d'un réverbère, je m'immobilisai. Elle leva les yeux vers moi sans que sa bouche ne quittât celle du jeune homme. Son regard, je ne l'oublierai jamais : il concentrait tout, l'ébahissement, la terreur, la perversité d'une petite fille prise en faute, la panique. Je m'estimai suffisamment vengé. Je tournai les talons et je m'en allai méditer cette mésaventure sur la plage. Je cherchai des explications. Je n'en trouvai pas. Pas plus que des excuses. C'était peut-être ça, l'amour : cette succession si rapide d'exaltation et de déception.

Je ne m'en suis pas tout à fait remis. Je n'ai plus jamais insisté pour raccompagner les femmes chez elles. Je n'ai plus fait un crédit illimité aux serments et aux déclarations d'amour. Je n'en ai pas pour autant tiré des conclusions sur la perfidie particulière des femmes. C'est le jeu qui veut cela, un jeu pervers, obscur, sous ses dehors charmants et lumineux. D'une certaine façon cette expérience m'a servi. En amour, je me suis toujours attendu au pire.

D'autres expériences, à la même époque, avec des femmes mariées ne me guérirent pas de mon pessimisme. J'avais beau profiter de leurs faveurs, mon empathie envers les hommes trompés était telle que j'étais du côté des maris. Pour un peu je leur aurais fait une leçon de morale. Je leur aurais dit que ce qu'elles faisaient était mal. Elles n'auraient sans doute pas su quoi répondre à mes stupides admonestations. Sinon elles m'auraient expliqué, comme mon oncle psychanalyste, que c'était cela justement qui les tentait, ce mal si séduisant, si désirable, qui épice le devoir conjugal, qui suscite rêves et soupirs. Je me souviens d'une belle femme dont les longs cheveux soyeux faisaient frissonner ma poitrine. La scène se passait à l'Herbaudière. Comme cela avait été simple : nous nous étions vus, dit quelques mots, et elle m'avait conduit par la main dans le hangar à bateau, près de la plage. Il y faisait sacrément froid ; l'air était humide. Qu'importe. Quelle joie de découvrir un être seulement par sa peau. D'aimer d'abord et de discuter après. Sans transition, elle se mit à me parler de l'homme qu'elle aimait, qui l'attendait à Paris, et qu'elle allait bientôt rejoindre.

Et cette autre qui avait un faux air d'actrice à la mode, pimpante avec ses longs cheveux blonds, ses lèvres peintes et ses yeux charbonneux ; elle semblait prendre plaisir à exciter la jalousie de son mari, un brave homme d'une placidité à toute épreuve, qui devait trouver une certaine délectation dans les humiliations qu'elle lui infligeait. Elle m'avait convié à passer la nuit chez elle dans la ville de N. Elle m'avait donné le lit de son fils qui se trouvait dans la chambre où elle dormait avec son mari ; j'avais du mal à trouver le sommeil ; au matin, le mari parti pour son bureau, elle m'avait invité à la rejoindre dans le lit conjugal. Pourquoi la juger ? À quoi bon ! Le cœur humain est plus obscur qu'il n'est réellement malfaisant. Nos fantasmes ne sont pas plus condamnables que nos rêves, comme eux ils dessinent les ombres qui s'agitent sur la face cachée de notre cœur.

Ce qui était étrange pour moi, c'était de voir se superposer les débuts de ma vie amoureuse à des souvenirs d'enfance encore proches. Ces lieux que je fréquentais avec des amoureuses, j'en connaissais tous les recoins ; ils me parlaient du passé, ils étaient magiques.

Entre quatre et sept ans, j'ai été confié à des pêcheurs de Noirmoutier. Ils s'appelaient Jeanne et Japonais. Je dormais dans leur chambre. Ils n'avaient ni eau courante, ni gaz, ni électricité. Ils s'éclairaient avec des bougies et des lampes à pétrole. À l'extrémité de la maison vivait la mère de Jeanne, la grand-mère Martin ; elle portait encore la coiffe, la kichenotte. C'était une sorcière et je l'adorais. Son antre, composé d'une pièce de terre battue qui lui tenait lieu de salon, de salle à manger, de salle de bains, de cuisine, sentait comme elle-même le lait caillé. Elle cuisinait dans l'âtre sur un trépied en fer des soupes qui me paraissaient délicieuses car elle les assaisonnait d'histoires plus effrayantes les unes que les autres, qui emplissaient mes nuits de cauchemars. Il n'empêche, j'en redemandais. La merveilleuse vieille sorcière racontait devant le feu des épisodes rocambolesques de pirates, de naufrageurs, de femmes et d'enfants massacrés, enterrés vivants, souvenirs lointains des guerres de Vendée. Puis, lorsqu'elle avait épuisé son stock d'histoires macabres, elle traçait avec de l'eau des signes cabalistiques sur le sol en terre battue. Ainsi elle se conciliait les esprits, les incubes et les succubes, avec lesquels elle entretenait d'excellentes relations. Quand vint l'extrême vieillesse, pour ne pas être à la charge de ses enfants, elle se jeta dans un puits. Pas dans le puits familial, celui d'une voisine, la Quise, une sorcière elle aussi, qu'elle exécrait.

Avec l'amour, on n'est jamais très loin de la magie. Plus tard, allant consulter les astrologues, les cartomanciennes et les tireuses de cartes pour tenter de voir clair dans le ciel de ma vie sentimentale, je retrouvai l'ambiance excitante de l'antre de la grand-mère Martin. Ces voies obscures ajoutaient un piquant au train-train de la vie. Et puis en amour, qui est une délicieuse charlatanerie, un jeu d'illusions, de miroirs, quelle autre ressource y a-t-il sinon de confier son sort à des spécialistes de l'autosuggestion et de l'envoûtement ? Qu'y a-t-il de plus réconfortant, de plus poétique, que de croire que notre destin est relié à une étoile ? Je crois aux étoiles, aux ombres, aux protections obscures.

Pendant la guerre, à la Libération — j'avais un peu plus d'un an —, une sœur de ma mère, Lola, m'a protégé de son corps au cours d'un bombardement. J'ai encore la sensation du danger, les avions à basse altitude qui s'attaquaient à une éminence défendue par l'artillerie allemande, les cris, la peur, et soudain ce grand corps de femme, si doux, si tendre, qui s'allongeait sur moi, faisant un rempart contre la violence, la mort. Un an plus tard, elle disparaissait. Je me souviens de son cercueil qui traversa lentement un petit village des Pyrénées, de cette impression que j'éprouvai, si nouvelle pour moi, de la mort. Lola ne m'a pas quitté. Je lui parle parfois. Je sais qu'elle est quelque part dans un repli de l'irréalité, bienfaisante, dans ce monde si lointain et si proche que nous découvrirons un jour.

Les ombres de Montparnasse

Léopold Robert habita Paris quelque temps. Il y connut cette gloire qui ne le satisfaisait pas. Où logeait-il ? Ce serait intéressant de le savoir. Peut-être à Montparnasse, dans la rue qui porte son nom ? Il y a d'ailleurs un restaurant italien, couvert de fresques qu'un peintre désargenté a peintes dans les années vingt. Hemingway, qui fréquentait Venise lui aussi, a habité ce quartier, rue Notre-Dame-des-Champs, au-dessus d'une scierie. Il allait souvent voir les Delacroix du palais du Luxembourg avant d'aller manger du cervelas et des pommes de terre à l'huile chez Lipp. Le soir, il était à Montparnasse, à La Closerie des Lilas, au Dôme, à La Coupole, ou chez cette vieille lesbienne de Gertrude Stein qui l'avait pris sous sa protection et lui faisait rencontrer des peintres. Elle fut l'une des premières à découvrir Picasso. Il s'est bêtement brouillé avec elle parce que, entrant chez elle à l'improviste, il l'avait entendue faire l'amour et tenir des propos un peu salés à sa compagne, Alice Toklas. Quelle pruderie ! Hemingway qui avait affronté sans ciller les buffles, les lions et les rhinocéros, s'effaroucher devant une chose si banale, si ancienne, deux femmes qui couchent ensemble ! Est-ce par elle qu'il a rencontré Pascin ? J'en doute. Elle ne devait pas apprécier ses manières un peu lourdes, son esprit d'atelier. Pascin était souvent saoul, il se droguait, il aimait aussi les petites putes de Montparnasse ; il en prenait souvent deux ensemble, parce que c'est plus gai que ce lugubre tête-à-tête dans un lit. Parfois il invitait un copain à partager. Lui aussi s'est suicidé, comme Léopold Robert. Il s'est pendu dans son atelier, non loin de là, rue Campagne-Première.

Montparnasse est pourtant un quartier assez gai. Ionesco y habitait, dans un petit appartement assez bourgeois, avec sa femme et sa fille. J'allais souvent le voir le dimanche : nous prenions le thé — parfois, en cachette, il y ajoutait une rasade de whisky — et il racontait avec malice l'époque où il mangeait de la vache enragée et où les critiques méprisaient ses pièces au point qu'aux premières représentations de *La Cantatrice chauve* il y avait plus d'acteurs sur la scène que de spectateurs dans la salle. Il trouvait cela très drôle. Content d'avoir du succès, il n'était pas loin de penser que c'était une farce, comme l'échec d'ailleurs, comme la vie tout entière. Henry Miller aussi a habité le quartier. Il y a fait les quatre cents coups. Il a fallu qu'il aille en Grèce, à Delphes, pour prendre conscience subitement que ce mont Parnasse existait réellement.

J'habitais boulevard Montparnasse, à l'angle de la rue de Vaugirard, là où commence l'avenue du Maine. Ce quartier qui n'est plus tout à fait celui des peintres et des fêtards de La Coupole m'a toujours paru sinistre. Mermoz y a passé sa jeunesse misérable, à cent mètres de chez mes parents. J'ai pensé souvent à ce sombre archange qui vivait seul une vie de réprouvé, avec sa pauvre mère. Comme il m'était fraternel! Je comprenais qu'il ait eu envie de fuir un quartier pareil, si terre à terre, dans les airs, l'azur, des endroits où il n'y a ni carrefours, ni feux rouges, ni voitures bruyantes. Quelle sacrée poudre d'escampette il a prise : le désert, la Mauritanie, Dakar, l'Atlantique Sud, l'Argentine, et la mort, qui est sans doute le plus dépaysant des voyages, tout cela pour transporter des missives d'hommes d'affaires et des billets doux. Il se fichait pas mal de sa cargaison. C'était un prétexte pour fuir ce secret qui lui faisait mal et qu'il ne pouvait confier à personne.

Ce paysage urbain me harassait ; il me donnait de folles envies de fuite à moi aussi. J'avais l'impression que la vie me méprisait. Ce que je n'aimais pas dans ce quartier, c'était son air petit-bourgeois, riquiqui, avec son coiffeur pour dames, sa pharmacie, et son café au nom ridicule, Au Chien qui Fume ; un petit peuple endimanché, précautionneux, ni riche ni pauvre, survivait vaille que vaille dans des immeubles sans grâce, sans gaieté ; une rangée d'ormes était plantée là, on ne savait pourquoi, dans les gaz d'échappement. Je détestais surtout ce quartier parce qu'il me renvoyait mon image, celle d'un petit-bourgeois. À tout prendre j'aurais préféré la zone, Pigalle et ses bars malfamés ; tandis que je n'avais là que la banalité, l'insignifiance du paysage urbain parisien.

Enfant, le seul lieu où j'aimais me réfugier se trouvait avenue du Maine, à côté de la maison de Mermoz : c'était un magasin de produits exotiques. Sur l'enseigne était gravé ce nom curieux, Duponternicien. Passé le rideau de bambou de l'entrée, je pénétrais dans un monde qui m'enchantait : les parfums du safran, du gingembre, de la cannelle, du poivre, des dattes, les étalages de mandarines confites, de litchis, les gousses de vanille, me parlaient d'un monde merveilleux, d'ailleurs. Je remplissais mes yeux et mes poumons de cette atmosphère si peu réelle. M. Duponternicien n'avait ni les gestes ni l'allure d'un commerçant : il officiait comme un mage. Le moindre aparté à voix basse avec une cliente me faisait le suspecter de se livrer au trafic de l'opium. D'avance je l'en félicitais. Quant à son arrière-boutique, dont les secrets semblaient protégés par un rideau aux impressions exotiques, j'y jetais des regards pleins de curiosité. Je pressentais qu'il s'y trouvait des trésors. Je sortais de la boutique excité, exténué mais heureux. L'avenue du Maine pour un instant me semblait repeinte de couleurs riantes ; un petit démon dansait dans l'air et me chuchotait des paroles réconfortantes. Non, ma vie ne s'étiolerait pas dans ce lieu géométrique des destins étriqués, des retraites mesquines, des poumons mal aérés, dans le deuil perpétuel du soleil, des vastes perspectives, des grands arbres. Non, je partirais, je voyagerais, je romprais le lien fatal qui m'enchaînait à ce lieu maudit, je m'enivrerais de paysages, de peuples, d'Asies.

Bien des années plus tard, sur le bateau qui me conduisait de Bali à Lombok, sur le pont inférieur, coincé dans un enchevêtrement de populations bariolées, accompagnées de coqs de combat liés par les pattes, d'oiseaux dans des cages en roseau tressé, de paquets énormes et de puanteurs diverses, un parfum me fit chavirer dans le passé : c'était celui de la girofle, dont l'Indonésie est un gros producteur et qui sert à aromatiser les cigarettes. Soudain j'étais chez Duponternicien ; la boutique s'ouvrait et m'éblouissait de ses sortilèges.

J'habitais une chambre de bonne au-dessus de chez mes parents. Elle ouvrait sur un paysage qui m'éloignait de mon quartier fétide : un océan de toits en zinc, le dôme des Invalides et l'église du Sacré-Cœur, qui semblait surmonter un gâteau de mariage — c'était loin, comme l'avenir. Cette chambre comportait un lit étroit sous le mur mansardé, une bibliothèque, et la photo d'un soldat vaincu, blessé, le crâne couvert d'un bandage ; dans ses yeux, je lisais une expression exténuée et malgré tout une fierté qui me plaisait. Il y avait également une photo du masque de l'Inconnue de la Seine, cette belle jeune fille qui s'est jetée dans le fleuve et garde, par-delà la mort, un sourire énigmatique.

Devant cette fenêtre, je rêvais. Je lançais à l'avenir des défis. J'implorais mes ombres protectrices de ne pas m'abandonner. Je pensais à Sarah, à la douleur que j'éprouverais lorsqu'elle me quitterait. Je bâtissais des châteaux en Espagne. Mais la réalité me reprenait vite à la gorge. Je voyais mes parents deux étages au-dessous, et cela me faisait mal. Leur existence me navrait. Le temps a eu beau passer, la blessure est intacte. Rien ne l'a anesthésiée. Il faudra pourtant y venir. C'est le genre d'opération à laquelle on ne peut pas couper. On trouve des prétextes, mais on sait que tôt ou tard il faudra s'y résoudre. Que de subterfuges j'ai employés pour ne pas parler de mon père, pour l'évoquer indirectement! Par exemple en projetant d'écrire un livre sur Léopold Robert. Si souvent je me suis dit que cette peur était ridicule, qu'il fallait être courageux et affronter la vérité. Je comprends pourquoi j'ai refusé d'entreprendre cette psychanalyse à laquelle me conviait en se léchant les babines le directeur de l'hôpital psychiatrique. Simplement je n'avais pas envie de souffrir. Pas envie de remuer ce qui a été la source de tant de souffrances. Et le pire c'est que ces souffrances n'étaient dues qu'à mon imagination. Mais la honte, ce sentiment aussi irraisonné que la peur, a beau être un poison inventé de toutes pièces, sans rapport avec la réalité qui l'a fait naître, inexplicable pour les autres, elle peut gâcher la vie.

Puisque je regarde Paris, pourquoi ne pas faire une petite promenade dans la géographie familiale, cela me mettra en jambes. J'appartiens à une famille de peintres, je l'ai dit. D'où est venu ce goût pour la peinture à mon arrière-grand-père, Henri, qui par ailleurs était polytechnicien, inventeur de moteurs et de machines thermiques, j'avoue que je l'ignore. Pourtant dieu sait qu'il a aimé la peinture. Élève de Corot, ami de Degas, c'est lui qui a introduit le virus. Il habitait rue de Lisbonne un hôtel particulier qu'il avait fait construire et où il conservait dans un vaste atelier ses magnifiques collections.

Mon autre arrière-grand-père, Henry Lerolle, peintre lui aussi, habitait à l'angle de l'avenue Duquesne et de l'avenue de Ségur une maison qui a été détruite. Lui aussi était un ami de Degas. C'est d'ailleurs ce célibataire impénitent qui a eu l'idée de marier les deux filles d'Henry Lerolle aux deux fils d'Henri Rouart. Une idée qui devait se révéler funeste. Puisque nous ne sommes pas loin de l'École militaire, faisons un saut jusqu'à l'avenue Charles-Floquet : c'est là que résidait, en face de chez Paul Morand, mon grand-père, Louis, dans un immeuble ultra-bourgeois, qui donne sur la tour Eiffel. C'est dans son salon-atelier, au-dessus de la cheminée, que l'on pouvait admirer les deux tableaux de Corot que j'ai évoqués. Traversons la Seine : on est bien loin des arts et de Montparnasse, c'est le Trocadéro, le quartier de Berthe Morisot, le cimetière de Passy où elle repose avec son mari Eugène Manet, dans le même caveau que son beau-frère, Édouard Manet; un peu plus loin, vers l'avenue Foch, l'ancienne rue de Villejust devenue grâce à son célèbre résident la rue Paul-Valéry. Dans cette rue, au 40 (à ne pas confondre avec le 30, qui abritait une maison de rendez-vous fameuse, celle de Madame Claude), habitaient mes oncles et mes cousins, dans un immeuble que Berthe Morisot et Eugène avaient fait construire. Leur fille, tante Julie, qui avait épousé le frère de mon grand-père, Ernest, habitait le quatrième étage; c'était un véritable musée consacré à Manet, à Berthe Morisot, à Degas, à Renoir. La cousine de Julie, Jeannie, née Gobillard, devenue la femme de Paul Valéry, vivait à l'étage du dessous; au deuxième, le fils de Julie, mon oncle psychanalyste, qui devait plus tard émigrer rue Spontini, recevait ses étranges clients et accessoirement mais fréquemment un certain nombre de membres de la famille — dont moi — qui venaient lui soumettre leurs perturbations mentales. Il était débordé. Au rez-de-chaussée, vivaient mes cousins, dans l'appartement où Berthe Morisot avait aménagé un grand atelier très haut de plafond qui était aussi son salon — Mallarmé y avait prononcé sa fameuse conférence sur Villiers de L'Isle-Adam. L'ambiance, très gaie en apparence, électrique, théâtrale, dissimulait des drames.

Dans le fond de la cour, un grand atelier qui avait été celui d'Ernest, le mari de Julie, servait à entreposer la production familiale. Les soupentes, greniers, caves débordaient de toiles, de châssis, dans un bric-à-brac de chevalets, de boîtes à peintures : les héritages des Manet, Édouard et Eugène, des Morisot, Berthe et Edma, puis de Paule Gobillard, leur nièce, les toiles enfin de Julie et d'Ernest, peintres l'un et l'autre, de Paul Valéry, qui peignait à l'occasion, celles de mon père, de mon oncle, d'Henri, l'arrière-grand-père...

Cet atelier servait aussi à abriter les surprises-parties et tout ce qui s'ensuivait dans la pénombre des fins de soirée, lorsque les lumières s'éteignent, que l'on n'entend plus que la voix gutturale de Ray Charles et que personne ne se lève plus pour retourner le disque. Mes cousins et moi-même dansions, fleuretions, dans ces lieux qui n'avaient pas froid aux yeux et qui avaient eu l'habitude de recevoir des modèles légèrement vêtus. Les jeunes filles venaient voir les tableaux et se retrouvaient au lit. C'était une ambiance gaie, bon enfant, un peu bruyante : en face, mon oncle avait parfois du mal à se concentrer devant ses psychopathes ; surtout, cet homme austère, qui avait vécu avec des parents qui l'étaient autant que lui, membres du tiers ordre dominicain, devait regretter devant ce spectacle d'avoir été frustré d'une vraie jeunesse : les filles délurées qui défilaient du matin au soir lui inspiraient un regret d'autant plus poignant que, par sa profession, il était contraint de ressasser toute la journée l'ardente et épineuse question du sexe.

Le samedi et le dimanche ce monde de peintres et de joyeux fêtards ainsi que leurs parents permissifs se transportaient au château du Mesnil, près de Meulan, une propriété acquise par Berthe Morisot quelques années avant sa mort, sur le conseil de Mallarmé, qui l'avait découverte en faisant du bateau sur la Seine. C'était un merveilleux château, avec des communs couverts de vigne vierge, des couloirs qui étaient de véritables galeries de tableaux, des chambres délicieusement inconfortables, avec leur broc d'émail dans le cabinet de toilette, un salon éclairé par un tableau d'Odilon Redon, des recoins infinis, une chapelle transformée en bibliothèque. Souvent je dormais dans la chambre dite des « marronniers », où Paul Valéry avait soigné une longue et récalcitrante scarlatine — c'est alors qu'il avait eu le loisir de lire Proust, qu'il avait détesté. Elle jouxtait un petit bois de marronniers. Dans leur ombrage, était ménagée une belle promenade un peu surélevée qui donnait sur les champs; elle conduisait à un banc en pierre moussu et mélancolique que l'on appelait le banc de Chateaubriand. Je m'y suis bien souvent assis, songeant à Chateaubriand, aux fantômes des grands artistes qui m'avaient précédé, à cette sorte de révolution que j'observais dans ma famille qui se cherchait une identité. J'ignorais où tout cela nous mènerait. J'avais peur d'être condamné à sombrer avec cet héritage trop lourd pour moi. Je me disais : que vais-je faire de ma vie ? Et cette pensée me remplissait d'effroi.

Au loin, j'apercevais les grandes tours et les structures en béton de l'usine Poliet et Chausson. C'était la présence menaçante des temps modernes. Je songeais que cette maison qui avait été un haut lieu de l'impressionnisme, qui en gardait je ne sais quel charme raffiné et suranné, était comme Venise en face de Mestre, une sorte de vestige d'un temps exceptionnel appelé à disparaître. Et moi avec elle.

Le caravansérail de l'impressionnisme

C'était un petit matin froid et acide de février, avec un pâle soleil qui éclaire sans réchauffer. Je tapais la semelle sur les pavés disjoints du cimetière du Père-Lachaise en compagnie d'un commissaire de police d'humeur bavarde, de deux fossoyeurs très peu mélancoliques, armés de pelles et de pioches. Nous étions devant un caveau de nobles proportions et nous attendions un de ces formulaires administratifs qu'il n'est déjà pas très amusant d'attendre dans une salle chauffée ; l'attendre par moins vingt degrés en dessous de zéro réclame une certaine dose de flegme, surtout à sept heures et demie du matin quand on n'a avalé qu'un mauvais café. Un de mes cousins, à qui devait échoir la corvée d'assister à l'exhumation, s'en était habilement déchargé sur moi.

— Toi qui es écrivain, ce sera certainement une expérience très enrichissante.

J'avais hoché la tête, assez peu convaincu. Mais le sort m'avait désigné. Il s'agissait d'être témoin d'une opération qui jusque-là m'était inconnue :

cela consiste dans les caveaux de famille, lorsqu'ils sont pleins à ras bord, à réduire le nombre des cercueils et des malheureux défunts qui s'y trouvent. Les cadavres n'ont pas tous la perspective de voir leurs os, leurs fémurs, mêlés aux omoplates, aux tibias d'un autre membre de la famille qu'ils ont peut-être détesté. Mais dans la promiscuité qui règne dans les caveaux, cela n'a qu'une importance relative. Il n'empêche : si on est sensible, un peu imaginatif, c'est assez désagréable de penser qu'un jour on risque d'attendre le Jugement dernier ses os entrelacés avec ceux d'une exécrable cousine.

Il y a en effet deux sortes de macchabées : ceux dont le cadavre se dégrade et tombe quasiment en poussière ; ceux qui restent sinon intacts, du moins dans un assez bon état de conservation et qu'on appelle « entiers ». Ceux-ci ont le privilège de conserver leur cercueil mais pas de faire chambre à part.

Le commissaire de police me toucha le bras.

— Nous avons reçu l'autorisation, nous allons pouvoir commencer.

Les deux fossoyeurs après avoir déplacé la pierre tombale entreprirent de remonter un à un les cercueils, puis avec leur pelle et leur pioche, ils se mirent à les défoncer. C'était un spectacle effrayant, difficilement soutenable. On commença par des morts récents, que j'avais connus ou aimés, comme mon grand-père. Ceux-là il m'était impossible de les regarder en face. Mais au fur et à mesure que les fossoyeurs remontaient des cercueils, qu'ils allaient les chercher de plus en plus profond et donc chaque fois plus loin dans le passé, je me forçais à ouvrir les yeux. Soudain je vis apparaître le cercueil de mon arrière-grand-père, Henri, un cercueil en plomb avec d'imposantes poignées en argent ; le corps du pauvre homme était presque intact. Heureusement pour lui : il allait pouvoir garder sa boîte et ne la partager avec aucun parent importun. Vint ensuite un cercueil tout aussi imposant ; on l'ouvrit sans ménagement ; je vis apparaître un cadavre pas trop mal conservé, habillé de manière somptueuse, d'un costume brodé d'or. Intrigué, je m'approchai : il n'y avait aucun doute possible, il était en habit d'académicien. Il s'agissait de mon arrière-grand-oncle, Eugène Guillaume, directeur de la villa Médicis et membre de l'Académie française. Comme à cette époque l'idée de l'Académie me trottait dans la tête, mon enthousiasme se refroidit aussitôt. Était-ce un mauvais présage ? Un Romain n'y serait pas allé.

Ma chambre de bonne était quand même plus gaie. Voire. Ma méditation sur les toits de Paris ne m'inspirait pas des idées folichonnes. Où en étais-je ? C'était justement ce qu'il était difficile d'apprécier. Il n'existe pas de sextant qui permette de faire le point quand on est perdu, comme je l'étais, dans l'océan de sa vie. J'avais dix-huit ans, je venais de rater mon bac, et j'étais bien parti pour le rater encore, mes parents étaient fauchés, et les filles avaient tendance à me plaquer ; pourtant rien ne pouvait m'ôter de la tête que j'étais fait pour une vie grandiose, pour les larges avenues de la richesse et du succès, l'existence à grands guides, les aventures, les passions, et tout le tremblement. J'aimais la grandeur : Tolstoï, Napoléon, Alexandre le Grand; et la littérature parce qu'elle était la voie d'accès à la magie du roman et au bouillonnement des idées.

J'avais du mal à faire le point. Tous ces morts qui pesaient sur moi, et les vivants ne me lâchaient pas : j'étais ficelé par ma famille. Elle me paralysait par des fils invisibles. Cette drôle de famille si fantasque pour les autres, si douloureuse pour moi, avait deux particularités dont je n'ai jamais su si elles avaient un lien : une passion maniaque et obsessionnelle pour la peinture et des nerfs fragiles. On parlait peinture et on s'engueulait. Les repas de famille imposaient un menu comprenant Degas, Corot, Daumier, Manet ou quelques autres artistes du Panthéon familial, Giotto, Rembrandt, Goya, Vélasquez. Au dessert, on cassait les assiettes, on se crêpait le chignon, les femmes et les enfants étaient en larmes tandis que les hommes levaient le poing d'un air menaçant. On se réconciliait, et à la première occasion tout recommençait. Certaines brouilles devenaient définitives; ainsi des membres de la famille disparaissaient-ils mystérieusement, comme dans un roman de Simenon. On ne les revoyait plus. Quelquefois pendant dix ans. Parfois plus jamais. Les déjeuners de première communion, les réveillons de Noël ou du 1er janvier étaient particulièrement propices à ce genre de psychodrame.

En réalité cette famille, comme je le diagnostiquai très vite, souffrait de son passé, ce passé glorieux qui l'avait hissée au premier rang de l'impressionnisme, comme acteur de première grandeur, comme catalyseur, ou comme témoin. D'autre part son statut social était hybride : par son train de vie elle appartenait à la bourgeoisie, mais ayant acquis une âme d'artiste elle n'en partageait plus ni les idées ni les valeurs. Elle fabriquait des déclassés, des hors castes, qui s'ennuyaient à périr quand ils étaient confrontés à des banquiers, des bâtonniers, des hauts magistrats, qui n'étaient pas forcément initiés à l'art. Ces fréquentations les faisaient bâiller. Quant aux artistes contemporains, ils les fréquentaient peu. Vivant dans la familiarité des plus beaux tableaux de Manet, de Renoir, de Degas, de Corot et de bien d'autres, ils craignaient d'être déçus.

J'avais peur d'être entraîné dans cette monomanie, peur d'être asphyxié par le huis-clos familial. Dès que j'entendais mon père évoquer Delacroix, Courbet, Poussin, citer les pensées d'Ingres, les aphorismes de Degas, ou mon grand-père énumérer les quarante-sept Corot de la collection de son père, j'étais pris d'un malaise : il me semblait que je ne sortirais jamais de cet univers. Je considérais mon père aussi sévèrement que s'il avait été un de ces snobs qui se gargarisent de noms de duchesses, de princesses et de comtesses, et dont l'horizon se rapetisse à l'almanach de Gotha. J'étais injuste : mon père n'avait pas un gramme de snobisme, ce travers lui était inconnu, il était simplement intoxiqué de lumières, de beauté, intoxiqué de formes. Il croyait que la vie ne valait d'être vécue qu'à condition de donner naissance à un beau tableau. Le reste ne l'intéressait pas.

Vers qui pouvais-je me tourner ? Mon oncle psychanalyste m'offrait un remède de cheval : lui-même avait réagi brutalement aux risques d'intoxication. Il avait fait table rase de l'art et s'était dirigé vers les sciences positives, la médecine, avant de bifurquer vers cette forme de marginalité officielle qu'était la Société de psychanalyse de Paris. Ayant souffert d'une même intoxication, nous nous comprenions. Je me tournai vers mon grand-père : tout en jouant par mimétisme familial les amateurs de peinture, il avait en réalité la passion des livres et de la littérature. Il avait eu pour Barrès dans sa jeunesse un coup de foudre dont il ne s'était jamais remis. Barrès, qui aimait les jeunes, s'était laissé adorer : je possède plusieurs lettres de lui à mon grand-père. Ce grand-père, Louis, très lié avec Valéry avant de se brouiller avec lui, avec Gide, qui le cite souvent dans son journal (brouillé également), avec Bernanos (autre brouille), avait vu peu à peu les amis auxquels il s'était lié au temps de *La Revue blanche*, à laquelle il collaborait, devenir des écrivains consacrés, célèbres, alors que lui restait sur le carreau.

J'étais écartelé : entre mon bachot raté et mes rêves d'entrer à Normale sup, entre le passé glorieux de ma famille et son présent prosaïque, entre la richesse qui coulait à flots chez mon grand-père, mes cousins, et ce boulevard du Montparnasse où j'étais relégué avec mes parents. Il existait d'ailleurs un pont aérien, comme celui qui permettait à l'Amérique de nourrir Berlin-Ouest pendant la guerre froide, entre la rue Paul-Valéry et l'appartement de mes parents : des messagers et factotums divers, bonnes espagnoles, coursiers, couturières comme Georgette Pigeot, un ancien modèle de Renoir reconverti dans la couture (elle n'avait pas perdu ses formes imposantes qui plaisaient tant à monsieur Renoir), transportaient un peu de l'opulence du caravansérail chez les cousins déshérités. Des norias de gigots, de poulets, de pommes, de poires, tout cela enveloppé dans le blazer ou le pantalon d'un de mes cousins de mon âge et qui m'était personnellement destiné. Je recevais ces dons avec reconnaissance. Mais ces gigots et ces pommes m'ont toujours paru amers. Quant aux blazers, ils me brûlaient la peau comme des tuniques de Nessus.

Degas, bon et mauvais génie de la famille

Dès que j'avais atteint l'âge de raison, j'avais eu droit, comme mes cousins, à une visite guidée au musée des Arts et Métiers. On s'intéressait pourtant très peu dans la famille aux arts mécaniques. D'ailleurs cette visite n'avait pas pour but d'enrichir un savoir encyclopédique en allant admirer la machine de Fermat, les appareils d'Avogadro, la brouette de Pascal, les tubes acoustiques du prince de Broglie, elle visait uniquement à nous montrer de curieux vélocipèdes, des moteurs à l'allure bizarroïde, des machines étranges qui étaient les inventions dûment brevetées de notre arrière-grand-père, Henri. Sans doute tentait-on ainsi de nous inculquer le culte de la réussite et le goût des mathématiques, qui avaient déserté la famille aussi soudainement qu'ils y étaient apparus. Henri avait fait fortune grâce à ses découvertes dans l'industrie du froid. Spécialiste du fer creux, il est l'inventeur du pneumatique, un système de tubes à air comprimé qui traversait Paris et transmettait les « petits bleus », ces enveloppes couvertes de timbres qui permettaient d'adresser des lettres d'amour en un temps record. Il a aussi réalisé le procédé de refroidissement de la morgue de Paris. Avec sagesse, il avait décidé vers la cinquantaine de se consacrer à sa véritable passion, la peinture.

D'où lui était venu ce goût ? Je l'ignore. Son grand-père, un officier de santé, engagé dans l'armée de Dumouriez et fait prisonnier à Maastricht, ne semblait pas atteint par le virus. À vingt ans tandis qu'il préparait le concours d'entrée à Polytechnique, vers 1853, il était déjà l'élève de Corot. En classe de troisième à Louis-le-Grand, il avait eu Degas comme condisciple. Ils avaient sympathisé, puis s'étaient perdus de vue. Ils se retrouvent pendant le siège de Paris où le polytechnicien dirige une batterie d'artillerie tandis que Degas est simple soldat. Ils ne se quitteront plus. Dans une de ses lettres le peintre écrit : « Les Rouart sont ma famille en France. »

Degas a fait huit portraits de son ami, le plus connu est un tableau qui le représente de profil en chapeau haut de forme devant ses usines. Ils exposeront ensemble au Salon des Refusés. Et lorsque Degas se brouillera avec Monet, Henri fera cause commune avec lui. L'un et l'autre sont aussi d'ardents collectionneurs et ils aiment échanger leurs avis sur les tableaux. Henri réunit une formidable collection dans son hôtel particulier de la rue de Lisbonne : quarante-sept Corot, dont beaucoup de la période italienne, certains des plus beaux Degas, les *Danseuses à la barre*, huit Courbet, quatorze Daumier dont *Crispin et*

Scapin, douze Delacroix, quatorze Millet, deux Gauguin, *La Brune aux seins nus* de Manet, *Le Bois de Boulogne* de Renoir, des Greco, des Vélasquez, des Goya, *Les Instruments de musique* de Chardin, deux Cézanne.

Toutes ces œuvres avaient été acquises entre 1870 et 1900. Proust les évoque dans la préface au livre de souvenirs de Jacques-Émile Blanche. Il les considère comme l'expression du génie français : « Dans les deux plus beaux morceaux de ce recueil, celui sur la vente Rouart et celui sur Cézanne, on se rend compte que Jacques Blanche était exactement le contraire de ce qu'il paraissait vers 1891. Il pousse le traditionalisme jusqu'à ne pas cacher son indulgence, au fond sa sympathie, pour l'appartement où M. Rouart avait accumulé les chefs-d'œuvre. » Blanche ajoute : « Je juge les soi-disant connaisseurs à leur attitude en présence de mon Corot. Les Hollandais seuls et les Français du temps des frères Rouart ont fait vibrer cette corde-là. C'est une musique à la française, claire, mélodique, mais si discrète, si intime qu'elle risque de ne pas se faire remarquer. Aussi bien c'est cette *musique de chambre* qui sonnait si juste dans l'hôtel de la rue de Lisbonne. »

En 1912, lorsque la collection fut exposée pour être vendue aux enchères, Proust avait demandé à Guillaume de Lauris de l'accompagner, mais la maladie l'empêcha de s'y rendre.

Si Degas a brossé de beaux portraits d'Henri Rouart, Valéry, dans *Degas, danse, dessin*, lui a rendu un hommage que je ne pouvais pas lire sans un sentiment poignant de tristesse. Le génie de cet ancêtre accusait ma nullité et la décadence familiale.

« J'ai connu Degas chez M. Henri Rouart, vers quatre-vingt-treize ou quatre-vingt-quatorze, introduit dans la maison par un de ses fils, et bientôt l'ami des trois autres. Cet hôtel de la rue de Lisbonne n'était, depuis le seuil jusqu'à la chambre la plus haute, que peintures exquisément choisies. Le concierge lui-même, gagné à la passion de l'art, avait couvert les murs de sa loge de toiles parfois bonnes qu'il achetait à la salle des ventes où il fréquentait aussi studieusement que d'autres serviteurs font le champ de courses. Quand il avait eu la main très heureuse, son maître lui rachetait le tableau qui passait promptement de la loge aux salons.

« J'admirais, je vénérais en M. Rouart la plénitude d'une carrière dans laquelle presque toutes les vertus du caractère et de l'esprit se trouvaient composées. Ni l'ambition ni l'envie ni la soif de paraître ne l'ont tourmenté. Il n'aimait que les vraies valeurs qu'il pouvait apprécier dans plus d'un domaine. Le même homme qui fut des premiers amateurs de son temps, qui goûta, qui acquit prématurément les ouvrages des Millet, des Corot, des Daumier, des Manet, — et du Greco, devait sa fortune à ses constructions de mécanique, à ses inventions qu'il menait de la théorie pure à la technique et de la technique à l'état industriel. La reconnaissance et l'affection que je garde à M. Rouart ne doivent point parler ici. Je dirai seulement que je le place parmi les hommes qui ont fait impression sur mon esprit. »

Et Valéry poursuit le dithyrambe avec le même enthousiasme, évoquant Degas qui tous les vendredis « fidèle, étincelant, insupportable anime le dîner chez M. Rouart. Il répand l'esprit, la terreur, la gaieté. Il perce, il mime, il prodigue les boutades, les apologues, les maximes, les blagues, tous les traits de l'injustice la plus intelligente, du goût le plus sûr, de la passion la plus étroite, et d'ailleurs la plus lucide. Il abîme les gens de lettres, l'Institut, les faux ermites, les artistes qui arrivent... Je crois l'entendre. Son hôte, qui l'adorait, l'écoutait avec une indulgence admirative, cependant que d'autres convives, jeunes gens, vieux généraux, dames muettes, jouissaient diversement des exercices d'ironie, d'esthétique ou de violence du merveilleux faiseur de mots ».

Qu'on imagine l'effet que produisait la lecture de ce texte sur un jeune homme de dix-huit ans, qui venait de rater son bac et macérait au milieu de ses échecs dans une chambre de bonne sous les toits. J'étais enthousiasmé et accablé. Ce passé glorifié par Valéry me rendait le présent plus amer. Et cette lente déchéance, j'avais l'impression qu'à mon tour j'y mettais la main.

Entre ces géants et moi, il me semblait qu'il y avait un abîme et que cet abîme allait m'engloutir. Je m'interrogeais souvent sur l'étrange langueur, le mal délétère qui s'était emparé de la famille après cet ancêtre génial. Certes l'ardeur créatrice demeurait : chaque génération produisait un peintre, Ernest, puis mon père, Augustin, son frère Philippe. Mais des peintres qui, si talentueux qu'ils fussent, restaient sous l'empire sombre de Degas. Ce n'était pas le talent qui leur manquait, mais le bonheur, pas ce bonheur fade des gens qui aspirent à peu, cette jouissance qui ensoleille un Manet, un Corot, un Delacroix.

Degas trouvait chez Henri Rouart un équilibre entre l'art et la vie sociale : le misanthrope s'humanisait dans une ambiance favorable toute dévouée à l'art et à lui-même. C'était sa famille. Dans ses lettres à Rouart, le sombre Degas prend un ton presque allègre et paterne. Il lui écrit de La Nouvelle-Orléans (1872) : « Vous recevrez, mon cher Rouart, ceci le jour de l'An. Vous souhaiterez une bonne année à Mme Rouart et vous embrasserez vos enfants pour moi, y compris le nouveau venu. Vous prendrez quelque chose pour vous dans cet envoi. » Il se plaint de ne pouvoir travailler : « Manet, plus que moi, verrait ici de belles choses. Il n'en ferait pas davantage. On aime et on ne donne de l'art qu'à ce dont on a l'habitude. Le nouveau captive et ennuie tour à tour. »

Il se moque souvent de son ami et de son goût pour la peinture en pleine nature (1873) : « Une petite odeur de cuisine et La Roche-Guyon, voilà ma devise. C'est de la nature, j'en attends moins de bonheur furieux que vous, mais seulement un peu de bien pour mes yeux et un peu de détente pour le reste. » Il lui écrit à Venise (1883) : « Vous aimez la nature autant que l'humidité. Faites-moi tout de même le plaisir de quitter un instant vos deux amies pour entrer, au sec, au palais Labia, voir à moitié pour vous, à moitié pour moi, les fresques de Tiepolo. » « Et voilà qu'il fait un temps magnifique, un temps pour vous (au fond je ne suis pas vraiment méchant) mais je n'ai pas confiance absolue dans le baromètre anéroïde qui dit que cela doit durer. On ne doit plus croire qu'à la pluie en France. » « Ne cherchez plus le site sauvage, allez ! Vous avez tous les ans le même chagrin et c'est justice. » À partir de 88, ils se tutoient mais Degas n'a pas abandonné son idée fixe : « Si tu étais ici tu aurais chaud et pas de douleur à l'épaule, mon cher ami. On peut dessiner des arbres sans danger partout quand on ne se met pas dans l'eau. On peut même affirmer d'après la perspective de leurs tableaux que les Van Eyck et autres, que tu as vus à Bruges, dessinaient toute espèce d'arbres, de fleurs, de montagnes, d'une bonne fenêtre. À bon entendeur salut. »

Puis en 1896, cette lettre morose : « Voilà ta postérité qui se remet à marcher. Tu seras béni, homme juste, dans tes enfants et les enfants de tes enfants. Je fais, dans mon rhume, des réflexions sur le célibat, et il y a bien les trois quarts de triste dans ce que je me dis. Je t'embrasse. »

Mais le fond de leur entente, c'est de parler de peinture : « Tâche de trouver un moment, mon cher ami, pour aller chez Bernheim sonder trois esquisses de fleurs de Delacroix, de façon que nous en puissions parler demain chez toi. Il y a aussi deux Corot anciens à vérifier. »

Henri avait un tempérament de feu. Une lettre

de Degas qui laisse supposer que son épouse est satisfaite de voir son mari partir pour Venise semble indiquer que cet homme ardent la harcelait au-delà de ses forces : les cinq enfants qu'il lui fit hâtèrent la fin de cette malheureuse. À sa mort, âgé de soixante-dix ans il prit comme maîtresse Mme Cahen-Salvador, la belle-sœur de son ami le peintre Brandon. Il peignit de nombreuses fresques dans la maison qu'elle possédait en Touraine.

Degas n'était pas un exemple à suivre. Pas plus que Flaubert, que Mallarmé. Il y a une toxicité du génie à haute dose. Il ne faut pas le prendre au pied de la lettre. Valéry a pris ses distances avec Degas, moins avec Mallarmé. Degas n'était pas de la même race que Corot : un peintre qui fait école, dont l'enseignement est souple. C'était un de ces génies comme Gauguin dont il ne faut pas suivre les préceptes.

Dans la famille, les oukases de Degas étaient les tables de la Loi. On le révérait, c'était une idole. On le prenait pour Moïse : on croyait qu'il conduirait à cette Terre promise que serait un art parfait, alliance du talent et de la morale. Que de drames s'ensuivirent ! Degas ne conduisait nulle part sinon à lui-même, ce qui n'est pas si mal. Ses aphorismes, son horreur des institutions convenaient à sa manière. Sa philosophie, il la tirait de son mauvais caractère. Elle ne convenait qu'à lui. Mais c'était dans le caractère de Degas de légiférer : autoritaire, sectaire, fermé au fond à tout ce qui n'était pas son art.

Ce Degas que je n'ai bien sûr pas connu, comme il était encore présent! Tous ceux qui l'avaient côtoyé m'en parlaient : mon grand-père, ma tante Julie, Jeannie Valéry. Il était au centre de la passion familiale et le trait d'union entre toutes les familles qu'il avait rapprochées. Car, et c'est là peut-être un mystère, toutes les familles des peintres qui étaient ses amis se sont alliées : les descendants de Berthe Morisot et des Manet, les filles de son ami Henry Lerolle et les fils d'Henri Rouart. C'est dire quelle étrange force d'attraction il a exercée.

J'ai rarement assisté à un déjeuner dans la famille sans que son nom ne fût prononcé, ou un mot de lui, une allusion à l'une de ses œuvres, dont plusieurs, sur les murs, étaient sa présence vivante.

Quand un des frères de mon père, également peintre, commença à ne plus avoir toute sa tête, mon père feignit de ne pas s'en apercevoir — peut-être réellement ne le voyait-il pas. Un jour qu'il me semblait préoccupé après une visite à son frère, je l'interrogeai. Mon père, l'air bouleversé, me répondit : « Je crois qu'il va très mal. Il m'a tenu des propos insensés : il m'a dit que Degas était un mauvais peintre. »

*Les poisons
du snobisme amoureux*

Ce qui ne cesse de surprendre, chez Léopold Robert, c'est l'opposition entre les thèmes de son art et les obsessions de sa vie. Entre ce qu'il peint et ce qu'il aime. C'est un homme double : l'artiste se complaît dans le portrait de la misère, de l'exotisme du beau mendiant, du brigand au visage d'archange, du paysan et du pêcheur idéalisés qui ne semblent pas avoir vu depuis longtemps charrue ni harpon sinon pour prendre la pose ; l'homme, lui, ne fréquente que le gratin. Cela ne serait pas grave s'il savait garder une distance, un jugement sains. David, Manet, Degas, Ingres ont fréquenté eux aussi du beau linge, soit par intérêt, parce que c'est là que se trouvaient de potentiels acheteurs, soit par goût, parce que cela n'a jamais été un crime d'aimer ce qu'on appelait la « bonne société », avec son luxe et ses plaisirs. Mais ces artistes ne mélangeaient pas les genres. Cette concession aux gens du monde n'entamait pas d'un pouce leur liberté d'artiste. Léopold Robert croit à la société, aux récompenses des jurys, à la Légion d'honneur, à un goût inné que détiendraient les élites sociales. Il croit dur comme fer qu'un duc et pair, un ambassadeur, un prince ou un chevalier du Saint- Esprit sont d'une autre essence que la sienne, que la nôtre. Mais Proust, mais Fitzgerald... ils y ont cru eux aussi. Oui, cinq minutes. Puis ils ont déchanté. Et tous deux sont arrivés à une même conclusion : les aristocrates quels qu'ils soient ne sont bons qu'à donner des rêves ; il ne faut pas les approcher de trop près. Proust nous confie qu'au bout du compte, si on ne veut pas être déçu par les détenteurs de noms prestigieux tout autant que par des villes fameuses, il vaut mieux feuilleter l'almanach de Gotha et l'indicateur des chemins de fer.

Léopold Robert tel qu'il se peint dans ce terrible autoportrait que révèle sa correspondance avec sa famille est pathétique. Un portrait autrement cruel et vrai que ces figures embellies qui naissent sous son pinceau. L'homme est totalement sous l'emprise du regard des autres, surtout de ceux qu'il admet d'emblée comme ses supérieurs, les nantis. Comme il nous agace en nous dressant la liste de ses belles fréquentations, l'ambassadeur de Prusse, dont la femme est née je ne sais plus qui, et ce comte Alexandre de Laborde, si raffiné, si aérien, et l'ambassadeur de France, le duc de Laval Montmorency, si exquis. Le bouquet, c'est les femmes. Dès qu'il en aperçoit une tant soit peu titrée, il s'enflamme.

Il n'est pas le premier à avoir aimé des princesses, loin de là. Mais ce qui me semble chez lui un symptôme grave, c'est la contradiction que j'ai dite entre son art et sa vie ; grave parce qu'elle va le conduire au suicide, plus grave encore parce qu'elle nuit à son œuvre, qui souffre d'un manque de vérité. D'ailleurs il n'est pas impossible que ce soit la révélation brutale de cette carence, à Venise, qui ait poussé Léopold à se donner la mort. Il a voulu abolir dans le néant des contradictions qui l'étouffaient. Courbet était en accord avec lui-même. Il choisissait ses amours parmi ses modèles, des blanchisseuses, des trottins. Comme avant lui Fragonard. Comme Renoir, comme Zola. Il y a une grande cohérence, chez Zola, entre sa peinture sociale et sa vie privée.

Qu'avaient en commun les deux femmes qui ont le plus compté pour Léopold, la fille de la duchesse de Plaisance et la princesse Charlotte Bonaparte ? Ni l'une ni l'autre ne sont des beautés, elles sont même assez moches, dans le genre bas-bleu binoclard et excité pour la première, revêche mais pleine de tempérament pour la Bonaparte. Ne les rapprochent que leur appartenance à l'aristocratie napoléonienne et leur richesse. Ce dernier point n'est pas indifférent à Léopold. Bien sûr ce n'est pas après l'argent qu'il en a. Ce serait faire un médiocre procès à une âme d'exception. Ce n'est pas un coureur de dot mais un coureur de rêve (une espèce qui finit rarement riche). Il croit avoir trouvé chez l'une puis chez l'autre la femme d'élite, la princesse lointaine, que le nom et l'argent rendent inatteignables. Il ne peut aimer qu'au-dessus de ses moyens.

L'exemple de Léopold pourrait servir à écrire un petit essai sur les poisons du snobisme amoureux. C'est un virus plus fréquent qu'on ne le croit. Chez Balzac, le snobisme amoureux est cohérent avec son œuvre ; on pourrait même dire qu'il lui est consubstantiel. Ses romans sont-ils autre chose qu'une école de l'ambition, un bouillon de culture de l'arrivisme ; ses héros brûlent de la frénésie de parvenir. Leur but : conquérir une femme riche appartenant à l'aristocratie afin de profiter de ses alliances. N'est-ce pas ainsi que l'on devient ministre, pair de France ? Et Balzac lui-même singe ses personnages : faute d'avoir fait fortune, il crée des journaux, se présente aux élections et pour couronner le tout épouse une riche comtesse polonaise, Laure de Berny et la duchesse de Castries n'ayant servi au fond que d'exercices préparatoires à cette apothéose. Le malheureux en devient fou. Ne va-t-il pas jusqu'à écrire à sa sœur Laure que ce mariage est plus important que d'avoir écrit *La Comédie humaine*. En réalité, c'est le même mouvement qui l'a conduit à ces deux opérations toutes mentales. Stendhal, Gobineau nourrissaient les mêmes rêves ; comtesses italiennes chez l'un, comtesses du Nord chez l'autre ne sont que des prétextes à rêver. Ajoutons Barrès, entiché de la comtesse de Noailles, qui veut adjoindre à tous les pouvoirs qu'il détient, le politique, le littéraire, une amoureuse de légende. Ces écrivains, c'est la postérité napoléonienne à la conquête de l'empire du rêve aristocratique : chacun veut sa Marie-Louise.

Léopold Robert meurt de l'abîme qui s'approfondit entre son art et sa vie. Il est rongé par le mensonge. Suivons-le un moment tandis qu'il se monte la tête pour la fille de la duchesse de Plaisance.

Ils se rencontrent à Rome où la mère et la fille tiennent un bureau d'esprit, réunissent les peintres et les artistes de passage. Elles se prennent pour des filles de *Corinne*. En fait elles offrent le théâtre permanent de leur exaltation avec Rome pour décor. La mère mène le jeu : très riche, née Barbé-Marbois, elle a épousé le duc de Plaisance, fils de Lebrun, le troisième consul, architrésorier de Napoléon. Cette créature fantasque a vite abandonné son mari pour aller vers le soleil. Ce sera d'abord l'Italie puis la Grèce où elle finira par jouer un rôle dans l'indépendance des Hellènes. Elle ne fait qu'une bouchée du pauvre Léopold : des compliments sur sa peinture, des commandes, des invitations à souper, au théâtre, à des parties de campagne suffisent à le charmer. Au cours de l'une d'elles, il veut faire le malin en montant à cheval : un écart et le voilà par terre. Il a dû mal dormir cette nuit-là. Chute ou pas, il est pris dans leurs filets. Elles vont lui faire miroiter ce qu'il désire, un mariage inespéré. Elles se montrent larges d'esprit : qu'importent les différences sociales aux esprits d'élite. Tandis qu'elles jouent comme deux gamines qui mimeraient un roman de Rousseau, lui prend feu. Il y était prêt : elles appartiennent à l'aristocratie qui est la plus chère à son cœur, celle de l'empereur, qu'il associe par mille liens à son maître, le peintre David, à ses années heureuses à Paris, à la napoléonomanie galopante si à la mode dans ces années-là.

Voici comment il raconte les choses à sa famille. Ce n'est pas *Le Départ des pêcheurs de Chioggia* mais comment un poisson mord à l'hameçon. Décembre 1827 : « Ces dames tiennent par leur famille à tout ce qu'il y a de plus grand en France, et la demoiselle apportera à son époux quatre cent mille francs de rentes. Elles aiment extrêmement la simplicité et par conséquent ne peuvent voir le monde... Elles iront en Grèce l'automne prochain et m'ont déjà dit qu'elles aimeraient bien que je les accompagnasse. »

Avril 1828 : « On vient de me commander un tableau. C'est un secret dans Rome, mais pour vous, je n'en ai pas : c'est la duchesse de Plaisance qui veut faire ce cadeau à sa fille. Je suis de mieux en mieux dans cette maison : figurez-vous que ces trois derniers jours j'ai reçu cinq ou six billets, invitations ou explications, demandes, etc. La duchesse est trop supérieure aux autres femmes comme moyens et comme connaissances : leur société pour cette raison lui déplaît souverainement et elle affecte de n'être liée à aucune. Elle a des idées extraordinaires d'amélioration de l'espèce humaine. »

14 avril : « Voici un secret que je dépose dans vos cœurs. Je suis époux avec E. de P. [Elisa de Plaisance]; dans six mois elle revient avec sa mère. Il y a des choses extraordinaires dans ce

monde : celle-ci en est une. Nous nous aimons, elle est majeure, elle m'a juré sa foi, elle a vingt-trois ans et j'en ai trente-quatre. Elle n'a pas accepté la main du marquis de Dalmatie, fils aîné du maréchal Soult, qui aura une fortune immense et qui voulait la doubler par cette union. Sa mère est survenue : elle consent à notre union, nous a pris les mains et les a jointes ensemble. Qu'en dites-vous ? » Ce que j'en aurais dit : méfiance ! Avec de telles folles tout est possible.

Et ça ne rate pas : six mois plus tard, les deux femmes sont devenues glaciales et ne se souviennent plus d'aucune promesse. La mère réclame les lettres de sa fille. *Finita la commedia*. On pourrait croire Léopold échaudé à jamais, dégoûté des grandes allumeuses aristocratiques et des Napoléonides. Non, à la première occasion, il remet ça. Et cette fois avec la princesse Charlotte Bonaparte, la fille de Joseph.

Joseph après ses mésaventures espagnoles s'est réfugié en Italie. Un peu avant les Cent-Jours, de passage en Suisse, il achète la belle propriété de Prangins. Une sorte de château, de hauts murs, des portes avec des verrous énormes : charmant et bien protégé. Tout ce qu'il faut pour y mettre des fous. Prangins deviendra en effet une clinique psychiatrique très réputée. Des fous du meilleur monde viendront y subir des électrochocs. Zelda Fitzgerald y fera un long séjour. Intéressant, n'est-ce pas, ce lien entre les Napoléon et la psychiatrie. Nous l'avons déjà relevé avec Marie Bonaparte, l'égérie de Freud.

C'est David qui avait conseillé Rome à son jeune élève. Dans son cas, me semble-t-il, ce n'était pas l'endroit adéquat. Léopold a déjà suffisamment tendance à aimer le drapé, le beau geste, le moment historique : la simplicité n'est pas son genre. David a réalisé dans ce style des merveilles : *Marat assassiné*, le *Sacre de Napoléon*, le *Portrait de Marie-Antoinette* sont des chefs-d'œuvre de simplicité. C'est mon père, vous l'imaginez bien, qui m'a fait découvrir ce portrait au crayon de la malheureuse reine sur le chemin de la guillotine : il en aimait — lui qui pourtant était royaliste — l'absence de grandiloquence, la simplicité du trait. Imaginons un instant ce qu'en aurait fait Léopold : il y aurait ajouté du pathos, de la littérature. Donc Rome était une mauvaise idée. Tous ces monuments, ces fresques, qui écrasent poussent à la pose historique. Il faut avoir la simplicité indéracinable d'un Corot pour ne pas s'emballer dans le grandiose. Je lui aurais conseillé Bruges au lieu de Rome, Breughel, Vermeer, Rembrandt, à la place de Michel-Ange et de Léonard de Vinci.

L'incohérence de Léopold, qui l'amène à ce jeu de cache-cache avec la vérité, provient en partie de ses origines. Il est né dans une famille de la petite bourgeoisie des Éplatures ; des gens pas très riches et affamés de respectabilité sociale. Son père était horloger. On le destinait au métier familial ainsi que son jeune frère, Aurèle, qui deviendra peintre lui aussi. Quand on naît dans une famille modeste, on a tendance à avoir des idées toutes faites sur le grand monde. Balzac, Stendhal, mais aussi Drieu la Rochelle ou Aragon sont tombés dans le panneau. Fragonard, Ingres, Corot, Courbet, Gauguin qui eux non plus n'étaient pas sortis de la cuisse de Jupiter ont échappé à ce travers : leur vision est toujours juste. Balzac est génial lorsqu'il nous décrit la duchesse de Langeais, lady Dudley, la duchesse de Maufrigneuse, mais ces personnages sont des Balzac en jupon. Il est génial dans la vision, faux dans la vérité sociale.

Léopold me fait penser à Drieu la Rochelle. Même petite bourgeoisie, même scandale familial (le père de Drieu fait faillite, tandis que celui de Léopold provoque un esclandre en faisant un enfant à la bonne), même arrivisme, même goût pour les femmes riches. L'un et l'autre sont également incohérents : Drieu qui n'aime que les grandes bourgeoises se veut près du peuple, d'où l'engagement avec Doriot. Leur divorce intérieur les mène l'un et l'autre au suicide. Deux snobs noirs qui finissent dans le sang.

Le Prométhée familial

J'ai dit que j'avais l'habitude de coucher dans la chambre de Valéry au château du Mesnil. Là où il avait eu la scarlatine et lu Proust. Il fallait au moins une maladie sérieuse pour lui faire lire un roman. Quelles impressions j'éprouvais dans cette chambre basse de plafond tandis que les piqûres d'aoûtats m'empêchaient de dormir (tout philosophe qu'il était, il avait dû lui aussi se gratter férocement)! Valéry également m'empêchait de dormir. J'ai toujours eu du fétichisme pour les écrivains. Les lieux qu'ils ont fréquentés m'ont toujours fait rêver. Au Mesnil, j'étais servi. Mallarmé avait conseillé l'achat de la propriété à Berthe Morisot, Valéry y avait laissé beaucoup de traces : des assiettes décorées de dessins et agrémentées de bouts rimés ; sur l'une d'elles, il avait inscrit ces vers :

> *Si tu t'y penches, Clorinde*
> *Ne crains pas d'apercevoir*
> *Le profil d'une dinde*

L'amusement consistait à surveiller le visage de l'invitée, qu'on choisissait particulièrement compassée, au moment où elle découvrait l'inscription. On trouvait des photos dans les albums où on le voyait tirer à l'arc, jouer avec les enfants qui l'adoraient. C'était « l'oncle Paul », le génie à visage humain, facétieux, drôle, scatologique, blagueur, trousseur de jupons, badineur impénitent qui faisait danser mes tantes et ma mère en leur tenant des propos galants et salaces. Dans la mythologie familiale, il occupait une place importante. C'était un génie très fréquentable, aimable, un gai luron. Rien à voir avec le penseur qui au propre et au figuré se prend la tête dans les mains avant de s'exclamer : « Nous autres civilisations, nous savons maintenant que nous sommes mortelles. » Il oubliait dans sa famille le masque sérieux qu'il arborait au Collège de France ou à la tribune de la Société des Nations. Mes oncles qui avaient été élevés par lui ne tarissaient pas d'anecdotes sur sa gentillesse, alors qu'ils conservaient de Degas le pire souvenir : le vieux peintre devenu grincheux se plaisait à les pincer jusqu'au sang. L'un deux affirmait même qu'il lui avait cassé un doigt : c'est la raison qu'il alléguera lorsqu'il vendra ses magnifiques Degas, dont le portrait d'Henri Rouart en chapeau haut de forme : ils lui « flanquaient le cafard ».

Valéry mettait son snobisme en veilleuse. Il était même capable d'en sourire. Il déclarait que cela faisait partie du métier : c'est vrai que cet écrivain à grande réputation mais à petits tirages ne roulait pas sur l'or. Sa femme, Jeannie, nièce de Berthe Morisot, n'avait pas comme sa cousine Julie hérité la fortune de la famille Manet. Que cherche ce solitaire essentiel en fréquentant la duchesse de La Rochefoucauld, la duchesse de Clermont-Tonnerre, le prince et la princesse de Polignac, la comtesse de Behague, qui possède à Hyères une magnifique propriété, La Polynésie ? Quel plaisir peut-il retirer d'être un hôte assidu du salon de sa voisine de la rue Georges-Ville, ce bas-bleu de Mme Mühlfeld, qui reçoit ses invités allongée et alanguie sur un sofa et qu'on surnomme la Belle Otarie ? Être tenu en laisse par cette mondaine gloussante et glapissante, qui faisait les ambassadeurs, les ministres et les académiciens, ne le gêne pas. Comme ce sceptique encyclopédique ne croit plus à rien, ni à l'amour — il changera d'avis —, ni à la politique, ni à l'histoire, ces petites sauteries mondaines l'amusent. Il y exhibe les prouesses de sa belle intelligence comme un montreur d'ours.

Il était également lié avec le docteur Bour et sa femme, Véra, qui habitaient à deux pas, avenue Foch. Le docteur Bour dirigeait une clinique psychiatrique très huppée : Ravel, le président Deschanel, Georges Feydeau, Bask, l'organisateur des Ballets russes, y déliraient en toute tranquillité à l'ombre des grands ormes. Georges Feydeau se prenait pour le fils de Napoléon III. Cette clinique était située dans le parc de La Malmaison, à Rueil.

Encore un exemple de ce lien étrange entre la légende napoléonienne et la psychiatrie.

Valéry soignait ses mécènes, ceux qui achetaient très cher ses éditions originales ou l'invitaient en vacances avec sa famille. Il avait besoin d'eux. Et ce stratège social — quoi qu'il en dise — avait compris que son œuvre hautement élitiste ne pouvait être appréciée que par des coteries élégantes qui allaient diffuser sa bonne parole. En cela il suivait l'exemple de Mallarmé qui préférait les petits cercles d'initiés au tohu-bohu du public. Mais Valéry a fini par se laisser griser à force de humer cet encens mondain que l'on recueille à la droite de la maîtresse de maison ou entre deux petits-fours. L'ex-petit Italien pauvre était rassuré par ces porteurs de grands noms. Il trouvait dans leur fréquentation une secrète revanche. Le créateur se délassait en prêtant l'oreille à la petite musique de niaiseries rafraîchissantes qu'il entendait dans les salons. La bêtise, qui n'était pas son fort, est parfois une détente. Une récréation pour la pensée. Quant à être un enseignement ! C'est pourtant ce que Valéry prétendra lorsqu'on lui fera reproche de ses fréquentations superficielles et qu'on le taxera de snobisme : « Certains propos échangés autour d'une table de dîner ou de thé instruisent et mûrissent un homme bien plus que la lecture de cent volumes. En quel lieu de l'univers se peuvent donc rencontrer le politique, le financier, le diplomate, l'homme d'Église, l'homme d'esprit, l'homme de club, l'homme de lettres, si ce n'est sur le bord d'une tasse et à l'occasion de petits gâteaux ? » Valéry est-il sincère dans cette justification du snobisme ? Il est trop intelligent pour s'illusionner sur les banalités qui sont le plat de résistance des dîners en ville.

Ce Valéry des salons était une énigme pour la famille de peintres à laquelle il venait de s'allier. Celle-ci pouvait à la rigueur s'efforcer de comprendre certaines obscurités de sa poésie, Mallarmé l'y avait habituée, mais elle restait invinciblement fermée aux plaisirs de la mondanité. Tant du côté Morisot-Manet que du côté Rouart, qui avaient chacun eu leur jour de réception, ils n'invitaient que des artistes, des peintres, des écrivains, des musiciens comme Debussy ou Chausson, qui était entré dans la famille en épousant la belle-sœur d'Henry Lerolle, ou alors des amis proches. L'idée de convier des gens du monde ne leur est jamais venue. Et avec quelques défauts — quelle famille n'en a pas ? — le snobisme mondain leur était inconnu. Ils y étaient rebelles. C'était d'ailleurs le cas de la grande famille impressionniste : ni Manet ni Berthe Morisot ni Degas, encore moins Renoir et ses enfants, notamment Jean, le cinéaste, ne donnèrent jamais dans ce panneau. Cet oukase lancé contre la mondanité allait d'ailleurs peu à peu se muer en sauvagerie, en refus du contact avec l'extérieur et finalement en asphyxie.

De ce point de vue Valéry faisait figure d'extraterrestre. Mais peut-être au fond cette dispersion apparente dans un milieu superficiel ne visait-elle qu'à conjurer un terrible démon : celui qui menaçait de l'entraîner dans la voie délétère d'un Pierre Louÿs, vers ces abîmes de solitude et d'autodestruction qui sont les dangers de la création. Ernest Rouart, le mari de Julie Manet, qui fut peut-être son meilleur ami, le taquinait gentiment sur ce travers mondain. L'un et l'autre avaient été liés à Degas, Ernest avait même été le seul élève du peintre, qui s'était mis en tête, lui le célibataire endurci, de les marier. C'est ainsi qu'il leur avait présenté Julie et sa cousine Jeannie Gobillard que Valéry devait épouser. Degas n'en était pas à sa première entreprise matrimoniale : il avait déjà fait le mariage des deux filles du peintre Henry Lerolle, avec deux frères d'Ernest, Eugène et Louis, mon grand-père.

La situation de Valéry au sein de la famille devait connaître une évolution surprenante pour un jeune homme pauvre, pétillant d'intelligence, mais qui semblait voué à la stérilité et au silence artistiques et que Julie décrivait ainsi avec naïveté (elle avait dix-sept ans) dans son journal : « Valéry entre autres qui paraît bien gentil. Je me souviens que l'année dernière M. Mallarmé avait dit qu'il désirait se marier et nous y avions pensé pour Jeannie. Depuis je vois qu'il paraît être un garçon de cœur pas trop littérateur, intellectuel je veux dire, je songe qu'il ferait en effet un très gentil mari pour ma chère Nini. Mais comment arranger cela ? »

Valéry dès la fin de la guerre de 14 se voyait propulsé vers une gloire méritée mais inattendue tandis que la famille de peintres s'assoupissait doucement sur sa grandeur passée. C'était la première personne proche parmi les grands artistes de la famille à être statufié tout vif. Degas excepté, mais son caractère atrabilaire le protégeait des honneurs. Ni Manet ni Berthe Morisot n'avaient de leur vivant reçu de la société la reconnaissance de leur génie. Et encore après la mort de Manet avait-il fallu batailler dur pour que le Louvre accepte la donation d'*Olympia*. Cette béatification de Valéry tenait du miracle.

Cette facilité à amadouer le monstre social laissait éberlué. Car au fond tous les artistes de la famille conservaient une culture de l'échec venue non seulement des déboires des impressionnistes, mais de Baudelaire via Manet, de Mallarmé. Il s'y ajoutait les invectives, les anathèmes et les imprécations de Degas contre la société, et ceux qui tentaient de lui faire les yeux doux, les arrivistes et les ambitieux de tout poil. Ils se souvenaient trop l'avoir entendu vitupérer les décorations, les académies, les prix de Rome et bougonner : « Il est arrivé, mais dans quel état » pour ne pas suspecter dans le succès soit un vice de caractère soit, ce qui était pire, une forme d'accommodement servile à la mode pour ne pas dire une prostitution. C'était excessif. Je le sais, j'ai été nourri à ce pain noir. Et je me désespérais de voir mon père tourner le dos non seulement au succès mais aux conditions sans lesquelles aucune reconnaissance n'est possible.

Valéry se sentait suffisamment libre et fort pour ne pas craindre de polluer son art ou d'affadir sa pensée au contact des perruches, des clubmen, des oies savantes, des gommeux armoriés, à qui il ne livrait rien de ses œuvres vives : seulement quelques étincelles de son esprit. Il s'était vacciné contre les penchants romantiques de ses amis symbolistes. Classique, au fond, dorique, il s'apparentait par ses conceptions aux écrivains du XVIIIe siècle, qui ne croyaient pas qu'il fût nécessaire d'être un paria, un révolté, un insoumis pour acquérir ses lettres de noblesse dans l'art.

Valéry s'était laissé prendre au charme ombrageux de cette famille de peintres au point qu'il avait fini par se mettre lui aussi au pinceau : ses dessins et ses toiles, dont certaines représentent le Mesnil, ne témoignent pas d'un don éclatant. Il avait eu beau écrire l'*Introduction à la méthode de Léonard de Vinci*, il n'en avait pas tiré un enseignement concluant. Quant à la sculpture, il avait modelé deux figurines en cire molle représentant l'une Degas l'autre Mallarmé. Mes oncles, enfants, les ayant utilisées pour jouer aux billes avec le dommage irréparable que l'on imagine, c'est Julie qui entreprit de les remodeler pour leur donner l'aspect qu'elles conservent aujourd'hui. Il est à craindre que le talent de Valéry n'y soit plus guère visible.

Jeannie, la veuve de Valéry, était un personnage familier de mon enfance. Je la voyais, vêtue de noir, revenir de l'église Saint-Honoré-d'Eylau où elle était dame de catéchisme. Elle parlait longuement et avec lenteur. Dans ses yeux un peu éblouis, on voyait passer un monde disparu.

La fille de Valéry, Agathe, ayant épousé un cousin germain de mon père, on me prenait pour un petit-fils du grand écrivain auquel on ajoutait, pour faire bon poids, Manet et Berthe Morisot. Je n'ai pas fait beaucoup d'efforts pour détromper les gens. Je profitais de cette confusion. Non pas pour m'approprier un sang génial qui ne m'avait pas été transmis, mais parce que cet héritage artistique et intellectuel me semblait mien naturellement : à la fois parce que je baignais dans l'univers qui avait été celui de ces génies et aussi parce que je me sentais très proche d'eux par le seul lien qui importe concernant des artistes, l'admiration. Sans doute quand je commençai à écrire, ce qui était une façon de rompre avec la tradition familiale exclusivement vouée à la peinture, certains descendants de Valéry eurent-ils le sentiment que j'empiétais sur un territoire réservé. Je braconnais dans une chasse gardée. D'autres, auxquels j'étais lié par l'amitié, s'en réjouissaient. Ma vraie famille, c'était la littérature, je l'avais choisie. Tant mieux si parfois un de ses membres voisinait avec celle de mes origines. En réalité j'aimais Valéry comme on aime une étoile, et il n'est nul besoin d'être le fils de cette étoile pour l'aimer, elle appartient à tous, comme toutes les autres étoiles qui brillent dans le ciel.

*Je contracte
un virus mortel*

Je me suis toujours cherché une famille, croyant ainsi échapper à la mienne. Les D. à cette époque m'apparurent correspondre parfaitement au modèle que je désirais. Leurs qualités et leurs défauts étaient exactement inverses de ceux de ma propre famille. Tout chez eux respirait le calme, le bon ton, l'équilibre social, financier, moral. Ni la fantaisie ni les frasques d'aucune sorte ne venaient distraire le solennel ennui des dimanches après-midi. Chaque geste, chaque intonation semblaient pesés avec mesure. On ne parlait pas trop fort, on passait à table à l'heure dite, on ne s'y envoyait pas d'injures ; ni les passions ni les antipathies n'étaient visibles. Une politesse de fer mais veloutée en apparence limitait les aspérités des caractères et assouplissait les comportements. Aucun excès n'y était concevable : ni dans l'ostentation de la richesse, ni dans les opinions. C'était un modèle de famille bourgeoise, tel qu'il aurait pu être conservé dans un musée des arts et des traditions. En parfait accord avec leur milieu, ses membres avaient adapté leurs besoins à leurs fins, leur comportement à leurs ambitions, l'éducation de leurs enfants à leurs amitiés. Aucune tension n'y était perceptible. De formidables amortisseurs psychologiques absorbaient les chocs.

Enfin il n'y avait pas de fous dans cette famille, ni de ces originaux toujours sur le pas de la porte de la maison de repos, ni de névrosés, ni d'hystériques; pas de parias, pas de rebelles, ni d'aventuriers d'aucune sorte. Comme c'était reposant.

À toutes ces qualités de paix qui me dépaysaient s'ajoutait un avantage non négligeable : on ne s'y intéressait absolument pas à la peinture. Bien sûr on lui accordait ce regard distrait que toute bonne famille se doit d'avoir une fois par an pour une grande exposition suivie d'un cocktail où il est impossible de ne pas être vu. La seule concession au démon de la peinture, c'était d'avoir commandé un portrait de famille d'une agréable fadeur au peintre mondain Vidal Quadras, homme charmant, qui représentait ses modèles sous leur meilleur jour, effaçant rides et verrues disgracieuses, remontant les seins, effaçant les bajoues. C'était plus que de la peinture : une véritable opération de régénérescence et de chirurgie esthétique. On était loin de Degas.

Le père était un homme mince, sec, chauve, racé, intelligent, calculateur, qui portait un regard perçant et sans aménité sur l'humanité souffrante. Deux expressions se lisaient sur son visage selon ses interlocuteurs : l'une, glacée, sans pitié, légèrement méprisante, méfiante vis-à-vis des inférieurs et des roturiers ; l'autre, ouverte, allègre, charmeuse envers les hommes importants et surtout ceux vers qui allait la maigre chaleur de son enthousiasme, les comtes et les comtesses, les princes et les princesses, les ducs et les duchesses. Quant aux rois et aux reines, ils auraient probablement été capables de le rendre chaleureux.

La mère, tout en douceur, compréhension, tolérance, semblait n'exister que pour compenser les insuffisances de cœur de son mari, réparer ses humiliations, mettre du baume sur les blessures qu'infligeait son égoïsme. Elle était d'une grande beauté. Le regard souriant et bon, elle supportait son mari avec une philosophie gaie. Elle était idéaliste, crédule autant qu'il était austère, sceptique et désabusé ; ils formaient un de ces couples, en apparence mal assortis, mais qui par un mystérieux jeu de compensations s'entendent tant bien que mal.

Ils avaient deux filles : l'une, Anne-Marie, très belle comme sa mère, sensuelle, féminine et délurée, convenable et provocante, traînait tous les cœurs après elle ; l'autre, Solange, plus jeune, pleine de charme, d'amour de la vie, débordait de générosité. C'est par cette dernière que j'entrai dans cette famille (par l'entremise d'une de mes cousines du clan Valéry seul à fréquenter cette faune qu'on appelle les « gens du monde »). Le mot « entrer » n'est d'ailleurs pas exact : je demeurai dans un sas d'observation, une sorte d'antichambre due à l'animadversion que me vouait le père.

Car si cette famille avait tout pour me plaire, j'avais en revanche tout ce qu'il fallait pour irriter ce père intraitable : j'étais roturier, je n'étais pas riche, mon père n'était même pas ambassadeur, et, comble de tout, je venais de rater mon bac. Sa poignée de main et son regard chargé de deux balles de mépris ne me laissaient sur ce point aucune illusion. Aussi, avec la complicité de la mère, je m'embarquai dans cette famille comme un passager clandestin. J'entrais par l'escalier de service, on me cachait dans une chambre, parfois dans un placard, et si possible aux heures où l'ogre était à son bureau ou à un de ses dîners au Jockey, à l'Interallié, chez le duc de Machin. Aller à mes amours avec des précautions d'agent secret, en remontant le col de mon imperméable, ne me déplaisait pas. Encore y eut-il deux phases dans l'attitude de M. D., comme il y a eu l'Empire autoritaire et l'Empire libéral. D'abord, tout en ayant marqué sa désapprobation à mon endroit et spécifié qu'il ne voulait pas me trouver sur son passage, il avait accepté mon existence. Hélas un incident mit fin à cette relative mansuétude. Je m'intéressais à la psychanalyse ; plutôt, c'était elle qui s'était intéressée à moi. J'aimais lire Freud, Adler, Jung. Un jour, je découvris chez un bouquiniste un ouvrage dont le titre me frappa : *Psychopathia sexualis* par le docteur Krafft-Ebing. Le sujet du livre, le nom du docteur, lourd d'une pesante science germanique, me plurent immédiatement. Je l'achetai. Pourquoi sur la page de garde ai-je alors pris le soin d'inscrire mon nom, ce que je ne faisais jamais ? Je dévorai le livre. Je dois avouer que si son titre m'alléchait, sa lecture fut un peu fastidieuse. Le docteur Krafft-Ebing passait en revue toutes les perversions sexuelles, mais comme beaucoup de termes étaient en latin, cela m'obligeait à recourir à mon dictionnaire Gaffiot, ce qui gâchait beaucoup le plaisir. Je lisais le livre dans l'autobus. Un jour je l'oubliai dans le seul endroit où je n'aurais jamais dû l'égarer, chez les D. Le soir même, le père tombait sur l'ouvrage, qui devait faire une tache de lubricité sur le canapé du salon ; il y trouvait mon nom inscrit et entrait aussitôt dans une de ces colères froides qui terrorisaient sa famille. Le verdict sans appel tomba : j'étais interdit de séjour.

Cela me peina d'autant plus que j'étais assez d'accord avec M. D : je trouvais qu'il avait raison de me considérer comme un exécrable parti pour sa fille, qu'il était honteux de rater son bac, et tout à fait inconvenant de déposer dans un salon bourgeois un ouvrage qui pouvait passer pour pornographique en dépit de ses références scientifiques.

Cela m'amena à une sérieuse remise en cause. Pourquoi étais-je nul ? C'est une question à laquelle personne n'a pu m'apporter de réponse. Je révérais les études, les maîtres, le savoir, et je ratais pourtant tous mes examens. Les professeurs n'étaient pas loin de me considérer comme un cas, eux si peu habitués à tant de bonne volonté associée à un si médiocre résultat. Le bac, cette conquête si facile pour tant de dociles imbéciles, se révélait pour moi une forteresse imprenable. Le regard impitoyable de M. D. sur la fragilité de ma position sociale me troublait également. Il mettait le doigt sur ma blessure : oui, j'étais fauché, je n'avais pas un rond, pas un sou, pas un radis, pas un kopeck, pas un fifrelin. Infréquentable !

Les D. avaient bien sûr un château, une vieille bâtisse en Provence, près de Montélimar, qui avait été la demeure des papes d'Avignon. Une merveilleuse maison de famille qui enserrait le haut d'une colline où se trouvaient des ruines moyenâgeuses, des souterrains. J'y fus convié en cachette du père avec la complicité de toute la maisonnée. Ainsi je connus la Provence, les cigales, les grillons, la lavande, les lucioles, les oliviers, cette haleine chaude de la terre rouge, le mistral qui rend fou, les tomettes cirées. Ce fut un éblouissement. Il me semblait découvrir un monde qu'on m'avait caché, un monde où l'air est plus doux, plus odorant, plus suave ; où la lumière brûle ; où la chaleur accable, où la fraîcheur est comme une source rare.

Outre ma découverte de la Provence, je contractai dans cette famille un mal dont on met longtemps à se guérir, et encore ce ne sont que des rémissions : le snobisme. Certains même en meurent : on ne voit plus que leur fantôme qui continue de se mouvoir dans ce parc étroit qu'ils ont toujours affectionné ; leur bouche égrène les mêmes noms, leur sexe ne s'éveille que devant des haridelles armoriées ou de ces grandes perches blasonnées qui semblent s'être enroulées dans le rideau à fleurs de leur salon. Ils ont sans s'en rendre compte quitté la vie dont l'essence est la variété, la diversité, l'aventure.

On en dit beaucoup de mal, de ce snobisme. On oublie qu'il ne frappe pas seulement les mondains et que sans lui beaucoup de rencontres n'auraient jamais eu lieu. Cela peut être un stimulant social, un aiguillon, autant qu'un frein, ou un symptôme de paralysie générale. Sans doute certaines sociétés sont-elles parvenues à l'éradiquer. Il est probable que ni Staline ni les populations de l'Amazonie fréquentées par Lévi-Strauss n'en furent atteints. Le snobisme, ce virus inconnu dans ma famille, à l'exception du clan Valéry, m'avait contaminé.

Il faut dire que je m'acharnais à sortir par tous les moyens de l'ornière familiale : je ne voulais pas être peintre comme tout le monde, parler de peinture m'ennuyait à périr, visiter un musée me faisait bâiller, j'essayais d'échapper sous tous les prétextes à ces visites du dimanche au Louvre où mon père essayait désespérément de me traîner pour m'expliquer la beauté des Véronèse, des Goya, des Watteau, des Fragonard ; je n'étais pas catholique pratiquant comme presque tous mes parents ; je refusais aussi d'être monarchiste comme mon père et mes oncles — ces idées me paraissaient des sornettes. Ce que mon père aimait dans les idées monarchistes, c'était le refus du monde actuel, la négation du monde réel, il mettait tous ses espoirs dans le passé. Forcément il ne pouvait être que malheureux.

M'appliquant à briser les idoles familiales, à

faire le contraire de ce qu'on me conseillait et à penser en totale opposition avec les idées qui avaient cours autour de moi, il était logique que je tombe dans ce snobisme. Je commençais à croire que ces ducs, princes, comtes dont on me bassinait étaient des gens d'une race supérieure. Leur nom faisait rêver, c'est vrai ; leur fréquentation beaucoup moins. Les D. m'initièrent au maniement du Bottin mondain, ils m'ouvrirent aux arcanes du Moreri ; dans ma famille le seul Moreri qu'on connût était le Bénézit, et encore, c'est inexact, on se fichait pas mal qu'un peintre fût ou non dans un dictionnaire. Quant à une race supérieure, ça, on y croyait, mais c'était celle à laquelle appartenaient les grands peintres. On ne s'intéressait aux aristocrates que lorsqu'ils s'appelaient Toulouse-Lautrec ou Degas.

Un jour, un nom fut prononcé avec un respect qui me rendit aussitôt envieux et admiratif ; on parlait de ce personnage comme d'une des sept merveilles du monde ; son nom, sa famille, son talent, ses études, il était normalien, agrégé de philosophie, bref tout ce dont le manque m'affligeait ; en plus il écrivait des romans, ce qui me paraissait un privilège encore plus fabuleux. Anne-Marie avait un faible pour lui : toute la famille, jusqu'au teckel en arrêt, soupirait d'admiration. Lui était fou d'Anne-Marie, il lui adressait des kyrielles de bouquets, des lettres, des livres, des robes de chambre en soie de chez Annam. Comme je le comprenais ! J'avais beau être amoureux de Solange, je l'étais aussi d'Anne-

Marie, je l'étais également de leur mère, comme je l'aurais été d'une troisième sœur s'il en avait existé une. J'avais cette famille dans la peau. Et, pour mieux connaître ce phénix littéraire — par fétichisme aussi —, je lisais à la dérobée les lettres enflammées qu'il écrivait à Anne-Marie, les dédicaces brûlantes qui accompagnaient ses livres. Quand j'entraînais Solange dans la chambre de sa sœur, sur le lit que j'imaginais encore palpitant de l'étreinte des deux amants, et que nous nous y aimions follement, j'avais l'impression de me rapprocher de lui, de frôler ses secrets. Quel pied c'était de faire l'amour sous tant d'auspices, sous tant de menaces!

Un jour, rue de la Pompe, au croisement de la rue de Sontay, dissimulé dans l'encoignure d'une porte comme un médiocre agent secret dans un mauvais film, j'attendis qu'il descendît de chez les D. Enfin je le vis. Il passa près de moi et monta dans une voiture de sport décapotable garée sur le trottoir. Il démarra en trombe, me laissant ébloui et appauvri. Sa splendeur stigmatisait ma misère, sa désinvolture ma gêne, son agrégation mon bac raté. Comme Iago face à Othello, j'aurais pu murmurer : « Ce qui le rend beau me rend laid. » Quel sentiment désolé j'éprouvais, abandonné sur le trottoir, tandis que, dans une lumière dorée de mai, il filait au volant de sa Mercedes 300 SL décapotable vers le succès et vers la gloire ! Je me souviens de la pensée qui se planta en moi comme un poignard : « Et dire que cet homme, je ne le connaîtrai jamais ! » Ce météore, c'était Jean d'Ormesson.

L'agonie de Don Juan

Ce qui me fascinait, c'était la puissance des gémissements, la plainte chargée de révolte contre la mort. Je n'avais pas devant moi un vieil homme usé qui s'endort docilement dans la paix, mais un grand vivant bouillonnant encore du désir de vivre, qui résistait à l'agonie. Il luttait de toutes les forces qui lui restaient, qui étaient grandes. Le combat qu'il menait, les mains agrippées à l'oreiller, au drap, à la main qu'il pouvait saisir, donnait l'impression qu'il voulait s'accrocher à ce qui était à sa portée pour ne pas être happé par le grand fleuve. Soudain il poussait un rugissement. Ses muscles se contractaient, son visage grimaçait moins sous l'effet de la douleur que de la peur. Cette lutte qu'il menait avec lui-même pour tenter de repousser un destin inéluctable, parfois on pouvait penser qu'il allait en sortir vainqueur. Son visage prenait une expression plus sereine. Mais les accès de rage l'agitaient à nouveau. Il était furieux de mourir, furieux de devoir céder devant cette puissance qui le terrassait, furieux d'abandonner la peau de tant de jolies femmes, les paysages vallonnés de San Gimignano, la lumière de la Toscane, les bons repas, les vins fins, le château-yquem, pour le paysage sans soleil de la mort.

Dans ce salon-atelier si haut de plafond d'où tombait une lumière froide, on avait installé un lit médical dont les tubulures chromées contrastaient avec les meubles Empire, la grande bibliothèque en chêne qui couvrait l'immense mur. Aux parfums qui régnaient toujours dans l'appartement, ceux du cake sortant du four que lui préparait sa cuisinière, de l'eau de Cologne Jean-Marie Farina dont il s'aspergeait et se frictionnait le corps, s'ajoutaient maintenant des effluves médicamenteux. C'était sur ce lit qu'il luttait, au milieu des objets qu'il avait aimés : ses tableaux, les deux Corot au-dessus de la cheminée, *La Femme en rose* et le *Pont San Bartolomeo*, des tableaux de Jongkind, des pastels de Berthe Morisot, des dessins de Millet, des pastels de Degas, dont l'un représentait sa mère, un autre lui-même en train de lire, un Lagneau, un vieux berger qui ressemblait à un pape, un tableau de De Bruyn, plusieurs Maurice Denis. C'était ce qu'il lui restait de la collection de son père : le portrait de sa femme par Renoir, celui de sa mère par Degas il les avait bradés pour mener sa vie dispendieuse. Tant de livres dans la bibliothèque : l'œuvre de Valéry avec des dédicaces qui marquaient l'évolution ou plutôt le déclin de leur amitié — très chaleureuses et amicales pour l'*Introduction à la méthode de Léonard de Vinci*, pour *La Jeune Parque*, puis malgré le mot « amitié », devenu une formule convenue, on sentait l'indifférence polie; éditions originales de Gide, de Bernanos, de Maritain dont il avait édité *Frontière de la poésie* et *Art et Scholastique*, *Le Chemin de croix* de Claudel, son *Ode*, la *Nuit de Noël 1914*, ouvrages dont il avait été aussi le premier éditeur, de Barrès enfin, l'écrivain préféré, celui qu'il n'avait jamais renié, le maître, l'ami.

Dans une pièce attenante, sorte de petit salon, brillaient les vitrines qui contenaient les sculptures qu'il avait rapportées d'un séjour en Égypte avant 1900. Il avait vécu deux ans au Caire. J'ai devant moi la carte postale en couleurs d'un temple de Louxor que lui a adressée Barrès : « Du pays où vous m'avez tant pressé d'aller, mes vœux pour 1908. B. »

Ces statuettes égyptiennes étaient ses seules véritables acquisitions avec quelques bronzes italiens. Les tableaux provenaient de la collection de son père; quant aux meubles Empire, ils venaient en droite ligne de l'héritage de sa mère, Hélène Jacob Desmalter, fille de l'ébéniste Georges Jacob Desmalter, de la rue Meslée, qui a conçu tant de meubles pour Napoléon, le trône impérial, le berceau du roi de Rome; lui-même était le fils de Georges Jacob, ébéniste de Louis XVI. On s'asseyait, on se couchait, on dînait dans des meubles de famille. Deux surtout me fascinaient : dans le salon, un somptueux bureau à cylindre, décoré de lions et de sphinges en bronze doré, sur lequel Percier et Fontaine avaient gravé des nymphes légèrement vêtues; et le lit royal, dans sa chambre, qu'il s'était modestement arrogé, il prétendait qu'il avait appartenu à Charles X. C'était un monument : des marches en acajou y conduisaient, les panneaux du chevet et du pied comprenaient non seulement les indispensables sphinges mais aussi des mosaïques représentant des scènes de l'Antiquité.

Cet ébéniste était, avec un ancêtre mort à la Berezina, le seul lien qui rattachait la famille à l'Empire.

Je voyais le vieil homme mourir. Autour de lui fusaient des cris et des disputes, cette musique assourdissante de brouilles et d'hystérie familiale qui l'aura accompagné tout au long de son existence. Ses filles se lançaient des injures qui couvraient ses plaintes; elles se déchiraient comme des tigresses devant une bête à l'agonie.

Je pensais aux livres qu'il avait rêvé d'écrire et que maintenant il n'écrirait plus.

C'était la mort de Don Juan. Une femme entre deux âges qui portait sur son visage une affliction convenue de future veuve *in partibus* venait faire acte de présence. Une des nombreuses victimes de cet insatiable coureur.

L'affection que j'avais pour lui ne m'empêchait pas de le juger. Il y avait beaucoup de gâchis dans cette vie. Gâchis certainement nécessaire comme dans toute vie. Il était passé à côté de tant de chances. Il avait touché à tout, et cela allait disparaître, comme ses meubles et ses objets allaient être dispersés sous le marteau d'un commissaire-priseur.

De cette vie qui fuyait à vue d'œil, avec des rémissions, des accalmies puis de terribles tempêtes, je voulais tirer une leçon : quel démon l'avait empêché d'être, l'avait tenu sur le bord de son accomplissement ? Il avait l'intelligence, l'esprit, la facilité du talent. Que lui avait-il manqué ? Il n'avait manqué que de privations. Trop d'argent trop jeune, trop de génies autour de lui. Seuls l'amour des femmes et la vanité l'avaient stimulé.

Il n'avait écrit au cours de sa longue vie que trois brèves monographies, dont une sur Berthe Morisot. Il enrageait d'un désir d'écrire qui ne trouvait pas d'issue dans les mots. Comme il avait dû souffrir. Une souffrance silencieuse qui le ravageait et qu'il exprimait à sa manière : en bouillonnant de jalousie haineuse et en descendant en flammes ses contemporains. Je l'avais percé à jour. Ce n'était pas un méchant homme, simplement il était malheureux : il avait raté le train de sa génération. Trop orgueilleux pour y avoir une place de littérateur secondaire, de critique, de grand témoin, il vitupérait l'époque.

Il n'avait ni construit une famille (il avait passé son temps à y susciter des querelles et des brouilles, un théâtre qui le distrayait de son tumulte intérieur), ni élaboré une œuvre, ni donné un véritable essor à la maison d'édition d'art qu'il avait créée, tout restait à l'état d'esquisse. Il n'avait rien poussé jusqu'au bout. Et j'en souffrais pour lui. Comme d'un manque.

Quels bons moments j'avais passés avec lui ! Humour décapant, critique au lance-flammes, propos sectaires, envenimés par les passions. Il avait été hanté par un père écrasant, qui réussissait tout. Il n'avait pu que défaire. Mais, au fond, dans une famille ces mouvements de flux et de reflux ne sont-ils pas indispensables ? L'un construit, amasse, l'autre défait, dilapide. Marée haute, marée basse.

Cette mort qui venait, je n'en perdais rien. Je l'observais comme si j'assistais à ma propre naissance. Quel destin m'avait poussé à être là au moment même où survenait l'agonie ? Un signe. Je devais découvrir ce qu'il signifiait.

Je le vois, ce grand-père, tel qu'il était, tel qu'il restera toujours pour moi : fastueux, arrogant, vaniteux, charmeur et insupportable, généreux, égoïste, prodigue, les qualités et les défauts étaient chez lui non distincts mais inextricablement mêlés. Déchiré par les contradictions : cet homme couvert de femmes, perpétuellement affamé de nouvelles conquêtes, était un fervent et brûlant catholique, ami de l'abbé Brémond, du père Doncœur, du père Janvier avec lequel il avait participé à la renaissance du tiers ordre dominicain en 1910. Avec la même ardeur de croisé, il allait créer les Éditions de l'Art catholique et partir en guerre contre l'art saint-sulpicien avec l'aide de Maurice Denis, Puvis de Chavannes, Fernand Py. C'est là qu'il allait publier Claudel et Jacques Maritain.

Il avait été roux, puis son poil avait blanchi. Il faisait un vieux monsieur imposant avec sa montre à chaîne dans son gousset, sa barbe blanche bien taillée, sa canne à pommeau d'or, son monocle. Il plastronnait, l'ironie toujours sous les armes. Cette ironie amusante, c'était l'acide que sécrétait son amertume secrète. Hors de chez lui, à bonne distance de sa femme et de ses enfants, il montrait le visage d'un grand amateur, érudit, témoin privilégié des monstres sacrés de l'impressionnisme, qu'il avait fréquentés à la table familiale. Pétillant de mots d'esprit, connaissant par cœur les poèmes de Baudelaire et de Verlaine, il les récitait avec l'emphase de Mounet-Sully.

Je l'entends encore :

Bon chevalier masqué qui chevauche en silence,
Le malheur a percé mon vieux cœur de sa lance
Le sang de mon vieux cœur n'a fait qu'un jet vermeil
Puis s'est évaporé sur les fleurs au soleil.

Parfois il y ajoutait un de ses propres poèmes pour éblouir les dames :

Sont-ce les lignes bleues des montagnes divines
Qui, bercées par les flots, chantent avec tant d'amour
Est-ce le cri d'extase qui jaillit des poitrines
Des vierges enivrées par la splendeur du jour

Le feu de bois qui flambe dans ma chambre
En cet hiver si triste de Paris
Me fait songer à tous ceux qu'en septembre
J'ai connus dans ce doux paradis
Le doux foyer où vit votre famille
Vous l'avez fait briller devant mes yeux
Et je revois ces douces jeunes filles
Que leur grand cœur élève au rang des dieux

Dans une édition rare, très joliment reliée, de *Sagesse*, qu'il m'a donnée, et que je feuillette en songeant à lui, je trouve ce vers souligné au crayon :

L'enfant prodigue avec des gestes de satyre

Y a-t-il vu sa caricature ?

Sa bête noire, dans sa vieillesse, c'était Valéry. Il n'avait pas avalé la gloire de ce jeune homme qu'il avait connu pauvre et obscur, qu'il avait protégé, introduit dans le salon de son père où il avait connu Degas. Sa statue flamboyante, l'Académie, le prix Nobel raté de justesse l'insupportaient. Il récitait ses vers, mais pour s'en moquer, en souligner l'emphase, les obscurités, l'hermétisme sous-mallarméen. Il comparait ses vers froids, mécaniques, fabriqués, à la mélodie simple et gracieuse de Verlaine. Il le soupçonnait de vices impardonnables : d'être républicain, franc-maçon, pacifiste, athée.

Pour l'accabler, il appelait Degas en renfort qui, dans le salon de son père, avait pris par le col de sa veste le jeune auteur de l'*Introduction à la méthode de Léonard de Vinci*, et lui avait lancé : « Vous savez, Valéry, vous ne m'épatez pas du tout : vous n'y avez rien compris. » Il en jubilait encore avec un rire sardonique.

Pourtant leur amitié de jeunesse, qu'il voulait renier, avait existé. De nombreuses lettres en témoignent. Il les gardait précieusement. J'en ai une sous les yeux :

Mon cher Louis,
Ma conscience n'est pas en paix à ton égard. J'ai l'impression de devoir t'écrire, d'avoir différé de jour en jour quelque réponse, et cet éperon me presse vers un papier que j'aurais dû noircir en Italie. Mais en Italie j'avais peine à me trouver. J'ai vu, j'ai sué, j'ai parlé mon italien très impur, j'ai pensé avec un langage mixte, j'étais saisi par une paresse immense que le devoir bête, en somme, du voyageur peu fréquent que je suis, me faisait traîner comme au supplice, dans les choses devant être vues.

Soyons sincères. J'ai fui l'art autant que je l'ai pu décemment. Une mauvaise humeur issue des musées et des églises ne me quittait que dans les petits cafés où j'engageais des conversations inutiles avec le premier venu. Hélas! je suis de ceux, infortunés, qui ne peuvent pas arriver à voir ce qu'ils viennent voir.

Sais-tu que j'aurais donné beaucoup pour te rencontrer à Gênes, et ce n'est ni dans les palais, ni dans les musées que je t'eus remorqué, mais avec joie, dans mes chères ruelles labyrinthiques creusées à midi dans la substance ténébreuse des vieux quartiers, toujours fraîches, et où le soleil vient expirer à la limite du rayon des lampes toujours allumées dans les boutiques. (...)

C'est pourquoi j'ai plutôt souffert à Florence. Il est vrai que la hâte et la chaleur étaient là. Ce blasphème donc me hantait: que la chose d'art, c'est ce qui est déjà digéré — c'est le résidu, l'excrément d'un être; sa conque déserte, si tu veux. Et je criais silen-

cieusement, éreinté dans les Uffizi : « À bas Ruskin, à bas Baechlin, à bas Burckhardt ! À bas tous ces mangeurs de choses mangées. » *(...)*

N'oublie pas de m'envoyer le mot qui demande à déjeuner. Bien affectueusement à toi.

P. V.

En 1896, lorsque Valéry avait souhaité dédier à Degas *La Soirée avec monsieur Teste*, il l'avait envoyé en ambassade auprès du peintre misanthrope pour obtenir son accord. Degas avait refusé en grognant : « Je ne tiens pas à ce qu'on me dédie des choses que je ne comprendrai pas. J'ai soupé des poètes... »

Avec Gide aussi cela avait été la guerre. Gide était surtout l'ami de son frère, Eugène, à qui il a dédié *Paludes*. Ils sont représentés ensemble dans un tableau de Jacques-Émile Blanche qui se trouve au musée de Rouen. Les deux hommes s'entendaient à merveille. Gide le décrit ainsi à sa mère : « C'est un garçon charmant, délicieusement fou et que j'aime beaucoup. C'est quelqu'un de volontaire et d'intelligent, il me charme. » Ils communiaient dans une même passion pour la littérature : « Nous parlons de littérature furieusement » — Eugène Rouart avait publié deux romans au Mercure de France — et cette ferveur passionnée se poursuivait également dans le goût des garçons impubères. Pour cette raison, mon père et mes oncles fuyaient à grandes enjambées dès qu'ils voyaient arriver Gide flanqué de mon grand-oncle et d'Henri Ghéon, pour échapper à leurs mains baladeuses.

C'est dans la propriété d'Eugène Rouart, à Bagnols-de-Grenade, en Haute-Garonne, dont il deviendra sénateur, que Gide et Ghéon se livraient à des orgies de jeunes garçons en compagnie de leur hôte. C'est là que Gide fit des rencontres inoubliables qu'il racontera à Jacques Copeau, évoquant « une vie tourbillonnaire » au cours de laquelle il rencontra « un jeune garçon de là-bas, presque vierge », qu'il nommait le Ramier « parce que la volupté arrachait à sa gorge une sorte de roucoulement ». Ghéon invité à son tour à Bagnols écrit à Gide pour lui donner des nouvelles de son harem de jeunes garçons : « Le pauvre Ramier est à l'hôpital, Baptiste soigne sa chaude-pisse en gardant ses bêtes, le petit Lazare fait paître ses vaches. Sourire hypocrite, fausse candeur, un certain charme. »

Quand on sait que ces partouzes pédérastiques de Gide, Ghéon, Eugène Rouart étaient entremêlées de discussions religieuses et théologiques, on a un peu la nausée. Il faut toute la rafraîchissante érudition et l'esprit franciscain de José Cabanis qui rapporte ces scènes dans son livre *Dieu et la NRF* pour y déceler la marque de la Providence.

Beaucoup plus tard, en 1927, Gide retrouvera Eugène Rouart devenu sénateur, sans doute un peu assagi : « Il a su dessiner, composer sa figure ; elle tient du virtuose, du clown et de l'homme d'État. Quelque chose d'inclassé, d'inclassable, et de, ma foi, très réussi. Pour dire les choses les plus simples et les plus banalement raisonnables, son sourcil se contracte, tout son être se vrille comme s'il extrayait douloureusement un secret de ses profondeurs. »

Louis, mon grand-père, avait fréquenté Gide du temps de *La Revue blanche* puis de la revue *Les Marges* d'Eugène Montfort d'où allait naître la *Nouvelle Revue française*. Leur entente avait été un déjeuner de soleil. Il y avait deux choses qu'il ne lui pardonnait pas : d'être protestant, d'avoir renié Barrès. Une retentissante engueulade épistolaire les avait opposés à propos de divergences de vues sur le contenu du premier numéro de la *NRF*, en novembre 1908, notamment à propos de *Sur Catherine de Médicis* de Balzac. Gide écrivait dans son *Journal* sans date : « Je sais le plus grand gré à Louis Rouart de m'avoir engagé à lire ce livre, mais... l'a-t-il lu ? À l'air un peu farouche et confus qu'il prenait à me le conseiller, à l'assombrissement de son regard et de sa voix, j'y pressentais une apologie de la raison d'État, de l'arbitraire ; en l'espèce : une apologie de la Saint-Barthélemy — bref, mon arrêt de mort. J'ai presque été déçu. » À la lettre insultante et folle de mon grand-père qui s'offusquait de cette interprétation, Gide tentait de répondre de manière conciliante :

Mon cher Louis,
je vous écris sans ironie et sans animosité aucune. Je connais votre caractère depuis longtemps, et sais combien vous pouvez souffrir vous-

même de vos sautes d'humeur, de vos impulsions irrépressibles et des repentirs qui les suivent. Je suis fermement décidé à ne pas me laisser entraîner par vous dans une querelle absurde et déplorable, à laquelle ne consentent ni mon cœur ni mon esprit.
Croyez-moi bien affectueusement, malgré vous,

André Gide.

Ils restaient en froid. Une paix armée. Dans son *Journal* Gide ne rate aucune occasion de l'épingler :
« Rencontré le petit Louis Rouart, plus rouge, plus embourgeoisé que jamais. Comme il y a longtemps que je n'ai vu personne, mon sourire marque une joie exagérée ; il m'accompagne. Conversation aussi brusque, aussi tendue que jamais ; cela semble les spasmodiques reprises d'un assaut d'escrime ; mais d'un assaut sans courtoisie. Dès les premiers mots, dès l'abord, il attaque. En face de lui, malgré moi, j'entre en garde, prends une attitude fausse et crispée et ne sort plus de moi rien qui soit naturel. Quelles sottises il m'a fait lui dire, hier !... Quand il parle de venir me voir, je lui réponds : "Très volontiers" ; car malgré tout il me demeure sympathique. Il est noué. »

L'autre bête noire de mon grand-père, c'était Daniel Halévy. Les deux hommes se disputaient la mémoire et l'affection de Degas tout en continuant, à boulets rouges, à régler des comptes qui dataient de l'affaire Dreyfus. Inséparables et irréconciliables, ils échangeaient des injures, se réconciliaient avec des larmes autour du fantôme de Degas, puis se rebrouillaient, se chamaillant comme deux frères ennemis.

Mais avec qui cet homme perpétuellement furieux ne se battait-il pas ? Bernanos lui dédicaça ainsi un de ses livres : « À Louis Rouart violent, ce livre violent. »

Sa violence n'épargnait personne. C'était le trop-plein de son insatisfaction intérieure. Sa principale victime était sa femme, Christine, fille du peintre Henry Lerolle, autre ami de Degas et de Renoir, qui avait posé avec sa sœur pour *Les Jeunes Filles au piano*. Ils étaient comme chien et chat. Comme on demandait à Degas, qui avait poussé à leur mariage, ce qu'il pensait du résultat catastrophique, le peintre, faisant allusion au caractère difficile de l'un et de l'autre, ironisait : « Heureusement qu'ils se sont mariés ensemble... Cela aurait fait deux divorces. » Mon grand-père ne supportait pas sa belle-famille, qui était ardemment dreyfusarde et, pour aggraver son cas, catholique sociale, adepte de Marc Sangnier et du Sillon. Il allait jusqu'à perturber les réunions électorales de mon grand-oncle Jean Lerolle, député de Paris, y jeter la discorde et des insultes.

Mon père avait été l'élève d'Henry Lerolle, son grand-père maternel. C'était un peintre tout en douceur et en compréhension. Il avait découvert le jeune Maurice Denis, qui lui a témoigné sa reconnaissance dans un émouvant petit livre, *Henry Lerolle et ses amis*. L'un et l'autre ont consacré une part importante de leur œuvre à la peinture religieuse. Beau-frère d'Ernest Chausson, il était passionné de musique. Je possède une photo sur laquelle on voit Debussy au piano devant ma grand-mère, Chausson, Lerolle, peintres et musiciens communiant dans l'amour de l'art sous toutes ses formes. Henry Lerolle avait été tellement bouleversé par les querelles violentes provoquées par l'affaire Dreyfus que la fin de sa vie en fut assombrie. Il avait connu une époque où peintres, musiciens, écrivains s'aimaient, se comprenaient. Plus rien n'avait été pareil après l'Affaire. La politique avait eu raison de l'art.

Je revoyais Louis, ce grand-père violent, à une rétrospective de Renoir où il m'avait entraîné : bien campé dans sa majesté de grand connaisseur, dans sa vanité d'ex-propriétaire, face à un grand tableau de Renoir intitulé *Le Bois de Boulogne*, qui représentait une amazone à cheval accompagnée de son fils, il s'écriait d'une voix de stentor : « Tu vois, mon petit, ce tableau, il était chez mon père, dans le salon. Il l'avait acheté à Renoir pour cinquante francs. »

Et ses yeux coulissaient afin de voir si ses propos racolaient quelques possibles spectateurs. Tandis que les visiteurs émoustillés s'approchaient pour l'interroger, moi, mort de honte, je m'éclipsais. Mon absence ne le troublait guère ; s'en était-il même aperçu ? Il m'avait oublié. Il pérorait, racontait Degas, Daumier, Gauguin, les quarante-sept Corot, les *Danseuses à la barre*... Il pontifiait. Avait-il oublié le jeune homme impétueux et facétieux qu'il avait été, pour lequel Degas éprouvait de la tendresse ? En témoigne un passage de cette lettre que lui adressait le vieux peintre en 1900 au Caire :

Bien tard je réponds à ton affectueuse lettre, mon cher rouquin. J'écris si peu que j'en perds l'idée. Et ce n'est pas faute de penser à toi, et de m'amuser à la lecture qu'on me fait de tes délicieuses lettres. Tu passes là-bas les plus jolies années de ta vie. [...] Écris-moi encore. Tu m'as fait tant de plaisir.
Je t'embrasse, mon cher enfant.

Ce grand-père, je l'aimais tel qu'il était. J'aimais ses yeux malicieux, son horreur de la médiocrité, son fanatisme pour l'art, sa passion de l'Italie. Il me témoignait une sorte de tendresse : nous partagions un vice commun, cet amour des livres qui l'avait dévoré sans l'apaiser. Il souhaitait que l'on pense à lui après sa mort, que l'on vienne déposer sur sa tombe au Père-Lachaise un bouquet de violettes. C'est ce bouquet que je dépose sur sa mémoire. S'il s'y mêle quelques chardons, il ne m'en voudra pas ; ce n'était pas un homme fade, mièvre, fait pour être portraituré par Vidal Quadras ; c'était un condottiere. Simplement il s'est trompé de combat. Il s'est battu contre lui-même.

Je suis à Chioggia

Le ferry sonne la corne de brume. Soudain, dans une trouée cotonneuse, apparaissent des maisons peintes de couleurs pastel : je suis à Chioggia. Sur le port, à travers une forêt de mâts et de cordages, je contemple l'Adriatique. On distingue, fantomatique, le village de Malamocco. Le soleil perce derrière la brume. Les pêcheurs de Léopold Robert ont perdu la pose. On ne les voit plus armés d'un trident et de harpons s'arracher aux bras de leurs femmes éplorées pour affronter la mer. Plus rien ne les distingue, ni bonnets rouges ni toques noires : ils se sont fondus avec le reste de la population. Ils ont conservé leurs longs bateaux à fond plat dont la voile artistiquement bariolée est exhibée, au port, à demi affalée avec coquetterie ; leur proue, peinte de décorations multicolores, comme le poitrail tatoué d'un loubard, offre à la vague des emblèmes mythologiques. Pour conjurer la colère de quels dieux, pour séduire quelles naïades ?

Un fort parfum de poisson ramène sur terre,

parmi les hommes. Ils sont gais. Ici on n'attend rien des facilités du tourisme, comme à Venise. Seule la mer apporte le salut. Que peut offrir d'autre cette ville, cousine pauvre de la Sérénissime ? Ni palais somptueux, ni tableaux, ni musée, ni même de gondoles pour faire illusion auprès de quelques touristes égarés. Seulement du soleil, de la bonne humeur. Pourtant le charme opère : cette ville autrefois fameuse, dont les rares monuments s'effondrent, garde intacte une fraîcheur provinciale. On s'y promène agréablement entre les deux artères parallèles où se concentrent l'activité et la vie : au Canale Vena se tient, chaque matin, le grand marché aux poissons, un lieu qui n'inspire pas la mélancolie : on y crie, on y hurle ; on s'y bouscule devant des étals croulant sous le poids de tous les produits de la mer. Le chalut et le filet ont bien labouré le ventre de l'Adriatique. On marchande des masses gluantes de poissons au ventre blanc, on s'approvisionne en poulpes, en calamars ; on gueule un bon coup pour se mettre dans l'ambiance, on profère des injures et des blasphèmes en dialecte vénitien. Quelques heures plus tard, à l'heure du déjeuner, on démonte tout ; on lave à grande eau le sol et les tréteaux en bois, on enlève les caisses, et sous les hautes arches du vieux marché couvert, on laisse la place à l'hôte le moins attendu dans ce lieu de vacarme : le silence.

C'est alors que le Corso del Popolo commence à s'animer. On déambule sans fin sous les arcades où nichent des boutiques de barbiers qui fleurent la lavande, les marchands de fruits confits, les parfumeurs, toutes sortes d'échoppes qui vous soufflent leur haleine. Des bonnes sœurs à cornettes blanches attendent l'autobus qui les reconduira dans leur couvent de Venise. On s'arrête pour déguster un Bellini ou se tremper la moustache dans un onctueux *cappuccino*. Il y a du bonheur à vivre à Chioggia, loin de tout, près de l'essentiel. La vie doit s'y écouler bien paisiblement. On n'imagine dans ce lieu ni Byron ni D'Annunzio. Qu'y feraient-ils ? D'ailleurs pourquoi viendraient-ils y importer leurs drames : on ne peut ici se regarder dans le miroir d'aucune gloire.

J'ai quitté Chioggia, mais pas Léopold Robert. En ce jour de la Toussaint, la brume a aussi envahi Venise. Les *vaporetti* avancent avec précaution ; on n'y voit pas à cent mètres. Ce qu'on distingue apparaît plus magique encore. Ajouter de la féerie à Venise, n'est-ce pas en faire un peu trop ? Je me fais déposer au cimetière San Michele, l'île des morts, envahie aujourd'hui par les vivants, leur bouquet de chrysanthèmes à la main. Chacun cherche son mort dans ce dédale où Charon lui-même ne retrouverait pas ses petits. Le mien est au carré des Évangélistes. Derrière un mur en briques, je découvre quelques tombes dépouillées dont la brume accentue la désolation romantique ; simples dalles avec des noms gravés ; Anglais, Allemands, Russes, dont on imagine malgré soi le destin. Pourquoi sont-ils venus mourir à Venise ? À la suite de quelle fuite, de quel drame ? Quel dandysme les a poussés à chercher jusque dans la mort un repos entre l'eau et le ciel ? Tant de romans évanouis, avec leurs mystères, dont il ne reste que deux dates ; nul écrivain n'en ressuscitera plus jamais les héros. Bientôt surgit la tombe que je cherche : Léopold Robert a achevé sa course ici. On a apposé sur la pierre un médaillon en bronze où un de ses amis peintres a gravé son beau profil. Rien n'y transparaît des passions qui ont agité son cœur. Il semble étrangement serein. Devant cette tombe si peu visitée, je songe à un autre jeune homme mort en exil, lui aussi objet d'un culte, Rupert Brooke. À Skyros, une île des Sporades, sur une petite place blanche face à la mer, où, le soir, se donnent rendez-vous les amoureux, une statue rappelle son souvenir, non loin de sa sépulture, dans la baie d'Achille.

Cette émotion, je l'emporte dans l'île de Torcello : je veux revisiter les lieux où autrefois j'ai souffert du mal d'écrire. J'y reviens soulagé, mais non tout à fait rassuré, comme un paralytique miraculé revient voir les béquilles qu'il a laissées à Lourdes. Assis à la terrasse du jardin de la Locanda Cipriani, je me laisse envahir par les souvenirs. Devant moi un pâle rayon de soleil, à travers les écharpes de brume, joue dans les feuillages d'automne ravivant les rouges, le vert, des rousseurs, des teintes fauves. La basilique qui resplendit sous cet éclairage, son parvis et son campanile nappés de nuages, semble rejoindre le ciel. En souvenir de Hemingway, je vide une carafe d'un excellent vin blanc du Pô. Est-ce vraiment un remède à la mélancolie ?

Le *vaporetto* me ramène à Venise. Par le pont de l'Accademia, je rejoins le Campo Santo Stefano. Non loin se dresse l'imposant palais Pisani. Léopold y avait son atelier — le palais, protégé par deux statues de saint Daniel en marbre, est aujourd'hui le siège du Conservatoire de musique. En remontant le *campo* vers la Fenice, j'arrive sur un pont qui enjambe le Canale Verona. Léopold a habité ici ; c'est d'une fenêtre donnant sur ce canal que George Sand le voyait partir sur sa gondole. « Vêtu d'une blouse de velours noir et coiffé d'une toque pareille, il rappelait les peintres de la Renaissance. Sa figure était pâle et triste, sa voix rêche et stridente. Je désirais beaucoup voir son tableau des pêcheurs chioggiotes, dont on parlait comme d'une merveille mystérieuse, car il le cachait avec une sorte de jalousie colère et bizarre. J'aurais pu profiter de sa promenade, dont je connaissais les heures, pour me glisser dans son atelier ; mais on me dit que, s'il apprenait l'infidélité de son hôtesse, il en deviendrait fou. »

Léopold était soigné par le docteur Pagello, le fameux bellâtre passé du chevet de Musset dans le lit de George. Ayant rompu un mois plus tôt avec Musset, c'est de chez lui, en convalescence après les fièvres de la passion, qu'elle apercevait le peintre.

Me voici de retour à la Giudecca. L'appartement que j'habite, à l'ombre de l'église des Zitelle, appartient à une descendante de Lucien Bonaparte, Laurence S. Elle a épousé le fils du psychanalyste S., celui qui se plaisait tant à me faire les honneurs de son asile d'aliénés et voulait à tout prix me convaincre d'entreprendre une psychanalyse. Les Bonaparte, l'Italie, la psychanalyse : décidément les signes me poursuivent.

À Paris m'attendait un beau livre sur Léopold Robert. Je suis allé voir son auteur, Pierre Gassier, près de Versailles, où ce vieux professeur d'histoire de l'art, exilé de l'Italie qu'il a tant aimée, vit au milieu de ses souvenirs. Il habite dans une résidence : sous la pluie battante, un ciel bas, j'étais bien loin de la brume délicate de Venise ; ces maisons modernes toutes semblables, qui se veulent pimpantes, ont un air de banlieue triste. Mais très vite Pierre Gassier m'entraîne avec lui dans cet ailleurs que nous aimons : nous sommes à Rome, en 1820, sous le soleil qui brûle les toits de tuiles ; nous nous promenons dans l'atelier de Léopold, Via Feliceto, puis nous visitons celui d'Ingres où est exposée la *Grande Odalisque* que lui avait commandée Pauline Murat, mais qu'elle lui a laissée sur les bras en 1815, pour cause de chute de trône. Pierre Gassier me montre quelques tableaux qu'il a rapportés de son séjour romain. Soudain je tombe en extase devant un grand dessin de Léopold Robert qui représente une jeune femme nue, assise, la tête légèrement penchée : Mlle Rose. C'était un modèle devenue la coqueluche des élèves de David, dont ils se partageaient sans doute les charmes, et aussi les larmes. J'ai passé trois heures dans une lumière irréelle.

C'était Rome et loin de Rome, c'était 1820 et c'était aujourd'hui.

Au retour, la pluie avait beau tomber, la banlieue s'enfoncer dans un crépuscule sinistre et sale, je ne pensais qu'au joli corps de Mlle Rose. Il se dessinait dans la lumière des phares, sur le sombre pare-brise, balayé par les essuie-glaces, du taxi qui me ramenait à Paris.

La tombe de Léopold me hante. Je n'ai pas quitté en pensée le cimetière de San Michele envahi par la brume, tristement égayé par les fantômes endimanchés porteurs de chrysanthèmes. Comment Léopold a-t-il pu franchir ce pas mystérieux dans la mort ? La beauté de Venise a été impuissante à le retenir. Quelle force l'a-t-elle entraîné à laquelle rien n'a pu s'opposer ? Ni la passion de l'art, ni l'amour. Je songe bizarrement au corps délicieux de Mlle Rose. Décidément c'est l'œuvre de lui qui me touche le plus. La jolie frimousse de Mlle Rose, comme détachée de son corps gracieux dont le peintre ne cache rien des appas, a une expression troublante, à la fois mélancolique et piquante ; on l'imagine tout aussi bien dans un lit que prête à s'ouvrir les veines, elle aussi. Des Mlle Rose, il en existe tant. Elles parsèment l'existence d'instants voluptueux et parfumés, et la vie les fauche sans pitié. Il me semble qu'à Venise avec une Mlle Rose l'existence serait tout à fait supportable. Mais ce serait trop simple. Il fallait à Léopold des défis impossibles.

Il n'est pas le seul. Je songeais à ses semblables,

à ses frères, à ceux qui se sont laissé prendre au piège de leurs rêves. Venise prédispose à ces divagations. Tout y est symbole. Tout y est écho. Cette tombe dans la brume de San Michele semblait reliée par un fil douloureux à ces jeunes gens dont un destin avide a volé la vie. Je pensais à ces Napoléonides que Léopold avait côtoyés, à Rome, dans les fièvres du Risorgimento et dont il ne reste qu'une pierre gravée et une passion ensevelie dans l'oubli.

Ainsi, Paul Bonaparte, le plus jeune fils de Lucien, s'est échappé à dix-sept ans de l'université de Bologne pour s'engager avec les insurgés et libérer la Grèce opprimée. Il n'est pas allé très loin. En rade de Nauplie, dans la cabine du bateau de guerre qui devait le conduire vers la gloire, il s'est brûlé la cervelle en nettoyant son pistolet. Accident, meurtre, suicide ? Sa dépouille repose au sommet de l'île de Sphacterie, dans le golfe de Navarin, balayée par le souffle de ce meltem qui froissait les nerfs fragiles de Byron.

Lorsque Léopold se lie, à Rome, à la villa Paolina, avec Napoléon-Louis Bonaparte, le fils de la reine Hortense, le frère du futur Napoléon III, il ne sait pas que ce jeune homme impétueux va être son trait d'union avec la mort.

Carbonaro, franc-maçon, Napoléon-Louis s'est engagé avec son frère aux côtés des insurgés constitutionnels. Ils sont en butte aux soldats du pape et aux Autrichiens. En avril 1831, Léopold, qui a quitté Rome et remonte en direction de Florence pour rejoindre Paris, le rencontre à Terni à la tête des soldats insurgés. Il ignore qu'il n'a plus que quelques jours à vivre. Atteint d'une rougeole foudroyante, Napoléon-Louis va mourir au milieu des partisans.

Napoléon-Louis confie à Léopold une lettre pour sa femme, qui habite Florence. Cette femme, c'est Charlotte : le destin, la mort.

Léopold reste trois mois à Florence pour consoler la jeune veuve. On a beau l'attendre à Paris où son tableau *La Halte des moissonneurs dans les marais pontins* est le clou du Salon, il ne peut s'arracher à sa passion naissante. Il le confie dans une lettre à son ami Marcotte : « Que vous dirais-je, sinon que Florence m'est chère par plus d'un motif et que je pensais bien peu y trouver des empêchements si forts pour la quitter. » Il se confie à sa famille : « Je vais chaque jour chez la princesse Charlotte, qui a été extrêmement affligée de la mort de son époux. Nous faisons de la lithographie ensemble ; j'y passe deux à trois heures. Cette chère princesse est si bonne, si douce, et cette occupation l'amuse, la distrait. J'y vais quelquefois le soir. »

Enfin il avoue à sa sœur : « Je suis épris, je suis amoureux. »

Pauvre Léopold ! C'est l'affaire de la fille de la duchesse de Plaisance qui recommence !

Quand il quitte Florence en juin, s'il pense au succès qu'il va recueillir à Paris, c'est afin de pouvoir l'offrir à celle qu'il aime. Mais la gloire atténuera-t-elle les disproportions sociales, comme le lui écrit sa sœur en l'engageant à la prudence ?

Mon très cher Léopold,
pèse sans passion [comme si c'était possible à un inflammable comme lui!] *les avantages et les inconvénients d'un nouvel état : vois si ton penchant pour la princesse ne t'aveugle point sur les suites d'une union que ta simple origine pourrait trouver mal assortie, mais qu'aux yeux des gens sans préjugés tu viens d'ennoblir d'une manière si incontestable.*

Que fait Léopold à Paris ? Il voit ses amis, Marcotte, Ingres, qu'il admire. Il est fêté. Tout ce qu'il a tant attendu se réalise enfin. Une gloire immense. Loin de savourer ce triomphe, il a l'impression que l'essentiel lui échappe. Il se morfond au milieu du succès. Sa principale activité, c'est de se monter la tête en pensant à Charlotte. Il n'a qu'une idée : la rejoindre, partager sa vie. Le voilà qui repart au galop.

Quand il retrouve Florence, en novembre, le soleil est là. Charlotte aussi. Mais elle est glaciale. Elle a tout oublié, les nuits, les étreintes, les promesses. Au bout d'un mois, il comprend. Il a rêvé, encore rêvé : elle ne l'aime pas. C'est alors qu'il décide de partir pour Venise. L'éternel mirage des désenchantés. Il songe à y peindre des scènes du carnaval. Mais quel masque protège de la souffrance ? Il écrit à Marcotte : « J'aime mieux quitter Florence ; il y a une épine qui m'y pique ; peut-être en étant absent, je la sentirai moins. »

À cette épine s'en ajoute une autre : il a du mal

à peindre. Sans l'amour, le pinceau lui tombe des mains. L'inspiration se tarit au moment où l'Europe l'adule. Peut-être croit-il encore que Venise produira un miracle. Il installe son atelier au palais Pisani, en face de ce palais Dario qui porte malheur.

Il y a une question qui me tracasse. Elle m'obsède. C'est une énigme, douloureuse : qu'aurait pensé mon père des tableaux de Léopold Robert ? J'ai déjà dit que ce n'était pas le genre de peinture qu'il affectionnait, trop littéraire, trop enjolivée. Il aimait tout le contraire : Dürer, Cranach, Holbein, Daumier, Degas. L'art, pour lui, devait être un instrument impitoyable destiné à traquer la vérité. Mais ce ne sont que des suppositions. Au fond il aimait aussi Botticelli, Fragonard, Ingres, Berthe Morisot, qui sont loin d'être des peintres sévères. Cette question, je sais que je n'en aurai jamais la réponse, puisque mon père est mort ; cela me désole d'avoir attendu sa disparition pour commencer à m'intéresser à la peinture. Maintenant qu'il n'est plus là, l'envie me prend d'accepter les promenades au Louvre que je refusais de faire avec lui.

C'est un domaine dans lequel je lui ai toujours fait confiance. Ses jugements avaient pour moi force de loi. Pour le reste, je me méfiais : ses opinions procédaient presque toujours d'une analyse fausse. Il s'aveuglait. Il avait construit un monde qui n'avait rien à voir avec le monde réel : qu'il s'agisse de politique, d'histoire, de psychologie, de questions pratiques ou financières, il me semblait toujours à côté de la plaque. À dire vrai, je crois qu'il se fichait complètement de ce qui n'avait pas un rapport avec la peinture. Il s'était constitué un petit vade-mecum d'opinions et de réponses toutes faites, avec quelques idées d'Ingres, de Degas et d'Henry Lerolle, idées sur lesquelles il était d'autant plus intraitable qu'elles lui venaient d'artistes qu'il admirait et qu'il ne voulait pas remettre en cause.

Il était monarchiste, contre toute réalité. Pour lui, renversant la formule de Clemenceau « La révolution est un bloc », la monarchie aussi était un bloc : pas question de la juger, ni de la critiquer. Parfois quand je le poussais dans ses retranchements, il admettait que des rois avaient pu être eux aussi idiots ou malfaisants. Pourquoi alors les aimait-il tant ? La réponse tombait, avec une simplicité d'évidence : parce qu'ils avaient favorisé l'art et particulièrement les peintres. Charles Quint avait ramassé le pinceau de Titien, Philippe IV avait commandé son portrait à Vélasquez, François Ier le sien à Clouet. C'est vrai, les présidents de la République n'avaient pas demandé leur portrait à de grands peintres. Peut-être n'y en avait-il plus autant ? Seul Clemenceau parmi les politiciens républicains avait eu son portrait, par Manet. Il avait aussi soutenu Monet. Je crois que cela aidait mon père à oublier que le Tigre était un rouge. Comme David, comme Courbet qu'il vénérait.

Ce qui me frappe quand je regarde ses tableaux,

c'est l'impression de bonheur qui s'en dégage : comme si la peinture l'avait fait échapper à la vie. Il vivait dans l'angoisse, les nerfs à vif, la gêne matérielle, les soucis de toutes sortes, ceux qu'il se créait, ceux qu'il suscitait, plus les imaginaires, qui sont parfois les plus douloureux, plus la malchance, qui ne manque jamais à cette sorte d'homme que le malheur a choisi de poursuivre.

Dans les dernières années de sa vie, subitement mon père a cessé de peindre. Lui que je n'avais jamais vu sans un crayon ou un pinceau à la main semblait inoccupé. Il feuilletait des livres d'art, l'air serein, souriant même. Ce sourire était nouveau. Tant qu'il avait peint, je ne l'avais vu qu'angoissé, crispé ; n'éprouvant plus le désir de peindre, il semblait libéré du poids de l'œuvre à faire.

Ces promenades au Louvre que je lui refusais, je ne cesse de les imaginer. Et ce livre n'a peut-être pas d'autre but que d'emprunter des voies détournées pour nouer un dialogue qui n'a pas eu lieu. Il est là, près de moi, maigre, élégant, dans son imperméable Burberrys, le seul luxe dont il ne pouvait se passer, fût-il dans la dèche la plus noire ; pour ses costumes, toujours bien coupés, il avait déniché un tailleur, amateur d'art, qu'il rétribuait en tableaux.

Quel long chemin j'ai fait pour le rejoindre !

> # DEUXIÈME PARTIE

SAMOS

Une reine sans couronne au pays des Palikares

Et la duchesse de Plaisance ! Qu'est-elle devenue ? Où a-t-elle transporté sa folie des grandeurs ? Toujours en quête d'autres climats, d'autres visages, de soleil et de passions qui brûlent. Elle appartenait à cette race survoltée que la fièvre empêche de se fixer. À Paris, elle ne rêvait que d'Italie ; à Rome, elle songeait déjà à la Grèce. Toujours encombrée d'un moi faramineux, toujours satisfaite d'elle-même et insatisfaite des autres, elle épuise les amitiés les plus accommodantes. Cette statue orgueilleuse est allée rejoindre un peuple de statues et ceux qui les vénèrent. Elle a choisi de s'installer dans la patrie de Phidias et de Praxitèle. Elle veut libérer la Grèce de ses chaînes et sculpter son effigie dans le marbre de la légende. Rien de moins.

Elle a embarqué à Naples avec la discrétion tonitruante qui la caractérise. À bord du brick *Aris*, le bateau de Miaoulis, le héros de l'Indépendance, que le gouvernement grec a mis à sa disposition, elle emporte avec elle son monde : sa

fille Elisa qu'elle aime autant qu'elle-même —
c'est dire —, son énorme chien des Pyrénées peint
par Léopold, un personnel nombreux, un bagage
considérable, et, pour mettre en scène tout cela,
son immense fortune. À Rome, elle avait beau
faire, elle restait une originale parmi d'autres ; il
y avait pléthore de personnalités hors normes. En
Grèce, elle court la chance d'être unique. Dès
qu'elle met le pied à Nauplie, dans le Péloponnèse,
où elle s'installe avant de trouver une résidence à
sa mesure à Athènes, elle comprend que ce pays,
qui se relève de ses ruines, sera le terrain de la
gloire qu'elle cherche ; la gloire, la seule étreinte
digne d'elle, la seule capable d'apaiser cette insatiable.

Elle a mobilisé les officiels avec bien sûr en tête
le chef du gouvernement, Capo d'Istria. On ne
tarde pas à voir qui est le véritable chef. Son
argent, distribué aux politiciens et aux hommes
de guerre démunis, lui acquiert toutes les soumissions. Elle traite Capo d'Istria en subalterne,
soutient même les factions qui le combattent
et finiront par l'assassiner ; peut-être même les
a-t-elle subventionnées ? Elle ordonne, elle décrète,
elle légifère. Elle fonde en veux-tu en voilà des institutions pour les jeunes filles, des hospices, des
orphelinats. Elle prend à sa charge l'éducation de
douze demoiselles méritantes. On le voit, elle ne
change pas. Elle reste ce qu'elle a toujours été :
fastueuse, généreuse, dérangeante, monomaniaque du sublime, haussant le caprice et l'excentricité à la hauteur d'un art ; une souveraine emmer-

deuse qui poursuit sans se soucier de personne son rêve de devenir une reine sans couronne au pays des Palikares.

Le philhellénisme a aussi enflammé les Napoléonides qui ont contracté de leur oncle la manie de se mêler de ce qui ne les regarde pas. En les exilant, les Bourbons en ont fait des missionnaires de la subversion en Europe. Ils mettent le feu partout. La défense de la liberté est désormais leur seul héritage avec ce sang turbulent qui ne les laisse pas en repos. Comme si l'Italie ne leur suffisait pas ! Maintenant c'est la Grèce qui les attire. Peut-être parce qu'elle est la porte de cet Orient sur lequel Bonaparte a buté devant Saint-Jean-d'Acre.

La duchesse de Plaisance ne reste pas longtemps à Athènes. Elle se contente de jeter les jalons de son installation rue Louis, où elle a acheté un vaste terrain. Entourée d'architectes, elle dresse les plans de son futur palais. On compte sur elle pour ne pas lésiner sur le marbre, le porphyre, les chapiteaux corinthiens, les stucs, et tout le tremblement.

Un jour, lors de leur promenade en fiacre, la mère et la fille voient avec terreur leur cheval prendre le mors aux dents. Dans ce paysage accidenté, elles risquent leur vie. Se fracasser la tête, fût-ce contre une colonne dorique chargée d'histoire, n'a rien de glorieux. Mais à de telles femmes, il ne peut advenir que des romans : un jeune homme se dresse devant le cheval emballé à la bouche écumante. Il saisit l'animal par la bride et l'abat d'un coup de pistolet. Cet inconnu s'appelle Elias Katsakos Mavromihali. Il descend d'une des meilleures familles de Sparte. Il sert d'aide de camp au roi Othon, le jeune autocrate germanique que les puissances viennent d'installer. En plus, il est beau comme un de ces dieux dont la Grèce a le secret. La mère et la fille dans un même élan en tombent amoureuses. C'est l'affaire Léopold Robert qui recommence sous le ciel des Hellènes.

À nouveau on se grise de projets matrimoniaux, d'ambiguïtés sentimentales. La mère et la fille, tendrement rivales, déploient leurs charmes pour conquérir le fiancé. L'argent bien sûr coule à flots : c'est le grand argument de la duchesse. Il faut admettre qu'il permet de résoudre beaucoup de choses. Le fiancé n'y résiste pas. Il demande un sursis : il doit aller à Munich chercher la future femme d'Othon.

Pour patienter ou pour distraire leur fièvre matrimoniale, les deux femmes profitent de son absence pour visiter l'Orient. Munies d'un permis spécial, un *bouyourtzi*, elles filent vers la Turquie, la Syrie : elles sont à Palmyre où la duchesse rêve à l'ombre des colonnes au destin de la reine Zénobie, puis à Damas, à Beyrouth où elles ont loué la fastueuse villa Soussa. Après avoir parcouru le désert à cheval, dormi sous la tente, c'est la douceur d'un palais oriental : des fontaines bruissent tandis que les deux femmes fument le narguilé ou sucent des bonbons parfumés à l'eau de rose ; dans la nuit claire, elles écoutent, lascives, les gémissements qui montent des harems. Grisées d'ineffable, buvant en silence l'air glacé qui descend des cimes neigeuses du mont Liban, elles attendent un signe du destin. Le messager ne tarde pas : c'est la mort. Elias est mort du choléra à Munich. Elisa est prise de fièvre. Peu à peu de sa maigre poitrine qui ne s'était soulevée que pour soupirer s'échappe une toux rauque. Elle se sent mourir, elle aussi. Elle adjure sa mère de ne pas abandonner sa dépouille dans ce pays qui leur a porté malheur, de l'emmener avec elle. Elle meurt en cherchant à aspirer de l'air pour nourrir ses pauvres poumons atrophiés. N'est-ce pas un symbole ? L'air lui aura toujours manqué. Comment aurait-elle pu en trouver auprès de cette mère asphyxiante ?

La duchesse de Plaisance est atteinte dans ses œuvres vives. Le théâtre a mal tourné. Sa fille, c'était son miroir, elle-même. Elle se sent dépossédée, vaincue, inutile. Rejoignant Athènes, la malheureuse va désormais ne se consacrer qu'à la Grèce, tournant vers elle sa passion, son désespoir et son enthousiasme.

Comme une héroïne d'Eschyle les malheurs vont continuer de la poursuivre. Elle les accepte avec un courage qui rend sympathique et émouvante cette mégalomane. Vêtue d'une longue chlamyde blanche, la tête couverte d'un immense voile blanc, le crâne rasé, elle figure la bannière du deuil et de la douleur flottant au gré des vents de l'Attique. Elle a reporté la ferveur de son amour maternel sur les animaux, sur les jeunes filles nécessiteuses, et sur les Juifs de Grèce ; on a même dit qu'elle s'était convertie au judaïsme. Les chiens abondent autour d'elle, molosses qui sont la terreur de ses rares invités. Au sous-sol du palais, le corps embaumé de sa fille repose dans un cercueil au milieu des fleurs. Elle lui rend visite chaque jour et continue de s'adresser à elle comme à une vivante. Mais au cours d'un incendie la maison brûle : le cercueil et le corps embaumé d'Elisa partent en fumée.

Pour trouver une distraction à sa douleur, elle achète un immense terrain qui appartenait aux moines du monastère du Pentélique. Elle y construit face à la mer le château de Rododaphné, qu'elle n'achèvera jamais : aux Antilles, dans sa jeunesse, une sorcière lui avait annoncé qu'elle mourrait le jour où elle aurait fini de construire sa maison.

Pour parfaire son image romantique des bandits vont l'enlever et demander mille dollars or de rançon. Mais des paysans armés de fourches et de faux la délivrent. Ils ne voulaient pas perdre leur bienfaitrice.

C'était une ombre qui continuait de se battre pour les Juifs, pour la Grèce, pour les jeunes filles malheureuses. Plus rien ne la rattachait à la vie. Elle était devenue, à l'image de la Grèce, morte et légendaire.

Je me fichais pas mal de la duchesse de Plaisance lorsque je débarquai pour la première fois en Grèce. J'ignorais alors jusqu'au nom de cette sympathique extravagante. Je ne savais pas non plus à quel point cette terre aride et déshéritée allait m'attacher. Lorsqu'un vieux rafiot, le *Miaoulis*, fit sonner sa trompe dans la rade de l'île de Spetsai et qu'une chanson de Théodorakis, *Agapi mou*, s'éleva, écorchée par le nasillement des haut-parleurs, je fus envoûté par un charme qui ne m'a jamais quitté. J'étais ébloui. La lumière de la Grèce, plus blanche, plus intense, triomphait sur la mer d'un bleu profond du golfe Saronique ; une lumière ardente, aveuglante, d'une pureté telle qu'elle semblait provenir, intacte, de l'origine du monde. Elle s'imposait avec une force et une franchise que je n'ai vues nulle part. Cette lumière impérieuse, on comprenait soudain qu'elle était la source qui avait insufflé son énergie au marbre et à la pensée.

Le port de Spetsai n'avait pas le splendide et austère dénuement des villages grecs qui suspendent dans la montagne leurs cubes d'un blanc étincelant. Il s'était italianisé. Une joliesse adriatique agrémentait les vieilles bâtisses en pierre construites par les Vénitiens. Des taches de couleurs, les toits de tuiles attestaient l'empreinte de l'Italie. Et aussi cette route de corniche aux allures balnéaires que sillonnaient de rapides fiacres noirs tirés par des chevaux qui faisaient tinter leurs grelots et leurs cloches. Des chevaux en Grèce, cela sent l'importation ! Hormis les poneys sauvages de Skyros, il n'y a dans ce pays que des ânes. Ce parfum un peu mièvre d'opérette corrompait délicieusement cette île du golfe Saronique qu'un irrésistible courant fait dériver vers les îles Ioniennes, vers Zante, vers Corfou.

La lumière rajeunissait d'un coup les pages poussiéreuses du dictionnaire Bailly; elle donnait des couleurs aux légendes et à la mythologie, au monde d'Homère une invraisemblable présence physique. Platon, Socrate, Aristote n'étaient plus des momies; Périclès, Aspasie, Alcibiade ressuscitaient entre les colonnes du temple d'Aphaia à Égine. J'avais étudié la Grèce à l'éclairage d'une triste lampe de poche, elle m'apparaissait transfigurée par le soleil et par la vie. Quelques oliviers, un figuier à l'ombre fraîche et odorante, le paraphe noir des cyprès, une terre sèche, aride, caillouteuse, dont la poussière brune s'accroche aux sandales, m'emplissaient d'enthousiasme.

Ce n'est pas un hasard si c'est aux lumières de la Grèce que Freud a demandé d'éclairer sa science des ténèbres. La splendide simplicité des œuvres de marbre le reposait de ses plongées dans les abîmes. Elle le rassurait dans son exploration des sables mouvants de la psychopathologie comme une manifestation parfaite de l'homme intangible. De la même façon que son disciple, René Allendy, l'amant d'Anaïs Nin, qui cherchait à travers Aristote une archéologie de la trahison.

C'est pourquoi on vient si agréablement y mourir, y déposer son corps afin que la légende le transfigure. Ainsi Byron à Missolonghi. Car ce n'est pas seulement un excitant qui puisse réveiller ses nerfs que le lord dépravé, cynique, Don Juan revenu de tout, même du vice, est venu chercher au cœur du danger, dans la fièvre des combats, au milieu des partisans de l'Indépendance. Le Péloponnèse, la mer Ionienne l'exaltent au point qu'il veut s'y éterniser dans la mort. Missolonghi, c'est le coup de poker du joueur qui, après avoir tout dilapidé, décide de jouer sa dernière mise : sa vie contre la légende, à l'épicentre des tensions où sont nés l'art et les héros. Ce fut aussi le vœu inconscient d'un tendre et délicat poète que j'ai évoqué sur la tombe de Léopold Robert : Rupert Brooke, inhumé à Skyros, mort d'une fièvre foudroyante sur un bateau de guerre lors de l'expédition des Dardanelles. Il a retrouvé la source vive de cette poésie néo-païenne qu'il avait cherchée désespérément dans les brouillards d'Oxford.

La Grèce joue un rôle mystérieux : on n'y regarde pas la mort de la même façon ; ce soleil et cette lune contemplés par Thémistocle et par Solon, ces étoiles qui ont guidé Xénophon, cette mer labourée par les trirèmes, l'Agora, le Parthénon, nous murmurent que l'éternité existe, que les noms des héros demeurent par-delà les fluctuations de l'histoire ; que nous ne sommes pas une race d'éphémères.

On s'endormirait bien là, pour toujours, au pied d'un cyprès, en écoutant le chant strident des cigales, abîmé dans la contemplation des risées du meltem sur la mer Egée, baignant dans la léthargie qu'inspire ce paysage qui aide à apprivoiser la mort, certain de renaître sous les espèces d'une hirondelle, d'une libellule ou d'un jasmin, certain d'emporter avec soi un peu de cette lumière éternelle dans la transhumance au pays des ombres.

Je suis le père de mon père

Une légère anomalie a toujours compliqué mes rapports avec mon père : en réalité, de nous deux, le père, c'était moi. J'étais le père de mon père. Il l'admettait d'ailleurs. Dans ses yeux bleus d'une grande pureté, il me semblait lire une sorte d'excuse pour cette dérogation à l'ordre de la parenté. Comme s'il voulait me dire : « Je devrais en bonne logique être ton père, mais bizarrement c'est toi le père. On ne va pas se chamailler pour si peu. Au fond quelle importance ? »

C'est vrai, quelle importance ? Encore aujourd'hui, quand je pense à lui, son comportement m'émeut comme celui d'un enfant : une naïveté désarmée, l'ignorance du mal, la croyance enracinée dans un bien et un beau qui guideraient le monde. Il faut remonter au Moyen Âge pour rencontrer des types d'humanité semblables : chez les artisans qui ornaient les cathédrales, le sculpteur de l'ange de Reims.

Cette naïveté, longtemps elle m'a agacé. Quand on est enfant, adolescent, on cherche un guide, un passeur, un homme qui vous apprenne comment se comporter dans l'existence ; il montre les pièges à éviter, initie aux arcanes de la vie sociale. Bref un père ! Ce rôle, le mien était incapable de le jouer. Il s'y essayait, mais sans conviction. Chaque fois qu'il tentait de faire montre de son autorité, il rencontrait un échec. Rien de plus fantaisiste que la façon dont il envisageait mes études ; il me ballotta entre une de ses sœurs, névrosée, mystique, une religieuse défroquée, qu'il avait choisie comme préceptrice, et une institution de pédagogie avancée, La Source, à Meudon, sur le modèle de la méthode Montessori : on ne se consacrait à l'étude que si on le souhaitait ; on passait son temps en promenades écologiques dans les bois, à herboriser, à dessiner, à pêcher des têtards dans les étangs, à faire la sieste, à rêver, à boire de l'orangeade en regardant les mouches voler. Puis comme cette méthode d'un laxisme émollient ne donnait pas les fruits qu'il en attendait, il m'enferma chez les frères des écoles chrétiennes. Je passai sans transition de l'abbaye de Thélème au bagne de Cayenne, de l'absence de règles aux coups de règle sur les ongles, de la nonchalance polynésienne à une férule musclée.

Il eut un projet tout aussi farfelu qui heureusement tourna court lui aussi : faire de moi un Petit Chanteur à la Croix de Bois. Il m'avait fait miroiter des voyages à travers le monde en compagnie de sympathiques curés chantants. Heureusement ma voix, en me trahissant le jour de l'audition solennelle, me sauva : l'abbé Maillet, chef de la célèbre manécanterie, ne trouva pas mon organe indigent digne de figurer parmi ses séraphins voyageurs. Enfin pour couronner ce désastre scolaire, mon père eut une inspiration qui était tout lui : me mettre en apprentissage afin que j'embrasse le métier de menuisier. N'y avait-il pas un célèbre ébéniste dans la famille, ce Jacob Desmalter qui nous fournissait tant de meubles à sphinges ?

Cette fois, c'en était trop. Je dus mettre le holà à ses lubies. Je lui parlai avec fermeté. Je pris le langage qu'il aurait dû me tenir : du haut de mes douze ans, je lui expliquai doctement l'importance des études et pourquoi elles étaient nécessaires. Comme il paraissait dubitatif, je haussai le ton, je l'admonestai et j'exigeai qu'il donne droit à ma demande. Il m'écoutait d'un air dépité. Il aurait tellement aimé me voir derrière un établi, les pieds dans la sciure, maniant le rabot, le gorget, la gouge, le trusquin, la varlope. Comme cela sentait bon pour lui l'Ancien Régime, les compagnons du tour de France, les constructeurs de cathédrale, loin de l'intellectualisme desséchant, des froides ratiocinations universitaires, de la pédanterie des sorbonnards. Un retour à l'Évangile, à Joseph.

De ce jour, vaincu, prenant conscience de sa carence, il abdiqua toute autorité, il renonça à guider ma vie. Je n'avais plus de père. J'étais par conséquent devenu le sien. Il me demandait conseil, se fiant à mes avis, à mon bon sens. C'était le monde à l'envers. Mais qu'y pouvais-je ?

Je tournai les yeux vers les adultes que je fréquentais : peut-être parmi eux pourrais-je emprunter le père qui me manquait ? En attendant, je m'efforçai de corriger un peu celui que j'avais sous la main. De l'amender, de le remettre sur le droit chemin, celui des réalités. Je tentai de l'arracher à ses utopies et de lui inculquer quelques solides principes de réalisme. J'essayai de lui montrer la mécanique du monde, le fonctionnement des rouages de la société. Tout conseil pratique lui apparaissait comme une manigance, toute tentative de séduction du public comme une tricherie. Il me regardait d'un air attristé comme si je lui révélais des horreurs. J'avais honte de ce rôle d'entremetteur. Bientôt j'y renonçai. Pourquoi tenter de lui ôter ses illusions ? Lorsque, pour ses quatre-vingts ans, je l'aidai à organiser une rétrospective de ses œuvres, je lui demandai les noms des critiques d'art qu'il connaissait.

— Des critiques, m'a-t-il répondu, l'air étonné, je n'en connais aucun.

Il avait peint pendant soixante ans en dehors du circuit de l'art, ne songeant qu'à ce qu'auraient pensé les maîtres qu'il admirait, Ingres, Corot, Degas. Comme si la société autour de lui n'existait pas, comme si pour juge il avait souhaité avoir non ses contemporains, mais le juge suprême.

Inadapté aux réalités du monde, indifférent aux hiérarchies sociales, inapte autant qu'on peut l'être à résoudre un problème matériel, il avait toujours été en butte à la question de l'argent. L'argent était pour lui une énigme — s'il n'avait tenu qu'à lui, il l'aurait supprimé des rapports humains, le remplaçant par le troc. Il le soupçonnait d'être à l'origine de beaucoup de passions honteuses, de corruptions, d'avilissement. Non! comme artiste, comme catholique — ses deux religions sur ce point se rejoignaient — il méprisait l'argent. Peindre pour en gagner lui paraissait la pire des prostitutions. Quelque chose d'indigne comme le blasphème ou la simonie. Il ne lui venait pas non plus à l'idée qu'il pût être la rémunération d'un travail.

Sa famille lui offrait à cet égard un mauvais exemple : on y était riche ou on y était pauvre, mais personne ne songeait vraiment à gagner sa vie. L'argent avait été distribué autrefois d'une manière aussi injuste que la manne du Tout-Puissant : les riches étaient ceux qui avaient conservé des tableaux, vestiges de la collection familiale; les pauvres ceux qui, pour une raison ou pour une autre, n'en possédaient que peu ou plus. La richesse et la pauvreté, comme dans la religion hindoue, semblaient n'avoir dans cette famille aucune relation de cause à effet avec le mérite ou le travail personnels : on était né dans une bonne caste ou dans une mauvaise. Et l'idée d'en changer par volonté non par fatalité ne venait à personne.

Comment gagnait-il sa vie? C'est simple : il ne la gagnait pas. Quand le besoin s'en faisait par trop sentir, il allait chez son père, place Saint-Sulpice, où celui-ci dans sa maison d'édition L'Art catholique menait sa furieuse croisade contre l'art saint-sulpicien. Mon grand-père évoluait comme un satrape dans ce caravansérail de l'art religieux encombré de livres, où les statues de saints et les crucifix côtoyaient les colonnes antiques, les bronzes italiens, les marbres, les bas-reliefs grecs figurant des scènes de la mythologie. Il avait installé son bureau au premier étage ; ce redoutable satyre y attirait pêle-mêle les dames d'œuvres, les belles religieuses, les femmes du monde, qui redescendaient l'escalier en chancelant, réajustant leur chapeau, leur voilette ou leur cornette, roses d'indignation, de colère, de honte ou de plaisir.

Mon père peignait des crèches de Py, dessinait des images religieuses, des scènes d'Annonciation, de Nativité : je me retrouvais peint successivement sous les traits de Jésus dans la crèche, d'anges divers, et plus tard en Christ. Il existe un curieux tableau de mon père qui représente la fuite en Égypte : j'y figure en Jésus, ma mère en Vierge Marie, un de mes oncles en Joseph.

Donc mon père, qui avait connu une jeunesse dans la caste des riches, était passé à l'âge adulte dans celle des pauvres, sans pour autant souffrir du manque d'argent. Il ne s'en apercevait pas : la peinture étant sa drogue, elle lui tenait lieu de tout. Ce dénuement le dépaysait. Il y trouvait je ne sais quelle satisfaction masochiste. Ayant souffert de la mésentente et des disputes de ses parents qui se déchiraient, il associait ses malheurs d'enfant aux hôtels particuliers qui en avaient été le théâtre, aux domestiques, à cette froide pompe bourgeoise qui a beau donner du confort mais ne remplace jamais l'essentiel : des parents aimants, un foyer stable et équilibré. Le bonheur pour lui se trouvait dans le cadre qui l'éloignait le plus possible de celui de ses parents : un petit appartement, si possible exposé au nord afin qu'il y régnât cette lumière froide d'atelier, qui m'a donné un goût éperdu pour le soleil.

Soudain, lui qui avait toujours tiré le diable par la queue, il dut affronter un drame auquel rien ne le préparait : celui de se trouver du jour au lendemain presque riche. De toutes les catastrophes, ce fut la pire.

Je n'ai vu que deux hommes malheureux à la suite d'un événement a priori heureux. Tous les deux avaient les yeux bleus. Mon père quand il a été à la tête d'une assez grosse somme d'argent, et Jean d'Ormesson quand il a été propulsé à la direction du *Figaro*. L'héritage de mon grand-père accabla mon père d'un souci infernal. Affolé devant cet argent incongru, il n'eut de cesse qu'il ne s'en débarrasse. Avec la prescience exacte de ce qui pouvait concourir à sa ruine la plus rapide et la plus définitive, il se retrouva la proie des escrocs. Je n'en ai jamais vu évoluer autant qu'autour de lui. Ils s'étaient donné le mot : clercs de notaire marrons, écornifleurs, marchands de rêve, promoteurs immobiliers douteux, une engeance en quête de gogos, de naïfs à embobiner, de volaille à plumer. Ces requins n'en revenaient pas ; ils regardaient mon père en écarquillant les yeux : jamais de toute leur louche existence que n'avaient traversée ni les scrupules ni l'ombre d'une pensée désintéressée, ils n'avaient eu affaire à une victime aussi empressée à se faire estamper. Il semblait les attendre pour se délivrer du fardeau de son nouvel argent. Il était atteint d'une fièvre de la dépossession.

Je le revois à l'écoute de ces aigrefins, gobant leurs montages les plus abracadabrants, croyant à leurs affabulations, se fiant à leurs promesses. Ce qu'il appréciait peut-être chez eux, c'était les mirages dont ils déployaient les perspectives merveilleuses devant lui. Réalistes, sensés, armés de bon sens, ils l'auraient déçu. Comme tous les artistes, il n'aimait pas la réalité. Il voulait qu'on l'enchante avec des contes à dormir debout. Je l'ai dit : dans le monde réel, c'était un enfant.

Il confiait ses hésitations et ses projets à son frère, Philippe, peintre et céramiste, aussi embarrassé que lui devant le magot irritant dont la destination troublait leur sérénité. Celui-ci possédait une charmante maison qui lui servait d'atelier, agrémentée d'un grand jardin, sorte d'oasis de verdure préservée au milieu des tours de l'avenue d'Italie. Il s'y était réfugié quand il avait dû quitter son appartement du quai Bourbon. Cet oncle, lui aussi, avait cherché à fuir l'ambiance bourgeoise de la famille : marqué par l'esprit de 1936, il était épris de fraternisation populaire ; il n'aimait que l'atmosphère des banlieues, les petits caboulots, les nappes à carreaux, le coup de blanc sur le zinc. Il jouait à l'artisan, parlait argot, vitupérait le bourgeois. Il pensait que l'on ne trouve de véritable générosité que dans le peuple ; que plus on monte dans les hiérarchies sociales et moins on trouve de sentiments désintéressés, de courage, de dévouement. Cela ne l'empêchait nullement de vivre entouré de tableaux de Berthe Morisot, de lithographies de Delacroix, de Toulouse-Lautrec, de Jongkind, de Degas, de bronzes de Barye, de céramiques Iznik.

Chez lui, avec mon père, se réunissait le cénacle de leurs amis : Jacques Perret, le peintre et historien Roger Glachant, Jacques de Dampierre. Ils parlaient peinture devant une de ces bouteilles de pouilly fumé qui faisait frémir la moustache blanche de Jacques Perret. Avec la descente des bouteilles, le ton montait : il régnait dans ces réunions un antigaullisme virulent. Mon oncle d'une douceur évangélique avait des fureurs de croisé, s'agissant de l'abandon de l'Algérie. Pourquoi ? Je n'en sais rien. J'ignorais alors que, dissimulé derrière la tapisserie, tel un passager clandestin, le capitaine Sergent, chef de l'OAS en fuite, pourchassé par toutes les polices de France, écoutait ces conversations sur l'art : mon oncle le cachait depuis six mois à la demande de Jacques Perret, certain qu'on ne viendrait pas chercher parmi ces rêveurs inoffensifs un dangereux fugitif armé jusqu'aux dents.

Il n'y avait pas que l'Algérie qui troublait ces réunions : l'arrivée impromptue de leur frère aîné, Alain, déchaînait la tempête. Il était fou ; pas assez pour être mis au cabanon, suffisamment pour empoisonner l'atmosphère familiale : grand et bel homme barbu, plein d'assurance et de prestance, il était vêtu d'une large chasuble à la russe, avec pour ceinture une corde rustique, et s'appuyait sur une canne qui ressemblait à un gourdin. Converti à la religion orthodoxe, il signait ses lettres d'un provocant « Ylas ex-Rouart », reniement qui déjà inspirait un malaise. Partant d'un propos d'abord sensé, sa folie se développait avec la rapidité d'un typhon : en quelques minutes ces sexagénaires et septuagénaires en venaient aux injures et même aux poings. On était obligé de les séparer. Ylas ex-Rouart s'en allait en vociférant des anathèmes, des malédictions, des imprécations dans le style de Jean de Patmos. Il maudissait ses frères et leurs enfants jusqu'à la vingt-septième génération, jusqu'à la consommation des siècles. Il s'en allait la barbe en bataille, le gourdin sur la défensive, cuver ses délires paranoïaques. Voyait-il un prêtre en soutane dans la rue, il le prenait au collet, le secouait en tentant de lui faire avouer qu'il était chargé de l'espionner au profit des papistes.

Dans une de ses brèves périodes d'accalmie, il avait supplié mon père d'intervenir auprès de Paul Valéry pour plaider sa cause auprès de Julien Cain, car il souhaitait entrer à la Bibliothèque nationale, dont celui-ci était le directeur. Mon père finit par se laisser convaincre. Il fit taire sa rancœur, s'arma de courage, et demanda un rendez-vous à Paul Valéry, qui promit d'intervenir auprès de son confrère de l'Académie. Avec succès. Hélas ! Deux mois ne s'étaient pas écoulés depuis son entrée à la BN qu'un drame éclata. Julien Cain lui ayant fait un reproche légitime, cet oncle insensé se leva en vociférant et, devant les conservateurs éberlués, dégainant un couteau à cran d'arrêt, s'exclama : « Vieille gargouille, je vais te faire la peau. »

On dut appeler la police. Et la carrière de bibliothécaire de ce fou s'arrêta là. Mon père, consterné, écrivit à Julien Cain une lettre d'excuses. Ce personnage délirant semblait sorti de l'œuvre de Dostoïevski : l'ennui c'est qu'il était difficile pour s'en débarrasser de l'y faire rentrer. On finissait dans la famille par le considérer comme une punition de Dieu, une de ces malédictions, comme les sept plaies d'Égypte, qui affligent les familles.

Donc en plus de cet oncle catastrophique, l'héritage troublait la sereine atmosphère familiale. Suspendues *sine die* les conversations qui étaient le sel de la vie : les discussions sur Ingres, les monotypes de Degas, les diatribes contre l'intellectualisme de Malraux. Mon père et son frère s'isolaient, maussades, échangeant des adresses d'aigrefins comme on se confie des tuyaux de Bourse. C'était à celui qui achèterait un bandeau sur les yeux des immeubles à Malaga, des terres inondées aux Bermudes, des cocoteraies aux îles Caïmans. Jamais projets présentés comme mirifiques n'eurent moins d'existence dans la réalité. On leur vendait du vent. Ils l'achetaient à prix d'or. On imagine facilement ce qui s'ensuivit. Une Berezina de rêves. Bien sûr les conversations sur Degas reprirent ; elles avaient moins d'entrain.

J'ai visité un de ces immeubles acquis par mon père, boulevard de la Villette, qu'on lui avait conseillé d'acheter comme un placement de père de famille : une bâtisse ruinée, les chambranles des fenêtres et les boîtes à lettres arrachés ; des appartements lépreux, exhalant des odeurs fétides, où l'eau et l'électricité étaient coupées, et qu'occupait une population misérable de squatters n'ayant pour richesse que de tendres et timides pitbulls. L'argent des rêves immobiliers s'était mué en cauchemar dans le quart-monde.

Plaqué, recalé, refusé

L'année de mes vingt ans commença pourtant sous les meilleurs auspices : ma petite amie me quitta, je ratai ma première année de droit, et mon premier roman fut refusé par treize éditeurs. Treize ! Ce nombre témoignait d'un bel acharnement, mais cette accumulation de refus ne laissait pas grand-place aux illusions ; même si l'un d'eux, Denoël, avait longuement balancé, me faisant partager les hésitations du comité de lecture qui m'entretenaient dans une incertitude digne du supplice chinois des cent morceaux. Enfin le coup de grâce tomba. J'en fus presque soulagé. Plaqué, recalé, refusé : ma situation avait le mérite d'être nette. Le seul avantage, quand on touche le fond, c'est qu'on ne peut pas tomber plus bas. Et puis j'avais une consolation : rien de ce qui m'advenait n'était vraiment injuste. La petite amie me quittait pour la meilleure des raisons : elle se mariait ; et je ne m'étais pas beaucoup battu pour la garder. Le droit m'ennuyait à périr. Quant au roman, il faut être juste, si cruel que ce diagnostic pût être à l'époque, il était mauvais. N'exagérons pas, ne cédons pas aux vertiges de l'autodénigrement, il était surtout inabouti : un squelette, une esquisse, une grossesse nerveuse. Il ne témoignait que d'une chose : je crevais d'envie d'écrire un roman et de le publier. Je n'étais pas le seul. Vingt mille jeunes gens connaissent chaque année la même ambition, la même fièvre, qui se termine par le même dépit.

Mais beaucoup d'entre eux abandonnent. Pour moi, je n'envisageais pas une seconde de renoncer. C'était une question de vie ou de mort. Puisque j'étais décidément fermé à l'aventure d'une psychanalyse, malgré ses charmes qu'on m'avait fait miroiter, écrire me semblait la thérapie qui me convenait. Elle seule pouvait me sauver de ce qui m'accablait : moi-même, mes contradictions, ma famille, le sentiment de l'échec, la tentation du suicide. Écrire représentait la seule arme avec laquelle je pouvais affronter la vie. Je ne pensais même pas au succès alors. Mon ambition, qui me semblait déjà immense, se limitait à franchir la barre de la publication. Après, vogue la galère ! Je me serais très bien contenté de la dernière place au dernier rang des prestigieux auteurs publiés. Si je n'y parvenais pas, je ne serais pas moi-même, je ne serais qu'une ombre. Et pendant les dix ans qui séparèrent cet échec de la publication de mon premier roman, je vécus comme un zombie.

Je jouais ma vie à pile ou face. Une manière d'ordalie. J'étais prêt à subir l'humiliation, le malheur, à condition d'écrire, ce qui n'ôte ni les humiliations ni les échecs, ni les déceptions, ni le malheur, mais les éclaire d'une autre lumière que celle de la prosaïque réalité. Le seul malheur dont je refusais de payer le prix, c'était de n'être jamais un écrivain. La vie alors ne me paraissait pas la peine de devoir être vécue.

Je dus faire pitié. Mon échec me rendit intéressant. Des âmes charitables, émues devant tant de bonne volonté récompensée par un si piètre résultat, entreprirent de me secourir. Ce médiocre premier roman n'avait qu'un avantage : il était passé entre beaucoup de mains. Jamais roman non publié n'aura été autant lu. Pour un échec, c'était un succès. Et quand on a vingt ans, qu'on se pâme pour la littérature, on finit toujours par intéresser quelqu'un.

Le premier de la longue liste de mes saints Bernard fut François Bott. Il m'accueillit, rue Grange-Batelière, dans un appartement où se trouvait le siège du journal qu'il créait, *Le Magazine littéraire*. Ce n'était pas luxueux. Mais ce dénuement était paré de la magie que représentait pour moi un journal qui se consacrait à la littérature, aux écrivains. On me fit attendre dans le salon qui servait de salle de rédaction. Il y régnait une atmosphère agitée, nerveuse, vibrionnante. Le téléphone sonnait sans cesse. Affronter les rédacteurs de cette revue me terrorisait. Ils m'apparaissaient comme un peuple aux coutumes et au langage étranges. Ils parlaient avec des mots dont la signification m'échappait ; ils avaient une aisance, une assurance, un bagout qui m'éblouissaient. Plus je les entendais, plus je me rencognais dans un silence apeuré. Ils m'auraient adressé la parole que, dans ma confusion, je n'aurais pas été capable de leur répondre. Mais manifestement je ne les intéressais pas. La caste des journalistes montre toujours beaucoup de condescendance envers les débutants. J'avais la désagréable impression de déranger. Si discret que je fusse, il me semblait qu'on me considérait comme un importun, voire un espion, en tout cas un objet non identifié. Plus l'attente se prolongeait plus j'avais de mal à trouver une contenance. Bien sûr, j'aurais dû engager la conversation, mais la timidité me paralysait. Il me semblait que cette indifférence à mon égard était due à la nullité de mon livre : peut-être ces brillants sujets m'avaient-ils lu, n'attendaient-ils que mon départ pour s'esclaffer et me tourner en dérision.

L'accueil de François Bott me rassura : il était doux, sombre, réservé. Il ne respirait pas la jovialité, mais il avait une forme de cordialité discrète, et il dut être particulièrement compréhensif car je réussis à proférer quelques mots. Il me dit que mon livre était raté, mais que je ne devais pas prendre les choses au tragique car, à vingt ans, on n'écrit jamais autre chose, Radiguet excepté ; que mon livre n'était pas beaucoup plus mauvais qu'un certain nombre de ceux qui avaient la chance d'être publiés et qui recevaient même des prix littéraires et accédaient à la gloire des grandes institutions comme le Goncourt ou l'Académie (cette façon de voir me parut très subversive, mais je ne laissai pas voir mon étonnement : je compris que je considérais le monde littéraire comme un provincial) ; enfin, bien que ce fût un homme glacé — mais non glaçant —, il se réchauffa jusqu'à me tenir des propos qui dans mon désespoir me parurent encourageants : j'avais écrit un livre médiocre, mais dans ce fatras il y avait quelque chose, un vague talent qui pouvait s'épanouir plus tard. Comme gage de sa confiance, il me proposa d'écrire des notes de critique littéraire. Et choisissant dans une pile des livres, sans doute du rebut que ses collaborateurs n'avaient pas jugé digne d'un compte rendu, il me les confia.

Je les emportai comme des trésors, heureux de sa confiance, heureux surtout d'échapper au regard soupçonneux des journalistes. Arrivé dans ma chambre de bonne, j'eus un moment de fierté. Il me semblait avoir fait une incursion dans un roman de Balzac adapté par la réalité : j'avais côtoyé de vrais Lousteau, des Nathan en chair et en os. Et on me proposait de devenir l'un d'entre eux. Je feuilletai les livres. Je m'en souviens comme si c'était hier : *Le Pouvoir des clés* de Léon Chestov et *Les Eygletières* d'Henri Troyat. Mon exaltation était telle que les lignes se brouillaient. J'ouvris la fenêtre : dans le crépuscule apparaissaient les toits de Paris et le Sacré-Cœur. Était-il possible que la chaîne des échecs prît fin un jour ? Comment écrivait-on un article ? Et si ces articles aussi étaient mauvais ? Serais-je capable de supporter un nouvel échec ? Je m'installai devant la vieille Underwood quinteuse qui avait servi à taper mon roman. Je n'étais pas superstitieux.

Le lendemain matin, assis à la terrasse du Chien qui Fume, un café bruyant du boulevard du Montparnasse, je lisais *Les Eygletières*. Un taxi s'arrêta et j'en vis sortir comme un ludion de sa boîte un homme pressé, élégant, solaire : c'était Dominique de Roux. Il vint vers moi avec cette chaleur qu'il déployait toujours envers les jeunes gens qui partageaient son vice, la littérature. C'était une délicieuse bourrasque. Il ne s'embarrassait pas de préambules. Il me demanda des nouvelles de mon roman, qu'il avait appuyé en vain chez Plon. Retournant le livre que je lisais, il me demanda :

— Veux-tu écrire un livre sur Troyat ?

Ce témoignage de confiance m'accabla. En une seconde une foule de sensations me traversa. En étais-je capable, n'allais-je pas décevoir, aimais-je suffisamment l'œuvre de Troyat ? La perspective d'avoir un livre publié l'emporta. J'acceptai avec chaleur.

Il disparut aussi vite qu'il avait fait irruption dans le café. L'affaire n'avait pris que cinq minutes. Je me retrouvai seul devant ma tasse de café vide, aussi désorienté que Marie après l'apparition de l'archange Gabriel. Je ne savais pas ce qui l'emportait chez moi du bonheur ou de l'inquiétude. Je me rassurai en me disant qu'il s'agissait peut-être d'un propos en l'air. C'était mal connaître Dominique de Roux.

Deux jours plus tard, il m'annonçait qu'Henri Troyat m'attendait pour juger sur pièces de mes capacités littéraires.

Me voici donc, tremblant d'appréhension, franchissant le porche imposant de la rue Bonaparte, dans l'immeuble même où était né Édouard Manet. Un valet de chambre m'introduisit dans un appartement cossu, confortable, d'un luxe très éloigné de ce que j'imaginais être l'antre d'un écrivain. J'attendis le maître dans un petit salon attenant à son bureau, au milieu de beaux meubles, de tapis moelleux, de reliures en cuir, tout l'apanage d'un auteur à gros tirages. La littérature telle qu'on pouvait l'imaginer à travers *Les Grandes Familles* de Maurice Druon.

Henri Troyat apparut en veste d'intérieur. Affable, d'une douceur franciscaine, il me conduisit dans son bureau ; là, avec une bienveillance marquée, m'observant avec attention, il entreprit de m'interroger ou plutôt de me confesser. Je me sentis aussitôt en confiance. Nous parlâmes de la Russie, de ses biographies, que j'avais lues, de Tolstoï, que j'adorais. Mon enthousiasme et ma fraîcheur durent lui plaire. Je passai assez brillamment l'oral puisque, le lendemain de cette visite, je recevais de Dominique de Roux un de ces pneumatiques qui me faisaient toujours battre le cœur — non parce que leur invention était due à mon arrière-grand-père, mais parce que c'était par ce truchement que me parvenaient les lettres d'amour. Troyat, m'écrivait-il, avait été enchanté de notre conversation et il m'agréait. Il ne me restait plus qu'à écrire le livre.

Henri Troyat m'avait prévenu d'une manière qui ne laissait pas de m'inquiéter : « Je vais vous donner mes livres — les lire, c'était bien le moins que je pouvais faire. Munissez-vous de deux grosses valises. » Je mobilisai un de mes amis. Et me revoilà chez Troyat. Sous l'œil du maître, une secrétaire m'aida à remplir les deux valises. Je voyais avec angoisse s'empiler les ouvrages. Jamais je n'aurais pu imaginer qu'un romancier pût être à ce point prolifique. J'avais beau adorer lire, faire toute confiance au talent de mon hôte, je me voyais ingurgitant du Troyat jusqu'à la fin de mes jours. Ce n'était plus une partie de plaisir mais le bagne qui m'attendait.

Porter les valises jusqu'à ma chambre de bonne au huitième étage fut un calvaire. Épuisé, entraîné par leur poids dans l'escalier, j'évitai de justesse de finir écrasé, enseveli sous les livres. Je m'efforçai ensuite de les ranger dans les rayons de ma bibliothèque. L'œuvre de Troyat l'emplissait tout entière. Je me vis contraint d'en exiler tant de livres que j'aimais, Zweig, Drieu, Malraux, dont les volumes gisaient empilés au pied de mon lit.

J'étais désemparé. Allais-je devoir lire tous ces livres ? Il ne me faudrait pas moins d'une année entière en les dévorant cinq heures par jour pour en venir à bout. J'étais à la fois époustouflé devant tant de puissance créatrice et incertain de ma capacité de lecteur. Écartelé entre le scrupule professionnel et ma paresse. Tout lire : seul un glouton pouvait réussir un tel tour de force.

Je commençais à me demander si j'avais eu raison d'accepter cette proposition flatteuse mais qui exigeait un labeur de titan.

Tandis que je m'interrogeais, j'ignorais qu'il était déjà écrit sur le grand livre du destin que cet ouvrage, que cela me plaise ou non, je ne le ferais pas.

Pour me faire valoir auprès du maître et pour exciper auprès de lui de quelque chose de plus flatteur que mes études écourtées, le ratage de ma première année de droit, l'échec de mon roman auprès de treize éditeurs, je m'étais vanté de mes articles qui allaient paraître dans *Le Magazine littéraire*. Ma seule fierté était future et hypothétique. Je me parais ainsi du beau titre de journaliste. Henri Troyat avait paru très intéressé. Je lui promis de lui adresser le journal qui contenait mes futures œuvres complètes dès sa parution. Point n'était besoin de deux solides valises pour les contenir. Une enveloppe suffirait. Je tins parole. Dès sa sortie j'adressai le magazine à Troyat, certain d'avoir gagné des points dans son estime.

La réponse ne se fit pas attendre. Un nouveau pneumatique arriva : Dominique de Roux dans un style goguenard me signifiait que la lecture de mes articles ayant paru d'une nullité dirimante à Troyat, celui-ci préférait renoncer à sa biographie. Comme ce projet tombait à l'eau, il me demandait pour ne pas me désespérer de choisir un autre écrivain pour sa collection : je choisis Benjamin Constant. Ses œuvres complètes tenaient dans le creux de la main et, lui, que cela lui plaise ou non, il avait l'avantage de ne pas avoir la faculté de se manifester de manière intempestive sur le choix de son biographe.

Il n'empêche, j'avais beau être soulagé, ma paresse dût-elle y trouver son compte, j'étais pincé jusqu'au sang dans mon amour-propre. Ainsi, Troyat me trouvait nul, lui aussi. Ce n'était pas un passeport très encourageant pour s'engager dans la grande aventure des lettres.

Je n'écrivis jamais le livre sur Benjamin Constant. Je lus tous les ouvrages écrits sur lui, et je découvris avec émerveillement la belle biographie qu'Alfred Fabre-Luce lui avait consacrée. Ce livre me découragea ; jamais je ne pourrais faire aussi bien. Puis Dominique de Roux mourut subitement. Je le vis partir avec tristesse. Sa gentillesse, sa compréhension, la chaleur et la noblesse qui émanaient de lui m'ont manqué. Je ne passe jamais devant Le Chien qui Fume sans avoir une pensée pour lui, et comme c'est le chemin d'Orly, j'emporte son souvenir dans ces voyages qu'il aimait tant. Je ne revis Henri Troyat que vingt-cinq ans plus tard, lors de la visite rituelle des candidats à l'Académie : ni lui ni l'appartement n'avaient changé. Il était toujours aussi courtois, aussi discret. La même cérémonie recommença : à nouveau j'eus l'impression d'être entendu en confession par un prêtre compréhensif. Je n'avais en l'occurrence à lui confier qu'un péché d'orgueil. Je n'étais pas beaucoup plus rassuré que la première fois. Entre nous, en dépit des assauts d'amabilités, demeurait de part et d'autre une invincible gêne. Nous avions beau parler de mille choses, le passé était présent comme un vieux cadavre flottant dont on ne sait comment se débarrasser. Ni lui ni moi n'osions aborder ce sujet qui nous brûlait les lèvres. Peut-être le mieux aurait-il été d'éclater de rire devant une situation dont deux romanciers ne pouvaient pas ne pas savourer le caractère hautement romanesque. Car ce qui fait toute la saveur du roman, c'est le jeu sournois et imprévisible du destin.

La blessure de Spetsai

Oui, je me moquais bien de la duchesse de Plaisance quand j'abordai la Grèce. Qu'étais-je venu chercher dans l'île de Spetsai hormis le soleil et la légende ? Un écrivain. Je venais voir un écrivain que j'admirais. Je ne connaissais pas son visage, mais j'avais lu ses livres. C'était sous le visage de ses livres qu'il m'apparaissait. Il avait fui Paris pour une raison mystérieuse, comme s'il ne voulait pas corrompre une haute idée de la littérature dans la fréquentation de la gendelettre, ou plus simplement parce que c'était une manière de sauvage. Il avait vécu en Italie, à Positano, sur la côte amalfitaine, au Portugal, à Madère. Ce caractère tranché, cet exil me plaisaient. Cela faisait de lui un héros de roman, un Lord Jim, en proie au démon voyageur, qui aurait pris la plume. Il figurait l'antibureaucrate des lettres, l'homme en rupture de ban. Je le voyais comme un aigle des mers réfugié sur son rocher du golfe Saronique. Un peu de malédiction romantique ne messied pas à la littérature.

Sa solitude, loin de me tenir à distance, m'attirait. J'avais entrepris ce voyage sur un coup de tête. L'admiration que je portais à l'écrivain ne suffisait pas à le justifier. Je voulais le rencontrer pour une raison plus grave — et il y allait de ma vie —, pour lui poser une question que j'étais bien incapable de formuler. J'attendais de lui une réponse sur mon avenir ; une sorte d'horoscope littéraire. Je venais lui réclamer ce qu'on ne demande qu'aux thaumaturges, qu'il me guérisse de mon angoisse d'écrire et qu'il me donne ce secret qui fait qu'on devient un écrivain. Puisque la réalité était contre moi pourquoi ne pas avoir recours aux sortilèges et aux chamans ? C'est l'ultime ressource des hommes désespérés. Et je l'étais. Je n'avais pas grand-chose à perdre en misant sur les invocations.

Je débarquai au milieu d'un flot de touristes scandinaves, accompagné de la fille du psychanalyste S. : il fallait bien mettre un peu de névrose sous le soleil triomphant, pimenter la banalité touristique de quelques symboles jungiens. Elle était là pour me rappeler les ombres de ce destin psychanalytique auquel je m'étais lâchement dérobé.

Je me laissais bercer par la mélodie d'un monde nouveau. Tout m'enchantait : la bousculade, le tohu-bohu qui accompagne l'arrivée d'un bateau, le charme bariolé du port, les caïques, le kiosque en bois du marchand de journaux, les terrasses des cafés, l'odeur du crottin près des calèches. Je remplissais mes yeux et mes poumons : je dévorais la Grèce. J'aimais sa poussière, ses bougainvillées, les touffes de basilic sur le pas des portes, ses femmes en noir, ses papas barbus pleins de componction et de vanité ecclésiastique qui promenaient leur progéniture. Dans l'air chaud flottait une impression dansante, pimpante. L'excitation chassait la fatigue. Je me souvenais de la douceur du parvis de marbre tiède du temple d'Aphaia, à Égine, sur lequel je m'étais endormi, la veille, à l'heure accablante de la sieste. Et de la nuit, presque blanche, à Hydra, où, faute de chambre dans les hôtels, j'avais pris un bref repos sur une banquette de la boîte de nuit du port, attendant au milieu des verres de whisky, dans la fumée refroidie des cigarettes, le départ des derniers danseurs.

J'éprouvais une angoisse. Comment allait-on me recevoir ? Je me livrais à mon sport favori qui était, depuis mon départ de Paris, de me balancer entre deux infinis, entre le blanc et le noir, entre le meilleur et le pire. Tantôt je m'exagérais le désagrément que pouvait représenter mon arrivée inopinée chez un homme qui avait la réputation de fuir toute société. Et qui étais-je pour oser franchir ce mur de solitude qu'il s'était ménagé si difficilement ! C'était bien la peine d'avoir rompu les amarres pour se retrouver assailli par un importun. Tantôt je magnifiais les délices d'un accueil selon mes rêves : l'écrivain m'ouvrant avec chaleur cette porte qui restait obstinément fermée pour les autres, me faisant entrer au cœur de son intimité, de ses manuscrits, me traitant en ami, en disciple; comme Mallarmé avait reçu Valéry à Valvins, Verlaine accueilli Rimbaud à Paris.

Le marchand de journaux m'indiqua son adresse : une maison blanche, près du vieux port, derrière la scierie, sur un promontoire auquel menait la route de corniche empruntée par les calèches. Désormais où que j'aille je regardais dans la direction du vieux port et mon cœur battait. Il était là. Que faisait-il? Écrivait-il? Cette maison blanche, derrière la scierie, comme elle enflammait mon imagination! Je la parais de prestige. Elle me faisait peur. Je renonçai à m'y rendre dès le premier jour. Je devais calmer ma fièvre. Je commençai par me plonger dans l'eau tiède, je m'allongeai sur une plage, je tentai de faire la sieste à l'ombre des pins maritimes. Impossible de penser à autre chose, la maison m'obsédait. J'avais beau fermer les yeux, elle était présente. Alors plutôt que de tenter de la fuir, je la contemplais avec défi, certain que mon destin y était fixé.

Le soir, après avoir dîné dans une taverne, et bu du résiné qui avait un goût de soufre, j'observais sur le port la noria des calèches, leur lanterne allumée, qui filaient dans la nuit comme des lucioles. L'air était doux, un peu humide, chargé de parfums vanillés. À travers les buées de l'alcool, j'éprouvais un sentiment de plénitude. Bien sûr je redoutais cette rencontre que j'avais tant attendue, dont j'espérais tout. Ce n'étaient plus les rebuffades, l'accueil glacé de l'écrivain que je craignais, mais l'avenir. J'observais les étoiles, ces lumières perdues dans l'immensité dont le sens m'échappait autant que celui de ma propre vie. Irais-je moi aussi me perdre dans cette mer et cette nuit où font naufrage sans bruit tant de vocations adolescentes ? L'envie me prenait de repartir sans mon viatique. Partir en emportant ce moment parfait. Quels mots pourraient jamais rivaliser avec l'enchantement que j'éprouvais, le rêve à l'état pur : la poésie de la mer, son murmure dans la nuit, les calèches tintinnabulantes, les marchands ambulants de pistaches et de confiseries, un paquebot illuminé qui sortait des ténèbres. Pourquoi ajouter quelque chose à cet art déployé par la vie et qui se suffit à lui-même ?

Oui, j'aurais dû repartir. Tout ce que l'île de Spetsai pouvait me donner, je le possédais. Pourquoi aller plus loin ? Pourquoi risquer de rompre le charme ? Quel démon me poussait à confronter cette perfection du rêve à une réalité forcément décevante ? La Grèce m'appartenait, et aussi cet écrivain que j'avais façonné selon mes rêves pour un usage tout personnel ; il n'était pas dans le pouvoir d'un être de chair et d'os de l'égaler. Oui, j'aurais dû repartir, je le savais. Et je restai.

Ce matin-là, je m'armai de courage. Chaque minute, chaque seconde me traversait comme avant une échéance fatale. Je m'acheminai vers le vieux port ; une calèche m'y conduisit. Noire, souple, sa suspension d'acier absorbant les ornières, elle paraissait traverser la mer en dansant ; les grelots tintaient. Une seule pensée m'occupait ; je voyais avec angoisse la maison blanche se rapprocher inexorablement.

La calèche me jeta près de la scierie, dans une odeur de sciure, près de navires en construction qui, patibulaires, tendaient leurs vertèbres de bois vers le ciel. Une petite chapelle blanche était posée au bout du promontoire. Du haut du tertre couvert d'herbes rases, je dominais le port où mouillaient quelques bateaux de plaisance et des caïques. La maison, d'une dimension moins vaste que je ne l'avais imaginé, n'en demeurait pas moins aussi impressionnante qu'une forteresse. Je sonnai à la porte. Une femme en noir vint m'ouvrir. L'écrivain était absent : je poussai un soupir de soulagement. J'avais un répit. Il était en bateau. Il rentrerait pour le déjeuner ; je n'aurais aucun mal à l'apercevoir sur le port.

Je descendis sur le quai et j'attendis au milieu des filets qui séchaient au soleil. Quel visage aurait mon écrivain ? Je le voyais sous les traits de Jack London, avec une allure à la Hemingway, avec ce mélange de cordialité chaleureuse et de désespoir qui me plaisait chez Kessel. Je l'imaginais trapu, avec une gueule de bourlingueur de l'idéal, expansif et sauvage, capable de jeter ses feux dans les fêtes comme de s'abîmer dans le silence, un grand vivant torturé par ses ombres. Chaque fois qu'un bateau mouillait dans le port, je me crevais les yeux pour dévisager ses occupants affairés à plier les voiles ; dès qu'une chaloupe approchait du quai, j'essayais d'y déchiffrer des signes physiognomoniques caractéristiques d'un écrivain. Parfois je me disais : « Voilà, c'est lui ! » J'interrogeais le patron de la taverne, qui hochait la tête en levant les yeux au ciel : «*Ochi.*» Après plusieurs demandes, qui témoignaient d'un léger énervement, je compris que dans la nonchalance et le fatalisme grecs, j'apparaissais comme un énergumène. Je m'efforçai à la placidité. J'observais les jeux des bateaux sur la mer, en silence, d'un air faussement indifférent.

Le temps passait. Beaucoup de bateaux étaient revenus au port ; j'avais vu défiler bon nombre de visages parmi lesquels se trouvaient des gueules d'écrivain qui m'auraient tout à fait convenu. Je commençais à trouver le temps long et à être las de cette quête infructueuse. Un homme s'approcha de moi.

— Je crois que vous me cherchez.
— C'est-à-dire... je cherche Michel Déon.
— Je suis Michel Déon.

Je me levai, embarrassé, confus. Il était très difficile de lui expliquer qu'il ne correspondait en aucun point à l'image que je m'étais faite de lui. Il n'avait ni l'air d'un bourlingueur à la peau boucanée, ni la joviale exubérance d'un Kessel, c'était un écrivain qui n'avait pas l'air d'un écrivain tel que je l'imaginais. Tout comme Rome n'était plus dans Rome, mon Déon n'était pas dans ce Déon-là. Mais que faire ? J'aurais eu mauvaise grâce à le lui reprocher. J'eus un peu de mal à reprendre mes esprits : je devais m'habituer à réintroduire ma vision de Michel Déon dans la physionomie d'un homme sans les qualités que je lui avais prêtées. Les personnages de ses romans étaient démesurés et lui n'offrait physiquement aucune aspérité, aucune difformité, ou anomalie, qui le distinguât. J'avais imaginé un géant et j'avais devant moi un homme de taille moyenne ; je m'étais figuré un exilé à l'air traqué, portant tous les stigmates d'une lutte avec des démons intérieurs, et je me trouvais face à un yachtman d'un format normal, plus méfiant qu'affable.

Lui m'observait en me parlant d'une voix fluette. Il se demandait probablement à quel genre de raseur il avait à faire. L'arrivée de ma compagne le dérida. Il nous proposa d'aller se baigner avant le déjeuner dans une crique qui se trouvait derrière sa maison. Ce moment- là fut à la hauteur de mes rêves les plus fous : me retrouver dans la mer Égée, caressé par une eau tiède, sous un magnifique soleil, avec un écrivain qui avait rempli mon imagination de tant de sortilèges, voilà qui était romanesque, voilà qui repeignait la vie de couleurs enchantées. Je ne nageais pas seul avec lui, outre ma compagne c'étaient tous les personnages de ses romans qui barbotaient avec nous dans l'eau tiède de Spetsai : le héros des *Gens de la nuit*, déprimé, traînant des blessures d'amour inguérissables, le narrateur masochiste de *Je ne veux jamais l'oublier*, celui de *Tout l'amour du monde* ; les paysages du Quartier latin, de Positano, d'une île de Spetsai toute littéraire, Phil, le violeur pendu qu'il avait décroché dans une chapelle, nous accompagnaient tandis que nous nagions dans une brasse que j'aurais voulu éternelle. Puis nous déjeunâmes dans la taverne du port, sous des voûtes fraîches. Je ne savais plus si j'étais dans la réalité ou dans mon rêve ; tout se mélangeait, c'était trop beau, oui, trop beau pour durer.

De quoi parlions-nous ? De ses livres à propos desquels je lui posais mille questions, de son existence en Grèce, des écrivains qu'il aimait. Après avoir mitraillé de mots les flots paisibles de l'Adriatique, ce qui déjà n'était pas adroit, j'amenais avec moi ces miasmes littéraires de la vie parisienne qu'il avait fuis. De crainte de ne pas être capable de prononcer un mot, je devins bavard. Voulant le séduire par mon éloquence, je n'étais parvenu qu'à lui gâcher la paix de son bain et maintenant je m'acharnais à troubler la sérénité de son déjeuner. Mais comment aurais-je pu m'en rendre compte ? J'étais sur un nuage.

Sur un guide de la Grèce, « Michèlé Déonne », comme l'appelait le patron de la taverne, me désigna les îles que je devais visiter : Patmos, Skyros où il avait failli habiter, Folégandros, Samos, Amorgos, Koufonissia, Naxos : j'ignorais qu'il traçait mon horoscope de la Grèce, que pendant vingt ans j'allais errer sur ces rivages, obsédé autant par la magie de la lumière des îles que par le souvenir douloureux de l'écrivain qui me les avait fait découvrir.

Après ce déjeuner bien arrosé, ivre de bavardages et de rêves assouvis, nous nous séparâmes en nous donnant rendez-vous pour le surlendemain. Dès qu'un espace suffisamment plat et tranquille se trouva à portée, ce fut en l'occurrence un bosquet odorant d'eucalyptus, que caressait agréablement la brise de mer, je m'allongeai et je m'endormis aussitôt. Cette fois pour de bon. Car depuis des semaines l'appréhension ne m'avait pas lâché. Ce fut un âne au bon regard doux qui, en venant brouter une touffe de thym près de mon oreille, m'éveilla.

Je parcourus l'île en tous sens. Je me préparai pour mon nouveau rendez-vous.

La fête avait lieu dans une maison patricienne du vieux port où vivait une élégante population de Grecs internationaux, tous plus ou moins mariés avec de riches Américaines. Ce n'était plus le monde de « Michèlé Déonne », c'était l'atmosphère des parties décrites par Truman Capote. L'idée de voir cet écrivain sauvage dans une ambiance mondaine piquait ma curiosité.

Je le vis de loin dans une sorte de patio ombragé de bougainvillées, un verre à la main, très entouré. Je me précipitai et je déversai sur lui avec effusion mes brassées de compliments. Il ne réagit pas. Il me fixait de ses yeux gris qui me semblaient avoir pris une expression méprisante et cruelle; ses maxillaires étaient serrés, ses lèvres minces murées dans un mutisme oppressant. Son visage exprimait l'agressivité froide d'un fauve impassible prêt à bondir. Terrorisé, incapable de comprendre la raison de ce revirement, je continuai à parler pour éviter ce silence glacé que je redoutais.

Soudain tandis que ces yeux me décochaient

deux balles en plein cœur, il martela ces mots qui me cinglèrent :

— Vous feriez mieux de commencer par dire bonjour à la maîtresse de maison.

Et il tourna les talons avec la raideur d'un officier de cavalerie qui veut humilier un péquin.

Je restai abasourdi. Un vieux gentleman, ancien colonel de l'armée des Indes, qui avait assisté à la scène, voyant ma détresse, vint à mon secours :

— Ne vous formalisez pas, jeune homme, il est souvent comme ça, me dit-il, flegmatique, en tortillant sa moustache blanche.

Le soir même je quittai Spetsai. Accoudé à la rambarde du *Miaoulis*, je regardais l'île s'éloigner tandis que le soir tombait avec une pluie de roses. Je voyais la maison blanche sur le promontoire, la scierie, la crique, la taverne du vieux port. Le bateau s'élançait vers la haute mer, la nuit allait bientôt effacer cette île dont je n'apercevais plus que les contours et le halo des réverbères qui balisaient la route de corniche. Pourquoi étais-je venu ? Était-ce seulement le jour qui s'éteignait, la lumière somptueuse qui disparaissait, laissant comme toujours en Grèce une impression poignante, des larmes me montaient aux yeux. J'avais l'âme froissée. Dégrisé de mon enthousiasme et de mes illusions, j'avais froid, j'étais seul, abandonné à ce sentiment de solitude particulière que l'on éprouve lorsque l'on se sent amputé d'un espoir, donc de l'avenir. Dans ces moments où l'on est quitté, trahi, déçu, et qu'on perd ce qu'on a de plus cher, certain que quoi qu'il arrive, une part de nous-même, offerte, généreuse, adolescente, qui ne demandait qu'à vivre, est morte à jamais.

Je pensais ne plus jamais revoir «Michèlé Déonne». Ses livres suscitaient en moi une sensation d'effroi. Je ne pouvais plus les lire. Pourtant, à chaque séjour en Grèce, il était présent, présent à Patmos, à Samos, à Skyros, à Amorgos. Plus tard, beaucoup plus tard, j'écrivis un article dans lequel je relatai cette visite. Michel Déon m'écrivit une belle lettre; d'autres suivirent : elles exprimaient une délicatesse et une sensibilité qui appartiennent au Déon écrivain tel qu'il est vraiment, c'est-à-dire lorsqu'il écrit et que sa plume trouve au fond de lui-même les nuances et les richesses d'une nature capable d'être affectueuse et même chaleureuse, et non au Déon de la vie courante qui reste sur ses gardes. Des années après, le hasard lui mit entre les mains mon premier roman. Plus tard encore nous nous sommes vus souvent et nous avons ri de tout cela. Lui riait, je riais aussi, mais au fond de moi, si j'étais sincère, la blessure, douloureuse, saignait encore. Cette blessure n'était plus la mienne, elle appartenait à un autre, à un jeune frère disparu, qui, par-delà les aléas de la vie, m'avait légué son cœur et sa cicatrice intacts.

L'Acropole de la bourgeoisie

C'était un temple, une forteresse, qui, à égale distance de l'Arc de Triomphe et du palais de l'Élysée, dressait son orgueilleuse façade blanche. C'était aussi un phare, dressé au Rond-Point des Champs-Élysées, illuminé la nuit, dont la lumière servait de repère aux chauffeurs de taxi, aux touristes égarés, peut-être même aux avions en détresse, et surtout à une vieille caste traumatisée, désorientée, autrefois arrogante, qui cherchait dans cette boussole à comprendre un siècle qui la dépassait. La bourgeoisie faisait confiance à cette institution, plus encore qu'au Conseil d'État ou à la Cour des comptes; elle savait qu'en cas de coup dur elle pourrait trouver un solide refuge derrière ses remparts. Ne l'avait-elle pas défendu contre tant d'agresseurs qui voulaient sa perte : les syndicats, l'impôt sur le revenu, le communisme, les grèves, le socialisme? Elle lui faisait tellement confiance qu'elle lui confiait chaque jour la naissance de ses enfants, leurs baptêmes, leurs fiançailles, leurs mariages et leurs faire-part de décès.

C'était de cette chaire — moins menacée que la chaire des églises déjà passée à l'ennemi et sur la pente de l'autodestruction — qu'elle écoutait les prophètes de sa pensée, ceux qui l'assuraient de sa pérennité, de sa force, de sa fonction civilisatrice, de la puissance de son architecture morale et sociale; des prophètes qui l'aidaient à conjurer les démons de la désagrégation et du désordre qui pouvaient prendre les formes sournoises des cheveux longs, des existentialistes et des articles de Jean-Paul Sartre. Ce n'était pas un archange à l'épée flamboyante qui gardait l'entrée de ce temple, mais une statue en bronze représentant un fameux personnage de Beaumarchais armé d'une plume. Si bizarre que cela puisse paraître, ce temple était un journal et ce journal, c'était *Le Figaro*.

Quand j'y pénétrai pour la première fois, je n'en menais pas large. J'éprouvais ce sentiment d'étrangeté, de respect et de crainte que durent ressentir Richard Burton pénétrant sous un déguisement dans la ville sainte d'Asmara et le jeune René Caillié à Tombouctou. Me retrouver dans ce saint des saints de la bourgeoisie m'apparut comme une aventure exotique, hautement dépaysante. Lévi-Strauss au milieu de ses sauvages coupeurs de têtes du Mato Grosso ne devait pas être moins curieux et avide que moi de découvrir les us et les coutumes de l'étrange tribu où je venais de débouler par le hasard — ou la providence — de mon roman treize fois refusé. J'étais alors trop aveuglé par la resplendissante lumière et la légende de ce journal pour comprendre que mon échec m'avait servi.

On n'entrait pas au *Figaro* par un succès mais au contraire parce qu'on avait échoué quelque part : à Polytechnique, à l'agrégation, à Sciences Po, au bac, ou comme moi à l'épreuve de la publication. On y accueillait même les malchanceux des successions royales comme ce prince héritier d'une monarchie d'Europe centrale qui avait tenté vainement de monter sur le trône et qui était employé comme reporter : le malheureux a fini assassiné par son valet de chambre. *Le Figaro*, c'était l'examen de rattrapage des cancres. La bourgeoisie ne sachant que faire de ses enfants perdus pour les hautes fonctions, la banque, l'État, la diplomatie, les confiait en désespoir de cause au journal. À charge pour lui de leur trouver une situation qui n'humiliât pas leur condition. La bourgeoisie retrouvait ainsi les habitudes de l'Ancien Régime : elle aussi, comme l'aristocratie, avait du mal à admettre la sotte invention démocratique des concours qui ne tiennent aucun compte du privilège sacré de la naissance, des illustrations et de l'ancienneté familiales, de la valeur du sang et de la splendeur des armoiries.

Népotisme et favoritisme étaient donc les deux mamelles du *Figaro*. On y était journaliste de père en fils, d'oncle en neveu, de cousin en cousine, de parrain en filleul, d'aïeul en petit-fils. On y léguait sa rubrique à l'héritier de son choix. Il y aurait un chapitre à écrire sur les amants et les maîtresses, qui serait croustilleux, mais en cela *Le Figaro* ne se distinguait pas des autres journaux. Parfois les rejetons de plusieurs générations y exerçaient concurremment leurs talents : ainsi, comme il y avait les Mauriac père et fils (François et Claude), les Brisson (Pierre et Jean-François), les Giron (Roger et François), les François-Poncet (André et Jean), on trouvait la trinité des Ormesson (Wladimir, le père, Olivier, le fils, Jean, le Saint Esprit). Malgré ce recrutement familial à la limite de l'endogamie, de la consanguinité, pour une raison qui ne laisse pas d'être mystérieuse et comme pour offrir un démenti cinglant au préjugé républicain, le talent y flamboyait.

Ce qui me frappa, et eut peut-être de lourdes conséquences dans mon inconscient, c'était le nombre prodigieux d'académiciens qui y prospéraient : dans le grand vestibule, au bas du monumental escalier, les bicornes s'entrechoquaient, les épées étincelaient, les hommes en habit vert grouillaient en croassant comme des grenouilles dans une mare. Dès qu'ils étaient partis, lumineux, dans des voitures noires de fonction, on avait l'impression que le journal était subitement désert.

Le vieux François Mauriac, courbé, emmitouflé, une main en avant de la bouche comme s'il voulait protéger son larynx fragile de l'air trop vif, observait d'un œil gourmand les remuements de la jeunesse qui secouaient la lourde chape de la tradition ; Thierry Maulnier, grand Duduche, l'air égaré, trop grand, trop maigre, avec toujours des pantalons trop courts, observait le monde à travers les deux épais hublots de ses lunettes. Homme délicieux, esprit raffiné, il était la distraction même : il partait avec votre manteau, votre parapluie, votre chapeau ; il avait même emprunté par mégarde la femme du directeur. Comme celui-ci ne s'était pas plaint, il l'avait gardée. La haute et précieuse silhouette hautaine de Jacques de Lacretelle se profilait, un des rares poètes, avec Claudel, à être à son aise dans les conseils d'administration : il venait présider aux séances de la Société fermière. André Frossard, caustique, aiguisait sa flèche quotidienne. Le doux et affable Jean-Jacques Gautier préparait à contrecœur les salves meurtrières de ses éreintements. André François-Poncet, aristocrate républicain, promenait son faux air d'André Luguet, le nœud papillon ironique, l'œil pétillant de celui qui n'est dupe de rien et tire parti de toutes les circonstances.

Le journal s'était installé dans un luxueux hôtel particulier qui avait appartenu au parfumeur Coty : les journalistes avaient leurs bureaux dans des salons, des boudoirs, des chambres qui avaient souvent conservé leurs riches tissus damassés. Cela rappelait ces palais de Saint-Pétersbourg qui, à la faveur de la révolution d'Octobre, avaient été réquisitionnés et où l'on avait installé à la va-comme-je-te-pousse des usines d'armement dans les galeries des glaces, des bureaux dans des salons, des comités de propagande dans de riches bibliothèques. C'était bien le seul point commun du *Figaro* avec la révolution bolchevique.

Dans le sous-sol, là où autrefois se trouvaient le nombreux personnel des cuisines, les caves où François Coty entassait ses bouteilles millésimées, était le peuple des ouvriers, des typographes : une engeance moustachue, gauloise, bruyante, chantante, rouspétante, très peu portée à la mélancolie. Là était le marbre. Parfois quand je descendais dans cet enfer bruyant de machines, de cris, de jurons, de « À la » vineux, il me semblait que je découvrais les cales secrètes du *Pequod* où le capitaine Achab claquemurait un équipage de damnés dans l'attente de Moby Dick.

Mon emploi de stagiaire consistait à écrire le plus brièvement possible quelques lignes sur des meurtres, des incendies, des viols, des suicides un peu spectaculaires. En face de moi, l'homme chargé de la météorologie, à qui l'on aurait pu donner deux sous devant une bouche de métro, portait un des plus grands noms de France ; le chef du secrétariat de rédaction, un beau moustachu à la dégaine de capitaine de hussards, était duc d'Empire. C'était très chic, très impressionnant.

Parfois, lorsque je relevais la tête de mes chroniques sanglantes, j'apercevais au bout de la grande salle un gros homme en noir, colosse roux, corpulent, le visage cramoisi, qui tout en s'épongeant le front avec un mouchoir à carreaux dardait vers moi des yeux rouges de prédateur. L'abbé Bruart, le grand patron de la rubrique religieuse, aumônier et confesseur du journal, témoignait ainsi l'intérêt qu'il me portait, à moi, ou plutôt à ma jeunesse dont ce gourmand se pourléchait. Il suait, il soupirait, il soufflait, il parlait fort : le spirituel était chez lui bien dissimulé sous une pesante enveloppe charnelle. Autour de son bureau évoluait un perpétuel ballet de sémillants séminaristes : les soutanes voltigeaient, on percevait un caquetage, des messes basses hérissées de petits cris aigus, de fous rires étouffés. L'abbé dominait comme un gros chapon cette volière ecclésiastique agitée, jacassante et survoltée.

Sans aller jusqu'à les encourager, j'hésitais à rabrouer sèchement les avances de ce gros homme déplaisant : il était le seul à s'apercevoir de ma présence et à me marquer un quelconque intérêt. J'avais beau me tenir dans les bornes d'une honnête politesse, il prenait sans doute mon air de respectueuse soumission pour un acquiescement. Bref il se mit à tourner autour de moi comme un squale autour d'un nageur dodu ; je le voyais chaque jour se rapprocher un peu plus ; son sourire minaudant qui faisait saillir ses énormes canines s'épanouissait ; il s'épongeait avec fébrilité ; il s'adressait à moi à la moindre occasion. Enfin il m'invita à prendre un café. Comment pouvais-je refuser ? Devant un guéridon en marbre, il me fit les compliments les plus chaleureux sur mes articles microscopiques, vantant mon style, mon intelligence, ma culture, et me promettant une brillante carrière. Ces compliments n'eussent pas été désagréables — même si rien ne les fondait — s'ils n'avaient été ponctués d'une pression équivoque sur ma cuisse, exercée par une énorme main couverte de poils roux. Je tentais d'éloigner autant que je le pouvais mes jambes de l'oppressante admiration de ce colosse, mais il tournait sa chaise de manière à ne pas me laisser échapper à son emprise.

Je prétextai un article à finir pour m'éclipser.

— Il faut que je vous revoie, me dit-il en découvrant ses énormes canines, j'ai quelque chose de très intéressant à vous proposer.

Je filai sans demander mon reste.

Trois jours plus tard, il revint à la charge.

— J'ai une proposition à vous faire, me dit-il, venez prendre un café.

La scène se reproduisit à peu près selon le même scénario. Toujours les mêmes compliments, toujours le même air d'extase devant ma personne. Mais, aucune proposition concrète ne venant, j'arguai à nouveau un travail urgent pour lui échapper. Cette fois plus agile, il m'accompagna. Sur le chemin, il me prit par l'épaule. J'arrivai sain et sauf au journal, enfin je le croyais. Nous prîmes l'ascenseur exigu où ce colosse en profita pour se presser contre moi. Tandis que l'ascenseur alourdi montait péniblement, avec une désespérante lenteur, il approcha son terrible visage dégoulinant de sueur vers le mien et, saisissant fortement le haut de ma cuisse, il me lança à la figure, une figure dangereusement proche de la sienne qui s'avançait inexorablement :

— Vous n'avez qu'un mot à dire : je vous fais entrer à la rubrique religieuse.

Sa main enfermait ma cuisse dans des tenailles d'acier tandis que ses yeux rouges jetaient des éclairs.

Dans son élan, il allait ajouter un geste irréparable à ses paroles, mais l'ascenseur s'arrêta brusquement à un palier, laissant entrer André Frossard. Sous prétexte de politesse, je lui laissai bien volontiers ma place.

Sans doute lui ai-je dû mon salut ?

De ce jour je ne considérai plus du même œil la solennité de ce grand journal. Derrière sa respectabilité de façade, sa moralité sourcilleuse fortement proclamée par ses éditorialistes, je soupçonnais des ténèbres. Je n'étais qu'à l'aube de mes surprises. Ce *Figaro* si pompeux et si ennuyeux de l'extérieur allait offrir à ma jeune ambition un terrain de jeu passionnant. Certes il ne me convenait qu'en apparence : je n'ai jamais considéré la bourgeoisie comme ma patrie. Je m'y suis toujours senti en terre étrangère. Nous avons d'ailleurs formé, *Le Figaro* et moi, un couple mal assorti, souvent querelleur, au bord de la rupture, la consommant même, avec un divorce à la clé, suivi de retrouvailles. C'était la conséquence d'un mariage de raison. J'avais peur de glisser dans les abîmes sociaux et personnels qui avaient englouti tant de membres de ma famille. J'aspirais à un minimum vital de stabilité et de reconnaissance sociale qu'au fond de moi-même je méprisais. Comme je comprenais Mauriac, comme je l'aimais. Mais où, ailleurs qu'au *Figaro*, aurions-nous pu concilier nos contradictions barrésiennes ?

Parfois quand je doutais de ma vocation à entrer dans ce journal qui incarnait l'ordre bourgeois, en contradiction avec les valeurs de ma famille d'artistes, je montais au dernier étage, dans les combles où les archives baignaient dans une douce lumière verte. Là était conservée l'histoire du *Figaro* surveillée par ses vestales documentalistes, en l'occurrence de maigres prêtresses à la poitrine creuse, au teint de papier mâché, qui comme des souris semblaient se nourrir de poussière et des vieux papiers dont elles assuraient la garde. J'ouvrais les collections reliées du journal, j'y trouvais des articles de Maupassant, de Proust, de Morand, de Valéry, de Claudel : je reprenais confiance.

J'allais ouvrir la fenêtre d'une lucarne : la nuit fraîche me saisissait ; devant moi s'étendaient les Champs-Élysées éclairés, au loin l'Arc de Triomphe illuminé. Je sentais au-dessus de ma tête s'agiter le grand drapeau français qui flottait à la cime de l'immeuble, dont un pli parfois venait me fouetter le visage. J'avais l'impression d'être un passager clandestin à bord d'un énorme paquebot qui m'emmenait vers une destination inconnue.

L'école du mécontentement de soi

C'est un tout petit livre, très joliment relié en plein maroquin rouge, avec des nervures, et un étui. *Les Pensées* d'Ingres étaient le livre préféré de mon père, sa bible. Ma mère lui avait offert cette reliure avant la guerre. Un jour, il me l'a donné. Je l'ai admiré comme un bel objet, et j'ai négligé de le lire. Toujours ce refus obstiné de m'intéresser à la peinture. Il a fallu que j'évoque Léopold Robert, son ami Marcotte d'Argenteuil, pour m'y plonger. J'y découvre des passages cochés au crayon : soudain il me semble que mon père est près de moi, qu'il continue de me parler par-delà la mort, comme s'il ne se résignait pas à n'avoir pu me convertir à sa passion. Ce que mon père a souligné dans ce petit livre concerne moins la technique que ce qui touche à une philosophie de la peinture, une éthique de l'artiste. On y trouve la source de l'austérité bougonne de Degas, qui vénérait Ingres. C'est un état d'esprit, presque une famille : la peinture comme sacerdoce, comme tourment. On ignore la jouissance. On peine, on se lamente avec deux tristes compagnes, le mécontentement de soi et l'incompréhension. Je ne suis pas certain que ce soit la meilleure école. Baudelaire, qui admirait Ingres, se méfiait de son enseignement, « qui a je ne sais quelle austérité fanatisante ».

Peindre n'est certainement pas une plaisanterie, pas plus qu'écrire. Surtout quand on prend comme juge la postérité. Pourquoi mettre la barre si haut ? Qui peut savoir quels yeux aura la postérité ? Chez Ingres cette quête est liée de manière inextricable à son art : il cherche non la beauté contingente, celle qui séduit une époque, mais la beauté éternelle. Comme les Anciens, comme Raphaël. D'ailleurs son style enté sur ce principe d'absolu ne subit aucune des évolutions que l'on note chez tant de peintres : entre *La Baigneuse de Valpinçon* en 1808 — il a vingt-huit ans —, *L'Intérieur du harem* en 1828, et *Le Bain turc* en 1863, qui reprennent des thèmes semblables, la manière n'a pas changé. Même remarque pour les portraits : entre son autoportrait de 1804 et celui de 1858, entre le portrait de Mme Devaucay en 1807 et celui de Mme Ingres en 1859, il n'y a pas trace d'évolution. Il a défini son art à vingt-quatre ans. Il n'a fait que l'approfondir sans démordre de sa conception première.

Quand on pense à toutes les influences qui s'exerçaient autour de lui, dans ce début de siècle en éruption, les nazaréens à Rome, les romantiques avec Delacroix, on ne peut que s'incliner devant son intransigeance. Il a beau être en proie au doute, rien ne le détourne du chemin qu'il s'est tracé. Il faut dire que ses doutes, s'ils portent sur son propre talent, ne remettent jamais en cause sa conception de l'art. Quel courage, quelle foi pour résister aux modes, aux pressions des critiques, aux engouements d'une époque ! Sa seule souplesse, ce qu'il faut quand même appeler son opportunisme, ne touche que les thèmes qu'il traite : sous l'Empire, on veut de l'antique, du paganisme, il donne de lourdes machines mythologiques, *Jupiter et Thétis*, *Œdipe et le Sphinx*, avec autant de bonne volonté qu'à la Restauration il versera dans la mythologie chrétienne et brossera *Le Martyre de saint Symphorien*, et même, comble de flagornerie, du chrétien monarchique avec *Le Vœu de Louis XIII*. Ce sont ses seules concessions.

Ingres veut faire oublier qu'il a été l'élève de David qu'exècre le nouveau régime de la Restauration. En choisissant des thèmes religieux, il veut donner des gages de ralliement. Mais ça ne marche pas toujours : en 1834 *Le Martyre de saint Symphorien* est un échec alors que *Le Vœu de Louis XIII*, dix ans plus tôt, qui n'était pas beaucoup plus folichon, avait été porté aux nues. Il est vrai qu'on a changé d'époque et de régime. Ce qui a enthousiasmé sous le pudibond Charles X ne fait plus d'effet sous la monarchie de Juillet : au diable les calotins, on veut du romantisme, du politique, de l'engagé. C'est Delacroix qui triomphe avec les *Femmes d'Alger dans leur appartement*. Ingres doit faire un long nez. On le comprend : c'est lui qui, vingt ans plus tôt, avec la

Grande Odalisque, a été le premier à lancer les sujets orientalistes.

Dans son livre, dans ses lettres, Ingres ne cesse de se lamenter, comme Léopold Robert. Pourtant les consécrations pleuvent : il a beau être élu à l'Académie des beaux-arts, nommé directeur de la villa Médicis, rien ne le satisfait. Ses «pensées» qui plaisaient tant à mon père sont des plaintes échappées du calvaire d'un artiste. Contrairement à Robert il nous épargne ses peines de cœur; d'ailleurs hormis la mort de sa femme, il n'en a pas. Son imagination ne batifole pas en dehors de la peinture et du mariage. La peinture n'entre chez lui en concurrence avec aucune autre passion — si ce n'est celle du violon, mais ce paisible instrument n'a jamais conduit personne à faire des folies. Léopold aurait dû épouser une bonne Suissesse au lieu de rêver à des amours au-dessus de ses moyens avec des princesses et des duchesses.

Voici quelques échantillons du pessimisme d'Ingres :

«On n'arrive dans l'art à un résultat honorable qu'en pleurant. Qui ne souffre pas ne croit pas.»

«L'art n'est pas seulement une profession, c'est aussi un apostolat. Tous ces efforts courageux ont tôt ou tard leur récompense. J'aurai la mienne. Après tant de jours ténébreux arrivera la lumière.»

Léopold Robert a compris le génie d'Ingres. Il l'admire depuis son premier séjour à Rome où il a été ébloui en voyant dans son atelier la *Grande Odalisque.* Ce beau intangible que Léopold cherche désespérément, en trébuchant, en s'enlisant parfois dans la mièvrerie, il sent qu'Ingres l'a atteint. Pourquoi Léopold reste-t-il en deçà de son propre talent ? Il veut imposer à ses modèles une idée préconçue de la beauté, alors qu'Ingres agit à l'inverse : la beauté, il la tire de la vérité intérieure des personnages qu'il peint. Par exemple la beauté qu'il révèle dans le portrait de M. Bertin, ce patron de presse, à l'air de bourgeois roublard, content de lui, qui se tient les genoux d'un air satisfait.

C'est Ingres, qui, à son insu, va porter le coup de grâce à Léopold Robert. Lorsqu'il se rend à Rome, en 1834 — il vient d'être nommé à la villa Médicis —, il passe par Venise. Sa première visite est bien sûr pour Léopold qui l'accueille avec effusion dans son atelier du palais Pisani. Lorsque Léopold se résout à montrer son fameux tableau, *Le Départ des pêcheurs de Chioggia pour l'Adriatique*, Ingres ignore que son ami joue sa vie. Ce tableau auquel il travaille depuis trois ans dans un terrible corps-à-corps, c'est le dernier fil qui le rattache à l'existence. Il l'avoue, « ce *Départ* est la fin de tout ». Il l'appelle son « ultimatum ». Devant le tableau, Ingres ne peut dissimuler une moue désapprobatrice. Entre peintres, on n'a pas l'habitude de se faire des politesses. Il trouve la composition ratée. S'il ne le dit pas explicitement, il le laisse entendre.

Léopold encaisse le coup. En apparence. Il est frappé à mort.

Le 20 mars 1835, dix ans jour pour jour après

le suicide de son frère Alfred, il s'ouvre la gorge d'un coup de racloir, un instrument tranchant qui sert à nettoyer les palettes. Il a trente-neuf ans.

Revenons au temps de la belle jeunesse de Léopold. Dans ces années 1825 où tout était encore possible, même le bonheur. Le feu alors couvait en Italie. Chaque ville entretenait des braises. On savait quels visages se cachaient derrière elles. Comme si, attirés par ce sang qu'ils avaient fait couler, cette tempête que leur nom seul suffisait à soulever, ils revenaient semer la discorde. Les Bonaparte avaient repris les armes. Pas tous. Ceux qui avaient participé à la grande aventure, Laetitia, ses fils, Joseph, Lucien, Louis, ses filles, Pauline, Caroline, ne songeaient qu'à la paix. Ils avaient eu leur compte de batailles. Le goût de la poudre leur avait passé. Les passions guerrières leur semblaient un mauvais rêve. À eux, pas à leurs enfants. Le sang Bonaparte se réveillait au contact de la terre des ancêtres. Rome leur donnait la fièvre. La garde du pape les tenait à l'œil ; les agents de Metternich étaient sous pression.

Depuis que l'âme de Napoléon avait rejoint les Champs Élysées, sa dernière évasion, celle que les Anglais n'ont pu empêcher, l'empereur était partout. Vivant, on pouvait le limiter ; mort, il semblait s'accroître et se multiplier. Maintenant ce nom, c'est à travers le monde qu'il s'avançait. Rome, Naples, Florence, Athènes, Vienne, Berlin, Prague, Varsovie, Dublin étaient atteints par une fièvre épidémique : la liberté. Et cette liberté avait le visage de Napoléon.

Pendant que Léopold Robert, Corot, Ingres, ses amis de la villa Médicis se préoccupaient du drapé des étoffes, du modelé des figures, de l'influence montante des nazaréens, des peintres allemands au style emphatique, le monde autour d'eux se révoltait. On préparait des bombes; on cachait des grenades; on fabriquait de la poudre; on imprimait à la main des libelles, des proclamations, des programmes. Se doutaient-ils, ces peintres, que les conciliabules qu'ils surprenaient visaient à la subversion, soupçonnaient-ils leurs amis italiens d'être des conspirateurs, des libéraux, des révolutionnaires ?

Autour de Mazzini, d'Arèse, aristocrates, médecins, avocats libéraux fomentaient des soulèvements. Cela claquait partout : à Naples, puis à Turin, en Sicile. Le feu gagnait; on l'éteignait; il repartait de plus belle. Ni le sang ni la prison, la terrible forteresse du Spielberg où l'on enfermait Silvio Pellico, ne parvenaient à juguler cet enthousiasme. Ce mouvement partait du cœur, comme toutes les aspirations profondes, irrépressibles. Le pape aidé des Autrichiens avait beau se démener, il n'arrivait pas à arrêter la marche de l'histoire. Seulement à la ralentir.

Ces hommes étaient puissamment organisés. Une main de fer les conduisait. La clandestinité, le secret les avaient amenés à creuser des souterrains dans la société : leurs galeries s'étendaient à tous les milieux. Les carbonari minaient ainsi l'édifice vermoulu des vieux royaumes, leur despotisme en perruques et en dentelles. À Milan le prince Belgiojoso et la princesse — leur activisme va les contraindre à l'exil — sont à la tête de la conspiration. On y trouve Carlo Dembowski, le fils de Méthilde, le grand amour de Stendhal, morte cinq ans plus tôt, mais qui a activement participé à la cause. D'autres héros qui connaissent les prisons autrichiennes, le poète Silvio Pellico, le comte Confalonieri. Et leurs amis le comte Giuseppe Pecchio, la comtesse Frecavalli.

Cette organisation des sociétés secrètes hante le dix- neuvième siècle : Stendhal, franc-maçon, Balzac, Eugène Sue, Nerval, obsédés d'initiation, tous creusent dans la société des souterrains où les élites prennent le pouvoir dans l'ombre. Les Treize, et les conspirateurs de Balzac, ne cessent de fomenter des complots. Quant à Balzac lui-même, c'est un factieux dans l'âme ; il veut mettre à bas la dictature d'un despote impitoyable, qui régente les individus, emprisonne les corps et les rêves, décide de la vie et de la mort, de la félicité et du malheur : la réalité.

Les Italiens ont conçu l'organisation des carbonari sur le modèle de notre confrérie des Bons Cousins charbonniers. Même organisation secrète, apprenti, maître, grand élu, qui rappelle celle de la franc-maçonnerie. Les loges s'appellent les ventes (*vendite*) et comprennent une vingtaine de personnes, les femmes en sont exclues. Les adhérents sont initiés et usent d'un rituel en rapport avec le métier de charbonnier. Ainsi, chaque Bon

Cousin est porteur d'une hache et décoré de rubans à la troisième boutonnière, le premier bleu, le deuxième rouge, le troisième noir. Leur égalité symbolise celle des frères. Le bleu et le rouge représentent la fumée et le feu du fourneau, et le noir, le charbon. On emploie un vocabulaire symbolique emprunté également au métier de charbonnier : l'«écot» est le tronc d'arbre derrière lequel se place le Chef de Vente ; les «ordons» sont les lignes formées par les Bons Cousins assistant à la réunion ; les «abrivents» sont les gardes de la Vente.

L'initiation d'un carbonaro au grade de maître est très impressionnante. Après une promenade dans la forêt, les yeux bandés, conduit par un parrain, le récipiendaire est mené devant le grand maître : celui-ci lui remet une couronne d'épines, allusion à la Passion du Christ, et un échantillon, sorte de petite croix qui sert de signe de reconnaissance. Ensuite on joue devant le futur maître un mystère semblable à ceux du Moyen Âge : les officiers de la Vente interprètent eux-mêmes les personnages de la Passion du Christ, Pilate, Barabas. Le futur maître est ainsi symboliquement associé à Jésus abusivement persécuté par un tyran injuste.

Pendant ce temps-là un autre Bonaparte, Pierre-Napoléon, fils de Lucien, prince de Canino, franc-maçon lui aussi, à peine âgé de quinze ans, s'engage en Toscane dans la lutte contre les Autrichiens : son père, pour préserver la vie de l'impétueux jeune homme, demande au pape de le faire arrêter et mettre en prison. Quelques années plus tard, toujours aussi peu assagi, il est sommé de quitter Rome où sa turbulence et ses menées conspiratrices contre le pape ont indisposé les autorités. Il poignarde et tue un lieutenant de la garde pontificale venu l'arrêter. Condamné à mort, il voit sa peine commuée. Plus tard il se distinguera encore en tuant à bout portant le journaliste Victor Noir. Ce forcené est le grand-père de la psychanalyste Marie Bonaparte. Encore une princesse, encore une Napoléonide, encore la psychanalyse, et maintenant la Grèce puisqu'elle a épousé le prince Georges de Grèce.

Fils d'Hiram

Dans une demi-pénombre, éclairé par la lumière d'une bougie, j'étais assis devant un crâne. À côté de ce crâne, il y avait une Bible. L'épaule dénudée, le pied nu et déchaussé, je rédigeais avec difficulté mon testament de profane. Non, ce n'était pas un rêve! Je n'étais pas transporté par le sortilège d'une incantation magique à Jérusalem, à Thèbes, à Babylone avec les mages chaldéens, à Memphis, à Alexandrie, à Delphes, dans une grotte de la vallée du Tempé avant d'aller y cueillir le laurier sacré; je n'étais pas non plus téléporté dans la grotte de Platon, à la célébration des mystères d'Éleusis, dans le sanctuaire occulte du temple de Salomon construit par Hiram, dans une secte orphique, chez les adorateurs de l'Hermès Trismégiste, à Rhodes avec des croisés gnostiques adeptes de la langue des oiseaux, chez les rosicruciens, dans les catacombes de Rome. Et pourtant ce que je vivais avec un mélange d'incrédulité et d'émotion participait de toutes ces croyances et de ces rites millénaires mêlés dans un syncrétisme fascinant. Je me trouvais dans un cabinet de réflexion. J'étais sur le seuil de l'initiation à la franc-maçonnerie, à un confluent de la vie et des rêves, partagé entre des impressions contraires. Que de pensées m'assaillaient au bord de l'abîme de mystères où j'allais me plonger! À quelques instants de ce serment qui m'enchaînerait au-delà de ma vie, «*Es latomus in aeternum*... Tu es maçon pour l'éternité.»

Je pensais à mon père que d'une certaine manière je trahissais : la franc-maçonnerie avec son mélange d'occultisme, d'arrivisme, de rationalisme hérité des Lumières était à l'opposé des valeurs qu'il prônait. Catholique, apostolique et romain, croyant, il détestait ces sociétés de pensée dont les membres, sous prétexte d'ésotérisme et d'entraide, ont la réputation de se faire la courte échelle pour obtenir des places, court-circuitant l'ordre de la rétribution du talent et du mérite. Pourtant cette rupture avec mon père me paraissait nécessaire. Je ne voulais pas rester prisonnier des préjugés familiaux. Ne faut-il pas un jour ou l'autre construire son chemin par soi-même ? Le grand saut dans l'inconnu, je ne le faisais pas sans un sentiment de culpabilité. Ce sacrifice, je le savais, était le prix à payer de ma liberté. Je voulais fuir les atmosphères confinées, l'ornière familiale, fût-elle illuminée par l'art ; je voulais m'ouvrir à la réalité, pénétrer dans les arcanes de la société, participer à son évolution, connaître le monde tel qu'il est, avec ses ambitieux, ses secrets, ses manœuvres, ses ombres, plutôt que de l'imaginer platoniquement à travers des a priori. Je voulais rompre mes chaînes. Je ne voulais pas renoncer à rêver, mais je voulais aussi savourer le charme des aventures dans la vie réelle.

Pour me donner du cœur, je pensais aux écrivains qui m'avaient précédé dans cette initiation ; sans un passage de *Guerre et Paix* où Tolstoï évoque l'entrée de Pierre Besoukhov dans la maçonnerie, je n'aurais probablement pas franchi le pas. Je songeais à Stendhal, à Mallarmé, le pur, l'ésotérique Mallarmé que personne n'arrive à imaginer dans une loge, à Malraux que j'admirais. J'étais piqué par le défaut que les maçons soupçonnent à bon droit chez ceux qui les approchent, la curiosité. Je ne m'en étais pas caché ; loin de me nuire cette franchise avait plu. Malgré la solennité de l'instant se glissait une pensée cocasse. Je revoyais l'enchaînement des causes et des effets qui avait amené *Le Figaro* à être l'instigateur de ma destinée ésotérique : c'était à ce grand journal conservateur que je devais de me retrouver chez les fils d'Hiram, les enfants de la Veuve, les Frères Trois Points. Je rédigeai mon testament philosophique qui tenait dans la réponse à trois questions : « Quels sont les devoirs de l'Homme à l'égard du Grand Architecte de l'Univers ? » « Quels sont les devoirs de l'Homme envers l'Univers ? » « Quels sont les devoirs de l'Homme envers lui-même et l'Humanité ? »

Le Grand Expert, qui était en réalité un petit homme replet aux yeux vifs, vint me chercher en compagnie d'un de mes parrains, un charmant vieux monsieur, ancien postier qui avait fait une brillante carrière aux PTT, et s'était pris de passion pour Spinoza. Tous deux étaient revêtus de la tenue maçonnique, le fameux tablier, le cordon, large ruban moiré de couleur vive qui se porte comme un baudrier, le sautoir, une bande de tissu de forme triangulaire. Après m'avoir demandé de leur remettre mes « métaux », c'est-à-dire l'argent et les clés que j'avais sur moi, ils me bandèrent les yeux et me conduisirent à la porte du Temple. On frappa et on demanda mon entrée : le frère Couvreur ouvrit la porte et je pénétrai dans une pièce dont j'ignorais tout mais où, malgré mes yeux bandés, je percevais que se tenait une assemblée. Alors commença l'initiation, c'est-à-dire ma mort symbolique.

Je sentis qu'on passait devant mon visage une torche allumée : c'était l'épreuve du feu. Puis on m'aspergea : c'était l'épreuve de l'eau. Enfin je fus transporté de bras en bras, comme un fétu de paille : c'était l'épreuve de l'air.

Après ce baptême symbolique par les éléments que je subis les yeux bandés, ce qui excitait mon imagination, je me retrouvai allongé sur le dos, la tête vers l'Occident, les pieds vers l'Orient, selon la prescription ésotérique qui veut que le corps, dans l'initiation comme dans l'accouchement, soit en accord avec les influx terrestres.

On me releva. On me fit prononcer le serment de fidélité. Lorsqu'on délia mon bandeau, j'éprouvai l'émerveillement que ressentit Alice : moi aussi j'avais traversé le miroir. Un spectacle féerique et inquiétant se présentait à mes yeux tandis que s'élevait, bienfaisant, aérien, un hymne maçonnique de Mozart : une dizaine de francs-maçons en tenue me pointaient leurs épées vers le cœur. Un maçon allongé sur le sol avait sa chemise blanche tachée de sang. Les épées rentrèrent au fourreau. On me ceignit à nouveau les yeux d'un bandeau. Cette fois on me fit boire dans une coupe un breuvage amer, de la gentiane. Cette amertume, c'est celle qu'éprouve le maçon qui trahit les secrets dont il est le dépositaire.

Enfin, alors que s'élevait à nouveau la musique de Mozart, on enleva mon bandeau, cette fois définitivement, puisque étant initié je pouvais voir la vraie lumière. Les frères, qui se tenaient par la main en cercle autour de moi, m'accueillirent dans leur chaîne d'union. Tandis qu'on me congratulait et me remettait les signes distinctifs de l'apprenti, le tablier en peau d'agneau et les gants blancs, j'observai le surprenant décorum de la loge. L'atelier s'organisait par rapport aux quatre points cardinaux désignés chaque fois par des colonnes : à l'orient est placé d'ordinaire le bureau composé du Vénérable, du Secrétaire, de l'Orateur, et du Passé Maître ; à l'occident se trouve, entre deux colonnes, l'entrée de la loge gardée par le Couvreur ; à la colonne du septentrion, celle du nord, se tiennent au premier rang les apprentis, dont je faisais désormais partie, et les maîtres.

Au plafond, je voyais briller des étoiles peintes

sur un ciel d'un bleu soutenu ; au-dessus de la colonne de l'orient, j'aperçus le Delta, un grand triangle éclairé comportant un œil ouvert, qui symbolise la présence du Grand Architecte de l'Univers.

Au centre de l'atelier est tendu le tapis de loge, riche d'ornementations symboliques où figurent le temple de Salomon, le voyage de saint Paul à travers la Méditerranée.

Enfin j'appris quelques-uns des termes avec lesquels je devais me familiariser : les joyaux de la couronne, qui sont le compas, l'équerre et le maillet ; l'étoile flamboyante ; la voûte d'acier ; tuiler un visiteur ; se mettre à l'ordre.

Quand je rentrai chez moi après cette soirée riche en émotions, il me semblait que je n'étais plus le même. L'initiation, quelque ridicule qu'elle puisse paraître aux non-initiés, avait fait vibrer en moi des cordes profondes. J'étais ému. Depuis ma première communion je crois que je n'avais jamais éprouvé un sentiment aussi fort ; mais ce n'était nullement cette fois un sentiment religieux ; le sacrement de la première communion est relié à la croyance tandis que dans l'initiation j'éprouvais une émotion d'un ordre beaucoup plus intellectuel. Je rejoignais par ces rites les jeunes gens de la Grèce antique, ceux de l'Égypte, initiés par les hiérophantes et les prêtres ; je communiais avec des mythes éternels, avec les jeux sacrés de la mort que les sociétés antiques ont tenté de réorchestrer de manière symbolique afin d'en conjurer le pouvoir maléfique. Je venais d'être associé aux plus anciens rites de l'humanité.

Quand à la fin de chaque tenue dans la loge, le vénérable prononçait les mots rituels, « Il est minuit. La nuit tombe sur le monde. Séparons-nous » et que chacun faisait le signe maçonnique hérité du signe de croix simplifié, de bas en haut, qui était celui que pratiquaient les premiers chrétiens dans les catacombes, j'éprouvais un frisson, un frisson que je ressens encore en évoquant ce moment. Ces paroles rituelles venaient de si loin, elles avaient été prononcées par tant d'hommes qui avaient cru dans ces mystères et qui, depuis longtemps, étaient morts ; et ces mots, d'autres les entendraient longtemps après moi. J'aimais aussi cette impression d'appartenir à un monde caché, en marge de la vie réelle. Un côté Bracelet de Vermeil. Manquait le Prince Éric, que ne remplaçait pas le Sublime Prince du Royal Secret. Oui, un monde à part.

Régulièrement j'allais participer à la tenue de ma loge. J'y découvrais des passionnés d'occultisme et de symbolisme, qui tentaient de m'enseigner leur science ; certains de ces maçons étaient de braves pères de famille auxquels cette activité permettait d'échapper au train-train conjugal ; d'autres, qui venaient de province ou de l'étranger, y trouvaient des appuis, des relations, une manière de rompre leur solitude. La maçonnerie ne diffère pas dans ses grandes lignes de la société : la part de ceux qui y cherchent un idéal et la part de ceux qui pensent y trouver un moyen de satisfaire leur arrivisme est à peu près la même qu'ailleurs.

J'éprouvais au fond de moi-même un sentiment complexe. J'étais grisé de vivre une aventure extraordinaire mais je ne pouvais en faire état. Ma situation s'apparentait à celle d'un homme qui mène une double vie : un espion, un homosexuel, un mari adultère. Je devais éprouver un sentiment de culpabilité plus fort que je ne l'imaginais car, quelque temps plus tard, sous un faux prétexte, je pris mes distances. J'aimais la liberté plus que tout. Certes la maçonnerie ne me demandait rien qui limitât cette liberté. Et pourtant j'éprouvais un poids. En la quittant, je sentis disparaître ce poids. Mais j'échangeai cette impression contre un regret. On me proposa de revenir. Je cédai. Puis je partis à nouveau. Comme le Golmund de Hermann Hesse pour qui toute attache est une entrave, et qui sans cesse repart pour chercher autre chose. Ce que je cherchais, ce n'était pas la maçonnerie qui pouvait me le donner. Ce n'était nullement sa faute.

Depuis je me sens comme ces hommes qui, si divers que soient leurs parcours, ont rompu leurs vœux : les divorcés, les anciens communistes, les prêtres défroqués. La rupture qu'ils ont consommée les rend, quoi qu'ils disent ou pensent, différents des autres : ils appartiennent à deux mondes. Celui qu'ils ont renié a laissé sur eux son empreinte. Je n'ai pas quitté le cercle magique, ni la recherche du chemin.

Je ne peux mieux exprimer ce que je ressens vis-à-vis de cette expérience maçonnique qu'en disant qu'elle reste un point sensible. Si on ne m'en parle pas, j'y pense peu ; mais si le sujet se présente, dans la conversation, dans un livre, les émotions jaillissent. Ainsi j'ai découvert un texte de Paul Morand, ennemi s'il en est de ce qu'elle représente, dans les *Chroniques de l'homme maigre,* un texte écrit dans l'affreuse période de 1940 où le gouvernement de Vichy avait ordonné que l'on publiât au *Journal officiel* la liste des affiliés à la franc-maçonnerie. Ces hommes apparaissaient dans la lumière du plein jour de la publication, dénudés comme les malheureux qu'on allait humilier dans les camps avant de les exécuter, jetés en pâture à leurs ennemis, dénoncés à la malveillance qui dans cette époque pouvait conduire derrière les barbelés ou au poteau. Morand, c'est connu, a le cœur sec. Il n'a pas la larme facile. Ce réac, qui a tant de talent, trouve en cette occasion le chemin de la compassion. Il écrit : « C'étaient aussi nos amis, ces formes voilées qui prenaient un chemin plus inattendu encore. Parmi les catacombes effondrées de la maçonnerie, nous les vîmes se cacher le visage sous un manteau furtif, ayant suivi d'autres allégeances que la nôtre. En lisant des noms chers sur les listes d'affiliation, combien notre surprise fut grande, combien notre étonnement est douloureux ! Ils ne nous avaient pas laissé soupçonner leur secret. Ont-ils souffert d'avoir à nous exclure de leur mystification, de leur mystère ? Mystère grave puisqu'il les engageait au-delà d'eux-mêmes, jusqu'à la mort, la leur et, au besoin, la nôtre. Cette fidélité à l'ombre, quelle infidélité à notre double lumière ! »

Je ne sais pourquoi ce texte me touche. Je ne peux le lire sans émotion, peut-être parce qu'au fond je peux comprendre désormais la question qu'il aborde à partir de deux points de vue opposés. Morand, qui ne travaille pas dans l'effusion, baisse la garde et s'indigne malgré tout devant une flétrissure de la dignité — flétrissure qui n'est certes pas la plus grave de cette époque atroce : une mocheté parmi d'autres — et en même temps, il se dépasse, il s'élève au-dessus de ses préjugés par la grâce d'un sentiment vrai, l'amitié. Il perçoit dans ces agissements de l'ombre une lumière qui le trouble. Et la littérature, n'est-ce pas aussi une maçonnerie, une société secrète, dont les productions si visibles nous cachent une vie sombre, des rites, des initiations, des fins occultes, des mystères. Une autre vie que nous pressentons.

La lumière
de l'impressionnisme

Un chat. Tante Julie, qu'on appelait aussi Mamaïta, ressemblait à un chat. C'est avec un chat dans les bras que Renoir a fait d'elle un de ses portraits les plus célèbres, insistant sur la ressemblance, surtout dans le menton et l'ovale des yeux, entre l'animal et la petite fille. Adolescente gracieuse, puis jolie jeune fille aux longs cheveux, si souvent peinte par sa mère et par Renoir, elle était devenue une vieille dame très menue, très fragile d'apparence qui cachait une force de caractère insoupçonnée. Elle évoluait avec lenteur dans un monde magique, une île au confluent d'un des plus prodigieux mouvements de la peinture et de la poésie puisque l'impressionnisme et le symbolisme s'étaient rencontrés autour de son berceau, accumulant autour d'elle les témoignages d'un monde tout entier dédié à l'art.

Elle vivait au milieu des chefs-d'œuvre de l'impressionnisme, mais son attachement à ces œuvres tenait aussi à ce qu'elles représentaient les seuls vestiges qui lui restaient de ses parents qu'elle avait perdus au seuil de l'adolescence : sa mère, Berthe Morisot, son père, Eugène Manet, son oncle, Édouard Manet, et leurs amis Degas, Renoir, Monet, Mallarmé, dont elle avait été après la mort de ses parents la protégée, l'enfant chérie. Jamais je n'ai vu mêlés avec autant de ferveur que chez elle l'amour de l'art et l'amour filial. La passion qu'elle vouait à sa mère s'exprimait dans une dévotion pour tout ce qui rappelait son souvenir. Berthe Morisot n'était pas seulement présente sur les murs où ses toiles aériennes semblaient avoir fixé à jamais des instants de bonheur, dans trois des portraits que Manet avait faits d'elle, mais aussi dans les meubles, les objets qu'elle conservait comme s'ils pouvaient avoir gardé l'empreinte de l'âme de la disparue. Le temps semblait s'être arrêté ici, le 2 mars 1895.

C'est à travers la peinture que Julie communiait avec le plus de ferveur avec sa mère.

Je la voyais peindre à la dérobée. Elle s'isolait pour ne pas être vue. Quand je l'apercevais pendant les vacances, l'été, devant le port de Noirmoutier, ou dans le jardin de sa propriété du Mesnil, avec sa boîte d'aquarelles, assise sur un minuscule pliant, appliquée devant le motif, plissant ses yeux de chat, je ne me doutais pas alors de ce que cette cérémonie signifiait pour elle : dans le geste de peindre, elle retrouvait celle qui, dès son plus jeune âge, lui avait mis le pinceau à la main et près de laquelle, chevalet contre chevalet, devant le même modèle, elle en avait appris les rudiments. Ainsi par la peinture devenue une prière quotidienne, elle rejoignait sa mère.

Julie représentait mon lien le plus direct avec cette source de lumière qu'a été l'impressionnisme. Ce monde était encore étonnamment présent grâce à elle : il me semblait qu'elle l'empêchait de se dissoudre, de s'évanouir comme un rêve. Il survivait, fragile, au bord de disparaître à jamais. Avec elle, je pénétrais au cœur d'un des moments les plus riches de la peinture ; elle le montrait avec simplicité dans ce qu'il avait d'extraordinaire et de quotidien, d'exceptionnel et de vivant. Dès qu'elle parlait, Degas s'humanisait, Renoir, Manet, Monet, Mallarmé cessaient d'être des personnages statufiés, lointains, irréels : ils n'étaient plus des fantômes mais des hommes vivants dont elle avait partagé la vie, chez lesquels elle avait dîné, passé des vacances, assisté à des goûters d'enfants, ou qui avaient fait son portrait. Elle les évoquait souvent, non comme des génies mais comme des amis, des parents, des êtres chers qui avaient été les témoins de sa jeunesse et qui l'aidaient à retrouver le souvenir de sa mère. Elle les révérait autant comme artistes qu'elle les chérissait comme les derniers témoins d'un bonheur brutalement fracassé.

Si du côté de mon père la peinture m'apparaissait comme un acte sombre, austère, inspiré du rigorisme et du jansénisme de Degas et d'Ingres, j'en découvrais avec elle un aspect tout différent : loin d'être une passion douloureuse elle semblait n'engendrer que la lumière, des formes harmonieuses et des figures de légende. Pourtant Degas là aussi avait exercé son influence, mais une influence cette fois presque bonhomme, comme si l'acide de son cynisme n'avait pu mordre dans cette atmosphère paisible et s'était dilué dans la quiétude de la vie familiale. Je découvrais que la peinture n'était pas comme pour mon père une torture, mais qu'elle pouvait exprimer les apparences du bonheur.

Tout ici était lumière alors que chez mon père tout était ombre. Les murs éclairés par les œuvres de Berthe Morisot semblaient traduire de manière gracieuse et poétique les faits et gestes de la vie familiale. On y suivait comme sur un livre d'images coloriées la vie et les jeux des enfants, leurs promenades au bois, près du lac du bois de Boulogne, les cygnes, les vergers à la campagne où des jeunes filles cueillaient des cerises. Ce n'étaient que de merveilleux instantanés fixant l'innocence du paradis de l'enfance. Quant aux autres tableaux, les pastels représentant des danseuses de Degas, les Monet, les Corot d'Italie, même les austères tableaux de Manet, ils semblaient eux aussi baigner dans cette féerie de lumière. Aux tempêtes de la création succédait une étrange paix. Dans ces œuvres si tranquilles, immobilisées dans la sérénité bourgeoise, plus rien n'était visible des souffrances de ceux qui les avaient conçues ; les drames, les malheurs qu'avaient connus leurs créateurs s'étaient évaporés.

Chez Julie, l'art m'apparaissait comme une expression de la féerie de la vie. Ce qu'elle me racontait sur ces artistes, le souvenir qu'elle en gardait, était purgé de souffrances; ils lui avaient épargné leurs affres. Ces œuvres, combien de temps ai-je mis à comprendre ce qui se dissimulait derrière leur façade claire, ce qu'elles avaient coûté d'angoisse à ceux qui les avaient créées ? Les tableaux de Manet imposaient la force du génie avec une telle évidence qu'on ne pouvait croire qu'ils avaient été des objets de dérision et de scandale. Ils illustraient la justesse du jugement de Gauguin évoquant à leur propos « ces fruits éternellement verts qui ne mûriront jamais ». Derrière la paix lumineuse des pastels de Berthe Morisot, quelle guerre incessante, impitoyable, avec soi-même. Quelle lutte de chaque instant ! Le paradoxe de cet œuvre qui semble si spontané, enjoué, doux, harmonieux, est qu'il a été enfanté dans des circonstances douloureuses, avec un acharnement, un désespoir difficiles à imaginer s'ils n'étaient attestés par tant de pages des carnets et des lettres d'une artiste toujours mécontente d'elle-même. Le bonheur que Berthe Morisot a peint dans son œuvre, elle ne l'a pas puisé dans sa vie. Son caractère austère, intransigeant, l'idée exigeante qu'elle se faisait de son art lui interdisaient le chemin de la facilité et de la satisfaction. C'était une âme souffrante, perpétuellement blessée, qu'aucun compliment ni aucun succès ne rassuraient. En proie au doute, c'est autant contre elle-même qu'elle a dû lutter, contre le démon de l'à-quoi-bon, que pour conquérir un univers a priori hostile : à vingt et un ans, la mélancolie la hante, elle l'appelle son « hystérie », son « tourment quotidien », rien n'en viendra à bout, ni le mariage, ni la naissance de Julie, ni la perspective de la gloire : « Il y a si longtemps que je n'espère plus rien, même chez les autres, que le désir de glorification après ma mort me paraît une ambition démesurée. La mienne se bornerait à vouloir fixer quelque chose de ce qui passe : oh, quelque chose, la moindre des choses. Eh bien, cette ambition-là est encore démesurée. Une attitude de Julie, un sourire, une fleur, un fruit, une branche d'arbre, et quelquefois un souvenir plus spirituel des miens, une seule de ces choses me suffirait. »

La peinture était le paysage familial de Julie. Rien ne ressemblait moins à un musée que l'appartement qu'elle habitait, rue Paul-Valéry : les chefs-d'œuvre qui s'accumulaient y étaient accrochés sans apprêt. Dans la salle à manger, au-dessus d'une desserte où était posée la corbeille à pain, je me souviens de deux des plus beaux tableaux de Manet (il y en avait treize) : le portrait de Berthe Morisot en deuil appelé *Le Bouquet de violettes* et *La Brune aux seins nus* surtout me fascinaient. Ils produisaient sur moi un effet d'envoûtement. Dans ce cadre familier, ils introduisaient un parfum de passion sauvage et d'art indompté. Puis deux portraits d'Henri Rouart par Degas, une toile où il apparaît en chapeau haut de forme devant une usine et un pastel où il s'appuie sur une canne. Également un portrait d'Eugène Manet par Degas. Dans le salon, outre des *Nymphéas* et *La Vue de Bodigliera* de Monet, trois tableaux de Renoir qui la représentaient, dont le fameux *Julie au chat*. Dans les autres pièces, cadre contre cadre, s'alignaient pastels de Degas, dessins de Daumier, d'Odilon Redon.

Les lieux semblaient avoir retenu des bribes de l'âme des créateurs qui les avaient hantés ; il y subsistait un peu de cette magie intérieure que les artistes mettent tout entière dans leur œuvre et qui pour une fois s'épanchait dans le cadre de ce qui avait été leur existence. La vie semblait s'unir à l'art et l'art à la vie.

On s'habituait très vite à vivre au milieu des chefs-d'œuvre, aussi bien que les habitants de Florence ou de Venise qui passent chaque jour, sans plus y prêter attention, devant des statues de Michel-Ange ou de Verrocchio. Enfants, adolescents, mes cousins et moi nous nous poursuivions dans des jeux barbares, lançant des fléchettes, tirant à la carabine à plomb, sans respect pour ces merveilles qu'un dieu spécial devait protéger car aucune catastrophe irréparable ne se produisit. Seul le tableau de Berthe Morisot en deuil par Manet fut endommagé : pourtant ce ne fut pas au cours d'un assaut un peu vif entre gendarmes et voleurs mais lors d'un dîner d'anniversaire où un malencontreux bouchon de champagne en creva la toile, heureusement dans la partie la moins visible du corsage noir.

Tante Julie n'essayait pas d'endiguer la vie autour de ces œuvres d'art. Elle la laissait poursuivre son cours. Elle pardonnait tout d'avance à la jeunesse. La plus terrible réprimande qu'on pouvait craindre d'elle était une ride sur son front. Chiche pour elle-même, elle se révélait prodigue avec ses petits-enfants : elle leur offrait des voitures de sport avec la même facilité qu'elle leur avait distribué des jouets ou des trains électriques.

Quand j'interrogeais Julie sur les grands acteurs de ce monde disparu, elle racontait les innombrables colères de Degas — elle prononçait « De Gaze », à l'italienne, comme à l'époque — pour les motifs les plus anodins : « Les chevalets volaient dans son atelier » ; elle évoquait aussi ses perpétuelles discussions avec le placide Mallarmé qu'il tentait en vain de faire sortir de ses gonds. Et Renoir dans son atelier s'insurgeant devant elle de la prétention du docteur Evans : l'ancien dentiste de Napoléon III, amant libéral de Méry Laurent, devenu très riche, avait décidé de léguer sa fortune à sa ville natale, Philadelphie, à la condition qu'elle lui élève une colossale statue : « En quoi pourra-t-on la faire, disait Renoir, en dents de rhinocéros ou avec des cabinets de dentiste à l'intérieur ? »

Elle s'étonnait de la réputation d'obscurité de Mallarmé. Il lui semblait que sa prononciation, ses intonations rendaient clairs ses passages les plus abscons. Elle avait assisté à la conférence sur Villiers de L'Isle-Adam qu'il avait prononcée dans l'atelier de sa mère, « un homme au rêve habitué vient ici parler d'un autre, qui est mort ». Celui qui était devenu son tuteur à la mort de son père lui adressait un quatrain à chaque nouvel an :

> *Ici même l'humble greffier*
> *Atteste la mélancolie*
> *Qui le prend d'orthographier*
> *Julie autrement que jolie.*

ou

> *Sur Pégase si bien en selle*
> *Où que vous jette son élan,*
> *Restez Bibi, Mademoiselle*
> *Julie, avec le nouvel An.*

ou encore

> *Julie avec un front neigeux*
> *Enfant porte la double étoile*
> *Elle qui délaisse en ses jeux*
> *Le violon pour une toile.*

Elle racontait une visite à Mallarmé à Valvins avec ses parents. Alors que son père demandait au poète s'il avait écrit quelque chose sur son bateau, « Non, répondit-il en jetant un regard sur la voile, je laisse cette grande page blanche ». Elle avait assisté à l'enterrement du poète dans l'église de Samoreau près de Valvins ; elle se souvenait du cimetière près de la Seine, de l'éloge funèbre de Catulle Mendès, de celui de Valéry, si ému qu'il avait dû s'interrompre. Et cette dernière lettre qu'il avait laissée à sa famille, « Recommandations quant à mes papiers ». Mais dans l'enveloppe ouverte par sa fille, il n'y avait rien. Amie d'enfance de Geneviève Mallarmé, des filles de José Maria de Heredia, d'Henri de Régnier, qui l'évoque dans un poème avec son lévrier Laerte, de Jean Renoir avec lequel, lorsqu'il venait lui rendre visite, elle avait des entretiens sans fin, elle aimait retrouver ceux qui l'aidaient à entretenir le monde de ses souvenirs.

Je me souviens d'une visite avec elle chez Michel Monet qui avait une propriété non loin de Giverny. Le fils du peintre avait la passion de l'Afrique et des safaris. Un vilain singe hurlant était attaché dans une niche devant la maison en guise de chien de garde. Sur les murs, têtes de buffles, d'antilopes et de lions naturalisés, ainsi que divers boucliers massaï et trophées de chasse remplaçaient peu à peu les œuvres du peintre.

Je revois encore deux vieilles dames en noir papotant interminablement dans l'escalier, à la sortie de la messe à Saint-Honoré-d'Eylau : Julie et sa cousine Jeannie, veuve de Paul Valéry. Ayant vécu ensemble jusqu'à leur mariage, bénit le même jour par le même prêtre, ces deux inséparables avaient habité toute leur vie le même immeuble. Que pouvaient se raconter ces deux vieilles jeunes filles pendant des heures ? Elles étaient les derniers témoins d'un monde disparu et sans doute avaient-elles besoin l'une de l'autre pour se prouver que cet univers merveilleux, peuplé de tant de génies, avait bien existé, qu'il n'était pas un rêve.

Au Mesnil, la propriété proche de Meulan, achetée sur le conseil de Mallarmé, je me promenais dans le verger où Berthe Morisot avait peint quelques-unes de ces scènes que je retrouvais sur les murs, à Paris. Je reprenais possession de la chambre où Paul Valéry avait soigné sa longue scarlatine et lu Proust. Le château dessiné par Mansart s'ouvrait sur des rosiers; le parfum des lilas et celui du chèvrefeuille se mêlaient aux effluves d'essence de térébenthine qui, comme dans toutes les maisons de cette tribu de rapins, signalaient depuis des générations que quelqu'un s'adonnait au vice familial.

Les soirs d'insomnie, après m'être retourné dans mon lit pour essayer de calmer la démangeaison des piqûres d'aoûtats, j'ouvrais la fenêtre qui donnait sur la vaste pelouse éclairée par le clair de lune; au loin, les usines Poliet et Chausson élevaient leur armature de béton illuminée. Il me semblait que l'âme des artistes rôdait encore ici, sous les marronniers, dans le pigeonnier, dans l'ancienne chapelle où subsistait un harmonium, tissant un moment magique entre la vie et l'art. Julie, dans sa chambre tendue de toile de Jouy bleue, conservait un monde privilégié; surtout elle sauvegardait une conception aristocratique de l'art, considérant qu'il est au-dessus de tout, de l'argent, des critères sociaux, comme l'une des seules traductions de l'âme, la preuve la plus tangible de son existence.

Je me souviens de Julie à son dernier jour, son visage si ridé, son corps minuscule sur son lit de mort, sous le grand tableau de Manet intitulé *Les Grands-Parents*, personnages austères qui semblaient figés dans l'attente de leur petite-fille. Sur ses lèvres mortes s'esquissait un sourire. J'imagine qu'il exprimait la joie de retrouver cette mère qu'elle avait tant aimée et dont elle n'avait été séparée que l'espace d'un instant d'éternité : une vie.

Dans la tourmente

Julie disparue, le monde du XIXe siècle qui l'avait vue naître semblait soudain disparaître. Avec elle il devenait tout proche, sans elle il devenait non seulement lointain mais irréel ; je ne serrerais plus sa main qui avait serré la main de Mallarmé, je ne reverrais plus ce front sur lequel Renoir et Degas avaient posé des baisers. C'était une chaîne dont un des maillons se rompait. Les grands artistes de la mythologie familiale cesseraient d'animer la vie quotidienne ; leur vie, leur souvenir qui s'estompait finissaient de s'entrecroiser avec le destin d'êtres familiers ; tout ce qui les rattachait encore à la mémoire et rendait leur vie présente, les anecdotes qui couraient sur eux, cette écume de l'existence, qui ne laisse pas de traces, allait s'effacer pour toujours. Ne resteraient que leurs œuvres, ces grands monuments si fréquentés et si froids. Une lumière s'éteignait, la lumière dans laquelle avaient vécu ces artistes épris de lumière.

Au moment où Julie disparaissait, sa petite-fille se donnait la mort. Elle avait dix-sept ans. Gaie, fantasque, gourmande, elle était de ces êtres qu'on imagine prédestinés au bonheur. Autour d'elle, la vie était une fête. Elle semblait faite pour la danse, pour les jeux, pour le rire. Soudain cette nouvelle glacée : « Elle est morte. » L'arrêt tombé, il y a un moment d'incrédulité, de stupeur. On voudrait faire marche arrière, arrêter le temps avant qu'il ne soit trop tard. Mais il est trop tard. La mort ne donne pas de seconde chance. Il faut alors se battre avec ce sentiment d'injustice qui ne vous lâche pas.

Je me retrouvai pour lui dire adieu dans un petit cimetière du Béarn, non loin d'Oloron-Sainte-Marie où Berthe Morisot s'était réfugiée, en 1870, où Manet avait vécu un mois dans un château protégé par un pont-levis qui dominait la ville et qui n'avait pas changé depuis qu'il l'avait peint ; on ne manquait jamais de s'y arrêter en passant en voiture. Au milieu des tombes, dans le matin froid, sous un pâle soleil glacé, face aux montagnes bleues, voilées de brume, je butai pour la première fois sur cette énigme qui n'a cessé de me hanter. Sans doute est-ce à cet instant où l'intelligence se heurte à un mystère que s'est insinuée en moi l'idée d'une association entre l'art et la mort, entre la peinture et le suicide, dont je devais retrouver l'illustration des pouvoirs maléfiques chez le malheureux Léopold Robert.

L'art garde captifs tant de ses poisons. Création, destruction, c'est la systole et la diastole qui font battre le cœur d'un artiste. Il faudrait retrouver les esquisses abandonnées, les projets avortés, les feuilles froissées, les papiers brûlés, et accumuler tous les aveux d'impuissance, d'angoisse, de désespoir, pour mesurer l'immense gâchis à partir duquel s'élabore une œuvre, n'importe quelle œuvre. Et ce pouvoir destructeur s'étend aux êtres, aux proches. Une malédiction s'attache aux familles des artistes bien plus sûrement que celle qui a frappé les archéologues qui ont violé la sépulture de Toutankhamon. L'art est dangereux. Il porte avec lui le malheur, comme le palais Dario. Je n'ai jamais vu d'exception à cette règle : la famille Tolstoï, la famille de Thomas Mann, les enfants de Picasso, la tribu Hugo, tous ont payé leur tribut à la malédiction.

Julie avait connu la paix. De l'art, elle avait su conjurer les pouvoirs néfastes, mais non les abolir. Elle avait vécu dans une famille et dans une époque repliées sur elles-mêmes ; entre les tableaux de sa mère, son chevalet et la paroisse Saint-Honoré-d'Eylau, entre le culte de la peinture et les œuvres du tiers ordre dominicain, dans un monde philosophiquement, moralement, socialement, fermé aux tempêtes du dehors. La durée garantissait une sécurité rassurante : on avait la certitude de passer sa vie avec le même homme ou la même femme, de garder la même fortune, les mêmes rentes. Seule la dernière guerre y avait semé un peu de désordre. Ni les drames du sexe, de la passion, ni les tensions sociales n'avaient franchi la barrière qui protégeait la paisible rue Paul-Valéry et le château du Mesnil. Leurs échos assourdis y parvenaient à peine. L'art était là pour ensoleiller la vie ; la religion garantissait contre un au-delà possiblement fermé à cet horizon artistique. Qui sait ? après tout Dieu n'était peut-être pas un amateur de Degas, d'Ingres et de Delacroix. Horreur, peut-être qu'il se fichait royalement de la peinture !

La petite-fille de Julie, elle, s'était écorchée aux arêtes blessantes de ce monde nouveau, où n'existaient plus ni protections, ni refuges. La gaieté est un trompe-l'œil. Elle empêche de voir les blessures et le sang couler. Quel soutien offrait ce nouveau monde en train de naître, ouvert à tous les vents, sans boussole, à une jeune fille qui croit à la vie, à ses plaisirs et à ses illusions ? Tout bougeait déjà dans cette société usée des années soixante : ses fondations se fissuraient, son assise vacillait, et ses grandes avenues solennelles, le pouvoir, de Gaulle, l'État, étaient plus fragiles qu'on ne le croyait. Bien sûr, une vie, une mort, un suicide ne s'expliquent pas par un mouvement social qui n'en est que le contexte. Une vie n'appartient avec son lourd secret qu'à celui qui la porte. Pourquoi cette jeune fille soudain l'a-t-elle trouvée trop pesante ? Pourquoi s'en est-elle déchargée comme d'un fardeau ?

Les événements de l'histoire nous touchent-ils vraiment ou restent-ils à la marge de nous-mêmes, de ce qui nous occupe réellement ? Ne peuvent-ils pas se dérouler comme un film qu'on observerait sans s'y impliquer ? Qu'a connu Léopold Robert des grandes convulsions qui ont secoué son époque ? Les Cent-Jours, la Restauration ne l'ont pas vraiment marqué ; il n'en a subi que des conséquences et n'en a éprouvé que ce qui se traduisait par des désagréments personnels : la perte de la bourse pour Rome qu'il espérait, l'inimitié que réservaient les tenants du nouveau régime aux élèves de David. En 1830, lors des journées de Juillet, il est à Rome, et cela ne semble guère le troubler; pas plus que le Risorgimento et les activités secrètes des carbonari. Un engagement politique l'eût-il distrait de son amour malheureux pour la princesse Bonaparte, ou était-il dit que cette terrible allumeuse aurait sa peau ?

Des brasiers flambaient dans la nuit; les flammes se reflétaient sur les pavés mouillés, sur les vitres des immeubles et sur le casque des gardes mobiles en position autour de la fontaine Saint-Michel; impassibles, le visage dissimulé par des visières en Plexiglas, ils ressemblaient à des chevaliers regardant se consumer une ville mise à sac; ces feux dans la nuit évoquaient quelque antique bûcher expiatoire, des cérémonies celtes; en face des gardes mobiles, à une centaine de mètres, des jeunes gens, le visage protégé par des foulards bigarrés, abrités derrière une barricade hétéroclite de voitures renversées, de grilles arrachées, leur lançaient des bouteilles vides, des moellons, des billes d'acier qui venaient tinter sur la tôle des cars grillagés. C'était un spectacle irréel et magnifique. La force contenue de ces hommes casqués, armés de longues matraques, de boucliers et de fusils lance-grenades m'impressionnait. Les flammes qui dansaient autour d'eux sur le pavé luisant de pluie leur conféraient une puissance magique.

L'ordre qui régnait parmi eux, leur impeccable discipline, loin de rassurer, inquiétaient : tant de force n'allait pas se laisser humilier. À un frémissement, à une légère ondulation des boucliers, on sentait que l'assaut était proche. La force allait se déchaîner. L'ennui, c'est que je me trouvais seul sur la place Saint-Michel, à égale distance des gardes mobiles qui allaient donner l'assaut et des barricades d'où partait une pluie de projectiles.

Comment en étais-je arrivé là, à cette situation critique ?

J'accompagnais un grand reporter nommé Jean-François Chauvel, un journaliste du type baroudeur, la pipe coincée entre des dents qu'il ne desserrait qu'avec circonspection ; il avait une particularité qui asseyait sa légende auprès de ses confrères : un trou dans l'oreille gros comme une pièce de cinquante centimes, dû à l'éclat d'une grenade qui avait explosé à ses côtés, trou par lequel on voyait le jour. Cette blessure de guerre m'impressionnait, j'avais du mal à en détacher mes yeux tandis que ce laconique m'entraînait au milieu du Quartier latin hérissé de barricades. Face à un tel exemple de courage j'appréhendais la suite des événements.

Dès que nous entrâmes dans le vif du sujet, et qu'apparut ce feu redouté sous forme de brasiers divers, de pneus enflammés, et que les premiers pavés, les boulons se mirent à siffler, je me collai à mon grand reporter ; je ne le lâchai pas d'une semelle, car sous cette pluie de projectiles qu'il ne semblait pas apercevoir, je n'en menais pas large.

Je me disais que ma sauvegarde était de ne pas quitter cet homme qui, s'il avait affronté sans trop de dommages les attaques du Viêt-minh à Diên Biên Phu, les barricades d'Alger, devait malgré son oreille cassée connaître l'art de se sortir indemne du danger. Qu'était Mai 68 et ses barricades à côté de ce qu'il avait connu ? un monôme, une plaisanterie estudiantine, certes, mais où on pouvait de toute évidence laisser un œil, se faire fracasser le crâne soit par un pavé soit par une matraque.

Donc lui devant et moi derrière ne le lâchant toujours pas, nous avions exploré le Quartier latin fumant, nerveux, pétant, fiévreux, plein de fureurs et de flammes. Si nous avions choisi un parti franc — soit celui des étudiants, soit celui des CRS — nous aurions pu avoir une chance de nous en sortir. Mais nous passions d'une faction à l'autre, arborant notre brassard de presse, qu'on regardait de chaque côté avec une expression de mépris et de suspicion qui me heurtait.

Soudain après avoir franchi une barricade particulièrement bien défendue, nous fûmes pris dans un mouvement de foule qui refluait du boulevard Saint-Michel, sans doute sous l'effet d'une charge. On courait en tous sens ; on cherchait son salut sous les portes cochères. Je m'aperçus que non seulement j'avais perdu mon guide mais que j'étais seul au milieu de la chaussée, à équidistance des forces en présence. Tétanisé par la frousse, je ne réussissais à me décider pour aucun parti. Aller vers les étudiants, ou vers les CRS, qu'importait ? Cible idéale pour les lanceurs de boulons autant que gibier de choix pour les matraques des CRS il me fallait déguerpir. Pourtant je restai.

Dans un vacarme, un bruit de projectiles et de grenades qui explosent, dans la fumée âcre des gaz lacrymogènes, je me retrouvai sur le pavé, puis emporté dans une mêlée qui me déposa indemne sur le trottoir. J'en profitai pour retourner au Rond-Point : j'estimais que j'avais fait une provision d'informations concluante. Cette expérience de guerre civile me suffisait.

Devant le journal stationnaient en permanence plusieurs cars de gardes mobiles : *Le Figaro* vivait sous la menace d'un coup de force. Ne représentait-il pas tout ce que les étudiants révoltés détestaient, la morale bourgeoise, le capitalisme, l'ordre, les bonnes manières, l'hypocrisie de papa, l'exploitation de l'homme par l'homme, etc. ? Chaque pavé qu'on descellait rue Soufflot et qu'on balançait sur les CRS semblait lui être destiné en priorité. Aussi les gardes mobiles, l'arme au pied, la grenade à portée de main, attendaient-ils les assaillants à quelques mètres de la statue de Figaro. Pourtant les manifestants ne s'attaquèrent jamais au journal. Pis, ils l'oublièrent. Ils firent comme s'il n'existait pas. Cette indifférence avait quelque chose de désobligeant. Peu à peu les gardes mobiles déçus transportèrent leurs matraques dans des endroits plus menacés. Le journal demeura sans surveillance, abandonné, désespérément en marge de l'histoire qui se désintéressait de lui. Cela lui donnait l'air pincé d'une jeune fille un peu revêche qui fait tapisserie.

Rencontre avec un héros de roman

Je filai en Grèce. Assis sur une chaise en paille, à l'ombre d'un châtaigner centenaire, la brise faisant couler un filet d'air tiède dans la canicule, je regarde la mer ; du port parviennent les bruits assourdis d'une molle agitation. Devant un verre d'ouzo qui diffuse une odeur d'anis, j'attends que le soir apporte sa fraîcheur, que s'apaise enfin l'éclat du soleil. Une douce torpeur m'envahit. La mer tiède ne me réveillera pas de cette langueur. Que faire ? Rien. Attendre que le temps s'écoule, l'esprit vagabond. Où suis-je ? À Tinos, à Mykonos, à Égine, à Hydra, ou bien à Lesbos, à Symi, à Kos, vers les îles du Dodécanèse, dans les Cyclades, à Amorgos, à Folégandros, à Naxos ? Les îles grecques sont un chapelet que l'on peut égrener. Toutes se mêlent dans le souvenir ; dans laquelle se trouve l'âne qui brait à la première lueur de l'aube, suivi par le coq dont le chant fait vibrer le silence ; les *kouros* de Naxos ; le temple d'Aphaia à Égine ; un bouquet de lauriers-roses à Karpathos ; la maison en pierres sèches de l'astrologue à Amorgos ; la table en pierre de l'écrivain à Symi, la mauvaise humeur des habitants de Folégandros ; la chambre de Skyros aux murs couverts de plats de céramiques, et qui sent la chèvre et le lait caillé ; le barbier de Samos aux mains parfumées ; la plage de Maratokampos au sable si blanc ; la haie de jasmin à Nissiros qui exhalait une odeur d'amour ; le médecin de Koufonissia avec sa tête d'étrangleur ; tant d'impressions, tant de lieux dont j'aimerais garder le souvenir ; mais ils s'enfuient, ils s'entremêlent, se confondent, et la mémoire ne les identifie plus, comme si un brouillard s'abattait sur ce monde solaire. Plus rien ne restera-t-il donc de tout cela ? Une sensation de lumière intense qui se réverbère sur un mur peint à la chaux ; une sensation de chaleur sèche ; l'aurore aux doigts de rose quand le paquebot sort de la nuit, associée pour toujours à la saveur d'un café amer, avec ses grains pilés qui emplissent la bouche comme du sable. Il y a une fin du monde. Moins lointaine que celle que promet Jean, l'apocalyptique de Patmos. C'est l'oubli.

Une jeune femme professeur de lettres à Marseille s'amouracha d'un de ses élèves. Elle s'appelait Gabrielle Russier. Cet épisode banal provoqua un scandale. J'écrivis un article dans lequel je la comparais à Lycénion, l'initiatrice de Daphnis, le petit ami de Chloé. J'ignorais alors que Gabrielle Russier, elle aussi, s'ajouterait à la longue cohorte des suicidés. Était-ce la blessure de voir étalé son secret sur la place publique, d'être la proie de tant de gens avides de se repaître de ce qu'elle avait de plus intime, ou simplement le dégoût de ne pas être comprise ? Devant ce mur de la bêtise parfois je comprends qu'on se tue.

Cet article, comme par enchantement, fit surgir un écrivain, devenu aussi lointain qu'un personnage de roman. Si Julien Sorel, le Prince André, Meursault, Stravroguine, Marsay, Rastignac, un frère Karamazov, la princesse de Clèves m'avait donné un coup de téléphone, j'aurais été moins abasourdi que d'entendre celui que j'avais au bout du fil, qui me parlait comme s'il existait réellement. C'était l'homme dont j'avais croisé autrefois le lumineux sillage chez les D., cet écrivain qui m'éblouissait par son agrégation de philosophie, sa liberté, ses romans, sa Mercedes décapotable, ses yeux bleus : Jean d'Ormesson en chair et en os entrait dans ma vie. Je m'étais habitué à vivre avec son fantôme. Si j'ai appris quelque chose dans l'existence, c'est à lui que je le dois. Pourtant personne n'est moins donneur de leçons, ni même soucieux d'être un maître en quoi que ce soit. Cet homme de liberté et de plaisir est trop libéral et trop sceptique pour s'immiscer dans les consciences ou vouloir les guider. L'enseignement que j'ai tiré de lui, c'est en le regardant vivre.

Ici pourrait commencer un long roman, celui de cette amitié avec Jean d'Ormesson. Trente ans ont passé. Il n'a pas changé. Moi non plus vis-à-vis de lui. Le quadragénaire aux tirages modestes a eu beau se muer en monstre sacré des lettres, il émane toujours de lui la même lumière, lumière de l'intelligence, lumière d'une jeunesse inépuisable; un appétit de vivre qui est le même dans les vagues de la Méditerranée, devant un roman à lire ou à écrire, dans une descente à ski, devant un texte de Hegel. Doué d'un art de vivre digne du prince de Ligne, il acclimate au siècle de l'atome et de Sartre une politesse disparue depuis le XVIIIe siècle. Il était gai, il était brillant, il pétillait.

Jean d'Ormesson a de l'esprit pour dix, de l'intelligence pour vingt, et en plus assez d'ironie sur lui-même pour ne pas jouer les pontifes; je l'ai vu feindre l'ignorance pour ne pas gêner un interlocuteur au savoir de savantasse, laisser dire des bourdes pour ne pas humilier un raseur. Je le regardais déjà comme l'expression la plus achevée d'un type d'humanité qui intellectuellement, artistiquement, socialement, ne pourra plus exister. Il est l'un des rares hommes que je n'ai jamais senti pesant : il est aérien, il échappe à la loi commune. Jamais je ne l'ai pris en flagrant délit de lourdeur, ou de prosaïsme. C'est sa personnalité vive, irréelle, qui fait de lui l'être le plus proche d'un héros de roman.

Aurais-je pu imaginer alors que plus tard je passerais des moments enchantés avec lui en Corse ; que nous nous baignerions, que nous écouterions, le soir, le chant des cigales sous un antique figuier en regardant les étoiles filantes ; que je l'écouterais monologuer sur le big-bang ; que nous irions sur des plages, marchant sans fin comme des péripatéticiens ; que plus tard, beaucoup plus tard, il me tendrait la main pour que je le rejoigne dans une sorte de club, délicieux et anachronique dont les quarante membres se réunissent chaque jeudi pour participer à des travaux mystérieux sous un portrait de Richelieu ? Nous en parlions, nous nous en amusions comme s'il s'agissait des préparatifs d'une fête ; Jean écrivait des noms en colonnes sur le sable mouillé, il les comptait, les recomptait. Et une vague les effaçait. Et nous allions plonger dans l'eau bleue, au pied d'une tour génoise. Jamais l'ambition n'a baigné dans une eau si douce, dans tant de soleil et de rires. C'est déjà passé. Comme un rêve. Cela me donnerait presque l'envie de recommencer.

— Voyons-nous, me dit-il.
Loin d'être heureux, j'étais terrorisé. Je le vis. Je rougis, je pâlis, je balbutiai des banalités ; certain d'avoir fait mauvaise figure, je n'espérai pas le revoir.

Soudain, nouveau coup de téléphone.
— Venez déjeuner à la maison. Il y aura quelques amis.

Cette invitation me plongea dans un abîme d'angoisse. C'est une chose de rêver d'être invité aux soupers de Balzac au Rocher de Cancale, chez la duchesse de Guermantes, aux soirées des Beaumont, des Noailles, c'en est une autre d'y être soudain convié. Je me contentais très bien de rêver à l'ascension sociale, à des amitiés prestigieuses, sans que rien de tout cela se réalisât ; au fond, je n'ambitionnais qu'une place discrète, dans un coin; je n'avais aucune envie d'occuper le devant de la scène; la regarder des coulisses me suffisait. J'avais beau me raisonner, j'appréhendais ce déjeuner. Hélas! je ne savais pas à quel point mon appréhension était justifiée.

Pendant la semaine qui précéda ce rendez-vous fatidique, je me répétai le rôle — la figuration serait plus juste — que je comptais y jouer; j'imaginais les protagonistes, les futurs bons mots, les possibles traits d'esprit que j'aurais à affronter. Je ne me donnais dans le meilleur des cas qu'un rôle de comparse; si tout au plus je parvenais à prononcer quelques mots sans être ridicule, je m'estimerais satisfait. Je me représentais le déjeuner depuis les hors-d'œuvre jusqu'au dessert, café inclus; c'est tout juste si je ne préparai pas des antisèches en vue de cet examen d'un genre nouveau. Car c'en était un. Je jouais une partie que j'imaginais décisive. Une idiotie, un impair, une gaffe et j'étais renvoyé dans les ténèbres extérieures, dans l'inexistence, l'indifférence, voire dans cette Picardie dont ma famille s'était péniblement extraite, deux siècles plus tôt, à la faveur des guerres de la Révolution.

Je passai en revue les écueils qu'un tel déjeuner pouvait comporter. Il y avait peu de risques, du moins je l'espérais, que la conversation se tînt en anglais, qu'on m'y posât des questions sur les équations du second degré. Mais côté philosophie, point fort de mon hôte, j'avais de graves, d'irréparables lacunes. Fallait-il piocher le Ravaisson? Si la conversation allait sur Bergson, je pouvais m'en tirer, mais si elle dérivait vers la philosophie des sciences, la théorie quantique, je ne répondais plus de rien. Je faisais et refaisais avec terreur l'exégèse de la phrase « Il y aura quelques amis ». Ces amis ne pouvaient être que professeurs au Collège de France, des écrivains, des savants ; ce que je n'imaginais pas, c'est qu'ils pussent être autres que redoutables, brillants, donc écrasants.

Lorsque je me retrouvai avec une bonne demi-heure d'avance devant cette impasse de Neuilly où devait se dérouler le déjeuner, je n'en menais pas large. Était-il trop tard pour reculer ? Pouvais-je envoyer un télégramme d'excuses ? C'était ridicule. Je fis les cent pas dans le bois de Boulogne. Avais-je mis la cravate appropriée, mon pantalon n'était-il pas froissé, avais-je convenablement ciré mes chaussures ? Ces détails prenaient soudain une importance cruciale. Quelques jours plus tôt j'étais terrorisé par mes lacunes en philosophie, aujourd'hui j'avais des angoisses de gandin.

Finalement une heure sonna lentement — ainsi que l'écrit Flaubert assez drôlement dans *L'Éducation sentimentale*, s'attirant l'ironie de Maxime Du Camp. Je comprends qu'une heure puisse sonner lentement. Cette fois en tout cas elle sonna lentement, lugubrement, comme si mon arrêt de mort était prononcé. À Dieu vat. Je me dirigeai vers la porte. Un carillon tinta. J'entrai dans le salon comme un taurillon ébloui déboule du toril et entre dans l'arène.

Il y avait là l'assistance que je pouvais redouter,

une vingtaine de personnes qui, toutes prestigieuses, justifiaient par un titre d'être invitées ; d'ailleurs elles se connaissaient, s'estimaient, se jaugeaient. Après les avoir observées chacune leur tour, j'en arrivai à la conclusion que le seul à n'avoir aucun titre, absolument aucun, hélas, c'était moi. Comment remonter ce handicap ?

On passa à table. La conversation s'engagea. En face de moi se trouvait le critique Matthieu Galey, et à côté de lui Jean-François Revel. Le physique de Jean-François Revel est impressionnant : un faux air d'Erich von Stroheim, un cou de taureau, un profil coupant de condottiere, le verbe qui tombe comme une hache et débite les concepts avec une précision de tronçonneuse. Il était tel qu'il est aujourd'hui, d'une vaste intelligence, brillant, abrupt, rationnel, ne s'embarrassant pas de nuances, doué d'une machinerie intellectuelle exceptionnelle, ayant très souvent raison ou parfois se trompant, mais toujours avec le même aplomb, avec le même bruit d'artillerie lourde, les mêmes arguments massues. C'est un boxeur de l'intelligence : efficace, plus remarquable par la force d'impact de son coup droit que par la flexibilité de son jeu de jambes. Bref le genre d'intellectuel capable de vous mettre KO au premier round.

La conversation se déroulait en dehors de moi. Je n'y comprenais pas grand-chose. On faisait allusion à des gens qui m'étaient inconnus. Quand par hasard on abordait un sujet où j'avais quelques lumières, je me retenais de m'exprimer par crainte de dire une bêtise. Cette situation de muet du sérail ne pouvait durer. Le sourire le plus intelligent, le plus béat, ne remplace pas, du moins le croyais-je, une phrase bien à propos. Je décidai de parler coûte que coûte. Je me donnai cinq minutes de sursis. En attendant je surveillai les occasions de mettre mon grain de sel dans le brillant potage de la discussion. Les cinq minutes s'écoulèrent ; après avoir écouté Jean-François Revel défendre la politique des bombardements américains au Viêt Nam, j'eus la surprise de m'entendre lui répliquer que je n'étais pas d'accord et que ces bombardements portaient atteinte au droit des peuples à disposer d'eux-mêmes et autres banalités. Je m'exprimais avec déférence. Ma contradiction ne laissa pas Revel indifférent. Ce que j'aurais pu craindre. Il entreprit de me convaincre du bien-fondé de la politique de Henry Kissinger. Enhardi par le succès inespéré de mon intervention, je me mis avec un peu de présomption à réfuter ses arguments en éprouvant l'impression de froid dans le dos que l'on ressent lorsqu'on tente un exploit au-dessus de ses moyens. J'obtins là encore un succès qui allait au-delà de mes espérances : les convives suivaient d'un air intéressé l'échange entre le poids lourd et le poids plume. Je commençais à avoir peur. Le ton montait sensiblement ; le cou de mon interlocuteur se gonflait et prenait une teinte rouge vif ; le martèlement de ses arguments s'accélérait ; je me contentais de lui planter quelques banderilles.

Soudain dans un silence sépulcral retentirent des imprécations suivies d'une volée de bois vert :
— Ma parole, je n'ai jamais vu un crétin pareil... Je ne peux pas croire que quelqu'un d'aussi idiot que vous puisse être journaliste. Vous n'êtes qu'un imbécile, un ignare, un indécrottable sot...

Les noms d'oiseau pleuvaient. En entendant ces propos prononcés d'une voix de stentor avec une expression courroucée, mes facultés mentales s'altérèrent un instant : soudain j'échappai à moi-même pour assister à la scène comme si elle ne me concernait pas. Je me dis : Oh la la, cela tourne au vinaigre, je n'aimerais pas me trouver à la place de ce jeune homme qui se fait insulter de la sorte. Malheureusement je m'aperçus avec terreur que ce jeune homme qu'on taillait en pièces, c'était moi.

Je balbutiai. Les convives me regardaient d'un air consterné à l'exception de mon hôte dont les yeux bleus pétillaient et qui semblait s'amuser du piquant de la scène. L'ouragan passa enfin, me laissant abasourdi. Le déjeuner se termina, nous passâmes au salon. Dans ma tasse de café, je me lisais l'avenir le plus noir. Je sentais autour de moi l'opprobre qui m'entourait. Qu'allais-je devenir ?

Oui, qu'allais-je devenir ? me demandais-je en sortant de ce déjeuner avec l'impression du joueur qui vient de perdre son va-tout sur le tapis vert. J'arrachai une feuille de laurier à un buisson et je la mâchai : elle avait un goût amer, plus amer encore que la gentiane des francs-maçons, mais elle était moins amère que je ne l'étais moi-même. Cet épisode allait courir Paris : non seulement je paraîtrais ridicule mais à l'évidence on allait me chasser du *Figaro*. À ces catastrophes s'ajoutaient la certitude que plus jamais je ne reverrais Jean d'Ormesson et la tristesse de m'être montré à lui sous un jour aussi pitoyable.

Je passai une semaine atroce. Je m'éveillais la nuit avec devant moi le visage de mon tortionnaire : le doigt pointé vers la sortie, il me chassait du journalisme comme l'ange Gabriel avait chassé Adam du paradis terrestre. Dans ces cauchemars, je parvenais à trouver des arguments pour lui répondre. Parfois même je le mouchais. Hélas, alors je me réveillais. Je rêvais de revanche, de duel. Et puis à force je finis par m'habituer à cette humiliation. Avec le temps, j'y pensai moins.

Vingt ans passèrent. Lors d'une signature, je retrouvai Revel, j'étais assis à quelques mètres de lui. Je ne l'avais jamais revu. J'allai vers lui.

— Vous ne vous souvenez peut-être pas de moi ? demandai-je.

— Si, parfaitement : je me souviens de cette scène comme si c'était hier. J'ai été ignoble.

— Mais non, m'exclamai-je, feignant une équanimité à laquelle j'étais bien loin d'être parvenu, vous aviez raison, c'est moi qui...

Puis nous parlâmes d'autre chose. Le temps avait passé. Tout semblait effacé. Depuis nous nous rencontrons avec plaisir. Je le vois souvent le jeudi : il est en face de moi, de profil. Il n'a pas changé. J'aimerais dessiner son masque viril de condottiere de la pensée. Son intelligence m'éblouit toujours. Je l'observe. Et soudain mon esprit se met à errer dans le temps ; je reviens à cette époque, je songe au goût du laurier amer, à mon désespoir. Comme tout cela est loin. Comme les perspectives de la vie sont changeantes, instables. Que signifie ce qui nous arrive ? Tant de souffrances inutiles. Pourquoi ?

Pleins feux sur la passion

J'ai déjà évoqué la figure du maréchal Berthier, le prince de Neuchâtel, la province d'où était natif Léopold Robert. Il s'est probablement suicidé en se jetant par la fenêtre du château de Bamberg, en Bavière. C'était un homme déchiré. Il avait toujours vécu dans les tiraillements et les compromis douloureux. En amour surtout, à cause de la marquise Visconti : cette Milanaise pas trop farouche l'avait ensorcelé lors des premières campagnes de Bonaparte. Tout de suite l'amour fou. Le pastiche d'un roman de Stendhal. Sauf que Berthier n'est pas gracieux. Il ressemble plus à Henri Beyle qu'à ses fringants héros. Efficace, intelligent, mais pour la grâce, le charme du beau lieutenant français, vous repasserez. Mais elle était mariée. Il a attendu près de vingt ans qu'elle fût libre, avec l'empereur qui le tannait pour qu'il fasse souche, ayant toujours dans sa manche la candidature de l'une de ces plantureuses héritières des principautés européennes qu'il convoitait. Berthier a fini par céder. Ce dur dans la guerre était un faible, autant avec l'empereur qu'avec les femmes, ce qui le rend sympathique : il a épousé sans beaucoup d'enthousiasme une princesse de Bavière, grosse, très riche mais aussi très bonne. Il pense toujours à l'autre, à la Visconti. Il a tout obtenu, la gloire, l'argent, du pouvoir, le magnifique château de Grosbois qu'on lui envie. Un seul rêve reste hors de portée : vivre avec l'Italienne, son amour de jeunesse.

Cette passion en marge, comme elle a fait rêver ! Dans l'Europe à feu et à sang, au milieu des cartes d'état-major, des plans de campagne, des traités d'annexion, de tout ce lourd train de l'administration de la guerre, il y a ces lettres d'amour qui se faufilent. À Austerlitz, à Iéna, à Friedland, à Bautzen, à Wagram, aucune responsabilité ne peut distraire le cœur du maréchal, il se ronge les ongles jusqu'au sang dans l'attente du messager qui lui porte ses lettres.

Autre déchirement : son drame de la fidélité, l'empereur qui revient, son serment d'allégeance aux Bourbons, sa belle-famille, son titre auquel il tient, le château de Grosbois qu'on lui a laissé en monnaie d'échange de son honneur perdu. Il hésite là encore. Alors, une fenêtre, le vide, comme c'est simple, on se réconcilie avec soi-même. On trace le mot « fin », fin à cette vie toujours bancale.

Vingt ans plus tard, les Bourbons sont partis. La monarchie de Juillet a remis Napoléon à la mode. Il y a une jeune femme qui est la coqueluche de Paris ; elle est belle, riche, elle danse à merveille, les hommes la courtisent. C'est la fille de Berthier, Anne. Elle s'amuse de voir tant de soupirants autour d'elle. Elle a beau être mariée, avoir deux enfants, ces hommages la distraient. Elle n'y attache pas beaucoup d'importance. Elle a l'âme froide en apparence, comme son père. Mais que vienne l'occasion, et on verra de quoi elle est capable. Soudain un homme s'approche, il traîne avec lui cette réputation de séducteur toujours à double tranchant. Cela aiguise la méfiance, elle se dit qu'elle ne veut pas être une de plus après tant d'autres, mais en même temps elle est flattée ; elle le voit, elle le revoit, toujours enjôleur, le compliment qui fleurit à la bouche, et cette voix, cette voix magnifique de ténor qui joue sur les nerfs, cette impression qu'avec cette voix, cette mélodie vivante qui sort de ses lèvres, soudain elle ne s'appartient plus.

Il est beau. Mais il a un charme pire : il est italien, de cette région de Milan qui a fait le désespoir de sa mère à cause de la Visconti. Trouble de l'âme, culpabilité, atavisme ? Il s'appelle le prince Belgiojoso, beau et joyeux. Ardent patriote, il vit en exil. À Rome, il a rencontré Léopold Robert. Les Autrichiens ont mis sa tête à prix. Sa femme, qu'il délaisse et qui se console en secret avec l'historien Mignet, est un bas-bleu qui vaut mieux que sa réputation ; il lui a collé la syphilis, un souvenir d'orgie. Elle sera malade toute sa vie. Beau et Joyeux poursuit toujours sa proie. Il ne sait pas à qui il a affaire. Pour l'instant, c'est lui le prédateur.

Un soir alors que tout Paris fête je ne sais plus quoi, on donne un bal; il est là, elle aussi. Ils ne se parlent pas. On dirait qu'ils s'ignorent. Soudain, on ne les voit plus. On ne s'en inquiètera qu'à l'aube : trop tard. Ils sont partis pour l'Italie, le lac de Côme, la villa Pliniana. La belle maison se reflète dans le lac. Elle a une particularité, étudiée par Pline le Jeune qui l'a habitée et lui a laissé son nom : toutes les six heures, une source vive déverse dans le lac une eau qui sort à gros bouillons des entrailles de la maison. Intermittences de l'eau, intermittences du cœur.

Ils montent l'un et l'autre très bien à cheval. Il ne leur faut pas longtemps pour atteindre leur refuge. Ça a dû être une ivresse, cette chevauchée nocturne; des galops, des étreintes en sueur, des chevaux changés furtivement aux relais, la frontière, les montagnes et soudain le lac! La Pliniana, les rosiers, les jasmins, la source vive, la voix du ténor au piano qui trouve un écho chez les rossignols. Les soirs d'été, à minuit, nus, enlacés, enveloppés dans un drap blanc, les deux amants se jettent de la loggia dans l'eau du lac, quelques mètres plus bas. Extravagance d'où va naître la légende d'un fantôme qui hanterait la Pliniana.

C'est le début d'une belle histoire d'amour. Oui, le début seulement, car la suite...

Au fait cette fille de Berthier qui vient de fuguer avec le Beau et Joyeux et joue les héroïnes, quel nom porte-t-elle?

Elle s'appelle la duchesse de Plaisance. Quoi...

la duchesse de Plaisance! Mais alors... et l'autre, celle de Léopold Robert, de la Grèce...?

Eh oui, il existe deux duchesses de Plaisance!

Pauvre Sophie, c'était bien la peine de se croire unique. Il y a deux duchesses de Plaisance, comme il y a deux Sénèque, le philosophe et le tragique, deux Pausanias, trois Bellini, deux peintres et un musicien, deux Richard Burton, un aventurier érotomane et un acteur, deux Elizabeth Taylor, une romancière et une actrice, deux Crébillon, le père et le fils, deux Pline, le jeune et le vieux, deux Alexandre Dumas, deux Bernard Frank.

Quel rapport entre la duchesse I et la duchesse II? Lebrun, l'architrésorier de l'empereur devenu duc de Plaisance, avait deux fils, l'un qui... excusez-moi, je cale, la généalogie m'ennuie un peu, c'est une science fastidieuse. Le premier dictionnaire historique vous renseignera. Attention de ne pas tomber dans le piège comme cette biographe distraite qui les a confondues et qui n'arrive plus à se retrouver dans les dates. La malheureuse croyait qu'il n'y avait qu'une duchesse de Plaisance, la même qui aimait la Grèce et Belgiojoso.

De toute façon la duchesse de Plaisance II n'est qu'un prétexte pour parler de l'amour, de la passion, du coup de foudre qui éclate toujours comme un coup de pistolet au milieu d'un concert.

Revoilà la Grèce. Les côtes turques, Marmaris, Éphèse, Kusadasi, Bodrum, qui sentent les épices, la douceur des kilims, le thé à la menthe, la poussière, le narguilé et, d'un saut, subitement, on passe dans les îles du Dodécanèse ; alors c'est une symphonie de la blancheur : plus d'étoffes bariolées, le blanc de la chaux partout et des hommes et des femmes habillés en noir. Sur ce blanc et sur ce noir, le soleil tape comme un sourd ; quant aux nuits tièdes, elles ont la douceur du miel.

Il y a un petit port ; son môle se dresse comme un défi à la côte turque toute proche ; sur le quai, quelques échoppes, un barbier-coiffeur qui loue des chambres, deux cafés, un marchand de glaces et de pâtisseries gluantes de miel, qui fait fortune à l'heure de la promenade, à la fraîche, dès que la nuit tombe. Des bateaux de pêche, des caïques indolents se balancent dans l'eau paisible. Ce petit port s'appelle Pythagorion ; l'île, Samos. Le mathématicien philosophe est la célébrité de l'île ; l'architecte Eupalinos, célébré par Valéry, y a construit un aqueduc. Un tyran a fait parler de lui, Polycrate.

Alors je ne savais pas ce que c'était que souffrir. C'est une expérience intéressante. On a en soi des territoires inexplorés, un Far West ignoré qui ne demande qu'à s'embraser à la première occasion. Cela commence en douceur, on croit glisser vers le bonheur, vers les illusions de l'amour partagé, avec ses fadeurs, ses niaiseries, mais quand on se réveille il est trop tard.

C'était justement à Pythagorion, dans une chambre bruyante au-dessus du port. Les fenêtres grandes ouvertes laissaient passer les clameurs, un arrière-fond musical de bouzouki joué sur un crincrin. Surtout la chaleur, cette haleine torride quand le meltem tombe et que la touffeur emmagasinée pendant le jour s'exhale dans la nuit.

Elle était là. Tout commençait comme si rien ne devait finir.

Dans la vaste chambre voûtée, à peine meublée, régnait une atmosphère recueillie comme dans une chapelle vide où l'unique prie-Dieu résonne. À intervalles réguliers, le faisceau vert du phare balayait la demi-pénombre. Je la serrais dans mes bras. Je tremblais. J'avais peur. J'atteignais un instant que j'avais trop désiré. Tant d'obstacles m'avaient mis les nerfs à vif. Ce corps que j'étreignais, il me semblait qu'il se dérobait encore. Était-ce bien lui dont j'avais eu la vision oppressante sur la plage de Marmaris ? Dense et souple comme celui des chats. Il m'affolait. Les seins généreux et arrogants, les jambes fuselées, le sexe à peine ombré comme celui que peignaient les peintres pudiques de la Renaissance. J'avais eu beau le voir, ce corps, nu, sur la plage, il révélait des forces insoupçonnées : tout en souplesse, en puissance, docile et volontaire, il était surtout brûlant, de cette chaleur sèche, fiévreuse, tyrannique, que lui insufflait la volupté, une volupté implacable, vorace.

Je m'agenouillai. J'embrassai son ventre. Je posai mes lèvres sur son sexe aux lèvres salées. Ce corps, je l'adorais. Je la rejoignis sur le drap rêche. Je pénétrai en elle avec une impression de vertige comme si la chambre pivotait sur elle-même dans un tournoiement d'ivresse. Ce n'était pas seulement cette femme que j'étreignais mais aussi le port et sa nuit étoilée, les grands vaisseaux blancs aux amarres gémissantes, les longues plages ombragées de pins, les pulsations du phare dont la lumière verte venait soudain emplir la chambre. Je l'étreignais au rythme de cette lumière verte. Je voyais son visage, puis il disparaissait. Quelle frénésie s'emparait de moi ! Il me semblait que je n'avais jamais vécu avant cet instant. Plus je possédais ce corps plus il s'éloignait, plus le mystère de son attraction m'effarait. Étais-je condamné à la désirer toujours, inatteignable ? Il me semblait que je n'aurais jamais assez de lèvres, de bras, de sexe, pour la posséder vraiment. Quelle folie elle me révélait ! L'amour. Je n'avais fait que connaître son simulacre. Cette fois, je perdais pied, je n'avais plus de repères. J'étais englouti par une vague qui m'entraînait au-delà de moi-même. Comme une drogue. Comme une folie. Où m'arrêterais-je ? Je ne savais. Et qu'importait ? Cette aventure-là valait tous les risques. Je sombrais dans une ambiance de délire.

Le monastère de Samos

C'était un monastère tout blanc suspendu à flanc de montagne, un monastère de poche : seul un vieux moine l'habitait. Où que j'aille dans l'enclos de ses murs blanchis, je voyais la mer gris-bleu comme le ciel, la masse fauve, inquiétante, de la Turquie, et le môle comme une aigrette blanche. De la fenêtre de ma chambre d'une rusticité spartiate, entre la cime d'un figuier de Barbarie et un boqueteau de cyprès, je distinguais la longue plage de sable, les maisons blanches du port de Pythagorion, et, au loin, des montagnes aux pentes couvertes d'oliviers d'un gris métallique. Le soleil régnait. Il écrasait le paysage de sa lumière blanche et stimulait les castagnettes des grillons. Quand la chaleur culminait, j'allais chercher une provision de fraîcheur dans la grotte autour de laquelle était construit le monastère. Vaste et pleine d'ombres fraîches, elle abritait une source. Son eau avait la réputation d'être miraculeuse ; sa fraîcheur, elle, l'était. Au fond de la grotte, un petit oratoire tapissé d'ex-voto scintillait à la lumière des cierges.

C'était toujours la même journée. Tôt le matin parvenait dans ma chambre aux fenêtres et à la porte grandes ouvertes la voix roulante de tonnerre du vieux moine, le *papas*, qui psalmodiait comme un sourd faisant vibrer les rochers de la grotte. Puis il chantait. À cet instant s'insinuait autour de mon lit l'odeur de l'encens, dont on remuait les cassolettes dans la chapelle, puis celle des petits pains et des gâteaux que l'on distribuait à la dizaine de fidèles intrépides qui avaient grimpé jusqu'au monastère pour entendre la messe. Dès que j'avais repris conscience, je recommençais à souffrir. L'anesthésie du sommeil cessait. Une image pesait sur ma poitrine. J'avais le souffle coupé. Une atroce torsion des nerfs crispait mon corps. L'angoisse était revenue. Commençait alors la ronde incessante de cette question : viendra-t-elle ? Cette question, je la posais aux rochers, aux cyprès, à l'horizon, au coucher du soleil. Viendra-t-elle ? L'angoisse me tenait. Je savais que tout au long du jour, jusque tard dans la nuit, je ne pourrais lui échapper, je serais sa proie.

J'émergeais dans la cour intérieure, ombragée par une treille, à la fin de l'office. Les fidèles endimanchés sortaient de la chapelle en se signant. Je croisais le vieux moine orné comme une châsse, vêtu de ses somptueux habits sacerdotaux, qui regagnait sa sacristie en balançant des cassolettes d'encens. C'était un octogénaire robuste, majestueux, à la belle barbe blanche, avec de bons gros yeux globuleux, qui, dans la colère, lançaient la foudre. Il ne quittait jamais le chapeau noir des *papas*. Il vivait seul dans le monastère avec sa gouvernante, une matrone tout en soupirs, en sueur, en plaintes, en bouffées de chaleur. Rude et gémissante en apparence, elle cachait un cœur d'or. Il y avait aussi un misérable corniaud que le moine nourrissait de pierres et de coups de pied. Saint Paul ne devait pas non plus être très compatissant envers les créatures rebelles à la grâce. Vivait également dans les parages un renard qui, la nuit, descendait de son gîte dans les ruines de la forteresse de Polycrate, venait voler la pitance du chien et, surtout, ce qui lui était plus profitable, violenter les poules dans le poulailler.

Après le petit déjeuner sur le port, je remontais par le raidillon. Je m'arrêtais à mi-pente pour souffler. Sous le soleil, la blancheur du monastère paraissait incandescente; j'arrivais en nage. Je gagnais ma chambre et me mettais au travail : je froissais quelques feuilles, je relisais ce que j'avais écrit avec une impression d'accablement; je regardais par la fenêtre. J'espérais je ne sais quelle distraction pour retarder le moment fatidique. Dès les premiers mots tracés, un sentiment d'inutilité m'envahissait, puis le dégoût. Pourquoi s'astreindre à ce travail de bagnard au lieu d'être sur la plage à se baigner ? À quoi menait ce fatras de littérature ? Mais je m'acharnais; peu à peu je ressaisissais le fil de mon histoire. Je m'absorbais dans le labeur harassant de l'écriture dont on distingue mal les perspectives et les masses. On avance comme un mineur dans l'obscurité, qui frappe à coups de pioche la paroi rocheuse et n'a d'autre horizon que le mince faisceau éclairé de la lampe de son casque.

On imagine mal ce que la simple activité d'écrire peut révéler de soi ; révéler et réveiller en soi. La boue remonte à la surface : les vieux souvenirs, les blessures, les humiliations oubliées, les vieilles fractures amoureuses, mais aussi l'orgueil, la haine de soi, toute cette triperie sanglante et nerveuse qui nourrit ce que nous sommes, notre vie. On se sent en équilibre sur une crête dont les deux versants sont la création et la destruction. Tantôt on penche vers l'un, tantôt l'autre vous fascine. Personne autant que celui qui écrit ne ressent la présence physique de l'échec. Il joue le même rôle que le vide pour l'équilibriste : c'est à lui que l'on se mesure, à son attraction qu'on échappe ou qu'on cède. Il est le risque, le pari, la mort. Comme on souffre alors ! Mais on sait que cette souffrance a une issue. Tant de gens qui souffrent n'en ont pas. On avance avec peine, on biffe, on revient en arrière, on déchire. À chaque fois les nerfs grincent comme si l'on découpait et recousait à vif, non pas des phrases, mais sa propre peau. Soudain on se sent happé, entraîné. On a l'impression qu'une voix amie nous guide. Puis la fatigue fait relever la tête. On a les yeux brûlants, la tête un peu folle, un poids dans les reins, la nuque endolorie. De quelle chute ou de quelle orgie se relève-t-on ? Une douce sensation : l'ivresse d'être exténué, de ne plus penser à rien.

Je me levais de ma chaise en titubant. Je faisais quelques pas, pieds nus, sur les dalles de marbre de la cour intérieure. Je m'avançais jusqu'à la terrasse : assis sur un banc brinquebalant, une planche posée sur des pierres, vêtu de sa soutane rapiécée, ses longs cheveux blancs retenus par un catogan, le vieux moine méditait en regardant la mer. Il marmonnait dans sa barbe quelques bienveillantes paroles incompréhensibles. Je m'asseyais près de lui sur la planche branlante. Nous regardions sans parler le paysage magnifique. La surdité, autant que la langue, élevait entre nous une barrière infranchissable. Et pourtant que de conversations nous avons eues, que de pensées, d'émotions échangées pendant ce long silence. Il savait que j'écrivais. Parfois il traçait dans le vide avec sa main le geste d'écrire. « *Graphés ?* » Je hochais, ou plutôt je roulais la tête d'une manière qui n'était ni affirmative ni négative. Que lui dire ? Avais-je écrit ou simplement aligné des signes dans le néant ? Dieu seul le savait. Le vieux moine était satisfait. Qu'aurions-nous pu exprimer de plus avec des mots ? Nous aurions proféré des banalités pour meubler la conversation. Dans le silence, nous ne nous sommes jamais dit que des choses essentielles.

Parfois, je l'aidais dans ses tâches quotidiennes : grimpé sur une échelle, je cueillais sous sa direction les belles grappes de raisin noir de la treille, un muscat gorgé d'un jus sucré ; j'allais remplir d'énormes bidons d'eau dans la grotte ; je le secondais dans la fabrication des cierges. Cette activité le rendait fébrile : il faisait d'abord fondre la cire recueillie dans un chaudron qui semblait venu tout droit de l'enfer ; il touillait la mixture ; lorsqu'elle commençait à bouillir, il plongeait des mèches dans la cire et renouvelait ainsi le bain jusqu'à ce que les cierges aient acquis une grosseur satisfaisante. Alors il les suspendait à un fil de fer dans la cour, avec des pinces à linge.

Vers six heures, le soleil perdait un peu de son ardeur. Je descendais me baigner sur la longue plage d'Héraklion, au milieu des chapiteaux effondrés, des colonnes de marbre rose, des bas-reliefs et des statues mutilées. La plage bordait un des plus fameux sanctuaires de la Grèce, celui d'Héra. Que de mystères avaient été célébrés ici ! La terre et le sable semblaient avoir gardé le parfum des fleurs qui jonchaient le sol lors des cérémonies. Le sang aussi avait coulé. Celui des sacrifices, des génisses, des bœufs ; celui de Polycrate, le fastueux tyran de Samos, protecteur d'Anacréon, amoureux de la gloire et des arts, qui, déguisé en mendiant, avait tenté de fuir lors de l'invasion des Perses. Trahi, il avait été écorché vif et crucifié. Cette alternance de raffinement et de cruauté, de spiritualité et d'actes barbares, n'avait pas ému le plus beau paysage du monde qui demeurait aussi impassible que peut l'être un magnifique miroir ; les flammes des passions et des crimes, la rumeur des hymnes et des cris avaient été incapables de le ternir. Mais tapis sous les pierres sèches, la magie, l'effroi continuaient de hanter cette île. Je ne savais pas encore que « aller à Samos » était une expression qui signifiait en grec « aller à la mort ».

Le soir approchait. Je le voyais venir avec terreur. Je traînais ma solitude le long du port ; j'allais jusqu'à l'extrémité du môle. J'étais au bout du monde, au bout de moi-même. Les fragiles conquêtes de l'après-midi s'évanouissaient. Lorsque le phare s'allumait, diffusant son faisceau de lumière verte, que de souvenirs venaient m'assaillir ! Un an avait passé. La question revenait : « Viendra-t-elle ? » L'inquiétude me transperçait. L'espoir déçu contaminait tout : ma vie ne valait rien, ce que j'écrivais ne valait rien. Pourquoi s'acharner à l'attendre, à écrire, à vivre ? J'étais condamné à n'étreindre que son ombre, et aussi les ombres de la vie. Toutes ces souffrances pouvaient si facilement trouver une fin, ici, à quelques mètres, dans l'eau noire du port où nageaient en silence des barques qui partaient à la pêche au lamparo.

On n'écrit que pour être aimé, pour forcer la vie à vous aimer. Mais dans ces moments de marée basse, où tout semble avoir fui, on se grise de l'idée de renoncer. Alors refluent tous les rêves de conquête, comme des soldats vaincus. J'imaginais ma tombe, près du monastère, je la voyais simple et désolée comme celle de Rupert Brooke dans l'île de Skyros. Convaincu de ma nullité, je n'abdiquais pas l'orgueil de vouloir être inhumé à l'extrême avancée de l'Occident, face à l'Orient, à l'éternité du soleil qui se lève, à la mer, à la beauté.

Sur le port je dînais d'un poisson grillé dans l'odeur de la saumure et du goudron, sous la lumière d'une lampe-tempête. Dans le restaurant, un juke-box diffusait des guimauves américaines. Je mettais une pièce de cinq drachmes : la voix de George Harrison s'élevait. Il chantait *My Sweet Lord*. Je me poignardais avec cette chanson. Elle remuait en moi, au cœur du désespoir, je ne sais quelle zone de sensibilité blessée. J'errais sur le quai ; je m'attardais devant la boutique de Katharina, la vieille marchande de glaces, puis j'escaladais mon raidillon dans l'obscurité, butant sur les rochers, tordant mes chevilles sur les pierres. Je m'affalais sur la terrasse du monastère : les lumières de Pythagorion brillaient dans la nuit ; la lune éclairait la masse inquiétante de la Turquie ; le phare du môle balayait la mer de son faisceau vert. Les cigales chuintaient ; des chiens hurlaient dans le lointain. La brise tiède remontait une rassurante odeur de thym, de lavande et de crottin.

Ma rêverie suivait une autre pente : tant de souffrances, de désespoir pouvaient-ils ne servir à rien ? Rien n'est inutile dans la vie. Pourquoi le malheur le serait-il ? Il fallait comprendre son enseignement. Les tortures par lesquelles je passais me donnaient parfois l'impression que des vannes mystérieuses s'ouvraient au plus profond de moi-même. Dans certains accès de souffrance, j'avais une sorte d'illumination. Comme si derrière cette barrière de souffrance une porte pouvait s'ouvrir.

L'île maudite

Elle ne venait toujours pas. Soudain je découvris un sourire : un merveilleux sourire de jeune fille, frais, chaste, éclatant. Je rencontrai Héléni. Elle venait de débarquer chez sa grand-mère, la marchande de glaces. Elle arrivait d'Australie. Elle avait dix-sept ans. Ce sourire, je m'y accrochai comme à une bouée. Je le voyais le matin, je le revoyais sur la plage et le soir en écoutant *My Sweet Lord*. Cette jeune fille apportait une distraction inespérée à ma souffrance. Soudain la question qui me hantait à propos de celle que j'attendais, viendra-t-elle?, cessa de me harceler. La résignation me gagnait. L'angoisse desserra son emprise. Je me mis à songer à Héléni; j'aimais sa candeur, sa gaieté, la gentillesse avec laquelle elle regardait la vie; elle était fraîche, désarmée, pure, sincère. Je me sentais comme un loup épris d'une agnelle.

Un soir, nous nous promenâmes sur le port. Elle me faisait peur. Plutôt j'avais peur de moi-même. Nous parlions. Insensiblement nous gagnâmes le bout du môle, là où était le phare, source de la lumière verte. Les vagues venaient mordre doucement la jetée. Les étoiles nous entouraient. Elles semblaient se refléter dans la mer. Il faisait doux. Le silence se posa entre nous. Un de ces silences auxquels on ne peut qu'obéir. Il nous guidait l'un vers l'autre. Sans m'en apercevoir je pris sa main. Elle me l'abandonna. Cette main dans la mienne me fit frissonner. Je me défiais de moi-même. Il ne fallait pas toucher à cette jeune fille. Elle était trop pure, trop jeune. Aurais-je la force de ne pas céder à l'impulsion sauvage que je sentais naître ?

Ce sourire devant moi, si proche, qui découvrait d'adorables dents, et qui semblait d'avance consentir à mes désirs, comme il me troublait, m'affolait. Plus j'essayais de me convaincre de l'ignominie du penchant qui me poussait vers elle, plus l'interdit la parait d'attraits. Quelle folie ! N'étais-je pas amoureux d'une autre femme, ne l'attendais-je pas avec toute la ferveur de la passion ? Et si elle venait ? Que ferais-je d'Héléni, que lui dirais-je ? Quelles affres j'éprouvais dans cet instant où les lèvres entrouvertes d'Héléni semblaient m'attendre !

Malgré tout, je l'embrassai. Elle frémit. Que d'ardeur elle mit dans ce baiser ! Il me semblait qu'elle s'y résumait tout entière : elle se donnait avec l'impétuosité, la foi candide d'une jeune fille qui croit de tout son être à l'amour. Cette innocence si sensible m'inquiétait et redoublait mon excitation. Un parfum de patchouli remontait de son corsage blanc un peu phosphorescent. Sa bouche avait un goût de glace à la vanille. Une saveur d'enfance semblait s'y attarder. Je sentis dans ma main ses petits seins durs sous l'armature de satin qui les soutenait. Je les caressai. Elle semblait tendue vers moi, sans défense. Je parvins à me dominer. Je l'entraînai sur le port. La tentation noire me reprit.

Je rentrai au monastère par le raidillon. Le sourire de la jeune fille dansait devant mes yeux. Une sorte de gaieté nouvelle nappait mon désespoir. Comme il est doux d'être aimé. Héléni m'aimait-elle ? Oui, à la manière de la jeune fille qu'elle était, qui ne pense qu'à l'amour, qui n'attend que l'amour. Pourquoi le sort l'avait-il dirigée vers moi, pour lui infliger quelle déception, quelle humiliation, quelle souffrance ? Je m'endormis avec son sourire, la sensation de ses petits seins durs, de sa langue pointue.

Le lendemain, la première personne que je vis sur le port, c'était Héléni. J'aurais voulu la prévenir, lui dire de s'enfuir. Elle m'attendait avec son joli sourire, avec cette assurance naissante de la femme qui vous enchaîne par un baiser. Je résistai à la tentation de tout lui avouer. Par lâcheté j'y renonçai. N'avais-je pas encore bien des soirées à passer ici, que deviendrais-je si elles n'étaient pas éclairées par ce sourire qui me donnait ce dont j'avais le plus besoin, l'espérance ?

Nous nous assîmes devant un poisson grillé ; nous bûmes du résiné ; nous écoutâmes *My Sweet Lord*. La nuit s'avançait, menaçante, avec ses tentations, des ombres pires que ses ombres. Au bout du port, commençait une zone rocheuse à laquelle menait un chemin de douanier qui surplombait la mer ; un endroit dangereux, surtout la nuit. On pouvait s'y rompre les os. L'obscurité offrait une cachette naturelle, à l'abri des regards. Un endroit qu'il fallait à tout prix éviter. Pourtant nous y allâmes. Maintenant face à l'étendue sombre de la mer, avec, à notre droite, les lumières du port, nous étions allongés sur un terre-plein rocailleux. C'était inconfortable et délicieux.

À nouveau je pris sa bouche, ses seins durs. Ma main s'égara sous sa jupe et trouva le chemin d'un sexe au poil ras que défendait une main peu convaincue. Je sentis sous ma main une impression humide comme une rosée tiède. Un voile rouge tomba sur mes yeux. Mes bonnes résolutions s'évanouirent. Tant pis pour ce qu'il adviendrait. Après tout sommes-nous responsables de ce mal que nous faisons ? À quoi sert de se l'imputer ? Il est là, le mal, non seulement en nous, mais autour de nous. Bien sûr j'allais effacer ce sourire, trahir la confiance qu'elle plaçait en moi. Mais n'est-ce pas le jeu terrible de l'amour ? Ne fallait-il pas qu'elle l'apprenne à son tour ?

Quelle grâce me toucha à cet instant ? Je reculai. Mon ardeur se mua en tendres baisers. Et je la raccompagnai chez sa grand-mère, la marchande de glaces. Héléni s'appuyait tendrement contre moi ; elle semblait me savoir gré de mon attitude chevaleresque : elle augmentait son estime. Si elle avait su ?

À nouveau je regagnai le monastère, énervé, butant sur chaque pierre, regrettant ma magnanimité. Le désir me reprenait. Demain, me dis-je avec une rage sauvage.

Mais le lendemain, au petit matin, Elle surgit, Elle, celle que j'attendais, celle pour laquelle je me désespérais. Comme c'est simple. Une porte qui s'ouvre, un visage. Je quittai le monastère : un lieu consacré à Dieu ne pouvait abriter des amours tumultueuses. Je louai une vaste maison presque à l'abandon sur la plage d'Héraklion. La mer venait en lécher le seuil. Il y régnait une atmosphère humide, salée. Les jours que je vécus avec elle, dans l'oubli de tout, à l'abri de cette maison hantée par les courants d'air et les mulots, furent insensés, comme des nuits de délire. Je ne m'appartenais plus, je lui appartenais, et plus encore à la folie. La nuit, le jour, nos corps roulaient comme une boule hallucinée vers je ne sais quel abîme. Mais décrit-on la passion ? On est pris dans une tourmente qui vous arrache à vous-même, qui vous roule, vous entraîne. On cesse de penser, d'imaginer. Lorsqu'on se réveille, on est illuminé par le sentiment d'avoir enfin vécu une vraie vie. On croit que le reste de l'existence, ce qui a précédé, ce qui suivra, ne sera qu'un entracte ennuyeux et insipide. Cette folie, on ne rêve plus que de la retrouver. Elle vous hante.

Au cœur de la nuit, épuisés, nous nous levions, enveloppés d'un drap, comme les amants de la Pliniana, et nous nous jetions dans la mer tiède, sous les étoiles. Nos corps se retrouvaient, gluants comme celui des poissons. Nous nous séchions dans le drap rêche abandonné sur le sable qui apportait un peu de fraîcheur à notre couche étouffante.

Soudain avec effroi une pensée me cingla : Héléni. Je l'avais oubliée. La culpabilité me paralysait. Que faire ? Qu'allait-elle penser ? J'étais ignoble, impardonnable. Comment réparer ? Mais la passion me reprit dans ses griffes. Le souvenir du sourire sombra corps et biens.

Trois jours plus tard nous nous rendîmes au village. Nous nous y promenions lorsque je sentis une impression désagréable, comme une poignée de neige qui s'insinue dans le cou : Héléni nous regardait. Elle était stupéfaite. Son adorable sourire avait disparu. Sur son visage se peignait une expression douloureuse d'incompréhension. Les lèvres fermées, elle semblait me crier : « Pourquoi ? pourquoi ? » Quelle réponse pouvais-je lui donner ?

J'esquissai un signe de la main et je détournai mon regard. J'avais honte. Je ne voulais pas voir sa souffrance. Pourquoi est-ce à elle que je faisais du mal, à cette créature si tendre, si généreuse ? Comme j'aurais voulu revenir en arrière, tout effacer. Ou alors m'expliquer. Je ne lui laissai que cette énigme, ce souvenir incompréhensible contre lequel elle buterait. Elle ne le méritait pas. La culpabilité qui me rongeait ne servait à rien : elle ne calmerait ni sa souffrance ni son humiliation.

Elle partit. Je regagnai ma chambre du monastère. Je retrouvai mon manuscrit abandonné, le vieux moine, les messes matinales. Je me plongeai dans le travail. Autant que possible j'évitai d'aller à Pythagorion. Je n'avais aucune envie d'y croiser mes remords. Mon livre parfois semblait prendre forme ; à d'autres moments il m'apparaissait comme un monstre. Il fallait continuer. Je continuai.

La veille de mon départ, le taxi qui me conduisait à Vathi, la capitale de l'île, tomba dans un ravin. Le chauffeur, qui s'appelait Platon, avait raté un virage sur la route sinueuse et escarpée. La robuste Ford fut stoppée dans sa chute, à vingt mètres en contrebas, par un frêle olivier qui nous sauva la vie. Je me retrouvai debout, dans la voiture renversée au bord du gouffre, piétinant le chauffeur, couvert d'éclats de verre. Je parvins à me dégager. La voiture vacillait. J'étais indemne. Ma main seule était rouge de sang. Un attroupement se formait sur la route en surplomb. Au moment de la chute de la voiture dans le vide, j'avais eu la conscience lumineuse de cette évidence : j'allais mourir. Dix minutes plus tard, j'étais conscient de vivre. Le sang sur le revers de ma main me paraissait un signe fraternel. On remontait le chauffeur du taxi en piteux état. On criait, on gesticulait. Les témoins s'extasiaient devant le miracle : la lourde voiture retenue dans le vide par un arbuste. J'éprouvais les sentiments violents d'un condamné à mort qui vient d'apprendre qu'il est gracié. Ainsi, j'allais vivre. Si un miracle avait eu lieu, peut-être y en aurait-il d'autres ?

Quand on se met à vouloir vivre, on devient vite

insatiable. Oui, je croyais que d'autres miracles étaient possibles, aimer, écrire, être heureux, vivre. Je regardais le sang sur le revers de ma main, puis la beauté du paysage, les collines hérissées de cyprès, la mer au loin dans une échancrure de rochers, le soleil qui se couchait. Peut-être que la vie allait enfin commencer après cette fausse sortie, la vie que j'attendais, à laquelle j'aspirais de toutes mes forces ; cette vie que j'attends toujours...

Je pris le bateau. Je passai une nuit inconfortable sur le pont de troisième classe, allongé sur un mauvais transat. Eussé-je été dans un lit moelleux, je n'aurais pas mieux dormi. Je revoyais la scène de l'accident. Dès que je fermais les yeux, une cohorte d'hommes en noir m'apparaissait, ils portaient mon cadavre. Chaque détail me revenait. L'effroi me glaçait.

Au pied de l'hôtel d'Angleterre à Athènes, place Syndagma, j'eus la sottise d'accompagner un marchand d'éponges jusqu'à ce qu'il appelait son magasin. Il me conduisit en réalité dans un bordel lugubre, au troisième étage d'un immeuble. Deux hétaïres peu attrayantes, maigres et aigres haridelles, me firent des propositions, que je déclinai. Deux serveurs-proxénètes à la mine patibulaire entreprirent de m'estamper. Je résistai. L'un d'eux se précipita sur moi et commença à m'étrangler. Tandis que j'étouffais sous son emprise, que le sang me montait à la tête, au bord de l'évanouissement, j'eus dans un éclair une intuition de la fatalité qui me frappait : puisque la mort n'avait pas voulu de moi dans le beau paysage de Samos, j'allais mourir dans un mauvais lieu, dans des circonstances abjectes. Je me mis à regretter cette première mort lumineuse, dans la terre d'Héra, de Polycrate, de Pythagore. Le proxénète relâcha son emprise. J'étais abasourdi. Je profitai d'une seconde d'inattention pour m'enfuir. Je dévalai l'escalier poursuivi par les proxénètes. Dans la rue j'appelai au secours. Des policiers survinrent qui me tirèrent de ce mauvais pas. Les proxénètes prétendirent que je les avais attaqués. Le commissaire de police me fit un sermon paternel d'où il ressortait sous ses airs moralisateurs qu'il protégeait ces escarpes.

Je me dis qu'il était temps de quitter ce pays qui ne valait rien pour la santé. En rentrant à Paris, je consultai un astrologue qui me demanda si par hasard je n'avais pas couru des risques d'accident.

— Soyez prudent, me dit-il, votre configuration astrale est sujette à des turbulences. Évitez la voiture et les lieux confinés.

Bien des années plus tard, je suis revenu à Samos. Je n'étais plus le même. J'avais appris non pas à moins souffrir mais à prendre des distances avec la souffrance. C'était un pèlerinage. Quel défi voulais-je jeter au destin en revenant avec une femme dans ces lieux qu'une autre hantait toujours ? Peut-être voulais-je savoir si j'étais vraiment guéri ? Je me précipitai au monastère du Spiliani : le vieux moine, le *papas*, était mourant. Son râle emplissait les voûtes du monastère. On me conduisit près de lui; je vis son visage bouleversé par l'agonie. Il n'avait plus que quelques heures à vivre.

Partout je me cognais aux souvenirs. L'agonie du vieux moine m'obsédait. Je sentais une présence maléfique qui me poursuivait. Une humeur noire, dévastatrice s'empara de moi. Je voulais détruire, faire souffrir autant que j'avais souffert, voir naître dans d'autres yeux mon ancienne humiliation, ma servitude. Samos est une île maudite comme le sont tous les lieux où les passions nous ont brûlés. Mais pourquoi le cœur ne garde-t-il de reconnaissance que pour ceux qui lui infligent des supplices ?

La princesse de Grèce

La source de la Pliniana s'écoulait, toujours sujette à ses mystérieuses intermittences. Le prince Belgiojoso et la duchesse de Plaisance formaient un couple en vue. Finie l'époque du tête-à-tête amoureux, le temps sauvage où ils avaient si faim l'un de l'autre que personne ne devait troubler leur amour. Finis aussi sans doute les bains à minuit, lorsqu'ils se jetaient de la loggia dans les eaux du lac de Côme. Belgiojoso était devenu pantouflard : il chantait, jouait du piano, passait des heures dans la salle de billard à fumer des Londrès, de petits Havane. Il ne croyait plus à la politique. Il s'était détourné de ses amis. Il les avait abandonnés à leurs luttes, à leurs illusions. Cet homme qui avait été paré des séductions du bel exilé, que l'ardeur du militant révolutionnaire avait habité, qui avait risqué sa vie pour la belle idée de l'indépendance de l'Italie, n'était plus qu'un jouisseur casanier. Il se levait tard et, lui qui était autrefois l'arbitre des élégances, il se négligeait. Il passait du jardin à la salle de billard, du piano à son lit. Leurs étreintes étaient-elles toujours aussi passionnées ? L'habitude, le temps donnaient à leur amour le calme, la sérénité, la vitesse de croisière d'une liaison conjugale. La duchesse de Plaisance s'était enfuie avec un amant, elle avait retrouvé un mari.

Autour d'eux, à la Pliniana, se pressaient maintenant les visiteurs de marque. On y invitait même des responsables politiques autrichiens qui avaient mis à prix la tête du prince. Élégance aristocratique, meilleur monde, fadeur, hypocrisie, le miel de la conversation, l'acide des médisances, tous les charmes de la mondanité à la campagne. Des lettres arrivaient de Paris : Musset donnait des nouvelles ; Mérimée des cancans ; d'Alton Shée se plaignait de vieillir.

La duchesse de Plaisance contemplait longuement le lac. Que regardait-elle de ce regard perdu ? Évoquait-elle le souvenir de son père, le maréchal Berthier, qu'elle n'avait pas connu ? Songeait-elle à ses enfants qu'elle avait abandonnés et qu'elle ne verrait pas grandir ? À Belgiojoso, à cet amant, qu'elle avait connu dangereux, séducteur, révolutionnaire, passionné, et qui se muait en charmant mari ? Elle avait du vague à l'âme. Comme son père lorsqu'il songeait à la Visconti, à cette vie qu'il ne partagerait jamais avec elle. Le temps passait. La vie s'écoulait, ponctuée par le bouillonnement de la source intermittente.

Un jour le prince Belgiojoso fit la sieste comme d'habitude. Au réveil, après quelques pas dans le jardin où il cueillit une rose qu'il mit à sa boutonnière, il se dirigea vers le salon. Un domestique lui remit une lettre cachetée. Il reconnut l'écriture de la duchesse et eut un mauvais pressentiment. Il décacheta la lettre. C'était un adieu. La duchesse avait profité de sa sieste pour traverser le lac. Elle avait décidé de vivre en face de lui, à Carate, où, en cachette, elle avait acheté une villa appelée Il Ripiego, le repli.

Belgiojoso fut terrassé par cette nouvelle, ses cheveux blonds blanchirent en quelques heures. Le lendemain, il s'éveilla vieux. Il n'espérait plus rien. La vie, l'amour l'avaient trahi.

Le soir, lorsque les ombres descendaient sur le lac, il s'installait devant la fenêtre de la loggia d'où autrefois ils commettaient ensemble tant de folies. Dans le lointain, des lumières s'allumaient. Il savait qu'elle était là. Présente et absente. Il dévorait l'espace de son désir frustré. Il ne songeait qu'à la mort tandis que la duchesse, elle, ne songeait qu'à revivre.

J'étais dans le bureau de cet oncle, Julien, le psychanalyste. Assis dans son fauteuil qui faisait face au fameux divan, sous le portrait de notre aïeul par Degas, il se prêtait à une curieuse confession : lui dont toute la vie s'était passée à écouter les confidences de ses patients, leurs souvenirs d'enfance, leurs blessures, leurs humiliations, il souhaitait maintenant inverser les rôles. Et il m'avait choisi pour me raconter sa vie. Je branchai un magnétophone et je l'interrogeai. Son existence aussi avait baigné dans l'impressionnisme : fils de Julie, petit-fils de Berthe Morisot, il avait, enfant, connu Degas, qui exécrait les marmots et les pinçait. À Jeanson-de-Sailly, il avait fréquenté René Crevel, puis lors de son stage psychiatrique à l'hôpital Sainte-Anne, il était devenu l'ami de Lacan, qu'il présenta à Valéry — auquel il dédia sa thèse. C'est à cette époque, dans les années trente, qu'on lui proposa d'observer un jeune professeur de philosophie qui voulait tenter une expérience avec la mescaline et souhaitait une surveillance médicale. Mon oncle rencontra alors Jean-Paul Sartre et passa plusieurs jours avec lui à Sainte-Anne pour faire les observations qu'il lui demandait. Comme l'expérience eut les conséquences fâcheuses que l'on sait (Sartre voyait des vautours au plafond à la place des lustres), il dut le suivre pendant une assez longue période pour lui prescrire une thérapeutique adéquate. Sans grand résultat. Quasiment élevé par Paul Valéry, avec lequel il avait habité rue de Villejust, cet oncle avait une particularité qui me rapprochait de lui : il en avait sa claque de la peinture. C'est pourquoi il avait choisi la profession qui l'éloignait le plus de la monomanie familiale. Quelle est la famille qui n'a pas besoin d'un psychiatre ?

Ce fut lui qui, pour la première fois, me parla longuement de Marie Bonaparte, la psychanalyste devenue princesse de Grèce. Il l'avait rencontrée avant la guerre, au moment de la création de la Société psychanalytique de Paris, autour de René Laforgue, de Sophie Morgenstern et d'Eugénie Sokolnicka, une élève de Freud qui avait tenté de psychanalyser André Gide. Les amitiés de cet oncle furent marquées par le destin : René Crevel s'ouvrit les veines; Eugénie Sokolnicka s'asphyxia en ouvrant le gaz, et Sophie Morgenstern se donna elle aussi la mort, en 1940, le jour de l'entrée des Allemands dans Paris.

Mon oncle avait-il eu une liaison avec Marie Bonaparte? Cette Messaline géniale lui avait plu et il en parlait avec un enthousiasme inhabituel. En tout cas il avait subi son influence et pris son parti dans les multiples querelles suscitées par l'activisme et les provocations de Lacan. Marie Bonaparte est aussi intéressante par son œuvre que par sa vie amoureuse. Quel gibier pour la psychanalyse! Le sexe chez Marie Bonaparte est toujours présent, aussi obsédant que chez Anaïs Nin, l'amie de René Allendy. Il est présent dès sa naissance, au berceau, puisque Freud lui révélera que les visions sexuelles qui la tourmentaient n'étaient en réalité que des souvenirs de sa petite enfance. Après avoir interrogé la gouvernante et le chauffeur de la maison, elle eut la confirmation, quarante ans après, qu'ils avaient bien eu des relations sexuelles devant son berceau et qu'ainsi elle avait pu observer les pratiques de fellation et de cunnilingus qui assiégeaient sa mémoire.

Adolescente, elle était tombée amoureuse du secrétaire de son père, Léandri, un Corse dépravé; celui-ci pratiqua sur elle des attouchements et menaça de tout révéler à sa famille. Exerçant sur elle pendant des années un atroce chantage, il l'obligea à vendre des bijoux pour prix de son silence. Elle vécut ainsi dans un douloureux climat de culpabilité qui certainement favorisa sa rencontre avec Freud et la psychanalyse.

Sa vie d'enfant et d'adolescente s'était passée non seulement sous le signe de la culpabilité mais aussi sous celui du non-dit. Ainsi, parce que son père avait fait une mésalliance en épousant la fille d'un richissime propriétaire de casinos appelé Blanc, le mot « blanc » était interdit. Personne, ni les domestiques ni les familiers, n'avait le droit de le prononcer. Il fallait employer une périphrase : « Ce cygne est de la couleur des draps », etc.

Comme elle éprouvait des difficultés à atteindre l'orgasme, Marie Bonaparte décida de se faire remonter chirurgicalement le clitoris pour le rapprocher du méat urétral. Cette opération lui donna toute satisfaction. Maîtresse de Briand, elle jeta son dévolu sur un médecin qui était le mari de sa meilleure amie, avec laquelle elle avait été élevée, la fille d'Émile Ollivier. Cette longue liaison cachée l'entretenait dans ce climat trouble, poisseux de culpabilité, qui était celui de son adolescence. C'est la richesse de son existence tout en contradictions : elle qui soignait les traumatismes chez les autres, ne se privait pas de revivre avec délectation ceux qu'elle avait subis.

Mais la Grèce ? Où est le soleil dans cette existence consacrée aux ombres ? Elle avait épousé le prince Georges de Grèce, le fils du roi Georges Ier, un géant blond aux longues moustaches qui ne cachait pas ses préférences homosexuelles : il était l'amant de son oncle Valdemar de Danemark. Les

Bonaparte s'unissaient à nouveau au destin de la Grèce ; n'étaient-ils pas selon la duchesse d'Abrantés d'origine grecque ?

Quel mariage ! Le soir de la nuit de noces, à Athènes, que le jeune marié passa d'abord dans les bras de son oncle Valdemar pour se donner du courage, il vint dans la chambre nuptiale et dit à la jeune épousée en la prenant brusquement, d'un geste court, brutal : « Je hais cela autant que toi, mais il faut bien si l'on veut des enfants. » Ils partirent en voyage de noces sur la mer Égée, à bord de l'*Amphitrite*, avec bien sûr l'oncle Valdemar.

Dans son livre *Tristesse féminine*, elle écrit, désabusée : « Il faut beaucoup d'amour, un esprit simple, un cœur tranquille, et nulle imagination pour être heureuse d'obéir, pour aimer le joug conjugal [...]. L'oppression du mariage est une maladie universelle, si nécessaire, et j'ose croire qu'il est davantage de veuves délivrées que de veuves éplorées. »

Après avoir embrassé le cadavre de son mari sur son lit de mort, elle confie à son journal : « Je me penchai sur son front froid et le baisai. Pas ses lèvres qu'il m'avait toujours refusées. »

Cette athée avait vécu comme une frigide passionnée. Elle avait fait copier et épingler dans son bureau la fameuse proclamation de Viviani à la Chambre des députés au moment de la séparation de l'Église et de l'État : « Ensemble, et d'un geste magnifique, nous avons éteint dans le ciel des lumières que l'on ne rallumera plus. Et voilà notre œuvre, notre œuvre révolutionnaire. » Ce détail m'amusait. Car mon grand-oncle, Paul Lerolle, député de Paris, avait alors répliqué à Viviani : « Avez-vous le droit de dire que vous avez éteint des étoiles dans le ciel qui ne se rallumeront plus tant qu'il y aura un homme qui aura faim et soif et qui n'aura pas de travail dans ce monde, et qui espérait de ces lumières un peu d'espérance ? »

Sur sa propre tombe, Marie Bonaparte fit graver ces vers de Leconte de Lisle :

Et toi, divine mort, où tout rentre et s'efface,
Accueille tes enfants dans ton sein étoilé,
Affranchis-nous du temps, du nombre et de l'espace
Et rends-nous le repos que la vie a troublé.

Que d'ombres entourent cette princesse de Grèce ! Le destin des Bonaparte continuait de les pousser vers l'Hellade et au cœur de ses mythes réorchestrés par la psychanalyse : après avoir imité ses héros, voulu suivre Alexandre dans son rêve oriental et dans ses chimères de conquêtes, soutenu l'Indépendance contre les Turcs, les Bonaparte, à la fin de leur aventure, revenaient encore à la Grèce par Œdipe. C'est aux abîmes obscurs et enchantés des mythes grecs qu'ils demandaient de faire la lumière sur l'inconscient et de donner les clés de ce que nous sommes. Après l'Empire européen, l'empire de la légende, ils s'attaquaient au mystère de cette vaste nuit de l'âme dans laquelle nous baignons et qui nous nourrit.

TROISIÈME PARTIE

IBIZA

La nuit d'Ibiza

J'avais fui. La honte me dévorait. Après une nuit blanche dans la cabine étouffante d'un paquebot rouillé, je touchai enfin le sol d'Ibiza. L'éclat du soleil me foudroya. Un grand charme émanait de ce port méditerranéen protégé par une vieille forteresse qui couronnait la falaise ; des maisons cubiques, harmonieusement agencées, dégringolaient en cascade jusqu'au quai encombré de ballots, d'ustensiles aratoires, de filets de pêche. Une foule de curieux se formait : dans ce pays où les distractions étaient rares, l'arrivée du ferry de Barcelone faisait figure d'événement. On venait pour le plaisir de voir des visages nouveaux ; parfois aussi pour proposer une chambre. La beauté austère de la ville me frappa, mais je ne pouvais en jouir. La honte ne me lâchait pas. Je la buvais, je la respirais ; elle était dans l'air, dans la poussière, elle voilait mon regard, elle me collait à la peau. Le soleil avait beau taper comme un sourd, jusqu'à me blesser les yeux, il ne chassait pas cette ombre. Je ne voyais ni la mer, ni la liesse des badauds, ni la citadelle. Je ne voyais que ma honte.

Cette honte, comme j'aurais aimé pouvoir la déposer en même temps que mon sac de voyage entre les mains de la caissière du Dolfin Verde, un restaurant du port qui louait quelques chambres. Ce choix d'Ibiza n'était pas mauvais. Pour fuir, c'est l'endroit idéal. Lord Jim aurait mieux fait de venir ici plutôt que d'aller moisir dans les îles de la Sonde, les Moluques ou de je ne sais quel archipel de l'océan Indien. Il aurait retrouvé des gars qui lui auraient mis un peu de plomb dans la tête : on n'a pas idée de se tourmenter pour un groupe de pèlerins abandonnés à leur triste sort dans un naufrage ! Ibiza abritait des lascars qui avaient sur la conscience un poids beaucoup plus lourd ; pas seulement des moments de lâcheté, des crimes. C'était le refuge de tous les ratés de l'histoire, de cette lie d'hommes de main, d'exécuteurs des basses œuvres des dictatures européennes : officiers de la Wehrmacht, dignitaires nazis oubliés par le tribunal de Nuremberg, laissés-pour-compte de diverses saletés commises entre la Vistule et le Danube, membres de la Garde de Fer, miliciens d'Ante Pavelitch, oustachi beaux comme des acteurs de cinéma, kapos des Carpates, autant de pourvoyeurs de charniers aux yeux bleus et aux mains sales ; ajoutons une pincée de délateurs, quelques escrocs venus se mettre au vert et une gamme d'imposteurs variés. Si on complète ce tableau avec la principale importation d'Ibiza, un contingent régulier de jeunes femmes divorcées, plaquées, venues faire la nouba sous le soleil pour oublier leurs peines de cœur, on aura une idée de la faune qui peuplait l'île.

Dans ces conditions, il ne faut pas s'étonner que personne ne montrât d'empressement à révéler sa véritable identité. Les faux noms pullulaient. Cela devenait tellement lassant, ces acrobaties avec l'état civil, que l'on finissait par ne plus s'appeler que par son prénom, faux probablement, lui aussi. Le passé de Papa Schillinger, le propriétaire du Dolfin Verde et du Corsario, l'hôtel chic de la vieille ville, suscitait quelques interrogations. Quel avait été exactement son rôle en Allemagne dans une période sur laquelle on préférait ici ne pas s'attarder ? Il avait pris de l'embonpoint. Jovial, avec sa peau de pur Aryen boucanée par le soleil, il faisait un tueur assez sympathique. Dans le couloir de son restaurant, une galerie de photos rappelait le bon vieux temps : des clichés de Leni Riefenstahl montraient les anciens dignitaires du régime dans des occupations pacifiques, en famille, à ski, au Tyrol, se baignant dans des lacs de Bavière avec des bambins. C'était la face *gemütlich* de l'horreur.

Autre personnage énigmatique, Ernesto, un peintre, bel homme, profil d'aigle prussien, il aurait pu être le héros du *Silence de la mer*. Il promenait son carton à dessins aux quatre coins de la ville. En dehors de cette activité qui lui prenait la plus grande partie de son temps, il peignait quelques croûtes. Ce carton à dessins, qui lui servait de carte de visite, était surtout un piège à femmes, le prétexte qui lui permettait d'engager la conversation, à la terrasse des cafés, avec les Suédoises, Danoises et autres beautés nordiques peu farouches. D'où venait Ernesto ? Au souvenir de quels crimes collectifs, de quelles exécutions sommaires essayait-il d'échapper en repeignant avec son pinceau une nouvelle existence qui ferait oublier l'ancienne ?

Papa Schillinger et Ernesto se retrouvaient chaque semaine pour un banquet dans la salle du fond du Dolfin Verde. S'y rendait la population teutonne de l'île. Les invités arrivaient discrètement : ils vivaient dans des endroits reculés, quelques *fincas* isolées, sans eau, sans électricité, sans téléphone. Ils avaient cette expression inquiète qu'on lit dans le regard de ceux qui ont été longtemps pourchassés. Ils venaient pour une partie de plaisir, évoquer le bon vieux temps, la guerre, le Reich, la Germanie triomphante, mais ils ne pouvaient dominer une pointe d'angoisse : qui sait s'ils ne rencontreraient pas, ce soir, le pistolet à silencieux ou le poison mortel d'un agent du Mossad. On parlait fort ; on buvait de la bière à s'en faire péter la sous-ventrière ; et on chantait des chants poignants de nostalgie. Tout cela dans des effluves d'huile d'olive, de paella, de désastre et de sang.

Autres fleurons du folklore local, les peintres, les sculpteurs. Là encore pour ne pas faire mentir la réputation d'Ibiza, le peintre qui tenait la vedette était le plus grand faussaire du monde : Elmyr de Hory. Venu de Dieu ou Diable sait où, de quel hypothétique ou hypothéqué château de Bohême, passé à travers les décombres de l'Europe en feu, il avait installé son officine de faux tableaux dans ce haut lieu de l'imposture et du trafic. Ce n'était pas mal choisi. Flanqué de son acolyte, de son poisson pilote, Fernand Legros, vrai trafiquant de faux tableaux, escorté de jeunes éphèbes aux yeux de biche, il a considérablement enrichi la production posthume des Matisse, des Van Dongen, des Utrillo. Fernand Legros, en homme d'affaires avisé, avait résolu l'irritant dilemme qui se pose aux marchands d'art : la peinture des peintres vivants est invendable, celle des illustres peintres morts est inabordable. Il faisait copier les œuvres des génies par un peintre génial. Il ne manquait pas d'Américains peu scrupuleux pour se satisfaire de la combine, plus alléchés par les avantages fiscaux que soucieux d'authenticité artistique.

Avec ma honte, j'avais l'air d'un idiot. Cette faune ne semblait pas ravagée par le remords. À partir d'un certain degré dans la saloperie, on vit très bien. Et puis ils vivaient à Ibiza depuis longtemps. Et cette île a une particularité qui tient peut-être à sa terre brune, couleur de sang séché, ou aux gènes de ses autochtones, tous plus ou moins descendants de pirates : Ibiza est vouée à l'immoralité. L'inceste, la pédophilie, l'escroquerie, le sado-masochisme, la drogue n'y sont pas regardés avec réprobation, mais avec un sourire indulgent. C'est la vie, semble être l'alpha et l'oméga de cette morale sans sanction ni obligation. Les conséquences des dépravations suscitent ou l'indifférence ou la tragédie. On se suicide beaucoup à Ibiza. À force de vivre dans les songes et les mensonges, dans les postures et les impostures, on éprouve le besoin d'affronter une vérité. Comme on ne la trouve pas dans sa vie, on la cherche dans la mort.

Personne n'éprouvait le besoin de lire les journaux à Ibiza. Ils arrivaient avec un mois de retard. Et pourquoi se faire du mauvais sang en lisant dans les quotidiens internationaux ces avis de recherche sur les criminels de guerre, les notaires en fuite ? Non, mieux valait fermer les yeux, au soleil, à la terrasse du Monte Sol. La seule agence d'information de l'île se trouvait justement au Monte Sol, un hôtel, sous les *ramblas*, où l'on pouvait espérer trouver un peu de fraîcheur : un grand panneau sur lequel on épinglait des messages, des invitations, des informations, des faire-part. Certains messages urgents s'étiolaient depuis des mois. Toutes les langues de la terre se mêlaient sur ce panneau. On y indiquait des arrivages d'herbe en provenance de Colombie, une soirée dans une *finca*. Des Jeep brinquebalantes, couvertes de la poussière brune de l'île, déversaient des êtres faméliques, habillés d'oripeaux et de plumes d'oiseau. L'air égaré de ceux qui n'habitent plus ce monde, ils venaient chercher une seringue, un message, un mandat.

Ibiza n'est pas précisément le lieu où se rendre quand on a le cafard. Ce salmigondis d'exilés, de rebut social, de vaincus, n'a rien de roboratif. L'air qu'on respire, tiède, douceâtre, n'incite pas à l'activité; il est une invite à la volupté, pas à l'amour. Ce paysage n'a rien à faire de ce sentiment civilisé. Ibiza est un théâtre de la jouissance et du désespoir. Pas de mièvrerie, je vous prie. Pas de cucuteries sentimentales. Cette terre d'asile n'accueille que les grandes prières de l'ineffable — des mystiques n'y seraient pas déplacés bien que cette enclave païenne n'en ait jamais accueilli —, des incantations, des pratiques de sorcellerie ou les rites barbares de la drogue et de l'orgie, autant de cérémonies où l'âme reste froide et étrangement éveillée lorsque se lève, à l'aube, le soleil rouge qui jette des feux d'apocalypse sur les champs ensanglantés.

Personne n'est plus accueillant que les parias. La grande famille des perdants est ouverte aux nouveaux venus. Quand on n'a plus rien à perdre, chaque visage est une promesse. Aucun formalisme bourgeois, aucun préjugé, aucune prévention vis-à-vis de l'étranger. Le peuple des marginaux ouvre son cercle sans que l'on ait besoin de montrer patte blanche : le malheur est la meilleure des recommandations. Rien ne se prête plus facilement qu'un corps, qu'un peu d'herbe ou qu'une seringue. Mes vingt ans, mon air sombre me servaient de passeport. On n'a qu'une obligation : faire comme si l'on venait de nulle part, savoir écouter et plus encore savoir oublier ce qu'on entend. Tout ce qui se faisait la nuit devait s'effacer de la mémoire dès que le soleil se levait, les étreintes et les pauvres ivresses de la veille, les vérités comme les mensonges. Seul le présent comptait, ce présent que l'on dégustait, avachi, à la terrasse du Monte Sol, sous les arcades, dans une torpeur mexicaine, face à un verre de tequila qui vous sciait les jambes.

Un soir, au Lola's, la discothèque de la vieille ville, sorte de boyau enfumé, creusé dans les remparts, une jolie jeune femme brune aux yeux clairs s'adressa à moi en allemand, puis en anglais. De toute façon la musique rendait la conversation impossible. Nous finîmes par sortir; assis sur un muret, au milieu de grands oiseaux exotiques aux yeux égarés, nous échangeâmes quelques mots. Elle s'appelait Marion Xylander. Elle était grecque mais posait pour des photos de mode à Zurich. Dans ses yeux je sentais une promesse.

Soudain devant cette promesse que j'allais saisir ma blessure se réveilla. La honte m'envahit.

Qu'avais-je fui? Les horreurs de l'amour. Une jeune fille. On la voit sans penser aux conséquences. Elle est jolie, aimante. Je te prends, tu me prends, une amourette à la surface de la peau, un corps que l'on consomme comme un délicieux sorbet sans même l'idée de s'engager. Et soudain le drame. Elle est enceinte. Les parents. L'avortement. Les faiseuses d'anges. L'horizon de l'existence qui se bouche. La peur d'être enchaîné. Alors j'avais fui comme un lâche. Mais ce que j'avais fui, je ne cessais de l'avoir devant les yeux.

Pourtant je continuai à parler avec la jeune Grecque. Nous nous entretenions dans le langage codé d'Ibiza qui consiste à ne rien dire d'essentiel, à rester à la surface des drames intimes. Pourquoi était-elle venue dans cette île ? Venait-elle de divorcer ? Avait-elle quitté un mari, une famille ? Ou venait-elle simplement ici, comme certains désespérés ivres de perdition, se jeter dans des noces endiablées ? J'aurais voulu m'arracher à la séduction qu'elle m'inspirait. J'aurais voulu lui dire que j'étais un salaud, que je ne méritais pas le regard tendre qu'elle posait sur moi, que j'étais ignoble. En même temps j'avais besoin de cette main qui se tendait.

Elle voulut se promener dans la vieille ville. Nos pas résonnaient dans les ruelles sonores. Nous marchions en silence. Qu'aurait-elle pu me dire de plus ? Qu'elle était jeune, belle, étrangère, qu'elle était seule. Tout était tellement clair dans cette nuit, tellement évident. Nous atteignîmes une esplanade en haut de la citadelle. Nous surplombions la mer. Devant nous les vagues venaient mordre les rochers. Une brise tiède nous enveloppait ; et aussi la nuit lumineuse et sombre. Quelques chats furtifs s'en allaient vers leurs amours ou vers leurs meurtres. D'une fenêtre ouverte en contrebas montait la voix gutturale d'un chanteur de flamenco coupée par les cris d'une dispute.

Irrésistiblement nos visages se rapprochèrent. Je me répétais : non, il ne faut pas, mais quand je sentis ses lèvres au goût salé, il me sembla qu'elle me présentait l'opportunité d'une autre fuite, une fuite que je cherchais, qui m'emporterait au-delà d'Ibiza, vers ces rivages de l'oubli que je cherchais.

Je m'abandonnai. Et tout se mêla, Ibiza, le phare de Formentera, les lumières de la ville, le passé, l'avenir.

Un chemin de douanier nous conduisit jusqu'à un terrain sauvage en surplomb au-dessus de la mer. Un moulin nous y attendait. Il sentait la paille et le chat. Nous nous étendîmes sur le sol de terre battue. Et je sombrai dans l'amour.

Les fleurs vénéneuses du sexe

Marie Bonaparte a-t-elle rencontré Anaïs Nin ? Croisée tout au plus chez René Allendy ou Otto Rank. Le courant n'a pas passé. Dommage ! Ces deux-là étaient faites pour s'entendre. Deux frigides géniales qui ont hissé la galipette dans les hautes sphères de l'intelligence. Bien sûr Anaïs Nin n'est pas allée jusqu'à se faire remonter chirurgicalement le clitoris comme Marie Bonaparte, mais, ce détail mis à part, elle s'est donné un mal fou pour briser la glace qui la séparait du plaisir. Trop lucide, elle n'arrivait pas à perdre conscience. Pour jouir, il lui fallait un système compliqué de miroirs : ses amants. Mais elle a beau penser à Hugo en se faisant sucer par Henry Miller, à Eduardo, son cousin, pendant que son psychanalyste, René Allendy, lui caresse les cuisses et les seins au cours des séances d'analyse, ou masturber Antonin Artaud, elle ne parvient pas à cet orgasme qui, chez elle, donne lieu à une véritable quête du Graal.

Sexuellement, c'est une aventurière. Elle est peu

sentimentale. Mentale, oui, elle l'est, et amicale. Pour elle, le sexe se situe quelque part entre la thérapeutique et la mystique, il n'est à aucun moment un objet sensuel. Elle travaille dans le fantasme. Elle construit chaque jour l'objet de son désir; elle se livre à des parades, des danses nuptiales, sans aucune gourmandise, comme une abeille laborieuse : elle touche, elle suce, elle branle avec beaucoup de conviction, mais toujours avec l'arrière-pensée de comprendre ce qui se passe au-delà de ce jeu de mains. Derrière le visage de Henry, d'Eduardo, de René, il y a quelqu'un d'autre qu'elle cherche, un fantôme, son père; et ce père lui-même dissimule l'objet suprême de sa quête, le plaisir.

Évidemment la rencontre d'Anaïs avec René Allendy complique encore les choses, si c'était possible. Ce géant barbu, à l'air faussement priapique, est en fait un pur intellectuel, un psychanalyste remarquablement intelligent, mais qui perd les pédales. J'adore ce fou d'érudition grecque qui a écrit un petit bijou de culture hellénistique et de psychanalyse, *Aristote ou le Complexe de trahison*. Ami de Marie Bonaparte, il a fondé avec elle la Société psychanalytique de Paris. Quelle idée farfelue de prendre Anaïs en analyse! Très vite les séances, rue de l'Assomption, dérapent. Elle lui montre ses seins; il lui caresse les cuisses et l'embrasse à bouche que veux-tu. Ils s'excitent l'un l'autre en se racontant des histoires salaces qui leur sont arrivées. Anaïs n'a aucun mal; Allendy, lui, est obligé d'en inventer.

Comme avec chacun de ses amants, Anaïs mène avec lui une partie d'échecs compliquée. Il est un pion stratégique : l'homme des clés, le médecin devant lequel elle dénude son âme, l'intercesseur qui a accès aux mystères de l'inconscient. Il lui donne l'explication de sa boulimie amoureuse : « Pour vous, les actes ne comptent pas. » En même temps elle adore le duper, lui faire prendre des vessies pour des lanternes. Allendy, le grand savant, est aveuglé par la passion. Une fois qu'elle a atteint son but, qu'il ne peut plus se passer d'elle, elle se désintéresse de lui. Allendy a longtemps hésité à accomplir « l'acte final » : scrupule de psychanalyste, conscience de sa faible virilité, peur d'Anaïs, de son jugement ?

C'est au moment où Anaïs est dans sa phase de décristallisation vis-à-vis d'Allendy qu'elle décide de coucher avec lui. Allendy l'emmène dans un hôtel, rue Cadet. Chambre rouge. Elle se déshabille sans plaisir : elle trouve que la chair de son partenaire est « sans étincelle », que sa « sensualité est molle et ronronnante », elle parle de son « corps gras et mou comme celui d'un enfant ». Elle joue la comédie de la jouissance.

Un jour, au cours d'une séance, Allendy s'exclame :

— Je vous battrai. Vous le méritez. Vous aimerez ça. Je vous frapperai fort, petite coquette.

Une semaine plus tard, retour à l'hôtel de la rue Cadet. Chambre bleue. Il dit en délaçant ses chaussures :

— Maintenant vous allez payer pour tout ça,

pour avoir fait de moi votre esclave, et puis m'avoir abandonné. Petite garce !

Et il sort un fouet de la poche de son imperméable.

— Aucun autre homme ne vous fera ce que je vais vous faire. Je vais te posséder comme personne ne t'a jamais possédée. Espèce de diable !

Anaïs regarde la scène avec son habituelle froideur. Seul le ridicule de la situation l'amuse.

— Je vais te réduire en carpette, dit Allendy.

Elle refuse d'être fouettée : elle prétexte les marques qui donneront des soupçons à son mari.

Ce qui intéresse surtout Anaïs pendant cette expérience, ce n'est pas le fouet, c'est l'absence d'excitation du sexe d'Allendy. Son membre est court et mou. Et il ne la baise pas mieux que la fois précédente.

Ensuite elle rêve à ce fouet « viril, sauvage, douloureux, vital ». Allendy n'a rien compris. « Ce que je désire ce sont les flagellations de la vraie passion et la soumission à un authentique sauvage. »

Mais cette expérience amoureuse n'est qu'une étape dans le parcours d'Anaïs. Allendy va lui révéler qu'elle est amoureuse de son père, et que cet amour détermine son comportement d'échec avec les hommes. Ce père, un séduisant pianiste qui faisait des ravages auprès des femmes, l'a quittée — elle et sa mère — lorsqu'elle avait douze ans. Il continue de la hanter. Un jour, après dix ans d'absence, il réapparaît chez Anaïs. Coup de foudre réciproque. Le père drague la fille. Il l'invite dans le Midi, à Valescure. Elle s'y rend. Non seulement elle sait ce qui l'attend, mais elle le désire ardemment. On n'est vraiment pas simple dans la famille Nin.

Les pages de son journal où elle décrit avec minutie les scènes de séduction de son père ne sont pas brûlantes, bien que purement sexuelles, elles sont glaciales. C'est l'inceste consommé sous le regard du clinicien, presque de l'entomologiste.

— Permets-moi d'embrasser ta bouche, dit le père. Nous devons éviter la possession, mais laisse-moi t'embrasser.

Il la caresse.

— Je veux que tu jouisses, que tu jouisses. Jouis.

Alors elle se dénude et se couche sur lui.

Il la prend et, consommant l'inceste, s'exclame :

— Toi, Anaïs ! Je n'ai plus de Dieu.

Elle écrit : « Son orgasme fut terrible, de tout son être. Il s'est vidé tout entier en moi. J'avais l'essence de son sang dans mon corps. L'homme que j'avais cherché dans le monde entier, l'homme qui avait marqué mon enfance, l'homme qui m'avait hantée. »

Comment Allendy réagit-il lorsque sa patiente-maîtresse lui révèle ce passage à l'acte effrayant ? Au fond c'est un peu son œuvre. N'est-ce pas lui qui l'a aidée à découvrir le gouffre dans lequel elle vient de se jeter ? Est-ce un de ces acting-out, un de ces dégâts collatéraux de la psychanalyse ? Allendy est aussi un pervers à sa manière. Sa sexualité ne trouve pas d'applications dans la réalité — sauf la ridicule scène du fouet — mais dans une réorchestration par l'intelligence. Ainsi nous a-t-il révélé beaucoup de lui-même, à mots couverts, c'est le cas de le dire, dans son essai *Aristote ou le Complexe de trahison*.

La Grèce, ce monument de lumière, les psychanalystes auront décidément beaucoup tourné autour d'elle. Lorsque Freud se rend à Athènes, il est aussi ému que s'il allait rencontrer une fiancée. Il tremble de joie. On ne peut se faire une idée de ce que la civilisation grecque représentait pour ces hommes qui par les humanités en étaient beaucoup moins éloignés que nous. Ajoutons à cela la fascination des Germains pour cette patrie de l'ordre dorique. Schliemann et Nietzsche sont passés par là. Freud n'écrit-il pas à Fliess, au début de son auto-analyse qui lui a permis de reconstituer son enfance : « Je n'ose pas encore y croire vraiment. C'est comme si Schliemann avait une nouvelle fois mis au jour les ruines légendaires de Troie. »

Lorsqu'il atteint avec son frère le sommet de l'Acropole et qu'il observe avec émerveillement Athènes, à l'ombre du Parthénon Freud s'exclame : « Si papa nous voyait ! » — phrase qui est l'exacte réplique de celle qu'a prononcée Napoléon le jour du sacre, devant ses frères.

Freud écrira dans un texte intitulé *Un trouble de mémoire sur l'Acropole* : « Il me semble bien qu'à la satisfaction d'un désir soit associé un sentiment de culpabilité ; il y a là comme une inconvenance, quelque chose d'interdit de tout temps. Ceci est lié à la critique du père par l'enfant, au mépris qu'il a de lui, après avoir surestimé sa personnalité lors de sa prime enfance. Tout se passe comme si le plus important était de dépasser le père mais que cela ne fût pas encore autorisé. »

Cette phrase, comme je l'ai méditée douloureusement; elle me brûle. Il me semble qu'elle pénètre comme une lame au cœur de ma relation avec mon père. Soudain la Grèce s'efface dans la brume, je revois l'appartement sinistre du boulevard Montparnasse — encore un nom grec — qui était pourtant bien loin de l'Olympe, où la faiblesse de mon père m'apparaissait dans une lumière crue, prosaïque; cette expression désarmée devant la vie qui, dans les moments de désespoir, me faisait oublier l'artiste et envier mes camarades dotés d'un pompeux géniteur à la large carrure sociale et qui prenait l'existence à bras-le-corps.

Allendy déteste Aristote, dont les principes ont modelé l'Occident. N'est-il pas le seul philosophe grec dont la statue figure sur le portail de la cathédrale de Chartres? Il a donné à la chrétienté les principes d'ordre injustes qui lui ont permis de dominer les ferments de dissolution contenus dans l'Évangile. C'est à ce Macédonien qui haïssait la Grèce que les hommes d'Église ont demandé de résoudre l'épineuse question du pouvoir. Que ce philosophe soit le prototype du traître, voilà qui ne manque pas de sel pour Allendy qui, au fond, a gardé une âme de marginal, d'alchimiste, d'occultiste. Il aime le trouble, l'inexpliqué, ces territoires entre chien et loup qu'explorent les chamans et les astrologues. De ce point de vue Aristote, l'homme de la raison claire, assurée, est l'ennemi.

Analyse d'une homosexualité pour ainsi dire inéluctable, selon les données psychologiques et familiales fournies par Allendy : disparition du père, Nicomaque, conseiller écouté du prince, sentiment d'infériorité sociale, et dans son inconscient le désir obscur de retrouver un père puissant et bienfaisant et de se vouer au culte de la famille et de la tradition qu'elle incarne. Le père, mort en plein prestige, devait à jamais rester inégalable. « Pareille soumission ne s'obtient que par une atrophie de toute la virilité du garçon. Incapable d'intérioriser en lui-même l'idéal de force masculine, il se fait humble serviteur du chef et, dans sa vie intime, il devient homosexuel. Aristote fut l'un et l'autre. »

Et Allendy décrit l'essaim tourbillonnant des trahisons qui se développe dans cette âme noire obsédée par les idées claires : trahison de Philippe de Macédoine au profit d'Alexandre, puis d'Alexandre, puis des valeurs athéniennes de liberté, puis de Platon, le maître vénéré. Ainsi, Aristote devait toute sa vie rester fidèle à une idéologie conformiste et conservatrice, « sans cesser de trahir tous ceux dont il avait accepté d'abord l'autorité, c'est-à-dire sans cesser de se révolter ».

Sexuellement Aristote n'est pas plus clair : il épouse Pythias, la maîtresse de son amant Hermias, qu'il a probablement trahi et laissé conduire à la mort, pour retrouver chez la femme l'empreinte sexuelle de l'ami sacrifié. Cette femme, on sait qu'Aristote aimait que ses amis profitent de ses charmes. Il les possédait ainsi par procuration.

Anaïs Nin qui se partageait amoureusement entre Allendy et Miller avait, grâce à ses deux amants, la possibilité de flatter et d'entretenir ses deux passions : la sexualité hyperintellectualisée et la sensualité sur fond littéraire. Comment Allendy et Miller auraient-ils pu s'entendre ? Rien n'est plus instructif pour mesurer l'abîme qui les sépare que de lire les livres qu'ils ont écrits sur la Grèce, *Le Complexe de trahison* et *Le Colosse de Maroussi*. La Grèce de Miller est païenne et enchantée ; le résiné coule à flots comme les interminables histoires de Katsimbalis, le géant poète, descendant direct des aèdes homériques.

Dans la Grèce de Miller, je retrouvais Hydra, inchangée, telle que je l'avais connue lorsque j'avais dormi sur les banquettes d'une boîte de nuit sur le port. Katsimbalis était mort. Mais il me semblait entendre sa voix.

Le Mesnil au temps du H

Les temps avaient changé. Le château du Mesnil semblait s'assoupir dans la nuit. Par les fenêtres ouvertes du salon entraient les senteurs de l'été. L'odeur du chèvrefeuille se mêlait à celle du foin coupé. On entendait le chant d'un rossignol et le cri du hibou qui nichait dans le grenier. Parfois la brise qui faisait frissonner les grands marronniers provoquait un bruit de papier froissé. Les lampes étaient éteintes. L'électrophone allumé s'était tu sur une chanson de Ray Charles. On distinguait sur la cheminée le magnifique buste de christ que des paysans avaient retrouvé dans un champ, enfoui depuis la Révolution. Vautrés dans un profond canapé, sous un grand tableau d'Odilon Redon, nous fumions. Quel était ce nouvel encens venu de Java, de Bogota, du Pérou ? Le H, le shit, les joints, les pétards s'étaient installés dans ce haut lieu de l'impressionnisme. Le petit château Mansart acheté par Berthe Morisot sortait de sa léthargie : le monde moderne le réveillait avec le rock, la

« musique du diable », comme l'appelait André Frossard. Au fond il s'agissait d'un retour aux sources intellectuelles de l'impressionnisme, au symbolisme. Berthe Morisot n'avait-elle pas fréquenté Baudelaire ? Et Manet n'avait-il pas été l'ami de ce haschichin auteur des *Paradis artificiels*. La vie rejoignait l'art.

En fumant consciencieusement ce pétard à la fumée âcre qui passait de main en main, je songeais à Jünger. Pas plus que l'auteur d'*Approches, drogues et ivresse*, je n'avais l'intention de me laisser happer par ce démon né des fièvres de Mai 68. Mais dans l'odeur du H, ce que je préférais, c'était son goût d'interdit, d'exotisme, d'aventure.

Berthe Morisot avait passé plusieurs étés au Mesnil. Elle avait peint dans ce salon où nous étions affalés.

Mallarmé le lui avait recommandé dans une de ces lettres tarabiscotées : « Croyez bien que le château me hante et que souvent je tiens des paris avec moi-même, si vous le possédez ou pas. Cela vous irait si bien ; il y a une certaine mante brun sombre que je vois pendue à la boiserie d'un salon vieux ou frôlant les allées de dahlias du parc. » Elle lui répond : « Ce serait le moment de venir car nous avons tout l'air de devenir acquéreur sérieux. Si un dernier jour de soleil vous tentait, vous nous feriez plaisir, et dans le cas où vous voudriez coucher, j'ai toujours deux lits à offrir. »

Un an plus tard, elle a acheté le Mesnil : « C'est certainement une trouvaille, et j'ai une entière satisfaction à penser que plus tard Julie en jouira et le peuplera de ses enfants. Mais moi je m'y sens mortellement triste et ai hâte d'en sortir. Ce château hantait l'esprit de mon mari dans les derniers temps, en sorte que son souvenir y est présent dans toute la tristesse de la maladie. »

La soirée avançait. Plus tard nous irions en titubant nous effondrer dans des lits où avaient dormi Renoir et Valéry, les peuplant de songes bizarres.

C'était une faune sympathique qui avait remplacé les peintres : des photographes, des mannequins, des journalistes, des parasites de tout poil, qui transformaient cette demeure en caravansérail. L'hospitalité y était la règle; on y venait avec qui on voulait; il y avait toujours un lit pour accueillir une jolie personne. J'y retrouvais mes lieux fétiches : la chambre de Valéry et la grande allée, sous les marronniers, au bout de laquelle se trouvait, moussu, mélancolique, le banc de Chateaubriand. Je dévorais l'avenir de mes interrogations. Je demandais au ciel pommelé de me faire un signe. Et j'allais distraire mes angoisses dans la fumée des joints.

Une autre fois, je fumais de l'opium. Ce n'était pas au Mesnil mais à Paris, dans un appartement couvert de tissus indiens, de bouddhas, où se consumaient des bâtonnets d'encens. Mon hôtesse s'affairait sur la mixture avec une minutie et une application de pharmacienne. L'aiguille qui chauffe avec la boule d'opium, la pipe que l'on prépare avec une lenteur orientale, ce théâtre me plaisait. Que de rêves je faisais : j'étais avec Loti, avec Kessel, avec Michaux. Les murs de cet appartement du septième arrondissement s'ouvraient sur des pays inconnus. Opium, opium, ton seul nom ouvre des portes infinies à l'imagination.

L'expérience elle-même fut décevante. Était-ce cet opium qui avait mal voyagé ? Les sucs enivrants et dangereux s'étaient-ils évaporés ? Je me donnais un mal fou en tirant sur le bambou avec un acharnement de néophyte, et je n'éprouvais qu'une faible ivresse, quelques esquisses d'images fugitives.

Ce fut au Mesnil — ou était-ce ailleurs ? — que je rencontrai la reine des drogues, le poison mortel, l'héroïne. Dieu me garde d'en faire jamais l'apologie. Jamais je n'ai vu la mort d'aussi près et, ce qui est peut-être pire, la déchéance. C'est le plus perfide des poisons. D'abord il ressemble à une amie, il a le charme enjôleur des séductrices, il vous caresse la nuque, s'insinue dans votre ventre, vous réchauffe le cœur, jusqu'à ce qu'on atteigne une sorte de nirvana où règne l'apesanteur des vœux comblés, des sens rassasiés, un espace où la cause rejoint l'effet. Des images fusent ; je me souviens de cette moto que je tentais, dans mes divagations, de faire monter au troisième étage d'un escalier abrupt. Puis vient l'envers de ce plaisir bizarre : les vomissements, l'angoisse de sombrer pour toujours dans un puits sans fond, les mains de la tentatrice qui s'agrippent, qui vous entraînent dans des lieux d'où l'on ne revient pas. Alors quel effort surhumain il faut exercer sur soi-même pour faire marche arrière ! On est emporté par un courant ; on se noie en se disant qu'on n'en réchappera pas. Par quel miracle ai-je trouvé la force de revenir sur la rive ?

On fumait beaucoup à Ibiza. Pendant la semaine que je passai avec Marion, la jeune Grecque aux yeux clairs, il nous arriva de fumer quelques-unes de ces cigarettes au goût âcre. Mais c'était pour avoir l'air de participer au folklore local. Je la suivais dans des fêtes qui se terminaient à l'aube. Elle m'offrit de passer une nuit dans la chambre nuptiale du Corsario, une vaste pièce construite sur un rocher qui occupait une bonne partie de l'espace. Cela donnait l'impression d'habiter la grotte de Calypso. Le patron de l'hôtel se gargarisait en nous racontant qu'Onassis et la Callas y avaient passé plusieurs nuits au cours d'une croisière à bord du *Christina*. Papa Schillinger me regardait d'un autre œil depuis qu'il me voyait, moi, un Latin, un métèque, fruit d'une race dégénérée, convoler avec une jeune femme qui, malgré des origines ethniques mal définies, avait l'immense prestige à ses yeux de parler un allemand impeccable. Nous n'avions pas fait beaucoup de chemin, la jeune Grecque et moi, depuis notre première nuit dans la paille du moulin. La mer était toujours en face de nous et les lumières de la ville.

Je ne sais pas ce qu'avaient fait Onassis et la Callas dans le grand lit à baldaquin sous l'œil du rocher cyclopéen. Le golfe d'Ibiza, la terrasse d'où montait le parfum des bougainvillées, un bateau de guerre tous feux allumés qui pénétrait dans la rade, cette chambre pleine des effluves de la légende, ce pays étranger et dans mes bras une étrangère venue de je ne voulais pas savoir où, une étrangère au corps long et élastique, une femme qui sans doute ne m'aimait pas mais me donnait les illusions de la passion, une femme qui me parlait dans l'abandon avec des mots très doux, incompréhensibles, et moi, et elle.

Je devais partir. Elle m'accompagna sur le quai, pieds nus, vêtue d'une adorable robe rose. Je montai sur le pont supérieur du paquebot. Soudain je remarquai un étrange manège. Les voyageurs lançaient sur le quai, à destination des amis venus les accompagner, des rouleaux de papier hygiénique qui se déployaient en longs rubans multicolores. Je m'en procurai un, que je lançai à ma jeune Grecque. Nous étions ainsi unis l'un à l'autre. Le paquebot s'arracha lentement au quai et, longeant le môle, se dirigea vers la sortie du port. Un à un les rubans se rompaient, voltigeaient et tombaient dans la mer. Marion se mit à courir le long du quai. Elle tenait toujours le ruban, qui fut le dernier à se déchirer. Je la voyais dans sa robe rose, blessant ses pieds dans sa course pour maintenir le plus longtemps possible le lien fragile qui nous unissait. Quand le ruban cassa, les larmes me montèrent aux yeux. J'étais triste. Je tenais toujours le long ruban veuf qui flottait autour du bastingage. Puis la robe rose disparut, les cubes blancs d'Ibiza s'effacèrent. Et le bateau gagna la haute mer.

Je revis Marion en novembre. Je séchai les

cours de la faculté de droit pour la rejoindre à Zurich. Dans le train qui m'emmenait, je me berçais de l'idée de retrouver mon étrangère. Comme j'aurais aimé emprunter un de ces Harmonica Zug chers à Valery Larbaud et à Dominique de Roux. J'aimais les paysages suisses. Pourtant comme j'étais loin alors de Neuchâtel et de Léopold Robert. Cette passion conservatrice des Suisses a quelque chose de reposant. On se dit que même après la fin du monde il y aura encore des paysans et leurs vaches subventionnées pour nous donner l'illusion d'une vie traditionnelle et paisible.

Je passai trois jours dans un petit appartement qui ressemblait à une maison de poupée : dînette, lits de plume, couette légère et réveil en fanfare à la musique de *Yellow Submarine*. J'étais chouchouté par cette grande sœur autant qu'on peut l'être. L'après-midi elle m'abandonnait pour aller poser pour des photographes. Je restais seul à écouter les Beatles. Désœuvré, je me promenais dans l'appartement. J'ouvris malencontreusement un placard : il était rempli de costumes d'homme. Cette découverte me blessa comme une trahison.

Les amours de vacances voyagent mal. La magie d'Ibiza avait disparu. Deux mois plus tard, Marion vint me rejoindre à Paris à bord d'une petite Austin rouge. Elle passa une nuit dans ma chambre de bonne. Là je lui fis une stupide crise de jalousie. L'été était bien fini. De quoi lui en voulais-je ? Je ne le savais pas moi-même. J'étais injuste. Soudain dans cette chambre de bonne je me mis à la détester. Je voulais qu'elle parte. Où était passée la magie d'Ibiza ? Elle subsistait bien quelque part, avec la robe rose, les longs rubans multicolores. Dans le souvenir.

Les archétypes de l'amitié

C'était un grand jeune homme brun aux yeux clairs. Il portait le nom d'un baron d'Empire et se présentait comme un gibier idéal pour la psychanalyse. En classe, il me battait sur le terrain de la nullité; l'angoisse et les démons destructeurs qui le ravageaient m'inspirèrent tout de suite un grand réconfort : j'avais trouvé quelqu'un de plus douloureux, de plus écorché que moi. Dans cette boîte à bac dirigée par le Vénérable de la loge Droit humain, le professeur Cambillard, un homme sorti tout droit des principes philosophiques et de l'esprit philanthropique de la SDN, nous trouvâmes vite un terrain d'entente : une association de nos malheurs.

Avoir un ami dans l'adolescence est une expérience prodigieuse. On a devant soi la plage immaculée de l'avenir; on y promène ses rêves; on mêle la littérature, ses héros, à cette esquisse de vie qui ne peut pas encore décevoir; on sculpte dans le possible la grande aventure que l'on voudrait entreprendre; on se grise de virtualités sans jamais rencontrer cet empêcheur de danser en rond, ce rabat-joie, la réalité. La place Saint-Sulpice, l'église et ses hautes tours avec leur faux air italien étaient l'épicentre de nos divagations. J'accompagnais mon ami en bas de chez lui, rue de Tournon, puis il me ramenait jusqu'au boulevard Montparnasse, et finalement nous nous quittions à regret, place Saint-Sulpice, à l'heure où le Café de la Mairie fermait et où les clochards s'allongeaient sur leurs grabats au pied de la fontaine, sous les marronniers.

Quand on est malheureux, y a-t-il d'autre solution que vouloir écrire ? Le malheur à cet âge apparaît même comme un signe d'élection. On s'y complaît comme un sculpteur s'attarderait dans une carrière de marbre à Carrare. C'est alors que la littérature apparaît pour ce qu'elle est : une aventure séduisante et dangereuse. On en mesure les risques ; on sait qu'ils peuvent être mortels ; on se demande si on sera du côté de ceux qui ont eu de la chance, ceux que le feu a épargnés, ou si l'on rejoindra la longue cohorte des poètes disparus avec leurs promesses avortées. Alors tous les écrivains se ressemblent. Ils n'ont pas à jalouser des succès qu'ils n'ont pas obtenus et ils n'ont pour se distinguer les uns des autres que la mesure des ambitions. Même une balance en toile d'araignée capable de peser des œufs de mouche ne peut estimer le poids des rêves, ni aucun mètre-étalon leur surface réelle dans l'avenir.

Cette adolescence qui rêve, que de chimères elle enfante ! La vie s'ouvrait, terrifiante et magnifique. Allait-on s'y perdre ou y marquer une place ? Nous demandions à l'avenir de nous dire ce que nous étions : on tremble beaucoup plus devant les chimères que devant un but bien réel. De cette place Saint-Sulpice partaient tant de fusées. Combien ont-elles atteint leur but ? La vie de cet ami ne tenait qu'à un fil ; parfois je me demandais si je le reverrais le lendemain. Son désespoir était lourd à porter et il semblait si peu armé pour lutter contre ses poisons.

Il avait une cousine à qui il vouait un grand amour platonique. Une sorte de sylphide qui lui permettait d'éviter la réalité de l'amour, source d'autres souffrances qu'il craignait de ne pouvoir supporter. C'était tentant de s'approcher plus près de la sylphide. Un jeu un peu pervers, je le reconnais. L'ami lui-même s'y prêtait, n'imaginant pas que la statue de ses rêves pourrait descendre de son piédestal. C'est le genre d'épreuve qu'il vaut mieux ne pas tenter. Moi aussi j'étais curieux de savoir si nous avions affaire à un être de chair ou à un pur esprit. La vérification fut sans équivoque : c'était simplement une femme comme les autres. Mon ami en fut dépité. Il m'en voulut de l'avoir désenchanté de sa chimère comme un enfant qui découvre qu'on lui a menti et que le Père Noël n'existe pas.

Cet ami voulait écrire. Mais son inconscient résistait à la jouissance. Son être profond voulait échouer sur ce qui lui tenait le plus à cœur. Il cherchait des sujets impossibles ; il se paralysait lui-même en sachant, lucide, qu'il n'empruntait pas la bonne voie. Un écrivain qui reste en marge de la publication, qui sur la berge regarde partir le bateau qui s'éloigne vers la haute mer, vers l'aventure, chargé des espérances et des illusions de la jeunesse, ce jeune homme c'était lui. Avec effroi, je me demande si cela n'aurait pas pu tout aussi bien être moi. N'ai-je pas pris sa place ? N'ai-je pas été plus rapide que lui, comme avec la sylphide ?

Un jour, je lui proposai d'aller skier dans les Pyrénées. J'avais une vieille tante, du côté de ma mère, qui vivait dans la maison familiale, une jolie demeure de style Empire, sise sur la place de l'église et qui faisait face au château moyenâgeux. Espérance était une vieille fille chaste et romanesque, dont la soif d'amour et de mondanité était frustrée dans cette province reculée. Elle avait vécu à Madrid, dans sa jeunesse, et fréquenté les filles du roi Alphonse XIII, un souvenir qui l'entretenait dans une inguérissable nostalgie. Avec son grand nez, son visage tragique et émacié, elle semblait sortie d'un tableau de Vélasquez. Polyglotte, elle aimait mêler les langues ainsi qu'on devait le faire à la cour d'Espagne. Cela donnait des phrases du genre « *Por favor... Do you want a cup of tea... Ephkaristo poly* ».

Ce *five o'clock tea* était pour elle un cérémonial d'une grande importance. Avec quelques jolies tasses de porcelaine dépareillées, un cake délicieux, et une théière rescapée, on quittait très vite ce bourg provincial, cette maison dont la mouise rongeait l'ancienne prospérité ; on avait l'illusion d'avoir atterri dans l'antichambre d'une grande-duchesse de la cour de Vienne ou de Saint-Pétersbourg. Cet amour de la grandeur qu'elle maintenait dans le dénuement était émouvant et pathétique. Quel art elle employait pour enjoliver la triste et monotone vie quotidienne !

Enchantée d'avoir de la visite de Paris, de la jeunesse, elle se donnait beaucoup de mal pour suppléer par la délicatesse, le raffinement, l'absence — cruelle pour elle — de domesticité. C'est le grand inconvénient de la bourgeoisie par rapport à l'aristocratie ; le nom, la lignée suffisent à meubler les demeures et les fortunes les plus délabrées. Mais qu'advient-il d'un malheureux bourgeois qui ne peut plus tenir son rang ? Tout le monde s'en fiche bien sûr. Je parle du monde antédiluvien... d'il y a trente ans. Indifférente aux ravages de la réalité, tante Espérance profitait de cette circonstance pour mettre en scène vaille que vaille ses rêves désuets de mondanité !

J'emmenai mon ami dans cette station de troisième catégorie ; une neige capricieuse, tantôt réchauffée par le vent d'Espagne, tantôt glacée par le blizzard qui soufflait sur de courtes pistes mal balisées, autant de moyens défectueux qui étaient assez en accord avec les médiocres skieurs — nous compris — qui dévalaient les pentes, le nez gelé.

Un jour où il neigeait abondamment nous nous risquâmes jusqu'à la piste noire de l'Arlas. C'était intrépide. Les gros flocons, le brouillard, et ces rochers sournois qui perçaient le mince tapis neigeux n'avaient rien d'engageant. Arrivés au sommet, deux pistes s'ouvraient devant nous : l'abîme de la piste noire, raide et patibulaire, et un sentier plus facile qui traversait les sous-bois. Par bravade, je choisis la piste noire. J'engageai mon ami à me suivre. Sans doute pour l'éprouver. Il refusa. Ce grand suicidaire n'avait aucune envie de se rompre les os. J'insistai. Il s'obstina dans son refus. Il me regardait d'un air pathétique : son bonnet en laine couvert de neige, la glace qui formait des stalactites au-dessus de ses sourcils, son nez rougi, et ses yeux remplis d'effroi et de honte, lui donnaient une apparence pitoyable. Ne trouvant plus d'argument, je lui lançai :

— Si tu n'as pas le courage de descendre cette piste, tu n'écriras jamais de livre.

Et je me jetai dans l'abîme. Heureusement la piste était moins dangereuse qu'elle ne le paraissait et j'atteignis le remonte-pente sans encombre.

Mais c'était une phrase de trop. Elle resta comme une écharde dans notre amitié. Elle gâta le *five o'clock tea* préparé par tante Espérance. Hélas ! l'avenir devait me donner raison.

Cet ami, je l'ai regardé avec tristesse rester sur la berge. Avec ceux pour qui la littérature demeure une velléité douloureuse et inaccomplie. Écrivains, souvent très doués, ils le sont de toute leur âme : ils n'en connaîtront jamais que les tortures, la solitude. Ils n'enfantent rien. Cette stérilité qui le rongeait, et qui fut longtemps mon calvaire secret, mon ami ne me pardonna pas de l'avoir dominée. Pourtant comme j'aurais aimé le voir me rejoindre ! Nous aurions pu prolonger dans cette demi-réalité des livres publiés, hybrides de songes et d'objets, les rêves de notre jeunesse. Dès lors notre amitié était condamnée. Je le savais, j'en ai souffert. Il ne fallait qu'un prétexte, qui vient toujours trop vite. Cette amitié perdue, c'est un grand vide dans ma vie. J'ai eu des amis, je n'ai plus eu un ami. Ce n'est pas tant dans l'échec que l'amitié est importante, c'est dans les rares moments où le hasard, le destin vous apportent un succès. Alors on est fragile ; on mesure la somme de tous les ratages qui, accumulés, ont produit un instant de lumière. Et qu'un ami manque à cet instant où l'on pourrait dans son regard mesurer le chemin parcouru, cela donne une sensation subitement douloureuse. On est comme ce manchot qui soudain souffre dans le bras qu'il a perdu.

Paul Valéry a éprouvé bien des déconvenues dans ses amitiés. La lecture du *Journal* de Gide qui le montre comme un arriviste habile l'a blessé. Mais Valéry aimait-il vraiment Gide ? Cet homme de soleil, épanoui, jouisseur, affable, sympathique, pouvait-il vraiment s'entendre avec cet ami coincé entre les portes d'un immoralisme besogneux et douloureux ? Cet ami compassé, plein de componction littéraire, peut-être après tout l'aimait-il, oui, mais comme ce clair Méditerranéen qu'il était aimait aussi Londres et ses brouillards. Tout le portait vers le délicieux Pierre Louÿs, Mercutio érotomane qui aurait été capable de faire poser nue la fée Mab devant son Kodak, dans des postures que la bienséance réprouve. Louÿs, plein d'enthousiasme, de générosité, de ce talent adolescent si fragile et si bref, devait s'enfoncer dans une déchéance qui navrerait Valéry. Dans sa course aux honneurs, Valéry tentait d'échapper à la malédiction des poètes, à l'abîme où s'égarait Louÿs.

Un jour, Valéry reçut la lettre d'un jeune homme qui lui adressait des vers. Cette lettre, il l'attendait depuis longtemps. Il lui semblait même que sa vie aurait été incomplète s'il ne l'avait pas reçue. Il sentit un frémissement de joie ; cette joie que l'on éprouve lorsqu'on sent que l'on va enfin sortir de son égoïsme et pouvoir donner quelque chose de soi, transmettre à un autre une expérience, un regard sur la vie, lui tendre le relais, ce relais que lui-même avait reçu de Mallarmé, qui le tenait de Baudelaire, qui lui-même l'avait reçu de Théophile Gautier, qui... Ce jeune poète, âgé de dix-sept ans, s'appelait André Breton.

Valéry le reçut rue de Villejust. Breton est aux anges : « Je me revois pénétrant pour la première fois chez lui, m'accueillant avec la meilleure grâce, cet homme — celui-ci et non un autre — sur qui j'étais, en montant l'escalier, bien en peine de mettre un visage, et fixé sur moi, sous la paupière un peu coupante, son œil d'un très beau bleu transparent de mer retirée. »

Breton a reconnu sa dette envers Valéry : « Avec une patience inlassable, des années durant, il a répondu à toutes mes questions. Il m'a rendu, il a pris toute la peine qu'il fallait pour me rendre difficile envers moi-même. »

Valéry lui vient en aide. Il lui cherche une sinécure : « Un jeune homme dont la situation me touche. » Plus tard, lorsqu'il se lance dans l'aventure de *La Jeune Parque*, il en fait confidence à son jeune ami. Il s'amuse des provocations de Dada. Il est le témoin de Breton à son mariage avec Simone Kahn.

Soudaine acrimonie de Breton. La cause ? Le désenchantement. Il se répand en propos acerbes et blessants sur son ancien maître. Il va jusqu'à lui dénier le droit de se réclamer de Mallarmé. Il lui adresse le *Manifeste du surréalisme* avec cette dédicace : « À Paul Valéry, 1871-1917 ».

Enfin vient la brouille définitive. Breton écrit : « Je choisis le jour qu'il entrait à l'Académie française pour me défaire de ses lettres, qu'un libraire convoitait. Il est vrai que j'eus la faiblesse d'en garder une copie, mais longtemps j'ai tenu à l'original comme à la prunelle de mes yeux. »

Valéry n'évoquera plus jamais le nom de Breton. Aucune trace dans ses *Cahiers*. Un immense blanc. Le silence. Cette souffrance, il l'a gardée enfouie, avec le secret symbolique qu'elle contenait. Il ne remettrait le relais à personne. Son œuvre ne serait pas prolongée. Elle se terminerait sur une impasse. Le temps de la littérature de transmission qu'il avait aimée était fini. Cette haine injuste qu'il suscite, Valéry la tait. Silence, le cœur ! Une cicatrice. Il s'est laissé prendre au piège d'une aspiration, d'un rêve. Comme une midinette.

Dans nos souffrances entrent des mythes. Nous croyons, nous voulons croire à l'éternel retour qui abolit la fragilité de notre petite aventure pour la réinsérer dans un cycle immortel. L'amitié, avec ses barbelés, n'est pas le sujet des œuvres : peu de romans l'évoquent; elle ne laisse de trace qu'en filigrane, lorsque l'on observe avec minutie les silences intercalés dans la vie des écrivains.

Destins de femmes

Ce bourg du Béarn, dans la vallée de Baretous, cerné par des montagnes vertes, pommelées, aux pentes douces, c'était l'endroit le plus paisible du monde. La rumeur du monde moderne semblait ne devoir jamais atteindre un lieu aussi reculé, peuplé de paysans, de bergers et d'ours. Depuis l'invention des armes à feu la population des ours était en nette diminution; celle des bergers aussi. Ils se livraient une guerre sans pitié. Je pense que la profession de berger a perdu beaucoup de sel depuis que les ours ne sont plus là pour jeter la terreur dans les troupeaux, affronter les énormes chiens des Pyrénées qu'affectionnait la duchesse de Plaisance — Léopold Robert en a immortalisé un — et se livrer à des carnages au milieu des fougères. Je les imagine, ces ours ivres de sang et de miel, la panse arrondie, faisant la sieste au soleil après leurs rapines. Si les peintres avaient existé chez ces plantigrades ils nous auraient sûrement donné de savoureux tableaux dans le genre de

L'Enlèvement des Sabines ou de *La Mort de Sardanapale.*

Dans ma jeunesse, j'ai vu un de ces ours, un ourson, sans doute orphelin, qui s'était égaré aux abords du village et que la fermière avait surpris en train de barboter dans l'auge des cochons. Armée d'un parapluie, elle l'avait capturé et vendu à un cirque. Cet animal en cage fut ma première vision de l'injustice. De quel droit l'avait-on arraché à sa liberté, à ses montagnes ? Mieux aurait valu pour lui mourir glorieusement en affrontant les chasseurs plutôt que de finir dans un cirque à faire le beau pour un salaire de coups de fouet et de quolibets. Geronimo aussi a fini exhibé dans un cirque. Donc ce bourg était l'extrême marche de ce peuple de tranquilles et sympathiques assassins à la voix rocailleuse ; après on pénétrait dans le silence boisé des montagnes. Au-delà, c'était l'Espagne.

La maison de famille, sur la place de l'église, où vivait tante Espérance, avait le charme des voix chères qui se sont tues. Elle figurait d'une manière emblématique une de ces demeures de la bourgeoisie provinciale, libérale, qui, si éloignée qu'elle fût de la vie intellectuelle et artistique de Paris, n'en était cependant pas coupée. Des bibliothèques vitrées ou grillagées regorgeaient de livres ; les bons auteurs y étaient bien représentés. On jouait du piano, du violon. Le commerce mondain se limitait au châtelain, un ancien procureur à la cour d'appel de Pau, à Laure de Salette, vieille dame qui me paraissait un peu excentrique.

J'ignorais alors qu'elle avait été la muse, l'égérie du grand poète béarnais Tristan Derème. Elle descendait de je ne sais plus quel mousquetaire et avait une maison donnant sur le gave bouillonnant de remous et de truites, à un jet de pierre du fronton où l'on jouait à la pelote basque ; enfin une voisine, Henriette Escoubés, dont la maison, avec ses palmiers et sa véranda en bois, semblait sortie d'un roman de Faulkner. Cette vieille dame avait un beau visage sculpté par le malheur, en taille-douce, tant les larmes qui ne coulaient plus semblaient prêtes à jaillir. Mariée en avril 1914, elle était veuve six mois plus tard, son mari s'étant fait tuer en Argonne, la laissant enceinte. Cinq mois : tout ce que la vie lui avait fait connaître des douceurs de l'amour. Car la province en apparence libérale sanctionne impitoyablement d'un charivari la moindre entorse à la chasteté du veuvage. Elle était vivante, mais comme embaumée par la nostalgie.

Parfois, sur la place de l'église se produisait un phénomène insolite. Un bruit confus de clochettes, comme si un cirque ambulant apportait son tintamarre ; des chiens aboyaient ; soudain la place s'enneigeait de toisons d'un blanc sale : les moutons descendaient des alpages, conduits par les chiens et suivis du berger avec sa canne en buis, le béret noir vissé sur le crâne. Le son des clochettes devenait assourdissant. Alors montait une odeur puissante de suint, de laitage, de fougère et de montagne profonde. Une odeur qui devait faire défaillir les ours de bonheur et leur inspirer une délicieuse envie de meurtre. En novembre, la paix invincible du village était striée par les cris du cochon qu'on ébouillante avant de l'égorger ; les paysans portaient des seaux d'eau chaude et s'en revenaient, satisfaits, avec les mêmes seaux fumant de sang.

La maison familiale avait été autrefois bruissante de la présence de cinq sœurs qui entouraient leur vieux père portant bésicles et longues moustaches blanches, un centralien, ingénieur des Mines, qui, après une brillante carrière à Madrid, avait été ruiné par un mirifique projet d'exploitation de mines de cuivre en Espagne, grugé, d'après la légende familiale, par ses associés, la famille Pereire. Cette déconfiture lui avait fait abandonner ses châteaux en Espagne ; il s'était réfugié dans ce bout du monde où grâce à l'adoration de ses filles et à la clémence du climat il oubliait son cuisant revers de fortune.

Maintenant la maison désertée, habitée par tante Espérance, la dernière vestale, s'assoupissait dans cette léthargie qui précède la mort ; les housses blanches, au salon, dans les chambres, témoignaient de la présence de beaucoup de fantômes ; une odeur de moisi et d'abandon se glissait entre les murs menacés par le salpêtre, comme les herbes folles s'insinuaient dans les allées du jardin ; enlaçant la pergola, la roseraie qu'on ne taillait plus guère était ébouriffée de roses. Le piano désaccordé laissait entendre un son exténué.

Par quel hasard mon père et ses cousins avaient-ils atterri, un jour, dans cette maison de la Belle au bois Dormant ? L'impressionnisme les y avait-il préparés ? Bien sûr Berthe Morisot puis Manet avaient fait des séjours à Oloron-Sainte-Marie, qui était proche. Francis Jammes, qui habitait à Orthez, avait vanté la beauté de son pays à Eugène, l'ami de Gide. Degas avait noué des liens étroits avec Paul Laffond, le conservateur du musée de Pau, devenu ainsi le grand ami et l'acquéreur de plusieurs tableaux impressionnistes. Enfin mon grand-père, qui s'était lié à *La Revue blanche* et au Café Vachette avec Paul-Jean Toulet, originaire de Carresse, près de Pau, et Tristan Derème, les avait entendus vanter ces montagnes « douces comme le dos d'une femme qui a le frisson ».

Peut-être mon grand-père avait-il aussi entendu vanter par Toulet le charme des jeunes filles vertes du Béarn ? Ce terrible priapique en avait été alléché. Il demanda à mon père de le conduire à Oloron-Sainte-Marie dans sa torpédo de vieux séducteur. C'est ainsi qu'ils découvrirent le village d'Arette, la beauté des montagnes et la vallée de Baretous. Est-ce seulement le charme de la bourgade ou la présence des cinq jeunes filles qui le décida à prolonger son séjour dans une auberge assez rustique, sise sur la place de l'église, juste en face de cette maison Empire aux allures de pensionnat pour demoiselles ? Restait à entrer en contact. Mon grand-père employa l'aubergiste, Mme Hourcate, comme Leporello : il lui demanda si l'une de ces jeunes filles accepterait de poser pour un jeune peintre qui souhaitait la prendre comme modèle. L'entremetteuse revint avec un acquiescement à la condition que l'on obtînt l'autorisation du père. Le vieux centralien manœuvré par le diabolique grand-père accepta. Les séances de pose commencèrent dès le lendemain. Six mois plus tard, mes parents se fiançaient et mon lubrique grand-père essayait de séduire tour à tour les quatre filles restantes, au grand dam du vieux centralien, qui avait cru avoir affaire à un honnête père de famille lettré et s'apercevait, mais un peu tard, qu'il avait ouvert sa porte à Don Juan. Mon grand-père parvint-il à ses fins ? Il existe une photo assez troublante et compromettante qui montre le vieux chenapan à l'Alhambra de Grenade, à l'ombre d'une magnifique grille en fer forgé, en compagnie de Lola, la sœur aînée de ma mère. Voyage qui provoqua un de ces scandales qui tissent la petite histoire des familles.

C'est ainsi que deux mondes se rencontrèrent. Rien ne prédisposait mon père et mes oncles, ces fous de peinture, agités, bruyant de leurs pugnaces et irréalistes combats politiques avec les camelots du roi, à se lier avec de douces jeunes filles qui avaient vécu dans la paix, à l'abri des fracas du monde, dans l'ignorance des réalités. C'était l'irruption des frères Karamazov dans la Cerisaie.

Cette digression n'a pas d'autre but que d'évoquer ma mère, si présente, si effacée, si pudique. Mais d'elle, il m'est plus difficile encore de parler que de mon père. Comme si elle fuyait l'objectif, comme si par discrétion elle ne souhaitait pas que l'on s'intéressât à elle. Il est certains êtres qui ressemblent aux papillons. Ils sont merveilleux à voir mais quand on tente de les saisir, ils se dissipent et abandonnent entre les doigts une poussière d'or. J'ai cette impression avec ma mère : elle a laissé dans ma vie une insaisissable poussière d'or.

De ce Béarn d'où ma mère tirait ses origines, je n'ai pas évoqué le climat favorable aux palmiers et aux orangers ; une atmosphère lourde et chaude d'orage qui souffre de ne pas éclater ; une touffeur humide entretenue par une pluviosité exceptionnelle. Soudain le vacarme du tonnerre se répercute dans la caisse de résonance de la vallée, jetant des éclairs forgés par Vulcain lui-même, qui illuminent le plateau de Séguitte et le Trône du Roi. Une lourde pluie, chantant dans les gouttières, s'installe, semblant ne devoir jamais finir, une pluie interminable qui fait remonter les odeurs de fougère, de champignon et de suint. Une pluie chaude de mousson.

Rivarol parlant de Chamfort l'appelle « un myosotis enté sur un pavot ». À la sève de quel pavot s'alimentait le cœur tumultueux et fantasque de ma tante Victoria, la plus jeune sœur de ma mère ? Elle figurait le mouton noir au milieu de ces jeunes filles discrètes et paisibles. Le sang chaud de la Sierra Madre bouillait dans ses veines. Débordant de vitalité, exubérante, chaleureuse, généreuse jusqu'à la prodigalité et même bien au-delà, elle donnait tout ce qu'elle possédait, parfois aussi ce qu'elle ne possédait pas, et se donnait elle-même sans précaution ni examen avec l'enthousiasme généreux des filles du Sud. Elle aimait le bruit, la fête, l'alcool, autant que ma mère aimait la solitude, le calme et l'eau pure, ce qui ne les empêchait nullement de s'entendre à merveille. En épousant le cousin germain de mon père, elle introduisit le sirocco dans l'atmosphère morose et peu expansive des membres de la famille Morisot-Manet qui n'étaient pas de gais lurons. Ils avaient même tendance à être lugubres. Ce sirocco venu d'Espagne fit monter la température de la rue de Villejust. Victoria aurait plu à Manet, comme elle plaisait infiniment à Valéry. Car elle aimait à la folie l'Espagne de ses origines. Aux premières mesures d'un flamenco, elle montait sur une table, dansait, chantait. On ne l'arrêtait plus. C'était d'abord Malagueña, puis tout le folklore castillan y passait. Elle se faisait suivre d'une cour des miracles recrutée parmi la domesticité hispanique du seizième arrondissement : concierges de Barcelone, chauffeurs de taxi d'Estrémadure, peintres en bâtiment de la Costa Brava, tout lui était bon à condition d'entendre, de parler, de chanter cette langue qu'elle adorait. Cette colonie était accueillie à bras ouverts avec force sangria au milieu des tableaux des maîtres de l'impressionnisme.

Julie, peu expansive, renfermée sur le souvenir de sa mère, se sentait délicieusement secouée par cette belle-fille qui jetait les feux de l'Espagne, les éclats de la corrida, dans les sombres corridors de la rue de Villejust et réveillait la ténébreuse musique hispanique des tableaux de Manet. Victoria organisait des fêtes chaudes et tapageuses dans ces lieux que n'avaient hantés que de préraphaélites jeunes filles, un peu chlorotiques, et qui n'avaient entendu que le son chaste du violon et de la mandoline. Et ce n'était pas des enfants de chœur de Saint-Honoré-d'Eylau qu'elle conviait à ses noubas, mais des légionnaires. Des légionnaires! des militaires! on n'en avait jamais fréquenté dans la famille, sinon, en peinture, dans les tableaux de Manet. Le petit-fils d'Emma Morisot, la sœur de Berthe, s'était en effet engagé dans la Légion : beau garçon, risque-tout, fleuretant avec les dangers et les alcools forts, Michel Forget brûlait sa vie par les deux bouts. Engagé dans les Forces françaises libres, commandant un bataillon en Indochine, il allait mourir héroïquement au combat à Cao-Bang. Il avait trouvé en Victoria une complice. Dès qu'il débarquait du Tonkin, elle organisait pour lui et ses camarades au képi blanc des fêtes qui n'avaient rien de mélancolique. La concierge, Mme Colin, vieille ivrogne à la voix de rogomme, la trogne rougeaude, était mobilisée avec son insupportable cabot pour accueillir les invités : le chef coiffé d'un képi blanc, chargée de surveiller si le tonneau de vin en perce se vidait convenablement, elle hoquetait des lazzis, des injures, ponctués par les jappements de son chien. Elle finissait la soirée endormie sur le tonneau, le képi en bataille.

Pour fuir quelle tristesse Victoria se jetait-elle dans les fêtes et les plaisirs de la vie?

Elle m'avait pris en affection et me comblait. Je l'appelais Sanseverina. Elle me faisait confiance et m'apportait cette chaleur dont on a tant besoin, surtout quand on croit être né dans la mare aux canards, pour s'envoler vers des lieux moins confinés. Je sens en écrivant ces lignes qu'on aura un peu de mal à imaginer cette mare au milieu des Degas, des Corot et des Morisot. Victoria avait entrepris une redistribution des richesses sur une inspiration qui ne devait rien au socialisme et tout à sa nature généreuse : ainsi, le surplus de la rue de Villejust servait à combler le déficit chronique de mes parents. On acheminait des victuailles, des vêtements, par le truchement de ces Espagnols pour qui la contrebande était une habitude ancestrale. Quand on a franchi le Somport ou la Bidassoa à dos de mulet pour passer entre les mailles de la douane franquiste, c'est un jeu d'enfant de transporter une cargaison humanitaire du seizième arrondissement au boulevard Montparnasse.

Victoria m'a communiqué sa passion pour l'Espagne. Une passion qui n'a rien d'intellectuel, et qui est même très peu littéraire. Que le chant rauque du flamenco s'élève, que je pénètre dans une arène les jours de feria, mon sang frémit. Je ressens l'appel d'un pays que j'ai habité autrefois dans je ne sais quelle existence et dont j'ai gardé la musique dans la peau. Et cette Espagne a le cœur brûlant de Victoria.

La découverte du monde réel

Un tremblement de terre secoua le sud-ouest de la France. La vallée de Baretous fut particulièrement touchée. On me demanda d'écrire quelques lignes sur le village le plus durement secoué par le séisme. Il s'agissait d'Arette, dont j'ai parlé, où ma famille maternelle possédait cette vieille maison et ses tombes dans un petit cimetière sous le regard maternel des montagnes. C'est ainsi que j'écrivis mon premier article. J'y parlais des ours, bien entendu, des moutons, des bergers, de l'odeur du suint. Ce bourg durement estropié m'inspirait une grande pitié. La maison familiale était sens dessus dessous, les énormes murs fissurés, les cheminées effondrées. Mais le pire restait à venir ; les véritables ravages furent commis par des aides imbéciles à la reconstruction. On incita les habitants à raser leur vieille bâtisse, abîmée certes mais pleine des charmes du passé, pour élever de nouvelles constructions, qui tuèrent à jamais l'âme de ce village.

Je découvrais le journalisme. Je vis de Gaulle en

visite au Petit Trianon ; je m'approchai le plus possible de lui. Il avait l'air d'un vieil éléphant aux cernes multicolores, bleu, blanc, rouge, bien sûr. J'aurais bien aimé lui parler. J'étais dans le même état d'excitation que ce personnage de *Guerre et Paix* qui rêve de rencontrer le tsar pendant la bataille de Borodino. Je le regardais intensément, espérant que la foule se fendrait et qu'il viendrait s'entretenir avec moi. Nous aurions pu parler très agréablement de littérature. Il posa son regard sur moi, parut hésiter, mais, son aide de camp le tirant par la manche, il s'en alla laissant derrière lui un sillage de légende et de regrets.

J'aperçus Malraux à l'hôtel Matignon, en juin 68. Il était venu parler à Pompidou des difficultés que lui causaient Henri Langlois et Jean-Louis Barrault qui soutenaient les gauchistes. Dès qu'il sortit sur le perron, je traversai la cour pavée sous le prétexte de l'interroger. Je me fichais pas mal de Langlois et de Barrault. Je voulais voir Malraux, sentir ce parfum de Révolution chinoise, de guerre d'Espagne, de statues dérobées et d'opium qui devait l'envelopper. J'étais certain qu'il ne raterait pas cette occasion de parler avec moi. Il allait me dire : « Montez dans ma voiture, nous allons poursuivre cette conversation au ministère. » La DS noire escortée de motards m'emporterait ; peut-être m'emmenerait-il déjeuner à La Lanterne, sa résidence de Versailles, où il invitait Louise de Vilmorin. Tous les vœux se réalisent. Celui-ci n'était pas illégitime. Malraux, de méchante humeur, regagna sa voiture sans accorder la moindre attention aux questions que je lui posai. Sur son visage, je vis même apparaître avec terreur dans le désordre de ses tics nerveux une crispation exaspérée. La DS ministérielle me planta là, au milieu de la cour pavée, avec mes songes, mes illusions perdues.

Je méritais d'autant plus d'obtenir un entretien avec Malraux que c'était pour moi une revanche. Quelques années plus tôt, lorsque le ministre des Affaires culturelles avait décidé de faire racheter par l'État le fameux Corot, *La Dame en rose*, qui appartenait à mon grand-père, il avait accepté l'invitation à déjeuner d'une de mes tantes. Un à un tous les membres de la famille avaient décliné l'honneur de déjeuner avec lui : mon oncle fou, Ylas ex-R., parce que de Gaulle était un papiste exécré ; Philippe, le peintre, qui avait dissimulé dans son atelier de céramiste le capitaine Sergent, parce qu'il vouait aux gémonies la politique d'abandon de l'Algérie conduite par de Gaulle ; enfin, mon père, pourtant plus paisible et assez urbain, avait refusé en raison des « insanités » qu'il avait lues dans *Les Voix du silence* à propos de Goya. « Il n'y a rien compris, répétait-il, au comble de la fureur. Si je le vois, ce sera pour lui dire qu'il est idiot. » Je m'étais alors proposé pour meubler ce déjeuner déserté. « Non, toi, tu es trop jeune », m'avait-on dit de façon péremptoire. C'est ainsi que Malraux déjeuna en tête à tête avec une vieille tante. Sans moi.

Le journalisme dans ces premières années consistait surtout à déjeuner avec des hommes politiques, Edgar Faure, François Mitterrand, Georges Bidault qui me plut par son humour, et à jouer le muet du sérail ; ou à relater dans des articles d'assommants congrès de rénovation du Parti radical, des motions soporifiques, des débats enfumés et fumeux, tout ce chaudron des ambitions cantonales, municipales, qui m'ennuyait à périr.

Au-delà de ce théâtre de marionnettes, je sentais qu'il existait pourtant, dans les marges de la politique, des territoires passionnants à explorer.

Un jour éclata un scandale à Lyon : Javilley, un commissaire de police, fut soupçonné d'avoir eu des contacts très étroits avec des proxénètes et Édouard Charret, le député gaulliste. Je me proposai aussitôt pour faire une enquête. Je tombai dans un bouillon de culture où prospéraient le vice, la prostitution, la traite des Blanches, sous le regard débonnaire, voire complice, de la République, de son député, de son directeur de la police judiciaire et de ses commissaires de police. Jean Montaldo enquêtait. Je découvris l'enfer de la prostitution. Les malheureuses filles étaient non seulement aux prises avec leurs souteneurs mais avec les policiers véreux qui recevaient la bénédiction du député dont ils exécutaient les basses œuvres. Écœuré, je portai le scalpel dans le bas-ventre gangrené de la bonne ville de Lyon.

Les lecteurs du quotidien eurent un choc au petit déjeuner. Les croissants et les brioches durent rester un instant en suspens au-dessus de la tasse de thé.

Quelques mois plus tard, je récidivai. Cette fois je proposai d'enquêter dans le Pays basque où la *guardia civil* traversait illégalement la frontière pour aller cueillir des militants autonomistes basques espagnols en territoire français. Ces histoires de Basques parurent plus inoffensives que les questions de police, on me laissa partir.

Dès que je descendis de l'avion dans ce doux mois de décembre, je sentis une suave odeur de foin, de bouse de vache. Un délicieux vieux monsieur m'attendait : Telesforo de Monzon, éphémère ministre de l'Intérieur du gouvernement basque avant guerre, exilé à Biarritz depuis cinquante ans, où, tout en cultivant ses roses dans une belle villa du bord de mer, il venait en aide aux révolutionnaires basques en butte à la dictature de Franco. Une voiture nous suivait. « Ce sont les Renseignements généraux, me dit-il, ils m'escortent toujours. »

Il m'emmena déjeuner à Arcangues. Comme c'était agréable d'évoquer la guérilla devant un confit d'oie et une piperade à l'ombre de la villa de Luis Mariano. Ce décor d'opérette me grisait. Toujours suivi de la voiture des Renseignements généraux, nous rendîmes visite à l'abbé Larzabal, dans son presbytère fortifié, qui abritait bon nombre de Basques armés jusqu'aux dents, chaleureux, mais qu'on n'aurait pas aimé rencontrer au coin d'une rue sombre. J'allai voir les grévistes de la faim allongés sur des couvertures dans l'église de Bayonne. Et aussi les frères Abbebbery, famille qui se dépensait exclusivement à la défense de la cause basque; l'un dirigeait le journal *Abatatsuna*, l'autre était avocat, le troisième devait être passeur, le quatrième s'il ne faisait pas de faux papiers devait avoir des occupations du même genre. C'étaient de solides gaillards qui aimaient le rugby, la pelote, les dames, la castagne et la cause des Basques. Enfin j'allai sur la Bidassoa récolter des témoignages, notamment à Ainhoa, village particulièrement apprécié par la *guardia civil*. Ma cueillette allait au-delà de mes espérances. Je découvris que non seulement la police espagnole traversait la Bidassoa, mais qu'elle se sentait chez elle en territoire français où la gendarmerie et la police lui apportaient leur aide. J'avais des témoignages, pas de preuves. Une indiscrétion m'apporta l'élément qui me manquait. On me dit qu'un ambassadeur, M. Pons, compagnon de la Libération, directeur de l'Office des réfugiés politiques, avait enquêté dans ces lieux, qu'il avait rédigé un rapport bloqué par le ministre des Affaires étrangères. Ce rapport, il me le fallait.

Je l'obtins. Je le publiai avec quelques vertes révélations sur les accords passés avec le gouvernement français qui stipulait que la vente d'avions Mirage serait accompagnée d'un renforcement de la coopération policière entre Paris et Madrid. Comment cet article passa-t-il sans encombre? Il fit un certain effet. Le directeur du journal, Louis-Gabriel Robinet, homme d'une grande courtoisie, me convoqua dans son légendaire bureau à rotonde. Sous un planisphère, il entreprit de m'expliquer comment, par ma sympathique véhémence, j'avais gravement remis en cause les relations bilatérales entre les deux pays; qu'à cause de moi peut-être des avions ne seraient pas livrés à Franco; ce qui allait entraîner un chômage dont je serais également la cause; que des familles sans travail seraient peut-être obligées de livrer leurs filles à la prostitution que j'avais dénoncée par ailleurs... J'en avais les larmes aux yeux. Mes responsabilités étaient immenses. J'avais gravement perturbé la balance commerciale, j'avais atteint le crédit de la France. J'étais en passe de devenir un mauvais citoyen.

— Vous m'êtes sympathique. Vous êtes un idéaliste. J'étais comme vous à votre âge. Soyez plus prudent à l'avenir, me dit Louis-Gabriel Robinet en me congédiant d'un air paternel.

Jamais mercuriale ne m'a été infligée de manière plus affectueuse.

Pourtant, prudent, je n'avais aucune envie de l'être. Quelques mois plus tard, je découvrais l'affaire des pétroliers.

C'était un bel appartement sur la Canebière. L'homme qui m'accueillait ne me fit pas, au premier abord, une impression favorable. Ce Levantin chaleureux aux calculs glacés élaborait des manigances abyssales; ses yeux roulaient dans leurs orbites comme ceux d'un Othello nourrissant des vengeances ottomanes. Il était en proie à une fièvre exterminatrice comme si on lui avait volé un pur-sang sur le marché de Smyrne. Plus simplement j'avais la sensation d'avoir affaire à un fou. Tout en jouant sur un piano demi-queue une fugue de Schumann, il m'interpella à travers un grand salon :

— Prenez un siège, me dit-il en relevant à peine la tête. Et écoutez bien ce que je vais vous dire... ti-la-li-la-la-la... Je suis la victime de la plus abominable escroquerie depuis les affaires Mossadegh et Mattei... Vous n'ignorez pas ce qui leur est arrivé... couic... — Et il fit un signe explicite d'égorgement... — ti-la-li-la-la... mais Bodourian n'est pas homme à se laisser égorger au coin d'un bois... ti-li-li-la... Bodourian est arménien comme Gulbinkian, et un Arménien vaut sept Juifs, vous savez... ti-la-li-la-la... Avez-vous été suivi ? Méfiez-vous... Évitez les pissotières... Ils sont capables de tout... Mais ils ne savent pas de quoi Bodourian est capable ; s'ils le savaient ils feraient dans leur culotte... ti-la-li-la-la... Car Bodourian n'est pas seulement un homme d'affaires génial, tous les Arméniens le sont, c'est aussi banal chez les Arméniens que la bière à Munich, la moutarde à Dijon, le nougat à Montélimar, ou la filouterie dans les tribunaux de commerce... Bodourian, continua-t-il *mezza voce* en plaçant des notes séraphiques sur son piano, Bodourian est aussi un génie de la biochimie... J'ai à ma disposition dans un laboratoire secret des cultures de la variole, de la colibacillose, du choléra, de la fièvre jaune, du chancre mou, de la peste bubonique, du tréponème pâle... Si on ne me rend pas justice, foi de Bodourian, je le jure sur la tête de ma sainte mère, sur celles de ma femme et de mes enfants, ces cultures empoi-

sonneront toutes les capitales européennes...
pom... pom.. pom... pom...

Ses mains s'abattirent sur les touches en faisant sonner le tonnerre et il claqua brutalement le couvercle du piano.

Changeant subitement d'expression, il approcha un fauteuil du mien et me dit :

— Maintenant, jeune homme, parlons sérieusement de mon affaire.

Et le fou furieux se métamorphosa en Schéhérazade des trafics pétroliers. Éberlué, je l'écoutais évoquer avec minutie, du Koweït à Amsterdam, du gisement à la pompe, du ministère des Finances à la Direction des carburants, la fabuleuse saga de l'or noir. Lui, bien sûr, n'était qu'un grain de sable, mais ce grain de sable enrayait l'extraordinaire machine à profit mise au point par les Seven Sisters.

À quoi son affaire se résumait-elle ? Prospère revendeur de pétrole, il s'était attiré la jalousie des grandes compagnies pétrolières, qui avaient un jour décidé de l'éliminer. Elles s'étaient concertées pour l'acculer à la faillite. Mais Bodourian avait découvert que ces compagnies commettaient des entorses beaucoup plus graves : elles avaient mis en place un système qui consistait, pour éviter les aléas des enchères publiques, à se distribuer entre elles les marchés avant de concourir aux appels d'offre. Les hôpitaux, les lycées étaient ainsi les victimes de ces ententes.

Tout en l'écoutant, passionné, je songeais avec effroi à Louis-Gabriel Robinet. Que n'avais-je écouté ses conseils de prudence ? Où étais-je allé me fourrer ? Une petite affaire m'aurait suffi. J'avais au bout de ma ligne un poisson qui dépassait mes forces et mes ambitions. Il aurait fallu être au *Washington Post* pour mener à bien une entreprise pareille, être Hercule pour avoir une chance de nettoyer les écuries d'Augias de cet univers pestilentiel, au propre comme au figuré.

Rentré à Paris, je me rendis à la Direction des prix du ministère des Finances où on m'assura qu'une plainte était instruite par la Commission des ententes et des positions dominantes. J'allai voir les enquêteurs de la brigade financière qui me confirmèrent l'ampleur de l'escroquerie : la quasi-totalité des marchés publics de France et de Navarre étaient truquée avec sinon la complicité du moins l'aveuglement de la Direction des carburants.

Mon enquête terminée, je pris rendez-vous avec M. Verdeil, le directeur des prix au ministère des Finances. Il m'accueillit avec un sourire paternel.

— Je doute fort qu'un journal ose publier une telle mise en cause.

Je me récriai.

— Je vous souhaite bonne chance, me dit-il avec une lueur pessimiste dans le regard.

Cette fois j'entrai dans les turbulences. Le journal du Rond-Point essaya de me ramener à la raison. On mobilisa Raymond Aron, qui condescendit à me dire que je ne comprenais rien à la stratégie mondiale des multinationales. J'alléguai pour ma défense la loi, les tribunaux, l'injustice dont était victime Bodourian. Il haussa les épaules. À partir d'un certain niveau, dans les hautes sphères de l'intelligence, la réalité devient une irritante question subalterne. Comme je m'entêtais on me proposa de laisser là cette ennuyeuse enquête et de partir quatre mois pour l'Italie : « Surtout à cette époque, au printemps, me susurra l'un des directeurs, la campagne romaine est radieuse, vous pourriez pousser jusqu'à Florence, San Gimignano, même jusque dans les Pouilles, et puis, nonchalamment, au gré de votre fantaisie, vous nous ramèneriez un de ces charmants articles, si bien tournés, si littéraires, comme vous savez si bien en écrire, vous qui êtes surtout un écrivain, un poète, un homme fait pour la rêverie. Pourquoi vous embêter avec ces assommantes histoires de pétroliers qui ne vous rapporteront rien et peut-être même vous nuiront ? » Les anges volaient dans le bureau directorial. J'adorais l'Italie, mais en l'occurrence elle n'évoquait pour moi que l'assassinat de Mattei par les pétroliers.

La tension montait. Je devenais un peu fou moi aussi, comme Bodourian. Je comprends qu'on le devienne quand on est victime d'une injustice. Finalement, à contrecœur, on publia mon article. Aron, furieux, fulminait. Ce fut un beau tollé. Mais, à cet instant, je compris que j'avais rompu le pacte de bienséance que j'avais signé avec le journal et qu'il y avait peu de chances pour que nous vieillissions ensemble.

Trois mois plus tard, Jean d'Ormesson était élu

à la direction du *Figaro*. Je lui apportai triomphalement l'annonce de l'inculpation de trente-neuf P-DG et responsables de compagnies pétrolières.

Avec ce regard bleu irrésistible où flottait cependant un nuage à l'idée des ennuis que cette affaire allait lui apporter, il me dit avec un sourire :

— Je le publie. Tant pis si je me fais engueuler par Aron. Mais je te préviens : si tu as raison, je double ton salaire ; si tu as tort, je te mets à la porte.

Le lendemain l'annonce officielle des inculpations tombait. Deux ans plus tard, une commission d'enquête parlementaire constituée après le scandale publiait un volumineux rapport qui mettait au grand jour les agissements délictueux des pétroliers.

Au journal, malgré les efforts de Jean d'Ormesson qui me considérait avec une bienveillance amusée, on me regardait comme une sorte de gauchiste. J'avais déçu. Jamais on n'aurait pu imaginer que derrière le visage de ce jeune homme courtois, timide, issu — en apparence — de la fleur de la bourgeoisie, apparenté à Paul Valéry, pouvait se dissimuler un dangereux agent de la subversion. Comme me le disait Max Clos dans un de ces moments où il se penchait sur mon cas : « Vous seriez plus à votre place à *L'Humanité*. » C'était juste et cela révélait ce qui a toujours été ma contradiction : ce que j'aime dans le journalisme, ce sont les croisades. Or on n'entreprend pas de croisade avec les précautions, et les ménagements qui sont d'usage dans la grande presse.

Bien des années plus tard, un journaliste m'interrogea à propos du livre que j'avais publié sur l'injustice commise envers Omar Raddad.
— C'est curieux, me dit-il, que vous vous soyez impliqué dans cette affaire, vous qui ne vous êtes jamais intéressé à autre chose qu'à la littérature.
J'étais un peu interloqué. Ces épisodes mouvementés me revenaient en mémoire. Mais c'est vrai, mon interlocuteur avait raison, j'avais eu beau me passionner pour ce journalisme de croisade, et m'y être consacré avec passion, je n'y avais engagé qu'une part vive, peut-être superficielle, de moi-même, alors que je ne cessais de penser à la littérature. Et pourtant...

Le château du démoniaque

Comment avais-je découvert ce château endormi à la lisière d'un bois ? Il me semble qu'il m'était apparu au cours d'une promenade où je cherchais à retrouver une cavalière mystérieuse tel un héros de Nerval ou d'Alain-Fournier. Ce château transparent, avec ses belles proportions du XVIIIe, flottait sur un lit de brume. D'où me venait cette impression de l'avoir connu, autrefois, dans une autre vie ? Son vaste parc à l'abandon, les forêts qui l'encerclaient, et ses étangs au milieu des ajoncs, comme deux grands yeux ouverts, m'étaient familiers. Qu'il y ait de la magie dans ce lieu, quoi d'étonnant ?, le diable l'avait habité ; ou, sinon le diable lui-même, l'homme qui selon Gide, son ami, lui ressemblait le plus. Georges Raverat était un passionné de démonologie. Fils d'un riche négociant, il avait consacré sa vie à l'étude du démon. Dans ce château de Prunoy, en Puisaye, non loin de Saint-Fargeau, il avait mené d'obscures recherches qui tenaient de l'alchimie, de l'occultisme, du spiritisme, de la sorcellerie et d'autres abracadabrantesques sciences de l'au-delà. Pourtant ce château, à première vue, avec la pureté de ses lignes et ses étangs limpides, il ne m'inspirait que des idées de félicité familiale, de jeux d'enfants et de pimpantes gouvernantes.

J'y arrivai donc, guidé par je ne sais quel incube ou quel succube, et je me laissai bercer par une atmosphère d'enchantement. Sa propriétaire, en me faisant les honneurs de la vaste demeure dont elle louait quelques chambres, me dressait la liste des personnalités qui l'avaient fréquentée. Le marquis d'Houdetot l'avait construit; sa femme avait inspiré à Rousseau une passion fameuse; son fils avait repris le château. Un jour, sa jeune femme, pour une raison inexplicable, s'était jetée dans un des étangs. Cela avait été le début de la malédiction. La jeune morte revenait le soir hanter les abords des eaux dormantes; on voyait une forme blanche fugitive errer sur la grande pelouse entre chien et loup. Que cherchait-elle sur le lieu de son malheur? Quelle nostalgie de cette époque charnelle, quel parfum d'amour venait-elle retrouver dans les sous-bois?

Pris par la poésie de cette disparue qui évoquait pour moi l'Inconnue de la Seine, j'écoutais distraitement mon hôtesse; elle se donnait pourtant beaucoup de mal pour peupler de fantômes illustres les chambres nombreuses de son château.

— Un poète anglais a fait de fréquents séjours ici. Mais il est peu connu. Je doute que son nom vous dise quelque chose.

Piqué, je sortis de ma torpeur. Je demandai :

— Comment s'appelle-t-il ?
— Rupert Brooke.
— Rupert Brooke ! m'exclamai-je.
— Vous le connaissez ?

Je ne répondis pas. J'étais reparti dans mes songes. Je revoyais le tertre funéraire au-dessus de la baie d'Achille, à Skyros, sa statue en éphèbe sur la petite place blanche où les jeunes filles d'Athènes venaient fleureter. Comme la vie est étrange ! Pourquoi parsème-t-elle nos existences de tant de signes dont elle ne nous donne pas les clés ? Cette charmante jeune femme, son château historique n'étaient pas là par hasard, je m'en doutais bien. Georges Raverat, avec sa foutue science des ténèbres, avait-il vu plus clair que moi dans ce charabia abscons de signes sur lequel je butais ?

C'est à Cambridge, sur les bords de la Cam, où il faisait ses études, que Georges Raverat s'était lié avec Rupert Brooke, le jeune homme qui, au dire de ses amis, ressemblait le plus à un dieu grec. D'une beauté presque irréelle, doué pour la poésie, il était lumineux et obscur. Les contradictions, les oppositions le déchiraient : capable d'être tendre et cynique, sentimental et voluptueux, grossier et raffiné, généreux et égoïste, il pouvait se montrer snob comme un clubman et rouge comme un membre du Labour. Un garçon complexe, ambigu, trop féminin avec les femmes, trop viril avec les garçons pour être complètement bien dans sa peau. C'était un Byron roturier et désargenté, né dans une époque démocratique, avec l'électricité, la voiture à pétrole et le socialisme utopique. Bien sûr, comme ses amis il partageait les idées progressistes de la Fabian Society, faites de socialisme, de paternalisme, de positivisme et d'idées philanthropiques sur le bonheur de la classe ouvrière.

Ce début de siècle qui sortait des brumes austères de l'époque victorienne avait soif de soleil : trop de rigueur morale, de puritanisme, de matérialisme boutiquier pesait sur cette jeunesse au sang chaud. À ces jeunes gens idéalistes, il fallait un modèle de société aussi éloigné que possible de la Tamise et de la City, un pays mythique qui fût à la hauteur de leurs rêves de beauté, de gloire, de plaisir. Ce fut la Grèce. La Grèce offrait à la peau nue les caresses dont la jeunesse européenne avait été si longtemps sevrée. Pierre Louÿs écrivait *Les Aventures du roi Pausole*, Schliemann découvrait Troie et les trésors de Mycènes, Freud allait prier Œdipe sur l'Acropole, Raymond Duncan et sa sœur Isadora chaussaient des sandales et se drapaient dans un péplum, dansant au son de la cithare pour retrouver dans leur corps le rythme païen de Cybèle.

Les amis de Cambridge, Brooke, Raverat, James Strachey, le frère de Lytton, Gwen Darwin, la petite-fille du grand Darwin, Kate Kox, les quatre filles Olivier, tantes de sir Laurence Olivier, toutes d'une beauté ravageuse, formaient une petite société aristocratique et gauchiste. C'est l'esprit de Bedales, une école révolutionnaire qui s'applique à saper les principes des *public schools* : on y voue un culte à la Nature ; on fait du camping ; on se baigne nu dans la Cam ; on se grise d'excursions avec sacs à dos. Ces garçons et ces filles ont beau adorer le peuple, vouloir imposer des réformes sociales, faire la révolution, ils n'ont pas pour autant abdiqué leur esprit de caste. Ils ne se prennent pas pour des queues de cerise. « *We are e arth's best* », nous sommes le meilleur de la terre.

Ce sont des adorateurs de la jeunesse et du soleil. D'ailleurs ils se désignent en toute modestie comme « les enfants du soleil ». Gwen Darwin écrit : « Je ne peux supporter l'idée qu'un jour ces beaux jeunes gens seront vieux et fatigués... Je hais la vieillesse ! Je la hais ! » Quand on aime à ce point son corps, sa jeunesse, on les prête facilement. On couche beaucoup, à Cambridge, autant que dans le groupe de Bloomsbury, mais on y est moins compliqué — il est vrai qu'il est difficile de surpasser l'excès dans l'enchevêtrement des sexes que pratiquent les amis de Virginia Woolf. C'est Virginia qui baptise la petite bande les Néopaïens.

Rupert Brooke voyage beaucoup. En France, il se baigne nu dans les étangs du château de Prunoy avec les sœurs Olivier et leur hôte, Georges Raverat. Il va aux États-Unis, en Italie. Cette jeunesse qui éprouve une frénésie à vivre et gaspille ses dons dans les fêtes du corps, dans une gourmandise de l'instant, sent peut-être la menace qui pèse sur sa joie de vivre.

Lorsque la guerre éclate, elle fait l'effet du coup de sifflet du proviseur : les jeux sont finis. Il faut être sérieux. La mort qui aime la jeunesse réclame son dû.

En avril 1915, le doyen, Inge, de la cathédrale

Saint-Paul, à Londres, lit en chaire un sonnet de Rupert Brooke, *Le Soldat*.

Si je devais mourir, ne retiens de moi que ceci :
Qu'il est, dans un champ d'une terre étrangère,
Un coin qui, pour toujours, est l'Angleterre.

Trois semaines plus tard, le poète, qui s'était porté volontaire pour l'expédition des Dardanelles où il espérait voir la lumière de la Grèce, mourrait d'une septicémie au large de l'île de Skyros.

Que de fois je pensai à Rupert Brooke durant ce séjour à Prunoy ! J'associais son souvenir à celui de la jeune morte de l'étang qui flottait dans la brume. Je ne savais pas alors que le fils de mon hôtesse, un jeune homme qui vivait dans les enchantements de la passion, déciderait, un soir de désespoir, de les rejoindre.

Je retrouvais les charmes du Mesnil dans cette famille d'adoption. Des lieux que le malheur avait frappés comme pour signaler la présence tragique de l'art.

À mon retour à Paris, une grande enveloppe m'attendait ; je reconnus aussitôt l'écriture, celle des jeunes filles chics des années vingt. Jenny de Margerie avait l'habitude de m'adresser des photos d'êtres qui lui étaient chers, ou des reproductions de tableaux qu'elle aimait, toutes choses qui avaient un « sens », car cette femme de croyance, de foi, aimait chercher des signes et des correspondances de l'invisible. J'ouvris la lettre : elle contenait une photo de Rupert Brooke, de profil. Beau comme un jeune dieu grec.

L'éclipse de Florence

J'avais fui. Encore. Cette fois ce n'était pas la honte que je fuyais, mais le malheur. Assis sur un fauteuil en osier, j'observais un des plus beaux paysages du monde : la ville de Florence des hauteurs de Boboli. Le coucher de soleil sur cette mer de tuiles aux teintes brûlées que dominait l'imposant Duomo avait quelque chose d'irréel. La réalité nous offre rarement des instants où le paysage ressemble à une œuvre d'art. Et comme pour poser dans ce décor une touche moins somptueuse, bucolique, j'avais devant moi, au premier plan, un jardin d'herbes folles rougi de coquelicots ; dans le soleil couchant, ils luisaient comme des braises. Je regardais ce spectacle. J'aurais voulu en jouir, mais la part sensuelle de moi-même était comme morte. Je me sentais froid, de cette froideur que l'on éprouve lorsque l'on n'est plus aimé. Que m'importait l'art ! Je me fichais bien du Duomo, des Botticelli, du Ponte Vecchio. J'étais en lutte avec moi-même : j'avais quitté Paris pour ne plus penser à elle et jamais elle n'avait été aussi présente. Je la voyais partout dans les coquelicots, dans le soleil rasant. J'avais voulu la fuir, jamais elle ne m'avait autant obsédé.

Comment étais-je arrivé dans cette maison vieillotte, couverte de vigne vierge, qui aurait pu être une bergerie du palais Boboli ? Par hasard ? Mais parce que précisément il n'y a pas de hasard, j'étais hébergé de la manière la moins fortuite chez le directeur de l'Institut psychanalytique de Florence, un barbu jungien, qui, avec ses yeux priapiques, ressemblait à René Allendy. Je l'avais rencontré à la piscine. La jeune femme qui m'accompagnait lui avait plu ; et avec cette facilité des rencontres à l'étranger, il nous avait invités. Je l'entendais, ce joyeux barbu, déboucher des bouteilles de chianti et se livrer à toutes les facéties de la séduction ; jamais je n'avais croisé de psychanalyste sur ce modèle. Sandro Candreva, gai, pétulant, pétillant, était un boute-en-train. Il n'y avait chez lui aucune trace de componction savante, ni cet air de pontife qu'arborent ceux qui ont accès aux abysses de l'inconscient. C'était un psy version italienne et jungienne, comme je n'en ai jamais vu et n'en reverrai probablement jamais.

Sa maison, dans les herbes folles, accueillait la jeunesse qui passait : des voisins venaient chercher du sel, d'autres du poivre, une patiente l'interprétation d'un rêve, un élève une explication de texte ; on recevait tout ce monde d'une voix chantante en débouchant force bouteilles de chianti et en préparant des pâtes *alla carbonara*. Abattu, effondré en moi-même, rabat-joie, je figurai comme une statue de sel dans les réjouissances de Sodome et Gomorrhe. J'entendais de loin le bruit de la fête comme un agonisant perçoit la rumeur de la jeunesse, avec résignation et tristesse.

Le soir tombait ; des lumières commençaient à scintiller dans la ville ; on préparait la table du dîner sur le terre-plein, au milieu des coquelicots. Puis les pâtes fumantes arrivèrent ; on but ; on trinqua ; deux invités surprises s'installèrent à table ; on déboucha d'autres bouteilles. Comme la vie ici était simple. Comme j'aurais aimé rejoindre cette liesse. Un des convives, Lamberto, apprenti psychanalyste, joua de la guitare. Tandis que s'élevait la mélodie, une guimbarde traversa les coquelicots et stoppa dans les herbes folles. Une jeune femme casquée d'une volumineuse chevelure brune vint s'asseoir à la table. Elle avait une beauté fière, sculpturale. Après avoir fait honneur aux pâtes, elle posa sur la table une mixture brune qui ressemblait à du chocolat et un appareil à rouler des cigarettes. Bientôt une cigarette passa de main en main ; quand vint mon tour, j'en aspirai la fumée âcre avec avidité. Les vapeurs du vin avaient un peu desserré mon angoisse ; encore un effort dans l'ivresse et j'oublierais peut-être ce qui me faisait souffrir. Le haschich m'apporta peu à peu la torpeur que procurent les népenthès ; le monde flottait autour de moi ; les lumières de la ville se mêlaient aux étoiles ; j'entendais le rire de mon hôte, de la maison me parvenait la voix suave de Fats Domino. Et, près de moi, sous la lumière des candélabres, le visage blême de la belle étrangère.

On peut être heureux au fond du malheur. On peut du moins imaginer l'être. Pour moi, je n'avais besoin que de cette femme pour l'être. Il me semblait qu'elle pourrait m'arracher à ma souffrance. Je la contemplais comme une bouée. Elle refit une cigarette qui circula comme la précédente. Elle me la tendit et je la sentis entre mes lèvres, humide de ses lèvres. Cette femme, comment l'atteindre, comment parvenir jusqu'à elle ? Elle ne comprenait pas le français et l'incommunicabilité ajoutait à son mystère. Elle parlait d'une voix enrouée, avec cet air volontaire et altier des Italiennes. Incapable de trouver un moyen de la séduire, je devais me résoudre à n'être que le spectateur de sa beauté. Tant pis, me dis-je, ce sera encore un rendez-vous manqué. Une de ces passantes qui laissent leur parfum de regret.

Soudain une impression bizarre s'empara des convives. Il se produisait un événement surnaturel. Les cigales avaient cessé de chanter. Un grand silence se faisait dans la nature. Quelqu'un cria : « L'éclipse ! » Les regards se dirigèrent vers le ciel ; peu à peu le disque lumineux de la lune s'obscurcissait ; il ne restait plus qu'un mince croissant de lumière qui allait être dévoré par l'ombre. Une angoisse me saisit ; ce fil de lumière sur la lune, je m'identifiai à lui. J'avais peur de disparaître avec lui.

Je crois qu'à cet instant les créatures vivantes, qui subissaient l'envoûtement de ce phénomène, ressentirent la même crainte irraisonnée ; une peur venue des origines, la peur de perdre la lumière. Chacun éprouvait douloureusement sa solitude et éprouvait le désir de la rompre. Comme on aimerait serrer une main amie au moment de mourir, une main qui vous donne une ultime sensation de chaleur et d'amour.

Je sentis la main de la belle étrangère qui prenait la mienne. Je la serrai et ainsi noués nous attendîmes le retour de la lumière. Quand la lune eut repris son plein, ce fut une clameur de joie. Toute la ville de Florence sembla éclater en hourras ; les chiens aboyèrent ; les cigales se remirent à chanter. On revenait à la vie. J'avais gardé la main de la jeune femme dans la mienne. Et, mues par un même mouvement, nos lèvres se rejoignirent.

Je passai la nuit avec elle dans une chambre minuscule, tendue de tissus indiens, tapissée de kilims, et qui sentait l'encens et le bois de santal. Je ne savais que son prénom, Laura. Elle ne parvenait pas à prononcer le mien. Je l'aimai dans les fumées des bâtonnets d'encens et les volutes du haschich. À travers elle, c'était la vie que je voulais rejoindre, oublier l'amour pour retrouver l'amour, effacer le passé pour renaître. Je l'aimai comme on aime dans les ruines, dans le désastre, de toutes mes forces. Des ombres tantriques se mêlaient sur les murs à des dessins qui représentaient le cycle des renaissances. Elle avait un parfum fort de musc qui s'exhalait de sa peau en sueur.

À l'aube, elle dut partir. Nous n'avions pas dormi. Une lumière grise filtrait à travers de gros nuages sombres. Nous sortions l'un et l'autre de notre ivresse. Je l'accompagnai à sa voiture ; à nos pieds, Florence dormait toujours ; le Duomo la veillait. Quel mari, quel amant allait-elle rejoindre ? Que lui dirait-elle ? Comment justifierait-elle une si longue absence ? Je l'imaginai, cet homme qui attendait le retour de la femme aimée ; je le vis : il avait mon visage, et j'avais pitié de lui, de ce pauvre perdant d'un soir à ce jeu éternel et cruel.

Je sortis sur l'avenue Poggio Imperiale. Elle était déserte. Un corniaud errant reniflait distraitement les poubelles. Où irais-je ? Vers l'arc de triomphe de la Porta Romana, le Ponte Vecchio, regarder les eaux boueuses de l'Arno qui charriaient les brumes de la nuit ? Vers le marché humer l'éventaire des fruits, les aubergines, les petits artichauts, la vie qui renaît chaque jour, bruissante d'odeurs et de jurons. Je me décidai — si tant est que je décidai quelque chose cette nuit-là — pour les jardins de Boboli. Je longeai les murs du palais. Des merles pépiaient à tue-tête pour saluer le retour du jour. J'étais délicieusement seul et escorté des chauds souvenirs de la nuit. Oui, j'allais renaître ; la vie s'ouvrait puisque l'amour était là.

Je bus goulûment l'eau qui jaillissait d'une fontaine. J'avais bu tant de feu cette nuit-là et à quelle source ? Et je m'en retournai dans la chambre indienne. Je dormis à peine. Au réveil, ma compagne l'angoisse avait disparu. Un chaud soleil jouait dans les dessins du cycle des karmas et des renaissances.

Soudain Florence s'ouvrit pour moi. Je ne

l'avais pas vue. Je retrouvais des yeux. Avec quel enthousiasme je revisitai les Uffizzi ! Je ne me promenais pas dans les rues, je dansais. Les palais austères recelaient derrière leurs murs tant d'histoires, de voluptés, d'assassinats. Peut-être frôlai-je sans le savoir celui de Charlotte Bonaparte où avait soupiré et souffert Léopold Robert ? Puis je traversai l'Arno et regagnai la Porta Romana et la Viale Poggio Imperiale. La maison m'attendait, ensoleillée, avec son air sage et hypocrite comme si elle n'avait aucun souvenir des turpitudes de la veille. J'attendis Laura.

Nous reprîmes notre entretien silencieux de la nuit. Avec plus de vigueur et de lucidité. Je ne savais rien d'elle, elle ne savait rien de moi. Au milieu de nos ébats, la porte de la chambre grinça ; une jeune femme pénétra dans la pièce et, avec beaucoup de naturel, s'assit sur un fauteuil défoncé. Cette présence insolite redoubla notre ardeur et en hâta l'issue. Elle était allemande et s'appelait Dorothea. Nous échangeâmes des propos en anglais sur la soirée de la veille comme si nous étions de vieux amis en train de prendre le thé sans faire aucune allusion à notre situation scabreuse.

Le soir, alors qu'une fête battait son plein dans la maison, Dorothea, sous prétexte de me parler de Laura, m'entraîna au fond du jardin ; nous nous assîmes dans l'herbe qui sentait la menthe, avec les lumières de Florence à nos pieds ; nous entendions la musique de la fête et les rires des convives. Des lucioles passaient comme de minuscules Boeing; sans transition, Dorothea saisit mon sexe encore imprégné de la sève de Laura et le prit dans sa bouche. À genoux — et pour quelle prière? —, je m'abandonnai à sa caresse. Et ce fut comme un éclair dans la nuit étoilée.

Bien d'autres événements se passèrent cette nuit-là qui me semblent un rêve. C'était comme si un frisson de volupté se communiquait entre les êtres tel un courant électrique. D'autres noms, d'autres visages, surgirent. J'aimai Vanna Méoni, une belle jeune femme pulpeuse et triste que la détresse avait conduite dans cette fête. Elle me griffait le dos avec ses ongles comme si elle voulait arracher une souffrance de son propre cœur. Que cherchait-elle à travers moi? Elle aussi une rencontre sans lendemain, un instant de frénésie avec un étranger, un de ces hommes qui passent et ne laissent dans la vie d'une femme, cette vie dont l'aventure trouble si rarement l'ornière des conventions, qu'une impasse amoureuse, un de ces éclairs fulgurants qui n'illuminent rien.

J'aimais chacune de ces femmes; je les aimais pour leur audace; elles étaient des visages de l'amour. Et j'aimais Florence, cette ville froide, hautaine, fermée sur elle-même, qui m'avait ouvert ses jardins secrets. Je n'y suis jamais retourné. J'aurais eu peur de ne plus y trouver celui que j'avais été.

Et puis il aurait fallu un de ces instants de ferveur où l'on croit obscurément que la vie va finir. Une éclipse.

Le bonheur dans le malheur

Peut-on être heureux dans le malheur ? Oui, et c'est alors comme la pluie qui tombe tandis que le soleil brille. Tant de parois étanches isolent nos existences dans notre vie. Tandis que je souffrais les affres d'une passion destructrice avec une femme qui justement suivait une psychanalyse et me blessait au jeu de ses vérités coupantes, je poursuivais une autre voie souterraine. Je creusais un tunnel par lequel j'espérais rejoindre l'existence à laquelle j'aspirais. J'écrivais le jour, la nuit, puis je cessais d'écrire en apparence, mais c'était pour mieux écrire encore dans ces plages brumeuses de l'inconscient, le grand aiguilleur de ces fantasmes d'où naît un jour, sans qu'on comprenne pourquoi, un livre, un roman.

Cette souffrance, il est probable que j'en avais besoin. Souffrir à cause des autres évite de souffrir à cause de soi. Au fond, à travers cette femme je connaissais ce travail de remise en cause que j'avais refusé d'entreprendre dans une psychanalyse. Je partageais les conflits qu'elle voulait dénouer; elle ne m'épargnait rien. Elle me disait, ce qu'il est toujours insupportable d'entendre, la vérité; vérité d'un instant, d'un rêve, d'une pulsion, qui est le contraire de la vérité dont a besoin l'amour. Elle s'acharnait à m'entraîner dans ses souffrances; elle voulait un compagnon de malheur dans l'espoir que nous puissions être à l'unisson. Elle m'avouait des trahisons qu'elle n'avait pas commises, elle s'inventait des amants, elle m'assenait les fantasmes les plus cruels sous prétexte de sincérité. Cette sincérité, pour elle, justifiait tout.

Parfois il me semblait que, grâce à elle, je payais une dette : j'avais reçu trop d'amour de ma mère, un amour absolu qui m'avait porté dans un monde irréel, à une fusion dans l'amour qu'il est vain de chercher dans le couple. Jusqu'alors chez les femmes j'avais cherché à retrouver cette image rassurante et protectrice, à poursuivre sur un autre mode les délices de l'amour maternel. Comment n'aurais-je pas été insatisfait? L'amour de ma mère m'avait entretenu dans un rêve idyllique de la femme. J'imaginais que, comme elle, aucune ne pouvait me faire du mal, me trahir, me tromper, me quitter. Il fallait bien qu'un jour je rencontre la réalité, fût-elle violente, dévastatrice. La passion m'entraînait à l'opposé de l'image maternelle; sa douceur était remplacée par la violence, sa compréhension par l'intransigeance; à l'harmonie succédait la discorde, à la bonté l'égoïsme, au pardon les récriminations. Je les acceptais, pressentant qu'ils m'aidaient à accomplir mon destin. Dans la souffrance, peut-être accoucherais-je enfin de moi-même comme si les tortures et les humiliations étaient les conditions de ma renaissance.

Voulait-elle ma mort ? Qui sait ? Certainement ma destruction. De quel homme fantasmatique, de quel fantôme de son passé voulait-elle se venger en me terrassant ? Plus je lui résistais plus elle s'appliquait à me faire perdre pied. Je coulais ; je suppliais ; mais au lieu de me tendre la main secourable que j'espérais, elle m'enfonçait la tête sous l'eau. Ce calvaire n'aurait pas été possible sans des rémissions, des moments de volupté terribles, punis de longues et cruelles abstinences destinées à me montrer qu'elle seule menait le jeu, que je n'étais qu'un jouet entre ses mains.

Je voulais m'évader de cet enfer. Je partis seul pour Samos, ailleurs, ensanglantant mon mal, et, un jour, au bout de ce long tunnel, il y eut un livre. Ce roman, je l'abandonnai à un éditeur, certain qu'avec ma malchance — les bonheurs n'arrivent qu'aux heureux — j'allais m'enfoncer un peu plus dans la déréliction. Mon ange gardien veillait. Il ne voulait pas me perdre. Il inspira à des éditeurs une bienveillance miraculeuse. Je revois les visages de Roland Laudenbach et de Bernard Privat.

Le roman parut. Jamais devant cet objet étrange, imprimé sur du papier mais tissé de l'étoffe de mes rêves, avec sa couverture jaune beurre frais, je n'ai été plus heureux dans le plus noir malheur. Que m'importait le succès, j'avais gagné le plus risqué des paris avec moi-même. À l'inverse d'Antée qui retrouvait son existence au contact de la Terre, je retrouvai la mienne dans le rêve réalisé. Mes souffrances n'avaient pas été vaines. J'avais conquis ce privilège des artistes, le seul que j'aie réellement souhaité à cette époque, l'honneur de souffrir et de pouvoir en porter témoignage.

J'allai au Touquet à la fin de septembre. Je me promenai sur de longues plages de sable sillonnées par les chars à voile et labourées par la course des motos. Dans le train du retour, je fumai un cigarillo dans le couloir. Soudain à travers la vitre d'un compartiment, j'aperçus Antoine Blondin. Enhardi par la publication de mon livre, et malgré ma crainte d'une rebuffade, je me présentai à lui. Son accueil passa mes espérances. Il venait d'écrire un article sur mon livre, qui devait paraître le lendemain et, à ma confusion, il me parla avec son chaleureux bégaiement comme si j'étais ce que je n'ose toujours pas espérer être, un écrivain. Merveilleux Blondin qui prêtait son talent à tous les jeunes gens qu'il rencontrait. Il était poète jusqu'à la folie. D'une humilité d'artisan, il avait la naïveté et la candeur des troubadours. Comme Verlaine, comme Pierre Louÿs, il fleuretait avec le démon de la déchéance. Il me faisait peur. Après l'avoir vu, je fus triste devant tant de talent mêlé inextricablement à tant de difficultés à vivre.

Je croisais souvent Aragon place Saint-Sulpice ou boulevard Saint-Germain, sans oser l'aborder. Avec son chapeau de vieux dandy, ses costumes coupés par Saint Laurent, c'était une figure folklorique. Je fredonnais tout bas ses poèmes chantés par Léo Ferré :

> *Il n'aurait fallu qu'un moment de plus*
> *Pour que la mort vienne*
> *Mais une main nue alors est venue*
> *Qui a pris la mienne*

La Semaine sainte reste pour moi l'un des plus beaux livres de la langue française. J'en aime non seulement le style, le rythme, mais aussi cette liberté d'artiste que déployait souverainement Aragon, qui lui faisait admirer ce vieux réac de duc de Richelieu, un de ceux qui n'avaient rien appris et rien oublié, un fou de théocratie, un homme du Moyen Âge égaré dans les débuts de l'époque démocratique. L'artiste Aragon restait libre de ses engagements. Donc je ne le jugeais pas. Au reste la vie publique d'un écrivain, ses choix politiques ne m'intéressent ni plus ni moins que s'il s'agissait, pour tout autre, de la vie privée. Une existence anecdotique, périphérique, qui n'a pas de signification dans l'art. Aragon estimait donc le panache de cet aristocrate à côté de la plaque, vieille baleine échouée sur la grève d'un monde nouveau. J'aimais l'esprit provocateur d'Aragon resté fidèle à Barrès, en dépit des sottises surréalistes, contre les modes. Mais c'était avec l'auteur d'*Aurélien* que j'aurais voulu parler. J'avais trouvé dans la personnalité douloureuse et sulfureuse de Drieu la Rochelle, dont il s'était inspiré pour créer son héros, une étrange fraternité. Bourgeois déclassé, souffrant de sa pauvreté, rêvant à des aristocraties impossibles, souffrant autant qu'il faisait souffrir, pas besoin de faire un dessin, cela me rappelait quelqu'un ; son romantisme réorchestré à l'époque du jazz, du fox-trot, de la cocaïne et d'un fascisme suicidaire trouvait en moi une étrange résonance.

J'aimais parler avec ceux qui l'avaient connu : Emmanuel Berl, que j'allais voir dans son petit appartement du Palais-Royal, Pierre Dominique, Colette Clément, la maîtresse de Jacques Rigaut. Et bien sûr son frère, Jean Drieu, résistant gaulliste, qui se dévouait à sa mémoire et m'avait pris en affection.

Un jour plein de soleil, un jour pimpant et clair, passant rue de Varenne, devant l'hôtel Matignon, j'aperçus l'écrivain au grand chapeau sur le trottoir, semblant bayer aux corneilles, ou simplement réchauffer ses vieux os. Je passai devant lui, empli d'émotion et d'admiration. Je me retournai. Aragon me regarda en souriant d'un air engageant, avec l'œil coquin d'une femme mûre qui reluque un jeune homme. Ce sourire me fit revenir sur mes pas. J'engageai la conversation. Le nom de Drieu eut l'effet d'un sésame. Il m'entraîna chez lui. Nous nous engageâmes dans la magnifique cour pavée d'un vieil hôtel particulier. L'appartement illustrait les passions d'Aragon : des toiles de Matisse et de Braque, des collages surréalistes voisinaient avec des cartes postales épinglées aux murs. C'était le logis d'un éternel adolescent qui aurait peint ses murs aux couleurs de sa vie. L'opposition entre l'élégance aristocratique du parquet Versailles, des boiseries, et cette ambiance de bohème montparnassienne me grisait. Pour la première fois — mais ce fut aussi la dernière — je voyais un appartement d'écrivain qui ressemblait à son auteur. Pas un centimètre qui ne fût marqué de son empreinte d'artiste.

Il me fixa de ses yeux bleus.

— Je vais vous chercher une photo de Drieu à Saint-Jean-de-Luz. Où est-elle donc ?

Il fouilla dans des cartons en marmonnant. Mais la photo était introuvable. Il m'invita à m'asseoir et il m'entraîna dans le passé, dans leur jeunesse, au bord de la mer, sur cette côte basque où leur amitié s'était épanouie. Un temps où surréalisme et snobisme faisaient bon ménage, où les Américaines tombaient amoureuses de ces jeunes écrivains fantasques et révoltés. Comme ils avaient du charme, comparés à leurs ennuyeux maris, ces bons sujets proprets, trop bien peignés, sortis de Harvard, avec leurs nœuds papillons et leurs vestes en tweed. Elles se grisaient d'art, buvaient à la source de leurs lèvres de délicieuses divagations et couchaient avec fureur. Ces Bovary de Boston amassaient des souvenirs de jeunesse dans cette France où l'amour se conjugue si bien avec les artistes.

Le bleu des yeux d'Aragon se remplissait de la mer salée, du ciel céruléen de Saint-Jean-de-Luz, et d'éclats de soleil. Oubliées les tragédies de la politique, les horreurs de la guerre, ces passions rouge et noire, le fascisme, le communisme, Aragon revenait sur des plages où les hommes étaient si beaux, les femmes pulpeuses, où les corps se mêlaient dans le sable, sur les pistes de danse et dans les nuits étoilées zébrées d'éclairs. Parfois des larmes embuaient son regard. Pourquoi ce monde enchanté avait-il disparu, pourquoi les cheveux avaient-ils blanchi si vite, et ces illusions qu'on poursuivrait toute la vie, les jeux à bouche-que-veux-tu. Hystérésis ! la passion d'Aragon pour Drieu était toujours aussi vive ; l'amour qui les avait liés surgissait intact des veines ouvertes de Drieu. Le sang avait effacé les blessures des affrontements. Ne restait que cet horizon doré aux prémices de la vie.

Aragon, qui ne savait ni qui j'étais, ni que je venais d'écrire un livre, et qui s'en fichait bien, se confessait à moi comme s'il parlait à sa propre jeunesse. Il m'ouvrait son cœur.

— Je n'oublierai jamais sa violence. Il était capable de gestes très violents. Il a été amoureux d'une Américaine qu'il appelle Dora dans *Gilles* et que nous avions connue ensemble à Guéthary. Après quelques mois de passion, ce fut la rupture. L'Américaine revint à Paris et me téléphona, en me proposant de venir lui rendre visite. J'y allai. Dès que j'arrivai chez elle, elle me déshabilla. Eh bien, cela, bien qu'ils ne fussent plus ensemble, Drieu ne me l'a jamais pardonné. Je ne me l'explique toujours pas. Quelque temps plus tard, je le rencontrai à la sortie d'une boîte de nuit. Il était ivre. Il s'avança vers moi, le poing levé, en me disant : « Tu n'es qu'un salaud, je vais te casser la gueule. » Je me mis les mains derrière la nuque et lui dis calmement : « Eh bien, frappe-moi. » Une femme alors s'interposa entre nous : elle m'embrassa sur la bouche pendant dix minutes. Ce geste déconcerta Drieu, qui disparut.

Et Aragon poursuivait son monologue sur Drieu. L'homme couvert de femmes le fascinait, comme sa puissance virile, lui qui avouait à Breton n'avoir « jamais eu d'érection complète » et qui s'en accommodait : « Je ne le regrette pas plus que de ne pouvoir soulever les pianos à bout de bras. » C'est à travers les femmes qu'il avait, en creux, retrouvé la présence de son ami, le parfum de sa force, de sa brutalité.

Curieusement je retrouvais chez Aragon les symptômes décrits par Allendy dans *Aristote ou le Complexe de trahison*. Qu'Aragon fût ou non homosexuel n'a aucune importance, mais on voit chez lui le trait d'Aristote qui aimait coucher avec les femmes de ses amis afin d'entrer dans l'intimité de leur virilité. Le soir tombait. Aragon parlait toujours. Cela faisait trois, quatre heures qu'il évoquait son ami disparu. Il revenait sans cesse vers lui comme s'il voulait exorciser son fantôme.

Soudain il se leva et me dit avec brusquerie :

— Suivez-moi.

Il me conduisit dans sa chambre. Une grande pièce d'aspect monacal. Le parquet était couvert de feuilles manuscrites.

— Ce sont des poèmes, me dit-il avec un air de fierté. Un jeune éditeur me les a demandés. Mais il ne veut pas me donner d'argent... Alors, pas d'argent... pas de poèmes, conclut-il d'une voix sifflante.

Je pris congé. Ses yeux bleus devenaient troubles. Cette plongée dans le passé l'avait remué. Il semblait épuisé.

— Revenez, me dit-il, nous reparlerons de Drieu. Je vais chercher la photo.

Je n'osai pas revenir. Plus tard, à la demande d'un journal qui souhaitait de lui une réaction à propos de je ne sais plus quel événement survenu en Europe de l'Est, je débarquai chez lui. Il me reçut. Se souvenait-il de moi? Je ne crois pas. Il me parlait, expliquait sa position d'une manière qui paraissait sensée mais qui peu à peu dérapait dans l'incohérence. Son esprit commençait à entrer dans la nuit. J'en fus peiné : cette belle âme d'artiste si lumineuse s'assombrissait. Les mots qu'il avait serrés de si près l'abandonnaient, le trahissaient. Je sortis bouleversé. Dans la rue, je déchirai les notes que j'avais prises et les jetai dans le caniveau, à l'endroit même où je l'avais rencontré quelques années auparavant, dans le plein soleil d'un après-midi de juin.

Quand je passe rue de Varenne, devant l'hôtel Matignon, à l'inverse des badauds curieux qui cherchent à entrevoir un Premier ministre, je regarde de l'autre coté, là où Aragon n'est plus mais où, pour moi, il demeure toujours.

L'empire de la destruction

Aragon dans les années vingt a été amoureux fou de Nancy Cunard. Que cherchait-il auprès de cette belle héritière d'une célèbre compagnie maritime ? Sa perdition. Oui, se détruire, tout simplement. Quand on a connu la guerre, l'une des plus terribles, que l'on a vu mourir tant d'amis de son âge, d'autres être mutilés, brûlés, gazés, gueules cassées, beaux jeunes hommes au visage de monstre, les yeux, le nez arrachés, quel sens ça a, la jeunesse ? Il faut payer là encore la dette à ce créancier impitoyable qui vous a, inexplicablement, accordé un sursis. Tous ces jeunes gens épargnés par la guerre ont voulu mourir. Beaucoup y sont parvenus : Crevel, Vaché, Rigaut ; plus tard Drieu les a rejoints. Aragon avait tant de raisons de mourir ; l'enfance cruelle qu'il traînait, le père qui ne voulait pas de lui, alors pourquoi, quand on ne se sent pas indispensable, voudrait-on vivre ? Lui qui ne croyait plus à rien, il s'est mis à croire à l'amour. C'était le plus mauvais moment pour rencontrer Nancy Cunard.

Voilà qui nous ramène encore à Venise : une ville qui décidément ne vaut rien pour la santé. Sur le Grand Canal, non loin du Dario, le palais qui porte malheur, il lui lance son va-tout :
— Si vous me quittez, je vais me tuer.
Elle lui répond calmement :
— Vous n'en seriez même pas capable.
Comment peut-on vivre après cela ? Je veux dire vivre avec dignité. Ce qui est mort ce jour-là, chez Aragon, c'est une image de lui-même qu'il a jetée comme une vieille défroque dans l'eau du canal. C'était, dans l'ordre du cœur, un décapage plus violent que celui que Dada et le surréalisme avaient infligé à notre vieille conception humaniste de la littérature. Table rase. On brûle tout. On repart de zéro.

Je ne parle d'Aragon que pour éviter de parler de moi. Cela sert à quoi d'autre, la littérature ? Truquer, dissimuler, biaiser, se masquer, pour atteindre une vérité qui fait trop mal. Et vous, est-ce que vous regardez le soleil en face ? Non, il faut des lunettes pour ça. Et l'amour fait des ravages bien pires que ceux du soleil où il n'y va que de nos yeux, alors que là, il y va de notre vie. Et nous la passons à nous punir. Quelle faute voulons-nous expier dans le piège du sexe ? Nous ne le savons pas. Nous errons, nous tâtonnons dans l'obscurité, insensibles aux supplices. Victime, bourreau, nous passons de l'un à l'autre rôle sans comprendre pourquoi. Et à quoi ça servirait de le comprendre ?

Tel était mon état d'esprit lorsqu'on me proposa la chose la plus éloignée de mes préoccupations brûlantes, de la tragédie intime que je vivais ; une mission qui en d'autres temps aurait pu me réjouir, mais dont alors, je l'avoue, je me fichais comme de colin tampon ; une proposition aussi dérisoire que d'offrir une cigarette à un condamné. On me demandait de partir pour un long reportage avec Max Clos, journaliste émérite, breveté de Diên Biên Phu, qui avait traîné ses bottes dans tous les bourbiers de guérilla de la planète. On me présenta cette expédition avec lui comme un tel honneur, une telle chance que, tel était mon égarement, j'acceptai.

Pourtant Max Clos n'est pas plus mon type d'homme que je ne suis le sien ; tout nous sépare, la conception du monde, la coupe de cheveux — détail qui devait avoir son importance —, il se lève à l'aube, moi à midi ; c'est un travailleur, je suis paresseux ; il ne rêve jamais, c'est mon occupation favorite ; il n'est pas porté à croire aux sentiments désintéressés, je ne vis que pour y croire ; il est précis autant que je suis vague ; il abhorre Coluche, je l'adore ; il est exaspéré par la jeunesse, je ne révère rien autant que l'adolescence ; aussi intransigeant que je suis souple, aussi sceptique que je suis passionné, froid que je suis chaud ; je pourrais dire comme Valéry à propos de Flaubert que nous ne pouvions pas plus nous entendre qu'un chat et un chien, si cette comparaison n'était pas écrasante ; mais ce qui peut-être nous séparait le plus, et en l'occurrence c'était ennuyeux

— surtout pour moi —, c'était notre conception du journalisme. J'ai toujours considéré le journalisme comme une fête, galante si possible, un délicieux vagabondage destiné à enrichir ma vision de la vie, à défendre quelques pauvres diables et subsidiairement à l'écrire dans les journaux. Pour Max, janséniste de la copie, le journalisme est un devoir aride, sans jouissance, comme le devoir conjugal chez les mormons, qui doit s'accomplir sans concupiscence, ni plaisir. C'est un talent rugueux, sans nuance, avec une exactitude professionnelle d'horlogerie suisse. Il croit à l'objectivité, alors que je ne crois qu'à l'honnêteté, pas celle du comptable, celle de l'artisan. Bref il n'existe pas au monde deux individus qui par le tempérament, le caractère, la sensibilité, la philosophie de la vie, la culture, puissent être aussi opposés que nous l'étions, Max et moi. Et pourquoi pas ?

Il fallait être soit pervers soit dépourvu de la plus élémentaire psychologie, comme on l'était dans ce journal débonnaire, pour avoir eu l'idée de nous atteler sous le même joug.

Max m'invita dans la garçonnière qu'il possédait rue de Verneuil pour me jauger, ou plutôt pour un rapide examen de passage. La première chose qui me frappa dès qu'il me fit entrer avec un sourire de moine bouddhiste, c'est, à travers la porte entrebâillée de la salle de bains, un ample slip kangourou qui séchait sur le radiateur. Cette vision me laissa songeur. Pendant le temps de notre entretien — de mon examen de passage —

je ne pus m'arracher à une songerie qui avait trait aux dimensions formidables des organes génitaux chez les grands reporters. Max m'examinait à travers ses lunettes cerclées de fer, sans rien trahir de l'invincible animosité qu'il nourrissait envers moi. Il m'en avoua plus tard la cause, devant un whisky bien tassé, seul remède capable de le sortir de sa componction : j'avais les cheveux trop longs et je lui faisais penser à son beau-fils ; nous portions l'un et l'autre l'opprobre d'appartenir à une génération perdue.

Passer une semaine en tête à tête avec ce personnage de l'époque glaciaire ne m'enchantait pas ; lui, intérieurement, n'était pas plus enthousiaste, même si cet échauffement de l'âme n'est pas précisément son fort. Comme deux duellistes feignant l'impassibilité lorsque le sort des armes en est jeté, nous fîmes silence sur les plus extrêmes réserves que nous formulions chacun intérieurement quant aux chances de succès de notre enquête. C'était mal parti.

Eussé-je été dans d'autres dispositions, heureux en amour par exemple, j'eusse accepté de bon cœur un compagnonnage pas très folichon avec quelqu'un qui n'était pas mon genre. On ne fait pas toujours ce qu'on veut dans la vie. Chaque profession a ses corvées. J'aurais considéré cette semaine avec résignation, comme si on m'envoyait faire un stage militaire de réserve dans les parachutistes. Mais j'étais amoureux fou, un état qui n'est compatible avec rien.

Nous partîmes en voiture, à l'aube. Il me proposa obligeamment de prendre le volant, proposition que je déclinai en lui avouant que je ne savais pas conduire. Aucun muscle de son visage ne tressaillit devant cet aveu; mais je sentis que le judoka qu'il était (ceinture noire) mobilisait toutes les ressources de la méthode zen pour ne pas exploser de rage. Cette explosion, grâce à son entraînement au contrôle de soi, ne produisit que la fleur d'un fin sourire bouddhique, qui me fit froid dans le dos.

— Alors vous allez me servir de pilote, comme on dit dans l'armée, ça, au moins vous savez le faire, me dit-il avec un ton d'ironie appuyée en me montrant les crocs.

Il me tendit la carte Michelin. Déjà, en classe, dès que je ne me sentais pas dans un climat d'affection, de compréhension, je perdais mes moyens. Qu'on se défie de moi, je le sens, et le démon de l'à-quoi-bon m'entraîne dans les nuages. Je me désintéresse de ceux qui ne m'apprécient pas, je m'abstrais et me réfugie dans les sphères, je rejoins mes anges gardiens.

Je fut dégrisé de mes songes par la voix agacée de Max.

— Alors quelle route faut-il prendre? à droite, à gauche? Vite!

Je n'en avais pas la moindre idée. Sur la carte dépliée, je ne voyais qu'un salmigondis de traits multicolores, un enchevêtrement de routes nationales, départementales, vicinales, des fleuves.

— À gauche, dis-je avec assurance.

Tous les chemins mènent à Rome, pourquoi ne

mèneraient-ils pas aussi à Bordeaux, qui était notre destination ?

Ha, j'oubliais l'important sujet de notre reportage : une substantielle enquête sur les vins de Bordeaux qui, si elle n'était pas subventionnée par les syndicats professionnels, intéressait de près les services de publicité. Pour être franc, un sujet assommant. Si j'en avais été le maître d'œuvre, je l'aurais agrémenté de promenades à Malagar en souvenir de Mauriac, et pimentée de quelques portraits vinaigrés de l'aristocratie du bouchon, les fameux Chartrons. D'avance, comme Mauriac, je prenais fait et cause contre eux. Max ne l'entendait pas de cette oreille : il avait des classeurs pleins de statistiques, des fiches sur la balance des paiements, le chiffre des exportations, le prix de la barrique, et autres questions aussi frivoles.

Un juron m'éveilla de ma torpeur.

— Bon dieu ! où sommes-nous ?

— Sur la route de Bordeaux probablement, répondis-je machinalement.

— Comment, la route de Bordeaux ? Mais vous voyez bien que non. Nous nous dirigeons vers Toulouse. Donnez-moi cette foutue putain de carte.

Et il me l'arracha. Même la technique zen ne faisait plus d'effet. Ses nerfs lâchaient devant ma bien involontaire résistance passive. Il continuait à fulminer.

— Nous aurions dû prendre l'embranchement d'Angoulême alors que nous allons arriver à Limoges. À cause de vous, nous allons allonger la route de cent kilomètres. Imaginez un peu que vous soyez dans une automitrailleuse en Algérie ou en Indochine, vous voyez d'ici les dégâts.

Ces paroles me saisirent d'effroi. L'idée que, dans une existence quelconque, je pusse être réuni avec le cher Max dans une automitrailleuse me semblait sortir du pire cauchemar; aucun des films américains que j'avais vus sur l'épouvantable bataille des Midway, les combats suicidaires de Batahan, n'égalait cette vision.

Tout continua sur cette lancée. En empirant chaque jour. Notre incompatibilité profonde s'accentuait, et mon regard sur la vie devenait plus noir. Chaque soir, de ma chambre d'hôtel, j'appelais la femme que j'avais laissée à Paris. Et comme un fait exprès, mon absence lui était sensible et l'avait retournée en ma faveur. Elle se montrait inexplicablement tendre et me demandait de revenir. Elle m'engageait à donner ma démission du journal et à partir avec elle pour l'Inde; elle menaçait d'emmener sinon un soupirant opiomane qui lui tournait autour. Cette idée me ravageait. Au petit matin, je la suppliais de ne pas partir. J'entendais le klaxon de Max qui s'impatientait. Je le rejoignais, hagard, oubliant mon stylo, mes papiers; je devais lui en emprunter, ce qui avait le don de l'exaspérer encore un peu plus.

Un soir, au téléphone, se faisant pressante, elle me dit qu'à défaut de l'Inde, elle partait pour la Bretagne et qu'elle m'y attendrait. Bordeaux n'était-elle pas à côté de la Bretagne ? La géographie ne l'embarrassait pas; elle comptait sur ma passion pour l'assouplir à ses désirs. Mais qu'allais-je alléguer auprès de Max ?

— Donne ta démission, et après la Bretagne nous partirons pour l'Inde. Cesse d'avoir une vie de petit journaliste étriqué. Pense à Kessel !

Ce mirage me séduisait. J'appréhendais moins ce voyage en Inde, dont elle se berçait comme d'une terre promise, que je n'avais de foi dans son attachement pour moi. Je me voyais plaqué à Bombay, à Katmandou, épave parmi les épaves, rejoignant, en plus lamentable, le destin de Pierre Louÿs.

Je passai une nuit affreuse, dans les déchirements. À quatre heures du matin, ma décision était prise : j'irais la rejoindre en Bretagne. À sept heures dix, j'allai surprendre Max dans la salle à manger où il prenait son petit déjeuner. Il s'étonna de ma présence à pareille heure.

— Max, j'ai à vous parler.

— Je vous écoute, me dit-il en ajustant ses petites lunettes en fer.

— Voilà, dis-je, je crois que nous n'avons pas tout à fait la même conception de...

— C'est aussi mon avis. Venez-en au fait. Vous ferez les commentaires après.

— Peut-être après tout ne vous suis-je pas d'une très grande utilité... alors...

— Alors ?

— Alors le mieux serait peut-être de nous séparer.

— Vous êtes certain, me dit-il avec le regard

d'un expert du Deuxième Bureau, qu'il ne s'agit que de questions purement professionnelles ?

Pris, comme Raskolnikov, d'une soudaine soif de sincérité et de compassion, je lui dis :

— Je dois rejoindre une femme. C'est très important.

Il me regarda avec l'air faussement compréhensif d'un commandant de la Légion soutirant les aveux d'un déserteur qu'il fera fusiller à l'aube.

— Max, je vous demande que cette affaire reste entre nous... entre hommes, ajoutai-je par complaisance, pour prendre le style légionnaire.

Est-ce à cet instant que j'éclatai en sanglots ? Ou n'y eut-il qu'une larme qui coula sur ma joue ? Ou est-ce toute ma personne qui donna une impression pleurnicharde ? Je ne sais. Je pleurais intérieurement depuis des mois. Si je dis cela, c'est par souci d'exactitude, car plus tard, beaucoup plus tard, quand j'eus pardonné à Robert Hersant de m'avoir en quelque sorte obligé à faire jouer la clause de conscience à son arrivée au journal et que lui-même, m'amnistiant de cette erreur de jeunesse, manifesta le désir de me réengager, il fit venir Max pour savoir à quel genre d'oiseau il avait affaire.

— Vous ne pouvez pas engager un journaliste que j'ai vu pleurer dans mes bras.

— Pleurer vraiment ?

— Oui, pleurer.

Sous son regard d'acier qui terrorisait, son impassibilité impressionnante, Robert Hersant avait probablement un cœur, lui aussi. Peut-être même lui était-il arrivé de pleurer quand, abandonné de tous, il errait comme un héros de Conrad ? Peut-être avait-il pleuré pour une femme, comme Achille quand il perdit Briséis. Mais Achille ne faisait pas partie des héros de Max, il lui préférait le général Massu. Non, décidément, nous ne pouvions pas nous entendre.

Cette histoire mal commencée se termina mal. De la gare, je téléphonai à la femme que j'aimais pour lui dire que j'arrivais. Elle avait sa voix des mauvais jours.

— Impossible, dit-elle, il y a un empêchement.
— Un empêchement !
— Mon mari. Il a décidé de m'accompagner en Bretagne.

Car en plus de tous les désagréments que cette délicieuse créature adorée me causait, j'ai omis de dire qu'elle était mariée.

J'étais effondré. J'avais brûlé mes vaisseaux. Je pris le train pour Paris. Le cours de mes pensées était maussade tandis que je regardais le paysage défiler par la glace du compartiment. Gare d'Austerlitz, un plein soleil de printemps éclaboussait Paris. En cette veille du pont de l'Ascension, les voyageurs guillerets s'en allaient bras dessus bras dessous à la campagne. Je serais seul dans la ville désertée. C'est miracle si je ne me suis pas jeté sous le premier train.

Les années ont passé. Le temps, ce grand destructeur de l'amour, est aussi un réparateur de malentendus. L'Allemagne et la France ne se font plus la guerre; Henri Weber, un des dirigeants du mouvement trotskiste, la Ligue communiste, est devenu sénateur socialiste; Alain Geismar, qui voulait faire sauter la société et chambarder l'Université, a été nommé inspecteur général de l'Éducation nationale; Max Gallo, qui comparait Napoléon à Hitler, est devenu son plus fervent thuriféraire; Mitterrand, qui vitupérait la Constitution de la Ve République comme attentatoire aux libertés fondamentales, s'en est très bien accommodé. Eh bien, Max et moi avons fait la paix. Nous nous rencontrons dans les couloirs sans déplaisir. Nous avons appris à admettre que nous existions l'un et l'autre. Parfois je me demande même s'il ne me regarde pas avec cet intérêt particulier qu'entretiennent les anciens ennemis : Massu, justement, quand il rencontre un ancien fellagha, Kissinger quand il rend visite à d'anciens napalmés à Hanoi. Nous sommes les témoins d'un monde qui a disparu. Max me considère comme l'illustration d'un mystère sur lequel son esprit logique a toujours buté, une sorte d'aberration. Cela le fait douter encore un peu plus du peu de sérieux du monde d'aujourd'hui : comment la sélection naturelle des espèces n'a-t-elle pas mis hors jeu cette engeance pitoyable, un homme qu'on a vu pleurer ?

Rendu à soi-même

Ce fut la rupture. L'ennui, lorsqu'un homme et une femme rompent, c'est que cela se passe rarement d'une manière chirurgicale, bien tranchée, comme entre Belgiojoso et la duchesse de Plaisance. La séparation ressemble à une guerre de tranchées : un fortin tombe, il est repris, on bat en retraite, on réattaque, les pertes sont lourdes, finalement on le conquiert à nouveau à la baïonnette, dans le sang, et on s'aperçoit que cette bataille ne servait à rien, qu'un autre front s'est ouvert. Cette rupture, moi plus qu'elle, j'étais convaincu de sa nécessité parce que c'était ma peau que je jouais ; mais je n'avais aucun courage pour m'y résoudre. Et elle, que voulait-elle ? Elle ne savait pas. Chaque jour, elle inventait la forme d'existence qui la rendrait enfin heureuse : en Inde avec moi ; en Inde avec un autre ; aller faire de la poterie en Provence avec moi ; sans moi. Elle aurait voulu expérimenter simultanément des situations contraires : me quitter tout en continuant à me voir, prendre un amant tout en me gardant. « En fait, disait-elle avec une expression qui trahissait son trouble profond, je t'aime trop pour t'aimer. » Traduction : l'amour est un poids ; il arrache à soi-même, oblige à impliquer son être ailleurs que pour soi. Et elle me confiait ses rêves : prendre un amant qu'elle n'aimerait pas, un homme qui profiterait seulement d'elle, un type pour lequel elle n'aurait ni tendresse ni estime. Une brute. Pourquoi ? Elle avait besoin d'abjection comme d'autres ont besoin d'air ou de voyages. Elle voulait se punir.

Enfin elle m'annonça ce que je redoutais d'apprendre : elle avait un amant. Elle me supplia de la comprendre, de compatir aux souffrances qu'elle éprouvait d'être contrainte à me tromper, de l'accompagner dans cette nouvelle épreuve, de lui tenir la main. Elle ne l'aimait pas. Elle ne comprenait pas ce qui lui plaisait chez lui. Simplement, il le fallait. De cette époque, j'ai gardé une grande indulgence pour le crime passionnel. Peut-être voulait-elle que je la tue, ou que je me tue. Non seulement elle me trahissait, elle me l'avouait, mais elle me donnait le mode d'emploi psychanalytique qui justifiait sa trahison. Son gourou trouvait que tout, l'amant, ma fureur, cette situation passionnelle explosive, se passait dans l'ordre des choses ; cela prouvait que l'analyse était en bonne voie. Je l'aurais tué lui aussi. Nous frôlions le bain de sang.

Dans *Quatrevingt-Treize*, Victor Hugo décrit une goélette dont la cargaison de tonneaux mal arrimés se détache au cours d'une tempête et provoque dans les cales un mouvement infernal, qui, défonçant les plats-bords, fait couler le bateau. Ma tête ressemblait à cette cale tumultueuse. Parfois j'allais prier dans les églises, j'invoquais sainte Rita, la patronne des causes désespérées. À d'autres moments mon inspiration me jetait vers des filles, n'importe lesquelles, que je baisais en larmes. Je m'enfonçais dans une folie qui m'intoxiquait. J'étais comme un alcoolique, comme un drogué, mais personne ne soigne cette intoxication de l'âme.

J'appelais la littérature à mon secours. Je me jetais sur les livres pour me repaître des affres de Swann avec Odette, du narrateur avec Albertine ; de Dostoïevski avec la terrible Anna Pavlova ; de Léautaud avec celle qu'il appelle le Fléau ; je lisais le Pierre Louÿs de *La Femme et le pantin* ; Toulet et son évocation de la terrible Mme de Viollenten qu'aime M. Du Paur. Je trouvais dans les *Proverbes* des paroles, venues des temps anciens, du désert, qui apportaient la lumière d'une étoile dans ma nuit :

Ensuite tes yeux se tourneront vers des femmes étrangères et ton cœur parlera des paroles déréglées.
Et tu seras comme celui qui dort au milieu de la mer et celui qui dort au sommet d'un mât.
On m'a battu et je n'ai pas souffert.
On m'a frappé et je n'ai rien senti.
Quand me réveillerai-je ?
Ce sera pour chercher encore.

Oui, je n'étais pas seul, d'autres avaient souffert; mais comment tuer ma souffrance sans me tuer moi-même?

Albert Simonin, avec qui je déjeunais parfois, me racontait la passion de Jacques Becker pour sa femme, qui le faisait souffrir. Simonin avait été son scénariste et son ami. Il me décrivait son calvaire. Je l'interrogeais, j'essayais de savoir s'il existait un remède; fallait-il aller voir un exorciste, un marabout? Avec un bon sourire, il me disait: « Évitez ce genre de créature, c'est le seul conseil que je puisse vous donner. » Facile à dire.

Je rencontrai Jean Renoir à une table familiale. Je savais que lui aussi avait souffert pour les femmes; ses films, son livre l'attestent. J'avais encore plus envie de lui parler de ses malheurs amoureux, de la façon dont il s'y était pris pour s'en sortir, que de ses films. Comme j'aimais cet énorme bébé génial, confondant de modestie et de gentillesse! En le voyant, en conversant avec lui, j'essayais de résoudre les multiples drames qui m'habitaient. Je m'identifiais à son parcours: lui aussi avait fui la peinture, un père génial; n'avait-il pas vendu son propre portrait par son père pour financer un de ses films? C'était un magicien, en face de lui, avec les mots les plus simples, il faisait surgir un monde enchanté, un monde à la Renoir, père et fils confondus dans une même vision. Comme son père, il avait sur le plan social des préjugés poétiques : il aimait les aristocrates, les paysans, les marginaux de tout poil, clochards, braconniers, sympathiques va-nu-pieds ; et il détestait les bourgeois, hypocrites, avec leur moralité de prêt-à-porter. Pourquoi pas ? Proust pensait comme lui.

On ne pouvait pas avoir mis en scène *La Bête humaine*, *La Règle du jeu*, *La Chienne*, sans avoir touché le fond du désespoir amoureux, passé des nuits à attendre une femme qui ne vient pas, qui vous ment, qui en aime un autre et, pis, vous le dit.

Plus la situation empirait, plus je sentais qu'il fallait m'en dégager avant qu'il ne soit trop tard, moins j'en avais le courage. Je partais en claquant la porte ; je revenais le lendemain, piteux, repentant, humilié. Je me demande même si je n'en arrivais pas à trouver un plaisir malsain dans les coups qu'elle me portait. C'est grisant de frôler des précipices.

Pour tout arranger, la situation au journal n'évoluait pas en ma faveur. Un mois après notre désastreuse expérience, le cher Max était nommé rédacteur en chef. Cette nouvelle me fit l'effet d'une poignée de neige dans le cou. C'était à peu près aussi agréable et prometteur que pour Öcalan de se retrouver dans une geôle turque. Mais ma situation personnelle était trop précaire pour que je prenne cette nomination au tragique : quand on se prépare à se jeter par la fenêtre, on est beaucoup moins préoccupé par une fuite d'eau.

Un mois plus tard, une bonne nouvelle, romanesque celle-là, contrebalançait largement la précédente : Jean d'Ormesson était élu président du

Figaro. Que de rêves j'avais faits sur cette collaboration chimérique avec l'homme que j'admirais le plus ! Et le rêve devenait réalité. Mais rien ne se passe jamais comme on le prévoit. On attend le meilleur, arrive le pire, et inversement. Et peut-être tant mieux.

Cela me fait aujourd'hui l'effet d'un vaudeville dans une tragédie. Max versait chaque jour dans l'oreille bienveillante de Jean une goutte de cyanure ; les caciques du journal le prévenaient contre le gauchiste, le trotskiste à qui il avait imprudemment confié son amitié. Tout cela dans des turbulences, des grèves, des motions syndicales, des dénonciations, ce charmant climat de guerre civile avec ses rêves d'épuration que les journalistes s'entendent très bien, eux aussi, à créer. Des amis se trahissaient ; des syndicalistes mitonnaient des listes de licenciements politiques ; on s'espionnait, on se dénonçait.

Quand Hersant arriva, comme Attila aux portes de Rome, le fruit était mûr pour être cueilli. Les journalistes avaient fait eux-mêmes le gros du travail. Ils étaient prêts à assumer les basses œuvres. Jean d'Ormesson n'en croyait pas ses yeux bleus. Il avait imaginé que le journalisme consistait en dialogues avec Raymond Aron, en joutes verbales avec James de Coquet, en propos légers avec le délicieux Gérard Bauer, à évoquer de vieux souvenirs de Normale sup avec Thierry Maulnier, à parler littérature, politique, à s'amuser en travaillant, tout en contant fleurette à de jolies femmes. Elles étaient nombreuses à demander des rendez-vous ; on les voyait attendre dans l'antichambre, près de l'huissier à chaîne d'argent qui, Cerbère imperturbable, protégeait la porte du fameux bureau à rotonde. Elles portaient chapeau et voilette mais elles nourrissaient des intentions plus pacifiques que Mme Caillaux, de sinistre mémoire dans ce journal.

Il déchantait. Il avait toujours fui les responsabilités ; elles l'accablaient. Il détestait le sectarisme ; il régnait. Il aimait le jeu, la fantaisie, la légèreté, et, chaque matin, Max entrait dans son bureau. Non, il n'était pas à la fête. Il donnait l'impression de traîner ce journal comme un Pégase attelé à une charrue.

Nos relations insensiblement s'aigrissaient ; il m'en voulait de n'avoir pas su rester à ma place, de m'être agité dans ces stériles combats de sociétés de rédacteurs, qui, souvent, c'est vrai, servaient de marchepied à l'arrivisme. Il m'avait connu dans l'irréalité des conversations romanesques ; il me retrouvait dans le morne quotidien des conflits sociaux. Je le décevais. Je le sentais peu à peu s'éloigner lui aussi.

Hersant prit le pouvoir. On sortit les listes d'épuration. Mon nom n'y figurait pas. On n'avait pas voulu chagriner le nouveau directeur. Mais tous mes amis y étaient en bonne place.

Ma décision était prise. Je demandai un rendez-vous à Jean d'Ormesson. Il m'accueillit avec dans son regard bleu un nuage de reproche : quelle sorte d'ennuis allais-je encore lui causer ? D'avance il faisait le gros dos. Je lui annonçai mon intention de partir.

Il n'essaya pas de me retenir. Il était à bout. Il n'était pas loin de s'adresser à lui-même une lettre de démission. Par la fenêtre de la rotonde, qui donnait sur les Champs-Élysées, un rayon de soleil venait jouer sur les papiers de son bureau. Il y eut quelques secondes de silence. Comme l'esquisse réprimée d'une émotion : c'était triste pour moi, pour lui aussi sans doute, qui n'aime rien tant que la jeunesse. Mais il a horreur de l'attendrissement. C'est son côté Pierre Fresnay dans *La Grande Illusion*. Il m'en voulait d'appuyer sur la corde sensible. C'est vrai que j'avais envie, comme les amoureuses dépitées, de lui faire un peu de mal. Moi qui en avais tant.

Dans cet instant de silence passa entre nous comme un frisson : il savait ce qu'il représentait pour moi, que cette rupture marquait la fin de notre amitié, que j'allais à ma perte, mais que nous n'y pouvions rien. Le destin qui nous avait rapprochés nous éloignait. Nous avions l'impression d'être les figurants d'un rite expiatoire auquel nous ne pouvions nous soustraire. Ni l'un ni l'autre nous n'étions convaincus de notre rôle, nous savions que l'essentiel était ailleurs, dans un monde qui seul nous importait, où les personnages sont plus importants que les personnes, les rêves plus réels que la réalité, où l'on peut jouer avec le passé, l'avenir, les inverser, les modifier à sa guise. Comme Dieu. Pourquoi la vie nous plaçait-elle dans cette situation de gens sérieux pour laquelle nous n'étions faits ni l'un ni l'autre ? Mais peut-être étions-nous alors trop jeunes pour en rire. Je crois que Jean d'Ormesson avait encore plus de mal que moi à croire à ce jeu. À quels modèles se raccrochait-il, dans ce moment où il forçait sa nature pour avoir l'air d'un patron de presse ? À César, à Alexandre, à Richelieu, à Henri II sacrifiant Thomas Becket, à Louis XIV (d'une certaine façon — pas celle que vous croyez — j'aurais pu être sa Marie Mancini : « Vous êtes roi, vous pleurez et je pars »), à de Gaulle abandonnant sans haine et sans faiblesse Pucheu au peloton d'exécution ? Peut-être que je me fais des idées, que j'exagère mon importance à ses yeux. Peut-être plus vraisemblablement songeait-il à une jolie femme qui attendait son tour d'audience près de l'huissier à chaîne d'argent.

Non, la seule chose que cet homme de plaisir regrettait, de manière plausible, en me voyant partir, c'était de perdre une des rares personnes avec lesquelles il pouvait évoquer la femme de chambre de la baronne Putbus. Ceux qui la connaissaient n'étaient pas légion au journal. Ils auraient eu beau scruter le « Carnet du jour », ils auraient eu beaucoup de mal à la dénicher. Ça l'embêtait aussi de n'avoir plus personne à qui parler des fourmis de Sélinonte, de Nane, du Bleuet, questions beaucoup plus importantes à ses yeux que les NMPP, les commissions paritaires, le comité d'entreprise.

Nous ignorions l'un et l'autre que le destin n'avait pas dit son dernier mot, et que quelques années plus tard nous nous retrouverions plus proches, plus noués, que nous ririons de cette époque si sérieuse, si palpitante, si ennuyeuse. Mais à cet instant, plus forte que nous, que nos souhaits, il y avait la raison d'État de la vie, cette nécessité mystérieuse qui brise tout sur son passage, nos amours, nos amitiés, nos fortunes.

Quand je me retrouvai en bas du *Figaro*, au Rond-Point des Champs-Élysées balayé par une brise tiède et écœurante qui sentait le vieux papier, j'eus un moment d'émotion. Peut-être une larme, décidément le cher Max n'avait pas tort. Ce que je quittais, ce journal, c'était le château fort protecteur qui me gardait de mes démons de la perdition. J'éprouvais l'ivresse mauvaise des réprouvés. Qu'allais-je faire ? Plus rien ne me retenait. Tout m'avait quitté : la femme que j'aimais, Jean d'Ormesson, *Le Figaro*.

Je pensai à la phrase de Montherlant « Vive qui m'abandonne, il me rend à moi-même ».

J'étais rendu à moi-même. Tu parles ! Le lendemain je m'inscrivis au chômage et je me mis à souffrir. On imagine que la souffrance a un fond. C'est faux. Les Chinois le savent, ces experts en supplices : on peut toujours avoir plus mal, et descendre, descendre, au point que ça en est vertigineux de souffrir.

Finir dans le désert

Je me retrouvai désœuvré dans mon petit appartement de la rue du Cherche-Midi. En face de moi, au milieu de la cour pavée, il y avait un marronnier. Comme je l'aimais, cet arbre ! Il commençait à perdre ses feuilles rousses ; bientôt, lui aussi, il aurait l'air d'être mort ; j'attendrais de longs mois pour le voir refleurir. Souvent, la nuit, je laissais la fenêtre grande ouverte afin de pouvoir l'entendre frissonner. Il y avait aussi un concierge à l'ancienne, un Breton, ancien cuisinier du général Weygand, qui titubait dans la cour, pas seulement à cause du cidre, et poursuivait un joli chat noir espiègle qui lui faisait des niches. Qu'avais-je d'autre à faire que de les regarder, l'arbre, le concierge, le chat, la vie qui continuait et me laissait sur le bas-côté ?

C'était le retour à la case départ. Rubempré qui revient à Angoulême. Autour de moi, sur les murs, je contemplais le résultat de la monomanie familiale : les tableaux d'Henri Rouart, de Julie Manet, d'Henry Lerolle, de Paule Gobillard, et ceux de mon père; je les emportais dans mon arche de Noé. Ceux-là, personne ne viendrait me les voler, je n'aurais pas la tentation de les vendre : ils étaient en dehors de l'argent et des circuits commerciaux. D'une certaine manière, je m'en réjouissais.

Les tableaux de mon père, les natures mortes, les paysages exprimaient un bonheur que je n'avais jamais vu ni sur son visage, travaillé par l'angoisse, ni dans sa vie. C'était pour moi une énigme. Comment tant de souffrances pouvaient-elles aboutir à une vision radieuse, lumineuse ? Quelle part de lui-même avait-il réussi à protéger de l'usure et des ravages que lui infligeait l'existence ? Un portrait de lui en particulier me plaisait et me troublait, celui de ma mère allongée sur un grand dessus-de-lit jaune, à demie nue, la tête dans ses mains comme si elle pleurait. Par une baie vitrée, on voyait un arbre et un chat noir, qui sur un mur observait la scène. En bas du tableau étaient inscrites ces paroles énigmatiques : *Lacrimas y penas*. À quel épisode de la vie de mes parents ce tableau faisait-il allusion ? Je l'ignore. Je ne le leur ai jamais demandé. À la réponse qu'ils auraient pu me donner, je préfère le vague où erre mon imagination. Un tableau est toujours un mystère. Il nous emporte ailleurs.

Celui-là n'y échappait pas. Rien n'est plus troublant que la sensualité de sa propre mère. On voudrait de toutes ses forces la faire échapper à ce destin banal du sexe, du plaisir, sans lequel on n'existerait pas. Cette contradiction a donné la vierge mère, Isis, et surtout Marie, le plus beau pour moi de tous les mythes. Il m'était d'autant plus facile de l'aimer, ce mythe, que mon père dans sa peinture religieuse prenait toujours ma mère pour figurer Marie. C'est vrai, j'ai toujours rêvé, comme tous les enfants, que ma mère était vierge, et elle l'est restée, à la manière d'une fiction, puisque mon esprit n'a jamais pris en compte cet aspect de sa vie. Je ne voulais rien savoir. Fut-elle fidèle ou infidèle, que m'importe ? La vie sexuelle des êtres ne nous apporte aucune information essentielle sur ce qu'ils sont ; leur amour les définit et les exprime, leur pratique sexuelle n'a pas plus de signification qu'un éternuement, ou qu'un fou rire.

Pourtant ma mère pendant son mariage a dû connaître des soupirants ; quelle jolie femme n'en voit pas fleurir autour d'elle ? Fut-elle tentée par l'adultère, y céda-t-elle ? Franchement, pour les raisons que j'ai dites, cela ne m'intéresse pas. En aurais-je la preuve, je n'en détiendrais pas l'éclairage qui en amour est tout. Je n'ai de souvenir que de la fureur de mon père vis-à-vis du *Concerto n° 2* de Rachmaninov. À l'époque, je ne comprenais pas pourquoi un morceau de musique pouvait provoquer des drames. Ce n'est qu'en voyant le film *Brève Rencontre*, histoire d'un adultère banal, rythmé par ce concerto, que j'ai compris que ce film était l'objet de la discorde. Au fond, c'est vrai, on peut être tout aussi jaloux de la compréhension que manifeste une femme aimée pour une idée de l'adultère que parce qu'elle y a elle-même cédé.

J'aimais le corps, la peau de ma mère, associés à la douceur, à la tendresse, à une âme limpide. Je n'avais pas besoin de parler avec elle : aux ombres ou à la lumière qui passaient dans ses yeux, à l'expression de son visage, tout était dit. Aussi entre elle et moi n'y eut-il jamais le plus petit nuage ; une gifle, une fessée étaient de l'ordre de l'impensable ; une réprimande, un reproche, un mouvement de mauvaise humeur, inconnus de sa part. L'amour était son seul langage. Un amour qui, pour paraphraser la célèbre formule de saint Augustin à propos du péché, trouvait sa récompense en lui-même.

Sensuelle comme une païenne, elle adorait l'eau, la mer, le soleil, les nuages, les rivières, les montagnes, les poissons et les êtres vivants, à l'exception des hommes dont elle se méfiait avec raison comme de personnages avides et destructeurs ; je la voyais aider des fourmis à retrouver leur chemin ; elle révérait la vie chez toutes les créatures du bon dieu, serpents et araignées inclus. Elle en aimait aussi les fruits. Elle avait deux bibles, *La Vie rustique des dames* et le livre de cuisine de Mme Saint-Ange, qui élève l'art de la table à la perfection. Parfois encore, en pensant à ma mère, je relis les recettes de ce Michel-Ange du soufflé au poisson et de la charlotte aux pommes. Au milieu des étalages d'un marché, elle évoluait comme mon père au musée du Louvre : dans l'enthousiasme pour les merveilles qu'offre la vie.

Cette sensualité, je n'en parle pas par hasard. Tandis que je contemplais le tableau où ma mère avait posé à moitié nue, ce *Lacrimas y penas*, n'étais-je pas en train d'arracher de mon cœur la fascination qu'elle avait inconsciemment exercée sur moi à la faveur de la passion destructrice qui me ravageait ? Cette maîtresse, devenue la mauvaise mère, celle qui ne pardonne rien, fait souffrir, réveille les poisons de la destruction, m'arrachait dans la douleur à cet amour de ma mère qui sans doute m'empêchait de voir les femmes comme on doit les voir, comme elles sont et non pas comme des fées qui distribuent sans compensation la tendresse et la volupté. La psychanalyse à laquelle j'avais cru pouvoir me soustraire me rattrapait. En étais-je conscient ? Toute souffrance aide à naître. Et si accablé et désemparé que je fusse, il me semblait que le bouleversement qui se produisait en moi, si je parvenais à n'y laisser ni la raison ni la vie, me serait bénéfique. Cette fièvre, ce haut mal, m'étaient nécessaires.

Ce qui me rapprochait encore de ma mère dans cette époque de reflux de mes espérances, d'échec social — avec la meilleure volonté du monde, une inscription aux Assedic ne peut être sans acrobatie mentale considérée comme un succès —, c'était la désagréable impression que je trahissais l'espoir qu'elle formait en ma réussite. Elle ne souhaitait pour moi ni la gloire, ni des succès tonitruants, elle désirait seulement que je parvienne à obtenir la sécurité qui lui avait cruellement fait défaut.

Dans cet instant me revenait un souvenir cruel. Je revoyais le proviseur du lycée Henri-IV, auprès de qui nous avions sollicité une audience en nous aveuglant elle et moi sur ma nullité. Peut-être, tout comme chaque semaine elle prenait un billet de la Loterie nationale et s'étonnait, malgré ses prières à saint Antoine de Padoue, que le bon numéro ne lui échût jamais, attendait-elle de la Providence une de ces pluies d'or qu'elle dispense dans la Bible à certains élus. Le mysticisme espagnol qui avait marqué sa jeunesse, à Madrid, l'entretenait dans de charmantes superstitions. En tout état de cause, devant ce proviseur qui s'acharnait comme un pitbull sur mon carnet de notes, le déchiquetait, en extrayait avec une rage féroce la matière explicite de mon incompétence, nous nous sentions humiliés, rejetés sans appel du côté des damnés, de ceux que le succès, Normale sup, n'éclairerait jamais. Quelle volée de bois vert nous assena ce proviseur sadique ! Il semblait trouver une ivresse dans l'humiliation qu'il nous infligeait. Il la faisait durer, certain qu'à l'abri de son magistère il pouvait déverser sa bile, sa rancœur sur qui lui chantait.

Nous étions sortis d'Henri-IV en silence. Nous avions descendu la rue Soufflot pour rejoindre le jardin du Luxembourg. Il faisait beau, c'était le printemps. Des enfants jouaient près du grand bassin. Ma mère ne savait comment s'y prendre pour effacer de ma mémoire le souvenir de ce rustre parcheminé. Nous parlions d'autre chose, chacun voulant épargner à l'autre le rappel d'une expérience mortifiante. J'avais quatorze ans. Je venais d'être renvoyé d'un collège à cause des mauvais sentiments que j'avais inspirés à un directeur trop porté sur les éphèbes. Les portes des collèges se fermaient devant moi. Cela m'était cruel, mais j'en souffrais moins pour moi que pour ma mère. Je ne pardonnais pas qu'on puisse la faire souffrir. Soudain nous nous regardâmes avec notre air de chien battu, et nous fûmes pris d'un irrésistible fou rire. Nous ne pouvions plus nous arrêter. Toute la tension de l'humiliation se résorbait dans un rire inextinguible. Nous en pleurions.

À cet instant où j'eus fini de rire et de pleurer de rire, devant ce kiosque à musique du jardin du Luxembourg, je sentis en moi une bouffée de chaleur. Je me jurai à moi-même que plus jamais je ne me laisserais humilier, puisqu'en m'humiliant on avait humilié l'être auquel je tenais le plus. Si l'ambition a une source, s'il y a un moment où se forge la résolution de dominer sa vie, c'est à cet instant que je les ai conçues. Dans les revers les plus ingrats, les échecs, je sentirais monter en moi la force d'abattre des montagnes qui me revenait du jardin du Luxembourg.

Face à l'adversité, je décidai de fuir. Il n'est jamais mauvais d'agrémenter son malheur de quelques paysages. J'avais soif de désert. D'où vient cette mystérieuse association que font les désespérés avec cette étendue de dunes infinie, de terre caillouteuse et aride, foudroyée par un soleil impitoyable et enveloppée dans des nuits glacées ? Je ne sais, mais seul le désert m'attirait. Je lisais le colonel Lawrence, Isabelle Eberhardt, et je trouvais dans leur quête une aspiration fraternelle : j'aimais chez eux la concupiscence violente, l'incandescence de la volupté, mêlées à des poussées de désir d'absolu et à des ivresses devant l'ineffable. Je décidai de m'engager aux côtés des Sarahouis. Ce petit peuple voué au malheur, à la destruction de sa culture, à un échec certain, me semblait en parfait accord avec mon destin présent. Avec un peu de chance, la balle rouillée d'un tirailleur marocain me délivrerait de mes problèmes. Mourir dans un pays inconnu, pour une cause mystérieuse, exaltait autant mon romantisme que mon masochisme. Je me voyais assez bien finissant sous un simple tertre, dans une oasis, des ânes broutant alentour. Comme Rupert Brooke à Skyros.

Finalement je renonçai à ce destin à la Lawrence.

Je décidai de partir pour Ibiza.

Le phare de La Mola

J'arrivai à Ibiza. Il pleuvait. Rien n'est triste comme les pays du Sud sans le soleil. L'eau ruisselait dans les ruelles pavées. Je m'installai dans une chambre inconfortable de la vieille ville, non loin du Corsario, le bel hôtel qui, dix ans plus tôt, avait abrité mes amours. Cela ne me réchauffait pas. Les draps étaient humides; la logeuse lésinait sur le chauffage. Je me sentais mal dans cette chambre, et tout aussi mal dans cette ville magnifique, salie et endeuillée par le mauvais temps. Où aller? La terrasse du Monte Sol que j'avais connue accablée par la chaleur était fouettée par un vent de Borée. Les hippies ressemblaient à de grands oiseaux mouillés. Parfois un bref soleil faisait son apparition, mais il ne séchait rien. Je ne trouvais un peu de chaleur, au moins humaine, que le matin, dans un café de la place du vieux marché où les paysans d'Ibiza venaient vendre leurs légumes; là dans une sympathique bousculade, devant un *cafe con leche* et des *crustadas*, tranches de pain rôties frottées de tomate, je renouais avec la vie.

Le soir, je me réfugiais au Lola's. Quelques pauvres hères frileux se réchauffaient devant un verre de tequila en écoutant Cat Stevens ou les rugissements des Rolling Stones. Le barman me prit en amitié. Métis vietnamien, né des amours d'un légionnaire et d'une congaï, il répétait sans cesse, à tout propos, l'antienne «Français par le sang versé...». Il se montrait sympathique, chaleureux, comme ceux qui ont connu de grands malheurs; j'ignorais alors qu'il en connaîtrait de pires : trois mois plus tard, il devait être arrêté avec une valise à double fond qui contenait dix kilos d'héroïne et condamné à vingt ans de prison. À Ibiza, ce genre de mésaventure était banal. On ne vivait que d'expédients. On n'attendait rien d'heureux de la vie. On essayait d'ailleurs de l'écourter par tous les moyens que la drogue met à la disposition des désespérés : un éclair et puis rien. Finie la comédie! Suicide à petit et à grand feu. Quelques belles filles paumées étaient plantées au bar comme des fleurs languides, longilignes Berlinoises au regard de pierre, Nordiques prises d'alcool, Espagnoles en rupture qui, lorsqu'elles dansaient le flamenco, semblaient mimer des étreintes brûlantes et les appeler de leurs vœux. On se prenait le soir, on ne se reconnaissait pas le lendemain. Personne ne cherchait l'amour; on voulait seulement brûler quelques instants en se frottant peau contre peau, désespoir contre désespoir.

J'allai à Formentera. Cette petite île, à une heure d'Ibiza, couverte de marais salants, semblait moins austère. J'eus la chance de bénéficier d'une éclaircie; un froid soleil jouait sur les eaux dormantes des marais. Je pris une chambre à la Fonda Pepe, sorte de caravansérail de dixième catégorie qui servait à tous les usages : à la fois hôtel, épicerie, bar ouvert la nuit. Une faune de hippies bucoliques y stationnait en permanence; les yeux dans le vague, ils semblaient se perdre dans la contemplation d'un mystérieux ailleurs; parfois l'un d'entre eux se levait, titubait et tombait sur le sol carrelé.

J'étais assis à une table de la Fonda Pepe, écoutant la voix de Joan Baez, une voix qui avait la poésie déchirante de cette époque effondrée, fleuretant avec le néant de tout. Je me posais des questions sur moi-même. Toujours les mêmes. Le malheur manque de variété; on ressasse. On ressemble à ces moulins à prières qui tournent dans le vide des hautes cimes himalayennes, que tant de ces jeunes gens rêvaient d'aller rejoindre.

La porte s'ouvrit. Je vis entrer Sarah. Je ne l'avais pas revue depuis dix ans. Depuis Noirmoutier. Elle n'avait pas changé : belle, élancée, elle évoluait toujours avec son allure de goélette toutes voiles dehors. N'ayant pourtant ingurgité aucune substance hallucinogène, je crus à une apparition. Mais non, c'était bien elle. Je prononçai son nom. Elle se retourna.

— Tiens, tu es là, me dit-elle sans marquer la moindre surprise, comme si nous nous étions quittés la veille.

Elle m'embrassa. Et, sans me poser aucune

question, repartit avec la même nonchalance qu'elle était venue.

C'était cela, Ibiza : une totale absence de démonstration affective. On ne se préoccupait pas plus des allées et venues, des arrivées et des départs, que de la mort chez les hindouistes, puisqu'on ne cesse de renaître dans un nouvel avatar du karma.

Je revis Sarah. Elle habitait une minuscule *finca* en pierres sèches, sans eau, sans gaz, sans électricité, en compagnie d'un très jeune homme, presque un adolescent. Fréquenter ce couple ne me faisait qu'un plaisir modéré. Ce jeune homme, il me semblait que c'était moi, dix ans plus tôt. Quant à Sarah, elle me donnait l'impression que la vie chez elle s'était arrêtée à une époque, celle de sa jeunesse, de la mienne, et qu'elle répétait inlassablement ce rôle d'initiatrice. Je ne voulus pas troubler leur duo. Je m'en allai avec le sentiment désagréable qu'inspirent les femmes aimées quand elles nous ont remplacés avec cette facilité, qui même si elle est aussi la nôtre, demeure néanmoins impardonnable. Comment ne pas leur en vouloir de nous ressembler à ce point ? On les croyait meilleures et c'est aussi pour cela qu'on les aimait.

Je transportai ces pensées moroses à l'extrême pointe de l'île ; sur une côte rocheuse, escarpée, déshéritée, battue par le vent et les embruns, et hantée par les oiseaux des tempêtes, où, au milieu d'un maigre lichen, s'élève, patibulaire, le phare de La Mola, du nom d'un général fasciste, ami de

Franco. Il ne devait pas être gai, ce général. Le phare de La Mola, je ne sais pas ce qu'il éclairait dans ce bout du monde. Il n'incitait pas à la gaieté. Je butai sur les rochers. Je contemplai la mer. Après il n'y avait plus rien. L'Afrique peut-être ? Pour moi, il me semblait que ce phare marquait la limite extrême de la vie. De ma vie. Je songeais à cette mort qui me séduisait tant chez les héros que j'aimais, Martin Eden, Hemingway, Drieu, cette mort qui jette sur les autres un ténébreux mépris ; cette mort qui, dans l'adolescence, m'avait paru une issue à mes contradictions et dont j'avais été miraculeusement sauvé par mes anges gardiens. Dans ce moment de désespérance où l'amour en disparaissant laisse le sentiment que l'on n'est plus utile à soi-même puisque personne n'a plus besoin de vous, je me sentais glisser vers ces vagues qui venaient mordre les rochers dans une écume blanche.

Le vent, la pluie glacée me fouettaient. J'étais transi. Soudain l'image de ma mère m'apparut. « Ne prends pas froid ! » — c'était chez elle un grand sujet de préoccupation. Je vis le sourire de ma mère. Et soudain devant le patibulaire phare de La Mola, j'éclatai de rire, du même fou rire qui nous avait secoués, ma mère et moi, devant le kiosque à musique du jardin du Luxembourg. Je riais, je riais encore, je pleurais de rire. Quelle idée de prendre ses malheurs au sérieux ! me chuchotait ma mère. Quel blasphème contre ce merveilleux privilège : vivre !

Depuis la disparition de ma mère, survenue

bien après cette époque, la mort a cessé de m'effrayer. Je ne peux croire qu'une contrée où elle habite puisse être lugubre et glacée. Goldmund, le héros de Hermann Hesse, au moment de mourir, après avoir cherché sa mère, qu'il n'a pas connue, identifie à sa mère la mort qui approche. Il retrouve l'unité primordiale. Si belle que soit cette scène, je ne partage pas sa morbidité germanique. Ma mère en me quittant dans son apparence réelle s'est glissée en moi et je sens sa présence. Il n'est pas un instant, que j'y pense ou non, que je ne ressente cette impression qu'elle est non seulement là, mais qu'elle s'est tissée dans les fibres de mon être; que je marche au soleil, ou sous la pluie, que je contemple les étoiles, ou plus simplement quand me parviennent les odeurs des fruits, les rassurants parfums d'une soupe qui mijote, quand j'entends un air de flamenco, que je vois l'éclat scintillant de couverts en argent, ou lorsque j'aperçois une vieille femme sans feu ni lieu, le soir, cherchant sa pitance dans l'odeur nauséabonde des poubelles, oui, dans le plaisir, dans la tristesse, mon cœur qui bat n'est plus seulement le mien, il bat à l'unisson avec celui de ma mère. Il me semble que désormais c'est avec ses yeux que je regarde le monde.

Je rentrai à la Fonda Pepe. Je payai la note et je pris le premier bateau en partance pour Ibiza. Le soir même, au Lola's, mon ami eurasien me présenta une jeune et pulpeuse Hollandaise qui n'avait rien de neurasthénique. Nous dansâmes toute la nuit après avoir dîné au Mono Desnudo. Puis à l'aube, main dans la main, nous allâmes voir le soleil qui se levait. Il sortait de la mer, incendiant l'horizon. Dans ce qu'il restait des vestiges sombres de la nuit, un petit nuage rose semblait fuir pour échapper à la menace des ombres autant qu'à la violence du soleil. Ce petit nuage rose si fragile, je le suivais des yeux, je m'attachais à sa survie, à son fragile destin. Bientôt il se dissipa dans une coloration qui teinta le ciel bleu. Il n'était pas mort, il s'était seulement fondu pour apporter sa couleur à la vie.

PREMIÈRE PARTIE : VENISE

Le palais qui porte malheur	13
La belle Italienne de Torcello	22
On me montre des femmes nues	36
Une oasis dans un hôpital psychiatrique	42
Ma nuit avec la fille du général	53
Toutes les femmes sont infidèles	61
Un moment de pessimisme amoureux	71
Les ombres de Montparnasse	78
Le caravansérail de l'impressionnisme	89
Degas, bon et mauvais génie de la famille	96
Les poisons du snobisme amoureux	105
Le Prométhée familial	114
Je contracte un virus mortel	123
L'agonie de Don Juan	132
Je suis à Chioggia	148

DEUXIÈME PARTIE : SAMOS

Une reine sans couronne au pays des Palikares	162

Je suis le père de mon père	172
Plaqué, recalé, refusé	184
La blessure de Spetsai	195
L'Acropole de la bourgeoisie	207
L'école du mécontentement de soi	217
Fils d'Hiram	227
La lumière de l'impressionnisme	237
Dans la tourmente	249
Rencontre avec un héros de roman	257
Pleins feux sur la passion	269
Le monastère de Samos	277
L'île maudite	285
La princesse de Grèce	295

TROISIÈME PARTIE : IBIZA

La nuit d'Ibiza	305
Les fleurs vénéneuses du sexe	315
Le Mesnil au temps du H	324
Les archétypes de l'amitié	332
Destins de femmes	342
La découverte du monde réel	352
Le château du démoniaque	365
L'éclipse de Florence	371
Le bonheur dans le malheur	379
L'empire de la destruction	389
Rendu à soi-même	401
Finir dans le désert	411
Le phare de La Mola	419

DU MÊME AUTEUR

Aux Éditions Gallimard

LE GOÛT DU MALHEUR, *roman* (« Folio », n° 2734).

MORNY. UN VOLUPTUEUX AU POUVOIR, *essai* (« Folio », n° 2952).

BERNIS, LE CARDINAL DES PLAISIRS, *essai* (« Folio », n° 3411).

UNE JEUNESSE À L'OMBRE DE LA LUMIÈRE, *roman* (« Folio », n° 3768).

UNE FAMILLE DANS L'IMPRESSIONNISME, coll. « Livres d'art ».

NOUS NE SAVONS PAS AIMER, *roman* (« Folio », n° 4009).

LE SCANDALE, *roman* (« Folio », n° 4589).

LA GUERRE AMOUREUSE, *roman* (« Folio », n° 5409).

NAPOLÉON OU LA DESTINÉE, *biographie* (« Folio », n° 5970).

NE PARS PAS AVANT MOI, *roman* (« Folio » n° 6060).

UNE FAMILLE DANS L'IMPRESSIONNISME.

MA JEUNESSE PERDUE, *roman*.

Aux Éditions Grasset

LA FUITE EN POLOGNE, *roman*.

LA BLESSURE DE GEORGES ASLO, *roman*.

LES FEUX DU POUVOIR, *roman*, prix Interallié.

LE MYTHOMANE, *roman*.

AVANT-GUERRE, *roman*, prix Renaudot.

ILS ONT CHOISI LA NUIT, *essai*.

LE CAVALIER BLESSÉ, *roman*.

LA FEMME DE PROIE, *roman*.
LE VOLEUR DE JEUNESSE, *roman*.
L'INVENTION DE L'AMOUR, *roman*.
LA NOBLESSE DES VAINCUS, *essai*.
ADIEU À LA FRANCE QUI S'EN VA, *essai*.
MES FAUVES, *essai*.
DEVOIR D'INSOLENCE, *essai*.
CETTE OPPOSITION QUI S'APPELLE LA VIE, *essai*.

Chez d'autres éditeurs

OMAR, LA CONSTRUCTION D'UN COUPABLE, *essai*, Éditions de Fallois.
LIBERTIN ET CHRÉTIEN, Desclée de Brouwer.
GORKI, L'EXILÉ DE CAPRI, *théâtre*, L'Avant-Scène théâtre.
CES AMIS QUI ENCHANTENT LA VIE : PASSIONS LITTÉRAIRES, Éditions Robert Laffont.